有爱的青春陪伴者

十六和四十一

著 — 三水小草

孔學堂書局

图书在版编目（CIP）数据

十六和四十一 / 三水小草著 . 一 贵阳 : 孔学堂书局 , 2023.3

ISBN 978-7-80770-403-4

Ⅰ . ①十… Ⅱ . ①三… Ⅲ . ①长篇小说－中国－当代 Ⅳ . ① I247.5

中国国家版本馆 CIP 数据核字（2023）第 013401 号

十六和四十一　三水小草　著

SHILIU HE SISHIYI

责任编辑 : 黄　艳

责任印制 : 张　莹　刘思妤

出　　品 : 贵州日报当代融媒体集团
出版发行 : 孔学堂书局
地　　址 : 贵阳市乌当区大坡路 26 号
　　　　　贵阳市花溪区孔学堂中华文化国际研修园 1 号楼
印　　制 : 长沙鸿发印务实业有限公司
开　　本 : 880mm×1230mm　1/32
字　　数 : 371 千字
印　　张 : 11
版　　次 : 2023 年 3 月第 1 版
印　　次 : 2023 年 3 月第 1 次
书　　号 : ISBN 978-7-80770-403-4
定　　价 : 45.80 元

目

录

CONTENTS

目

录

CONTENTS

第一章
妈妈，是好看的

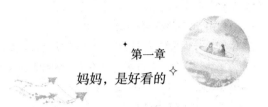

/这是她和妈妈互换灵魂以来她第一次回到高一（2）班的教室。她站在教室门口，看着熟悉的同学从教室里走出来时，用陌生、好奇的眼神看着自己。/

清明节一过，天气变暖，商场里的生意却清冷了许多。

几个穿着西装长裤和小皮鞋，胸前挂着工牌的人，在一家服装店的门口停住了脚步。

"2-108，玻璃不干净，赶紧擦擦！"

两个店员都站在柜台后面，年轻的那个看着年纪大的那个说："何姐，巡检说咱玻璃脏了。"

年纪大的那个愣了一下，看了看玻璃，说："那你去擦呗。"

年轻的姑娘抬起一只脚蹭了一下另一只脚的小腿肚，在柜台上摊平手，声音娇了两分说："哎呀，何姐，人家刚做了指甲。"

要是从前，被人叫何姐的何雨早就洗了抹布去擦玻璃了，根本用不着别人撒娇卖好，她是这一层商场都有名的老好人。可这次她却低下头，看了看对方手上的指甲，很认真地说："那你下次值日之前别做指甲了。"

年轻女人终于不情不愿地去擦玻璃了，但连抹布都没拿，只随手抽了一张纸巾，避过精雕细琢的指甲，用手捏着纸蹭着玻璃上的污渍。

店长急匆匆地走进来，对趴在玻璃上的年轻女人说："小萱，门口你也擦擦。"

刘小萱的嘴一下噘了起来，哼哼着"嗯"了一声。

店长没去管她的小脾气，大步走向柜台，对站在里面的"何雨"说："何姐，经理说准备后天去总公司给夏装选样，问你要不要一起去。"

"何雨"从看见店长进来开始就下意识地站直了身子，听到这句话后她连忙摇头，抿起了嘴唇。

见她这样，店长笑了："何姐你最近怎么回事儿，不去就不去，怎么还学起小孩儿的样子了。"

"何雨"的嘴瞬间抿得更紧了。

幸好店长也只是随口一说。刘小萱从仓库里拿了工具准备扫地，又被店长嘱咐了一通。过了几分钟，进来了一拨客人，店长又立刻把心思都放在了本月的业绩上。

BO 是一个国内老牌服装品牌，一件衣服的专柜价格从五百块到两千块不等，面向的客人从二十岁到五十几岁，因为主打时尚休闲的风格，一直很受欢迎。开在商场里的这家店在二楼临近电梯口的黄金位置，在实体经济整体下滑的大趋势下，这家门店的生意还一直不错，去年还得到了品牌的华北大区经理的表彰。

店员何雨今年四十一岁，几乎是 BO 整个华北大区年纪最大的柜姐，店长今年才三十四岁，足足比她小七岁，在她面前从不摆上级的架子。

快中午的时候，一位客人挎着包走了进来，刘小萱和店长都只说了欢迎光临，站在原地没动。这位顾客进了店门就冲着"何雨"笑，一看就是何雨手里的老顾客了。

"何雨"迎上去，还没想好说什么，这位顾客就自己熟门熟路地点了七八件衣服开始试穿，试衣服的时候还跟她聊起了天："你上个周发在朋友圈的那个奶茶的做法，我在家里也试了试。别说，我觉得比外面卖的好喝多了，以后你有这些东西多分享，我们也都跟你学学怎么教孩子。"

换上了一件暗绿色的春衫，顾客开始对着镜子左看右看，又说："本来早就说好了清明要出去玩，结果我婆婆来了，非要在我家里包粽子，买了五斤糯米，折腾了一天，洗粽子叶的水在我家厨房淋了一地，我晚上光擦地都擦到了十点多……不过粽子还挺好吃，有小时候吃的粽子味儿，我本来想哪天来一定要给你带点儿，结果今天到了你们大门口我才想起来。"

"何雨"站在旁边，双脚并拢，后背绷直，手里拎着对方想试的衣服，顾客说话的时候透过镜子里看她，她就微笑。

顾客换上了一件黑色的衬衣裙出来，多看了她两眼，又气又羡慕地说道："我家那个小子气死我了，昨天他班主任又给我打电话了，说他上课的时候玩游戏，你说……还是你家宝贝儿好，要期中考试了吧，她肯定又是第一！"

"何雨"努力控制着自己的表情，在听到期中考试的时候，她有点笑不出来了。

一直到这位客人买了三件衣服结账离开，她的心情都不是很好，店长看出来了。

午饭的时候，店长端着外卖的米线问她："何姐，是默默又惹你生气了？"

"何雨"把手里的塑料勺扎进了红烧茄子盖饭里。

"不是……"

店长看了正在给男朋友打电话的刘小萱一眼，声音压低了一点说："是不是有人追你的事儿被默默知道了？"

"何雨"愣住了，慢慢抬头看向店长。

店长叹了一口气，她二十七岁来的这家门店，从店员干到了店长，何雨都一直在帮她，她自然也希望自己的这位姐姐能过上松快点儿的好日子。

店长用筷子夹住米线里的金针菇，凑到"何雨"的耳边说："何姐，我觉得他们三个都还有点长处，要不你就考虑考虑得了。你一直说怕影响默默考试的心情，可过两年默默考上大学走了，你家里就剩你一个人，你才刚过四十，就这么一个人守半辈子？人啊，还是得给自己打算打算，默默今年十六岁，读书、毕业、结婚、生孩子一眨眼的事儿，你一直围着她转，什么时候是个头儿？这三个人里面你选个先试试总行吧？"

在她说话的时候，"何雨"的眼睛已经瞪大了："三、三个？"

店长吃了一口米线，说："不是三个吗？一个是林业局姓刘的公务员，家里有个十来岁的孩子，对吧？一个是那次开奥迪来找你的，姓郑？我听说是开店的，那天看，他的气质还挺好。前两天不是还有个送你花的？那个多大？有三十五岁吗？这不是三个？难不成你又有新桃花了？话说回来，何姐你长得这么好，性格又好，桃花多点儿也是应该的，你别挑花了眼就行。"

"何雨"放下外卖盒，里面的红烧茄子已经被她用叉子捣成了泥。她深吸了一口气，再看看周围，终于张了张嘴，好像很费劲一样地对店长说："我去趟洗手间。"

"嘭——"洗手间隔间的门被关上了。

"何雨"站在隔间里正对着马桶，她脚下一软，差点跪在地上把马桶当树洞："有三个人追我吗？三个？"这语气都说不清楚到底是在惊诧"有人"这件事，还是在惊诧数量。

"何雨"不，应该说，在何雨身体里的何默默。

何默默，十六岁，市一中高一（2）班的学生，上学期期末考试考了全年级第一，来自单亲家庭。

她的妈妈叫何雨，今年四十一岁。

三天之前，何默默和她妈妈的灵魂互换了！

那天是清明节假期的最后一天，何默默和她妈妈大吵了一架后，各自关门睡觉，醒来她就变成了她妈妈，她妈妈则变成了她。

两个房门打开，母女二人对着尖叫了十分钟。

从那一天起，何默默就开始顶着何雨的身体来 BO 的门店上班。

何雨则顶着何默默的身体去市一中的高一（2）班上课。

也是从那一天起，当惯了老好人的店员何雨突然变得愣头愣脑不通人情。

至于原本是学神的高一女生何默默……算了，何默默想都不敢想。

眼下，终于从惊讶里平复心情的何默默长出了一口气，看了眼自己左手腕上的"手表"，自她俩的灵魂交换那天起，上面便没有了时间，只有一个倒计时。

从 100 天开始，到现在是 97 天。

何默默猜测过，可能这场灵魂交换会持续 100 天，从 4 月 5 日开始，到 7 月 14 日结束。

想起这个，她用后脑勺在隔间门上撞了一下。

说真的，知道自己的妈妈替自己参加期中、期末考试，让自己好好一个全校第一变成不及格甚至全班倒数的冲击，都远不如知道自己的妈妈有三个追求者来得大。

何默默掏出手机准备给妈妈打个电话，但想了想后，又把手机收了回去。

打开隔间的门，何默默慢慢走到洗手台前。

镜子里，她看见的是妈妈的脸。

跟从小到大都是一头短发的何默默不同，何雨的头发很长，染成了漂亮的栗子色，烫了大波浪。工作要求她把头发扎起来，所以她现在的发型是在头后绾了一个发髻。何雨女士曾经评价这个把所有头发都绾起来的发型使人看起来像个道姑，每次看见这个发型她都要上手重新搞一搞，何默默却觉得这样很方便。

刨除这个被何默默祸祸了的发型之外，何雨女士的一双眼睛很大也很亮，下眼睑后半截微微下垂，不仅显得这双眼睛比实际年纪更小，还总让人觉得她看起来有点无辜。何默默盯着镜子里的那张脸看了好一会儿，发现这一双眼睛大概就是传说中的杏眼，跟她自己略有些狭长的眼睛很不一样。

这是何默默长这么大以来，第一次认真地看自己妈妈的脸。

四十一岁的何雨的两边眼角都有一条细纹，眯着眼睛的时候非常明显，可这细纹也不难看，笑起来的时候反而会显得她格外和气可亲。

有人形容中年女性是"人老珠黄"，这个"珠"说的就是眼珠，但何雨的眼珠却很干净。何默默把脸凑到了镜子前，鼻息扑在镜子上变成了雾又散去，她凝视这双眼睛，发现它依旧透彻清亮。

何默默抬起手，摸了摸鼻梁。

何雨的鼻梁很高，何默默小时候总觉得自己的妈妈是电视里会跳新疆舞的大美人。

这个高挺的鼻梁锐化了何雨的五官，让她的脸庞轮廓显得比一般人更立体，高挺的鼻梁中和了眼睛所带来的柔弱感，组成了一张抓人眼球的脸蛋。

嘴唇……何默默抬手戳了一下。

十六年来，何默默第一次意识到自己的妈妈很好看，不对……据外婆说，她上幼儿园小班的时候总是说她的妈妈很好看。

不过，何默默不记得了。

何默默把手放在脸颊上。

她最像妈妈的就是脸形，她们都长了一张不是很标准的瓜子脸，稍微有点直的下颌线，在这张脸上与挺立的鼻子交相辉映，脸骨很窄但是脸颊上有肉。

在十六岁这年的 4 月 8 日，何默默和她妈妈互换身体的第三天，她突然意识到了她妈妈长得很漂亮。

是那种，她从前没有注意到的，吸引了三个追求者也很正常的漂亮。

"妈妈，是好看的。"何默默如此评价。

她妈妈很漂亮，然后呢？

十六岁的女孩用她从前没有过的专注审视了自己妈妈的脸后，她的心一下子变得很乱，像是一群蝴蝶在她的脑子里飞来飞去，抓住一个都能看见上面写着需要她思考的问题：

我之前怎么会以为妈妈没再找对象是因为别人不找她？

妈妈会找个什么样的对象？

那三个人都是什么时候开始追妈妈的？

万一那些人来找我，我怎么办？替自己亲妈处对象？

妈妈怎么不告诉我呢？

哎呀，妈妈她……

这些问题迎面扑来，何默默抬起手揉了揉自己的眼睛。

"哎哟，何雨你怎么了？脸上长东西了？"保洁大妈拿着拖把看着"何雨"。

何默默把手放在脸上僵了一下后，飞速放下，站直了身体说："不……啊，有点痒。"

"是不是被风吹得不舒服了？"

面对保洁大妈的关心，何默默有些无措，贴着墙边退到洗手间门口，转身往外走。

下午的工作和之前没什么区别，不是周末又刚过完小长假，客人都是"小猫两三只"，而且他们购买的欲望也不强。

只是何默默有点紧张，她真怕她妈的某个追求者会突然走进来。

那三个人什么样来着？公务员？开店的？比我妈年纪小？他们都是怎么追我妈的呀？

何默默想象了一下一个中年男人抱着九十九朵玫瑰迈着正步从店门口走进来的场景……她强迫自己不要再想了。

门店的工作是两班倒，白班是从早上九点半到下午三点，晚班则是从下午三点到晚上十点。何默默两点半就开始和刘小萱一起清点货物、整理陈列，三点一到她就立刻下班了。

——完全没有继承何雨女士年度优秀员工的风范。

坐上回家的公交车，何默默长出了一口气后，立刻从包里抽出了一个小本子。

巴掌大的纸片上面密密麻麻地写满了各种知识点，都是她昨天晚上抄下来的。

作为年级第一的学神，即使要扮演自己的妈妈，何默默也不会忘记自己是个学生，本子上的内容是她要求自己在今天下午四点半之前背完的，从下午四点半开始到晚上十一点，是她给自己安排的学习时间。

她要用这些时间做习题，还要学习课本上的新内容。

上班的人总说上班很惨，上学的人也说上学很惨。

什么样的人是最惨的呢？当然是白天像"社畜"上班，晚上还要像高中生一样上学的。

公交车摇摇晃晃，惨兮兮的何默默迅速进入了学习状态。

四十一岁的女人坐在公交车上也依旧明艳如花，水似的明眸看着窗外的景色，嘴里念念有词，要是有人细听，就能听见她在说：

"六王毕，四海一；蜀山兀，阿房出……"

今天晚上要跟妈妈谈谈，背课文的间隙，这个念头从何默默的脑海里挣扎着跳了出来。

谈什么呢？何默默觉得那些问题比她记下的知识点还多。

在脑子里盘算了一圈，何默默都不知道该怎么列晚上和妈妈谈话的提纲。

何默默将手里的小本子扣在脑门上，仿佛是在期待本子上的知识能冲进她的大脑教给何应该怎么做。

当然，这种好事并不会发生。

所以，这样过了半分钟，依然无解的何默默就像是遇到了奥数超纲大题一样，抬起手挠了挠自己的头。

跟自己妈妈谈论她的男朋友？这能不能用做十套卷子来换啊？！

下午的阳光照在身上，何默默的脑海中已经开始浮现出各种会让她社会性死亡的画面了。

可要是逃避不问，何默默又觉得不甘心。

她知道了妈妈从来没跟她说过的事情，这个事情关乎他们的家庭，她总要确定一下这个家里会不会多一个或者两个人。

终于，何默默做出了决定，她把小本子从脑门上拿了下来。

"呜呼！灭六国者，六国也，非秦也……"

市一中的走读生的上课时间是早上七点到晚上十点，原则上晚饭是在学校食堂吃，因为还没有执行夏季时间表，走读生的午饭和午休也都是在学校解决的，也就是说现在的何雨女士从早上七点就去了学校，要晚上十点多才能回来。

晚上快到十点的时候，只在学习前吃了半个面包的何默默饿了，她从刚做完的练习册里把脑袋"拔"出来。

看看时间，她想起了自己要跟妈妈谈的那件事儿。

撑着自己妈妈的皮囊的女孩在家里晃了一圈，钻进厨房做了个西红柿打卤面。四个鸡蛋配两个西红柿做出来的卤子是偏黄的橘色，很厚重的一坨，何默默把它盖在两碗面上，又用剪子剪了些葱花撒在上面。

筷子和碗都被她摆放得整整齐齐。

椅子的坐垫也要摆正。

这大概就是十六岁女孩要跟妈妈谈严肃话题之前的仪式感吧。

时间到了十点十五分，何默默开始考虑自己要不要拖地，她一边考虑，一边走到了阳台上。

"妈妈，我要跟你谈谈……"

"妈妈，今天左阿姨跟我说……"

"妈妈，你想过再找……哎呀！"

半轮明月在上，冷冷清风在下，何默默愁到想挠头，想要破题"跟妈妈谈谈她有三个追求者这件事"的命题作文可太难了。

阳台上有点冷，努力思考的何默默将眼睛看向了楼下的小路。偶尔她下了晚自习回家，走到楼下，抬头便会看到妈妈站在这儿，背后是客厅暖橘色的灯光。

何家母女住的小区建于 2000 年，那时候这座城市还没开始流行高层住宅，这套房子位于这栋六层楼的第三层，窗外正好是还没有繁茂起来的树冠。

视线越过枝叶，何默默看见"自己"正从白光盈盈的路灯下走过。

哦，那是她妈妈。

此刻她妈妈不是一个人。

在把整张脸贴在玻璃窗上之前，何默默想起了自己可以开窗。她把大半个身子都探了出去，在眨了好几次眼之后终于确定自己没看错。

和她妈走在一起的是李秦熙！市一中的校草！

"嘭！"何默默瞬间缩回了房间里，还关上了窗。她甚至想关上灯，以免别人知道这里是何默默家。

一分钟之前在她脑子里困扰她的各种问题一下子被清除得干净。

她现在只剩下"成群结队"的问号、感叹号。

李秦熙送"我"回家了？！

为什么，发生了什么？！

怎么办！有多少人看见了？！

转学吧！去查查实验中学的奖学金！行知高中的十万奖学金还算数吗？！

春风从窗子上拂过，何默默的脑袋里"电闪雷鸣"。

路灯照着楼前的小路，何雨抬起头看了看三楼静默的窗台，笑着对身边的男孩说道："今天太谢谢你了，我已经到家了。"

"上楼梯没问题吗？"男孩看了一眼"何默默"的腿。

何雨摇头，笑意丝毫不减："我妈妈会下楼来接我。"

听见会有家长接手，李秦熙放心地走了。

何雨摸了摸受伤的腿，抬头看了看关了灯的阳台，走进楼道抓着栏杆一瘸一拐地上了楼。

何默默串在钥匙上的是一个红色的小苹果，何雨掏出钥匙来开门的时候总想笑。她的女儿看起来木木呆呆的，满脑子只有学习，其实内心戏特别多，就像这个小苹果，在女儿的钥匙上挂了三四年了，每次她问为什么要挂一个苹果，女儿都抿着嘴不说话。

钥匙还没戳进锁眼，门一下子被打开了。

何默默半边身子藏在门后，看着"自己"，眼神从几米见方的楼道里快速飞了一圈，没有发现其他人。

"李……妈，你怎么让人送回来了？"

"脚扭了。"何雨的手里晃着何默默的钥匙扣，半走半跳地进了家里。

何默默刚要扶她，被她让开了。

"想跟你说晚上饿了就点外卖，结果手机没电了。"

换了拖鞋就不好跳了，何雨拖着扭伤的脚看到了餐桌上摆着的打卤面。

"哟，今天我家宝贝给我做饭了。"她拿起筷子和了一下面条，脸上的笑一下子变得真切起来。

何默默的脸长得不太像何雨。

眼尾微挑，鼻头小巧，脸上的一点婴儿肥却并没有为她增加几分可爱，如果说何雨的脸充满了减龄的元素，那何默默的脸就是把拆开来看都挺精致可爱的五官拼凑成了一张有些冷淡的脸，这甚至是一种很难让人觉得她跟漂亮挂钩的冷淡。

也就何雨这个亲妈知道自己女儿虽然长了一张骗人的脸，但骨子里也就是个会瞎琢磨的憨丫头。

何默默从何雨卧室的抽屉里找来了药油，她走得太快，拖鞋都被床脚刮飞了，她先把药油放下，又回去穿好了拖鞋。

"吃完饭再抹药油。"她对妈妈说，看着妈妈那肿起来的脚踝，无数问题都被她咽回了嗓子里。

面条有点干了，西红柿鸡蛋的卤子都成了块，何雨倒了点儿凉水进去拌了拌就开始大口吸面，只能点头表示自己听见了。

何默默坐在饭桌前，突然感觉自己不太饿了，大概是被各种意外和疑问填饱了肚子。

她这一天，过得实在是太刺激了。

墙上的钟表指向了十点四十八分，房间里很安静，何雨面前的碗里还剩一点面条。

何默默碗里的面条才下去一层。

"妈。"筷子上夹着面条，一小块番茄被顶在了筷子尖儿上。

何默默盯着那点番茄："我今天遇到了你的一个老顾客，她好喜欢你啊，家里的事、孩子的事都跟你说。"

"那是。"何雨把沾在碗内壁上的碎鸡蛋都挑进了嘴里，"你妈我，是销售冠军，知道吗？喜欢我的人多了去。去年我的手上不是被烫了个泡嘛，我拍图发朋友圈，一个小时内就有二百多条信息来问候我，这就是人气！"

最后何雨又倒了一杯水进碗里，一饮而尽，碗里干净得仿佛不用再洗，又接着说："在我们这一行要干好，人气必须得是一等一的，知道吗？这就是人脉的重要性！"

何默默慢吞吞地吃了两根面条。

不知道从什么时候开始，她们母女间的对话总是很难进行下去，每当她想聊点什么，总是刚开一个头儿，话题就被她妈妈卷走了，她只能静静地听着她妈妈往她的耳朵里塞一堆人生感悟。

可她听不进这样的道理，人脉不能让她成为年级第一，不能让她中考的时候考全市第二，不能让她考上想去的大学。那些妈妈站在镜子前奉承客人而得来的道理，在何默默看来无论是表述的词还是总结的话都很粗糙甚至原始，有时候何雨女士翻来覆去说了一大篇的东西，何默默很轻易就能用一句书本上的话来总结。

大概也就是这样，刚上初中没多久，何默默就明白自己跟妈妈之间的分歧会随着时间的推移变得越来越大——因为她们认为的能够改变人生的东西不一样。

何默默暂时失去了说话的欲望，埋下头，把面条往嘴里塞。

吃完饭何雨站起来准备去洗碗时，却被何默默制止了。

何默默把洗净的碗放在沥水篮里，又用水壶烧了水，走出厨房，就看见何雨在翻书包。

"给，这是今天的笔记。你不是嫌我前几天的笔记乱嘛，这次的是我找了你们班的那个……许卉的笔记来复印的。"

何默默看着妈妈递过来的材料，眉头皱了起来。

许卉是班长，成绩是不如何默默，但学习特别也认真，但是……

"她没问你为什么要复印笔记吗？"

"问了呀。"何雨瘫坐在沙发上，打开电视。

坐在另一个沙发上的何默默翻开了笔记，还在追问她："那你是怎么说的？"

"说什么？她问了我又不一定要答，嘴甜一点，夸夸她好看，说明天请她吃巧克力……不就行了？"

何默默忍不住抬手捂住了自己的额头。

从上高中到现在她就没跟许卉说过几句话，实在是想象不出来"自己"跑去夸许卉好看的场景。

"我以前都不知道，你们班上的小孩儿还挺好玩的，今天你们老师让我上去做题，我直接说我不会做，下课了你后面那个小男孩过来盯着我说要是我那个题没听明白他可以再给我讲一遍，还挺像样的。默默啊，他是不是喜欢你啊？"

何默默打了一个哆嗦，现在她不再觉得自己的大脑过载了，她觉得自己头皮发凉。

何默默后排坐的是女孩，妈妈说的应该是坐在她同桌后面的贝子明，这个人……何默默平时都很少跟他说话的，因为贝子明就是传说中的"盯分魔"——总是盯着何默默的分数。一旦有何默默做对了而他做不对的题，他就会纠结很久，还总试图拉着何默默一起纠结。

"妈，他喜欢的不是我，他是高兴他会做的题'何默默'却做不出来。"

"啊？不是喜欢你啊？"双眼盯着电视，何雨的语气还有那么点儿失望。

何默默在心里把课堂笔记和自己今天自学的内容对应，随口说道："你放心，我不像你那么有魅力。"

发觉自己说了什么，何默默抬起了头。何雨没看她，眼睛还在看电视，电视里男主角抓小偷的声音很响，房间里好像一下子变得特别安静。

大概过了半分钟，何雨开口了："你是不是以为我在你学校里跟你同学乱勾搭呢？这你放心……"

"不是！"何默默从沙发上站了起来，妈妈说的话让她很难受，"我不是说这个……我是说……我是说今天，今天左心阿姨告诉我，有三个人在追你，我……"

冷静！冷静！

何默默深吸了一口气。

何雨终于在沙发上坐正了，将目光转向自己的女儿。当然，她女儿现在是在用她的身体，所以她就是在看着"自己"变得生涩又努力，表情僵硬可怕，内心张牙舞爪。

她有点想笑。

"妈，今天吃午饭的时候，左心阿姨想劝你从那三个追你的人里面选择一个。"

"啊，你是说这个啊。"何雨的姿势又放松了下来，后背陷进了沙发里，"你放心，你高考之前我什么都不考虑。又不是离了男人就过不了了，你爸走了这么多年，我也把你养大了，你别担心这些了。你明天早上还是六点起来学习？"

何默默站着不动。

照镜子时她看妈妈的脸，没觉得自己让妈妈有了什么太大的变化。

可妈妈在她的身体里，总让她觉得哪哪儿都不对劲儿。

她自己会做这种表情吗？

别人看她的时候，又会想什么？

她今天看着妈妈的脸又在想什么？

好像有什么东西打开了她心里的一扇门，让她突然发现她和母亲之间的关系也是一门深奥难解的学科。

电视里，男主角在挨骂，光听声音就觉得很好笑，何雨从侧边探头去看电视，听见女儿用自己的声音说："妈，我想说的不是这个。"

语气沉甸甸的，好像有什么东西会从里面掉出来，砸坏地板。

"妈，我今天才发现，你不只是我的妈妈。"

何默默觉得自己喉头发紧，她从中午到现在都处于混乱和无措里，她终于抓住了什么，像是千丝万缕里的一根，又像是漫天蝴蝶里的一只，可它，也许是最重要的。

"我觉得很奇怪，我听说有三个人追你之后，我去了洗手间照镜子，我发现不知道从什么时候开始，你在我眼里只是妈妈了。"

何雨莞尔，看自己的傻女儿："我不是你妈，还能是谁呢？"

"可能，在那三个追你的人眼里，你是……你是会发光的何雨。不、不是谁的妈妈，也不、不是别的什么……"

没有谈过恋爱也没看过几本言情小说的学神少女终于从心里掏了一个词出来，来形容她心里突然被摘去了标签的母亲。

电视里，男主角在受同事的排挤，各种台词叽叽喳喳。

房间里很安静。

漂亮窈窕的妈妈抿着嘴站着。

聪慧骄傲的女儿盘着腿坐着。

十六岁的何默默有些害羞地站着，两只手在身后绞在了一起。

她的妈妈坐在沙发上，笑得像是听见了什么笑话。

"还发光呢，哪儿学来的这一套啊？他们追我就是觉得你妈我合适，懂吗？刚过四十也不算老，没病没灾，家里有套房，有一间租出去的门面，自己能养活了自己，虽说有个孩子，过两年也就大了……那些男人啊，他们都把这些看在了眼里，还发光，哪有那么好啊。"

何雨抬手想拍拍自家的傻姑娘，但一看到自己的脸，她的手就拍不下去了。

"默默，你放心，你妈我知道怎么是好的……"

她的女儿还在看着她，低声说："我不是这个意思。"

在这个瞬间何默默想，难道这就是成年人的世界吗？一切美好的想象与赞扬都是泡沫，令人怦然心动的比喻终究会落在现实无趣的衡量中。

何默默并不是一个感性的人，但是此时她的心却因为过大的落差而生出了诗意。

那只终于能被她看见的蝴蝶没有飞向天空和原野，而是一头撞在了电线杆上，死了。

"行了，你要么就去睡觉，要么就去看我给你的那些东西，明天还得早起呢，别耽误你学习。"

说着话，何雨从口袋里摸出耳机戴上。

房间里很快就彻底安静了下来。

何默默看看自己的妈妈——这位被很多人喜欢，但是真的很现实的四十一岁中年女性，而后转身进了自己的房间。

许卉的笔记做得真的很不错，何默默把它们一一抄录在自己的课本上，一边抄写一边把上面的内容与自己今天学习的那部分进行对照。

自从和妈妈互换灵魂之后，她每天晚上都要学到十二点，第二天早上六点还要爬起来继续。

十二点半，何默默收起了作业，起来准备睡觉。

"默默！"

何雨冲进她的房间，大声地说："你快看这个手表！"

过了十二点，上面的时间应该是 96 天了。

何默默看着手表上的"93"，陷入沉思。

"默默，你快想想，这是怎么回事？"

时间变短了。

是什么原因，让她们母女两个人身体交换的时间变短了呢？

何默默放下手腕，看向自己妈妈。

何雨的脸上惊中带喜："你不是说这个倒计时走完了咱俩就能换回去了吗？这怎么时间还走快了？你赶紧想想办法，说不定咱俩就能早点儿换回来了。"

"可能是我们做了什么，能够缩短这个时间。"

"做了什么？"何雨认真地回想，"咱俩昨天干啥了？我让你那个小帅哥同学送了回来，你给我做了饭……要不明天早上你做个早饭试试？"

做饭？何默默在心里否定了这个建议。

昨天早上的早饭也是她做的，就是把前一天剩的米饭炒了炒，手表上的时间并没有变化。

还有什么呢？

她对妈妈说，说……她手猛地攥紧，何默默想起来了自己说了什么。

之前，她说："我今天才发现，你不只是妈妈。"

是因为这句话吗？

就是因为这句话！

要是自己这么告诉妈妈，告诉她是因为自己对她多了一份的了解和发现，这个时间才变短的，妈妈会怎么说呢？

"我不知道为什么。"女孩最终这样回应了她的妈妈期待的目光。

何雨的眉头皱了起来："你的小脑瓜里又想什么呢？"

"我不知道。我累了，妈，我要睡了。"

"哎？"

"有问题明天再说吧，我什么都想不出来。"说着，何默默站起来把她妈妈往自己的房间外面赶。

何雨脚还伤着呢，一蹭一蹭地退出了房间，眼睁睁地看着门被关上了。

现在的小孩儿可真难懂。

何雨靠在身后的桌子上，长叹了一口气。

有什么东西在她身后戳了戳，她回头，看见一个戴着眼镜的女孩子正用笔杆戳她后背。

"何默默你别往后靠了。"女孩的语气还很正式。

何雨把头转了回去，改为趴在了桌子上。

"小丫头肯定是知道什么了。"她在心里对自己嘀嘀咕咕，"就是不知道她又犯了什么轴劲儿。"

想起自己早上起来上学，默默房间的灯明明亮了却什么声音都没有，只有书本教材和药油放在茶几上，何雨叹了一口气。

也不知道从什么时候开始，她想跟女儿说句话都这么难。

何雨有些沮丧，她是个经常会把事儿跟别人说的人，比如何默默拿了什么奖、考了什么第一、自己最近发生了什么……她总是会跟左心说，不然左心也不会知道现在有三个男人对她有意，还告诉了默默。

可现在……何雨又想叹气了，这屋里坐的孩子各个都在奔自己的前程，她呢？四十多岁的阿姨了，前程不指望，能有条后路就谢天谢地了，在这儿实在是待得浑身不自在。

在胳膊上蹭一下，何雨很清楚，这些跟女儿一样风华正茂的孩子里她连个能说话的都没有。

早自习上到一半，数学老师走进来说第三节数学课的时候要讲昨天晚自习前布置的练习册。

这都不是疯狂暗示了，是疯狂明示剩下的半节早自习大家要把时间奉献给数学。

老师还没走，教室里已经响起了一阵翻书声，何雨坐直身子，也跟着随手抽出一本书装模作样。

身后又有人在戳她。

"干吗呀？"

有老师在，何雨不敢明目张胆地转头。

"何默默，你的数学练习册做了吗？我看一下你最后两个题的解题思路。"说话的不是戴眼镜的女孩，是那个总是盯着何默默分数的贝子明。

何雨看看别人手里的练习册，照着样子从书包里抽出来往后面递了过去。

她的练习册一送出去，就传来了一阵骚动。

有人压低了声音说："何默默，贝子明看完了给我看看啊！"

"我也看看，倒数第二道题愁死我了。"

等练习册还回来的时候早自习都已经结束了，何雨算是体验了一把好学生到底有多抢手的滋味。

"何默默，你昨天晚自习都不在，题还做得这么好，你晚上回去学到几点啊？"她听见斜后面的男孩问。

天天学到晚上十二点半呢，早上五点半又要爬起来学到九点，我家女儿比你聪明还比你勤奋，你就是戳烂我的后背你也赶不上她。

心里这么想着，何雨又看了一眼自己左手上的手表。

"赶紧让我们换回去吧，我女儿都累成什么样了你看不见吗？耽误了她考清华你赔得起吗？"

手表当然不会回答何雨，何雨郁闷地转了个头继续趴着。

"何默默！李秦熙在门口，他让我问你'脚好了吗'。你的脚怎么了？"一个留着厚刘海脸盘圆润的姑娘隔着两张桌问她。

清亮的声音字字清楚，整个教室都安静了下来。

何雨抬起头，她坐在从门起数第四行，从讲台起数第三排的传说中标准优等生位，看门口只能看个斜面。

那个叫李秦熙的男孩规规矩矩地站在教室门口，顺着何默默同学说话的方向看了过来，看见了"何默默"。

他对"何默默"挥手打招呼。

何雨从凳子上站起来走了出去，问："你怎么来了？"

李秦熙笑了一下，他的卧蚕很明显，笑起来帅气中带着些可爱："我来看看你脚怎么样了。"

"都说了我们两个是责任对半分，你不用对我这么客气。"

何雨看看自己扭了的那只脚，心里庆幸昨天女儿没有往深了问自己，她实在是没脸跟默默说自己的脚是逃课的时候弄伤的。

高中生的上课时间实在是太长了，要学的东西也太多。何雨看着那些课本，大部分知识对她来说都是"纵使相逢应不识"的关系，也就只有文科的几本书她愿意当看故事一样翻一遍，可也就翻一遍。

她是硬撑着才没有在上课的时候睡觉，全靠着不让女儿在老师心里留下坏印象的坚强意志。

这样勤勤恳恳地熬了两天，她实在是坐不住了，只觉得自己的屁股上都生了刺，所以，昨天晚上晚自习的时候她逃课了。

本来她只是想找个角落待一会儿，可是四十一岁重入校园的何雨女士轻视了市一中这所省重点高中对学校纪律的维护，使得她在走廊的窗边站了不到十分钟，就有巡查的老师来了。

为了躲巡查，她从走廊转移到了楼梯上，正是在一次下楼的时候跟正好上楼的李秦熙撞在了一起，一只脚从楼梯上滑下去，扭到了。

脚伤了，何雨怕伤到了女儿的骨头，赶紧去了一趟医务室。

大概是出于愧疚，李秦熙全程陪着她，放学的时候还推着一辆自行车到了她的眼前。

何雨对他只有一个感觉：这小孩儿不光长得帅，还挺有礼貌。

现在，她觉得这小孩儿也太有礼貌了。

李秦熙说："中午你去食堂不方便，我帮你带点儿吃的？"

何雨连忙拒绝："不用了，中午我自己出去活动一下也挺好的。"

男孩又说："那我来接你。"

去食堂吃个午饭有什么好接的？

偏偏他的目光那么干净，何雨脑子里转了两圈也觉得对方对"何默默"应该没什么特别的意思。

可他越是这样，就越是让人难以拒绝。

何雨女士能跟她那些三四十岁的追求者你来我往，对这种跟女儿一样年纪的男孩反而有些不知所措了。

同学们在走廊里来来去去，眼神都瞟着"何默默"跟李秦熙。

一种久违的尴尬感在何雨的心里油然而生。

远远看着有老师从办公室里出来，何雨飞快地说："老师要来了，我要回去做题了。谢谢你总想着帮我，你不用再做什么了，真的，我的脚马上就好了！等我好了改天请你吃饭啊！"

一口气说完这些，她就往教室里蹿，动作十分矫健，完全不像是个脚上有伤的人。

教室里的气氛也有些诡异。

何雨刚在座位上坐下，她前桌的女孩就立刻转过头来看她。

"何默默，李秦熙长得好帅啊！"

何雨并没有第一时间想起这个女孩的名字，然后她才意识到自己根本不知道对方的名字。

过去几天，这个女孩寥寥转过来几次都是为了传讲义、习题册，动作迅疾如风，何雨连她的样子都没能看清楚，只看到她后脑勺上绷得紧紧的辫子，这辫子把她的后颈都扯出了一片发红的小疙瘩，无论是上课还是下课她都在那儿坐着，也很少跟别人聊天。

这样沉默寡言的女孩在这样的年纪也会夸赞美好的男孩子。

何雨笑了，一口白牙都露了出来，这个年纪的小孩儿真是太可爱了。

前两节课是语文和物理，语文课还好，何默默他们班的语文老师是个极为博学的女老师，讲课引经据典，一篇《阿房宫赋》从秦朝历史讲到杜牧生平，穿插秦朝的军功制和唐朝的门阀世家，何雨跟同学们都听得如痴如醉。

就是课文是不可能背下来的。

物理课上，何雨就过得极为痛苦了，课本上的字她都认识，但组在一起她就看不懂了，尤其是中年谢顶的物理老师还极爱点名何默默，几乎每节课都要她起来回答问题。

"对不起，我不知道。"

几秒钟前还在打瞌睡的何雨站了起来，心里明白自己女儿的形象又在老师的心里坍塌了一截。

坐下的时候，她的心情变差了。

高一（2）班这帮何雨眼里的"小孩儿"，看着是每天都在正正经经学习，但其实他们传八卦的速度一点也不慢，到了上午课间操的时候，全班都知道了校草李秦熙来找何默默，这个全班包括班主任。

何雨一瘸一拐地走进办公室时，班主任已经正襟危坐地等她了。

高一（2）班的班主任是他们的英语老师，名字叫任晓雪，看起来年纪应该在三十岁上下。她的脸上总是化着妆，衣服也精致得体，强势严谨的气质在一众老师之中相当突出，何雨在何默默升学后的第一次家长会上见到这位班主任的时候，就觉得对方是个严格要求自己也会严格要求学生的老师。

——现在就是她要被"严格"了。

"巡查老师说昨天晚上晚自习时你不在教室，何默默，老师没收到你的晚自习请假条，你是不是忘了给我了？"

居然不是以李秦熙的事情开头，何雨看着班主任，脸上挂起了专业的微笑：

"老师，对不起，我昨天身体不太舒服，下楼梯的时候又扭伤了脚。"

"和李秦熙在一起的时候扭伤的？"

嘶，这位老师的问话招式真是剑走偏锋出其不意啊！

何雨解释道："老师，我不是和李秦熙在一起的时候伤了脚，我是下楼的时候撞到了李秦熙，才摔倒了，伤了脚，昨天我们去医务室的时候也跟医务室老师说明了情况的。"

任老师认真打量着"何默默"的脸，似乎想从上面看出什么。

何雨由得她打量，乖乖巧巧，不声不响。

"脚有伤就坐下吧。"任老师站起来拖了一把椅子。

何雨一边客气一边乖巧地坐下。

"何默默，从你入学到现在已经大半年了，老师一直都对你很放心，但是你最近的表现，不仅让我，还让你的几个任课老师都不满意。你上课一直在走神，问题也回答不出来，高一下学期是很关键的时候，老师不希望你在这个时候因为疏忽大意而导致成绩下降……"

老师说的话都很有道理，何雨一字不落地听着，在心里不停地点头。

如果她现在是何雨，站在家长的角度她会坚定地跟老师站在同一阵线。

可她现在是"何默默"。

她的女儿白天上班晚上自学，她却连个好学生都装不起来。何默默在老师的心里是满分的学生，她随便做一点出格的事就会给女儿扣分。

何雨觉得很为难。

何默默也觉得很为难。

因为今天早上她不想跟妈妈说话，竟然忘了告诉妈妈要跟李秦熙保持距离，想给妈妈发个消息，又不知道该怎么说才不会让妈妈误会。

正在她纠结的时候，手机响了。在何默默成为"自己妈妈"的第四天，她被动激活了新事件——老师约谈家长。

下班坐在公交车上，何默默只背了十五分钟的知识点，剩下的时间，她用手机搜了一下"孩子老师让我去学校该怎么办"和"老师叫我家长去学校该怎么办"这两个问题。

她主要是想调整一下心态，完美扮演一个"因为孩子犯了错所以被老师找去谈话的家长"。

在这一点上她甚至不能从自己妈妈身上获取什么经验，因为资深优等生何默默同学从小学开始在家长会就只会被表扬，她妈妈每次开完家长会回来都面泛红光、得意扬扬。

没想到第一次遭遇这种事情，她竟然是以家长的身份，被批评的孩子变成了她妈妈。

属于何雨的那双漂亮眼睛看着手机屏幕，看啊，看啊……风从车窗外吹了进来，西斜的阳光照在了她的脸上，公交车慢慢停下，有人上车，有人下车，然后公交车又慢慢启动，有去接孩子的家长在闲聊，有阿姨拎着买来的菜……

目前身为家长的何默默终于忍不住了——

"嘿嘿嘿嘿嘿！"

她用一只手捂住嘴，笑得整个人都在颤抖，根本停不下来。

"何默默的家长，我必须要告诉您，我对何默默的期待甚至不只是考上清华北大这么简单。"见面的第一句话，任老师就声势十足，希望能将何默默家长对这件事情的重视程度提升到战略高度。

"清华北大毕业的学生那么多，真正能让人们知道的有几个？！何默默就是这样的苗子，不管她去哪儿都会是最好的学生。"

何默默规规矩矩地坐在自己班主任的对面，视线缓缓地从老师的下巴上飘开。

她害羞了。

任老师……她竟然对自己有这么高的期待吗？

任老师看着"何默默"家长的表现，只认为对方没有把这个事情放在心上，她深吸了一口气，说："您不要不重视现在何默默出现的问题，自从清明节假期回来后，她上课走神、打瞌睡、不回答问题，甚至逃避晚自习……短短几天，她就变得不像我印象中那个好学生何默默了。

"我不知道清明假期里到底发生了什么让默默有了这么大的转变，但是我希望家长也能多关心她一点，尤其默默没有父亲，性格比较敏感……"

何默默听着这些天自己亲妈的"罪状"，直到老师提到她的父亲，她猛地抬起头出声打断了老师的话。

"老师，何默默的性格，跟她的父亲是不是在身边，没关系。"

办公室里安静了一瞬。

何默默直视老师的眼睛，就像在过去那些年里盯着那些说她没有爸爸的人一样。

她是没有父亲，可她有妈妈，有外婆，还有自己。她会是这世上最好的孩子，无论她走在这个世界的任何一个角落，她都要比其他人更好，永远更好，永远。

任晓雪仔细打量着"何默默家长"的表情，有些尴尬地笑了一下。

在她的印象里，何默默的母亲何雨是一位极好沟通的家长，每次开家长会时她都会公开表扬何默默，让何雨上台来交流一下教育经验，何雨都会第一时间把功劳推到学校和老师的身上，她的每一句话都说得让人舒服。她这还是第一次听到何雨用这样带刺的语气说话，也是第一次看见何雨有这样又冷又硬的表情。

"我不是想对您的家庭情况做什么评价，您一直把何默默照顾得很好，这我们都是知道的。"任老师的气势减了几分，说话开始斟词酌句，"默默是个女孩，她十五岁就上了高中，是班里年纪最小的那一个，我怕她会受外界影响，您知道的，总有些人会说'女孩子到了高中就成绩不好了'之类的话。"

明白老师是好心的之后，何默默的眼睛垂了下去，声音也温和了："老师，我……何默默是不会被这些无根据的话影响的，您可以放心。"

"我比您更希望她不会被影响。"任晓雪的态度随着她的话语又强硬了起来，"何默默是我见过的最有自制力、最有目标的学生，上学期第二次月考时她得了肠胃炎，但她趴在桌子上坚持到考完试才去医院，就这样她还考了全校第一。最后那场是考英语，后来我看她的英语作文上每个字母都写得端端正正，一笔没抖，说实话，这样的意志力连我们大人都没有。

"我教过很多学生，何默默她能有现在这样的成绩，主要是靠她自己的意志力和自制力。虽然我跟您只见过几次，但我也能看出来您对默默的未来的态度其实是很温和的，您不是那种会逼孩子的家长。

"越是这样，我作为老师就越要牢牢地看着何默默，我怕她被人影响，我怕她的意志力在高考前的某一天就没了，我怕我一个不注意，何默默的心思就不放在学习上了。到时候她既没有砸大钱来的资源又没有家长的期待，就没有东西能重塑她向前的意志力，她最宝贵的时间可能一下子就浪费了，您能理解我吗？"

面对任老师坚定火热的眼神，"何雨"半天没有说话。

也许就因为她是个"好孩子"，她和老师的交流一直都不多，无瑕的背后是无须雕琢，这还是第一次，她直面了老师对自己期许之外的深深担忧。

"最近这段时间……默默确实会表现得反常，老师，她虽然在课堂上不认真，但是作业她一定会像以前一样好好完成的。"

任老师皱起了眉头，说："默默现在是有什么情况吗？可不管什么情况，她摆在第一位的一定是学习，这个道理她之前一直都懂。不管有什么问题，您和默默说出来，说不定我们能一起解决。"

"不……"何默默觉得自己的额头都要出汗了。

最终，她只能跟老师下保证："老师，我会……会跟'何默默'谈谈的。"

又要去跟"何默默"交流，这位"漂亮的妈妈"抿了下嘴角，放在膝盖上的手指慢慢收紧。

下午的最后一节课是历史，因为老师去外校听课了，所以学生们自习做练习册。

何雨坐在教室里一直有些心神不宁，拿起一本书打开又合上，过一会儿又靠在后面的桌子上唉声叹气。

她后面的女孩抬头看了她好几次，笔杆都伸过来了，听见她叹气又收了回去。

何雨强迫自己去看面前的历史书，结果失败了，脑子里乱糟糟的。

"我又不是个真孩子，我是默默她妈，我紧张个什么呀？"她在心里不停地对自己这么说，心情也并没有变好。

终于熬到了下午放学，下课铃声一响，何雨搓了搓手，在想要不要去老师的办公室里看看。

可没等到她走到教室门口，她就看见"自己"站在走廊的窗前。

自从何默默变成了"何雨"，她便经常穿着运动鞋、运动裤就出门了，反正上班的时候是要穿工作服的。

今天为了来见老师，她特意回家穿了一套挺正式的衣服，衬衣、长裤，外面是风衣，脚上也穿了皮鞋，让何雨总是唠叨的道姑头也不见了，卷发柔顺地披在肩头。

这是她和妈妈交换灵魂以来她第一次回到高一（2）班的教室。她站在教室门口，看着熟悉的同学从教室里走出来时，用陌生、好奇的眼神看着自己。

何默默又想抿嘴，看见自己妈妈出来，她站直了身子。

何雨走到教室门口下意识地停顿了一下。

第六百零七次提醒自己别心虚之后，她说："你见完老师了？没让……再努力学习吧？"

一开口，心虚淡了，何雨反而担心起来，她怕老师让女儿再努力一点，然后女儿卧室的那盏灯就再也熄不了了。

"见完了，没有。"何默默拉着何雨的袖子，先看了看脚已经没事儿了，才带她随着人流往外走，边走边说，"老师开了假条，我带你出去吃晚饭。"

"啊，好。"

穿过走廊，下了楼梯，走出教学楼，何默默握着妈妈的手不知道什么时候松开了。

因为工作的关系，何雨走路总是很快，不一会儿就把何默默落在了后面，快到篮球场的时候她回头才发现女儿在十米之外。

她停住了。

其实，她平时跟女儿在一起不会走这么快的。

何默默脚上的皮鞋后跟有大概五厘米高，她从前没穿过这种鞋，走路有点吃力。

等她终于追上了妈妈，妈妈的脚步也慢了下来。

两人一前一后往校门外走去。

"英语你应该好好学一下。"

"什么？"

女儿似乎说话了，心烦意乱的何雨侧了下头。

何默默低着头，声音很清晰："我是说，物理、化学、数学这些你听不懂就算了，英语你应该好好学一下，说不定以后能用得到。"

何雨站定不动，用何默默的眼睛盯着她："你是什么意思？希望你妈我在学校里好好学习？"

何默默也停下了脚步。

一中的晚饭开始的时间是下午五点十分，此刻，天已经昏暗，红色、金色与蓝灰色的云镶嵌在遥远的西方天际。

短短五十分钟的晚饭时间，也有男孩们抱着篮球冲到了球场，他们叫喊欢呼，伴着篮球砸在地上的一声又一声。

"外面的英语辅导班很贵的，有机会让任老师教，学一点也挺好的。"何默默听见自己这么说。

何雨笑了一下："默默，妈妈给你丢人了是吧？"

何默默的嘴又绷住了。

何雨移开目光，看向那些在打篮球的男孩，才说："昨天发现那个时间能变短，我可高兴了。一方面我是真不想在学校里上课，另一方面我也知道，你是学校里的第一名，从小只有受夸的份儿，现在我当着你，只能给你丢脸……我只想早点儿换回来，换回来了，我解脱了，我的女儿也还是学校里成绩最好的孩子。"

此刻，何默默只能看见自己妈妈的侧脸，笑容挂在那儿，就像她们相处中的很多时候一样。

她说："没有丢人。"

"嗯？"

"刚换的时候我就想过了，我不能要求你在学校里跟我一样。"何默默悄悄换了一下自己站立的重心，踩在这双鞋上，她实在是很辛苦，"你也没要求我一定要卖衣服卖得跟你一样好，你也知道我做不到。所以我不在乎，也不觉得你丢人。"

她跟任老师承诺过了要好好谈谈，虽然她和老师的目的不一样，但是她真应该跟妈妈谈谈了。

何默默小心翼翼地看着那张曾经属于自己的脸。

何雨终于又看向她。

何默默希望能在妈妈主导她们的交谈之前多表达一点，所以她继续说："我是希望你抓住机会好好学一下英语，知识是永远属于个人的，而且，这样在学校里也不会那么无聊。"

"我一个卖衣服的学……行了，我知道。"心虚归心虚，沮丧归沮丧，何雨不想再说什么失态的话，她女儿今天心气儿挺足，她怕再被女儿教训，"你呀，还是好好想想咱们怎么能赶紧换回来，你看看你天天晚上学那么晚，眼睛下面都黑了。"

何默默抬手蹭了一下眼睛："妈，你别敷衍我了，我告诉你能让咱俩快点换回去的方法，你能好好学习吗？"

何雨的眼睛瞪了起来，然后笑了："何默默，你什么意思？卖了两天衣服，你就长本事了，学会跟妈妈讨价还价了？"

"我只是提一个建议。"

有人说母亲和女儿的性格总是互补的，母亲软弱，女儿就会强势，虽然何雨在很多人的眼里都是个老好人，但她绝不是个软弱的母亲。从何默默三岁到十六岁，她独自抚养了女儿十三年，在她的心里，女儿在学习之外的时候都是很随意的，甚至她会害怕女儿将来受欺负。

十六岁的何默默和何雨身高相仿，何雨平视着"自己"的眼睛，那双眼睛的后面是她自己的女儿。

"那我要是不答应呢？"她问。

"无所谓。"何默默说，"妈妈你要是不想在学校待了，我帮你请三个月的长假也无所谓，学校规定离校三个月要留级，我下半年直接重新读高一也行。

"你喜欢在学校待也随便你，逃课、睡觉也都可以，你想做什么都可以，行知高中之前跟我说我去他们那儿读高中不仅学费、生活费全免，还给我十万块的奖金，如果我在一中待不下去了，我就转学过去，转学不行我退回初中重新中考也可以。"

何雨退后了一步，看着自己的女儿面无表情地说着扎自己心的话。

"妈妈，交换的那一天开始我就想过了这些最坏的结果。我知道，这些想法其实特别特别地不尊重你，但是我没有办法跟你好好沟通，我们两个人只是说好了按照身体的原本轨迹生活，然后就没有了，你只是让我继续学习，我心里的各种猜测让我感到害怕，所以我只能做最坏的打算。"

陆陆续续有学生们路过，远远地绕开了这对母女。

在他们眼里，看见的应该是母亲正在训斥女儿。

"你心疼我，你希望我早点换回来，你希望我说出能早点换回来的办法，但是妈妈，如果我告诉了你办法，但我们的相处模式依然是这个样子，那还是没有用的。"

何雨看着何默默的手，手指紧紧地攥在一起，像是在挤压着理智和勇气。

"我以为，你会安心地把事情交给妈妈。"何雨的脚下蹭了一下，"我以为我们不用说什么，我女儿这么出色，一定能做好我的那点工作，我呢，我是妈妈，我怎么、我怎么可能……"

坐在课堂上的难耐，听天书时候的烦躁，和所有人格格不入的愁闷……这些何雨在第一次走进课堂之前都想过的，但是想象与现实最大的不同，就是想象只有一瞬，而现实却长久又不可更改。

她一节一节课地熬，承受着同学和老师失望的目光，想象着这些都归属于自己的女儿，于是负面的情绪立刻翻倍。

终于，她沮丧地垂下了肩膀："默默，对不起，妈妈没做好。"

女儿没有说话。

何雨终于鼓起勇气道歉，剩下的"割地赔款"也容易了，她哄何默默："那什么，我以后上课认真一点，你说的英语，我努力学一点，你也不要担心什么，你妈我有这么多年人生经验呢，你看你的笔记我都给你弄得挺好的对吧。"

无论如何，何雨也要以"何默默"的身份在学校里待下去，不然，期末考试考砸加上缺课三个月，何默默是肯定要被留级的。

何默默抬起手。

何雨看着她送到自己面前的手表，上面的数字从今天凌晨的"93"变成了"92"。

"刚刚我跟你说了我一直以来的想法，时间就短了，这就是加快时间的办法，只要我们坦诚交流、互相理解，就能快点换回来。"

何雨去看自己的"手表"，上面的时间果然也变了。

原来是这样啊，她长长地出了一口气。

"这样就好，我……"

"何默默？"有人在远处喊，声音还挺大。

母女两个人同时看过去，看见了抱着篮球跑过来的李秦熙。

何默默的眼睛都瞪大了："妈，这个人你……"

"李秦熙！"何雨对着男孩挥手手，"你看，我的脚走路不疼了。"

"……离他远一点。"说晚了。

何默默的内心在瞬间失落了下来。

"何默默，你吃晚饭了吗？"李秦熙的校服是敞开的，露出了里面的白色球衣和瘦窄的腰线，路过的女生们走出去好几米远了都还在回头看他。

何默默察觉了，她又换了一下站立的重心，手指紧张到不知道该怎么摆，无助地揪着自己的衣角。

"还没，我妈妈带我出去吃，李秦熙你呢？"

李秦熙原地立定，看看手里的球，转身扔进了球场，然后他挥了挥手笑着跟站在一旁的"阿姨"打招呼："阿姨你好，我叫李秦熙，是何默默的同学。真是对不起，我昨天害得何默默同学的脚受伤。"

真正的何默默站在原地不动，表情僵住了。

何雨听着有人叫女儿"阿姨"，翘起来的嘴角好不容易才压下去。

打完招呼，李秦熙又去看何默默："校医老师说你最好这三天都少走路。"

"没走几步，就是出去吃个饭。"

青春美好的男孩和女孩笑着聊天，伴着次第亮起的路灯和傍晚风吹动的树叶。

磨磨蹭蹭走在后面的何默默每次抬头看他们一眼，心里都要梗一下。

五分钟后，何默默坐在快餐店里，身边坐着"何默默"，对面坐着李秦熙，她认为自己的人生失去了无法解释的五分钟。

"我们班的很多同学都喜欢的牛肉芝士焗饭，阿姨你喜欢吃牛肉吗？"

"我妈不太喜欢吃芝士，给她点这个黑椒牛肉意面吧。"

"何默默你呢？在这家店吃过吗？"

"没有，第一次来。"

"要不要试试焗饭？还有海鲜味的。"

"我觉得这个熏鸡腿饭看起来不错。"

我是谁？我在哪儿？我为什么会坐在这儿听着我妈和校草点菜？

餐桌两边的两个人有来有往地交谈着，何默默坐在椅子上根本插不上话，她转头看见临街的窗上，借着迫近的夜色把她的表情映得清清楚楚。

除了主食，李秦熙又加点了洋葱圈和笑脸薯。很快，油炸食物的香气就跟着服务生飘了过来。

蘸了番茄酱的洋葱圈递到何默默的嘴边，她愣了一下才看见是自己妈妈递过来的。

她好像关节生锈了一样，慢慢地张开嘴，任亲妈随意投喂。

"你们的关系真好。"李秦熙看着，眼睛笑得眯起来。

"对呀，我妈可好了。"要不是有外人在这儿，何雨真想把现在傻乎乎的女儿摁怀里揉脑袋。

何默默僵硬地坐着、僵硬地吃东西，只想熬完这一顿晚饭。没想到她的意面吃了一半，就听见李大校草说："明天周六，何默默你有空吗？"

一撮面条从"何默默妈妈"叉子的缝隙落回了盘子里。

李秦熙周末跟邻校约了篮球比赛，想让何默默一起去看。

何雨没有立刻回答，而是转头去看何默默。

好家伙，她女儿盘子里的意大利面怎么都成一截一截的了？

"我跟我妈妈商量一下。"她这么说。

没一会儿，男孩起身去了洗手间。

何默默在他背影消失的第一时间抓住了何雨的手，说："不能去不能去不能去！"

何雨看见她这样，忍无可忍，"哈哈哈"地笑出了声。

"默默，就是跟你的同学一起吃个饭，看把你紧张的。"何雨把手抽了出来，点了一下女儿的脑门儿，"多大点儿事。"

何默默摇头说："妈，千万不能去啊！他打比赛我们学校一定有超多人去看！到时候他们再看见你，不对，我跟他认识，我……"

话说一半儿，这个可怜的女孩就被自己的想象吓到了。

她妈笑个不停，整了一下她的衬衣领，说："看见就看见了，跟人交往要大大方方的，我像你这么大的时候，和同学一起骑车去海边，光去一趟就得骑两个小时，十几号人呢，同行的有男有女，里面还有你桥西阿姨，那不都是年轻的时候一起玩过来的？"

"不一样！"何默默深吸了一口气。

何雨终于不笑了，她看着自己的女儿又尴尬又无措的表情。

"哦——我懂了，你是怕别人以为你们搞对象是吧？那也挺好啊，他长得这么帅，肯定会有好多人羡慕你呀！"

何默默绝望了，她像是一只被掐住了脖子的小鸡一样看着自己亲妈，眼珠子几乎要瞪出来。

她妈也看着她。

看啊看，李秦熙回来了。

"李同学。"何雨移开视线，目光落回到自己面前的饭上。

何默默紧张了，紧张到去想行知高中的十万块奖学金。

"我刚刚想起来我周末要去我外婆家待两天，这是清明假的时候就说好了的，不好意思呀。"

"呼——"何默默心里的气球终于撒了气。

晚自习的时候何雨想起了何默默的那个小模样还是忍不住笑，笔在手指间转了转。她拿出了英语课本，前翻后翻后发现自己认识的单词没几个，只能停在单词表那儿，拿出本子连抄带记。

任晓雪走进教室，目光第一时间停在了"何默默"的身上，看见她果然不像前两天那样趴在桌子上走神，欣慰地点了点头。

何雨抄背了一节课的单词，回过头来一看，认识的还是寥寥无几，不由得有些气馁，看看满纸天书，她叹了一口气，觉得今天晚上拿这几页纸回去当自己用功学英语的证据，大概也够了。

头顶的灯管是白的，把书本上的字照得清晰醒目，唯有脑袋下面的一片被笼在了影子里。

她对着课本有一眼没一眼地瞅着，只觉得自己的屁股底下长满了刺。

"坏了！"混到第三节晚自习的时候她看着发下来的一堆当周末作业的卷子突然直起了身子。

她就觉得自己忘了什么事儿！她忘借笔记去复印了！

今天都上了啥课来着？何雨回忆了一下，满脑子都是黑板上爬满了白字的画面，她顿时觉得头晕目眩。

左右看看，她一时想不到借笔记的目标。

笔记特别可靠的许卉小姑娘不在座位上，还有谁的笔记能借呢？

端详了一下前面坐的紧辫子小姑娘，何雨又转过头：

"我借你本书看一下。"

"啊？"

女孩还没反应过来，何雨从她书堆里抽了一本书，翻开、合上，把书放了回去，动作行云流水一气呵成。

小姑娘收拾得挺利索，书也摆得整齐，眼镜都戴上了，怎么那一手字那么丑呢？

至于眼镜小姑娘的同桌，他上次主动要讲题的时候何雨看过他的字，说是狗爬都辱了那些走直线步的狗。

教室里没有人说话，只有笔尖摩擦着纸还有书页翻动的声音，所有人都在学习。

同学们越是这样，何雨想到坐在家里灯下自习的女儿，就越着急。

前面那个小姑娘的字怎么样？她是不是喜欢李秦熙啊，跟她说下次找机会介绍他俩认识，这小姑娘能把笔记借给我吗？

何雨从书包里抓了一包纸巾放在手里，慢慢站起来，一双眼睛准备好了要去盯前面那个小姑娘的课本。

抬屁股，直膝盖，她尽量悄无声息，要是被人发现了，就说要去上厕所。

就在她站到一半的时候，一只手拽住了她的裤子。

何雨斜过头，看见了一只干瘦发黄的手。

"坐下。"手的主人、何默默的同桌小声地说，那只手快速地收了回去。

何雨又悄无声息地坐下了。

何默默的这个同桌，这几天何雨都没跟她说过一句话，何雨以为这个小姑娘是要说什么，没想到对方把几本书和本子推了过来。

"这是我的笔记。"

小姑娘说话的声音太小了，何雨几乎是靠着看口型辨认她在说什么的。

"你，给我？"

小姑娘轻且快速地点头，目光好像害怕似的不敢看"何默默"，只盯着她自己的桌子角。

翻开最上面的一本书，何雨看见了上面工工整整的字迹和密密麻麻的内容，她被感动得要哭了。

"谢谢！"她笑着对小姑娘说。到了这个时候，她才意识到自己好像不知道对方的名字。

有同学叫她"格格"来着，这是名字吗？何雨怕自己叫错了。

听见道谢，小姑娘扯起嘴角似乎是笑了一下，耳朵已经红了。

何雨满心欢喜地说："我马上开始抄，不耽误你周末回去学习。"

"不。"小姑娘又怯怯地看了"何默默"的脸一眼，飞快地移开目光之后才说，"我回家，不学习的，你，随便用。"

"同桌？你是说时新月吧。"何默默捧着牛奶靠在卧室门边，告诉了何雨那个女孩的名字。

何雨换好衣服照了照镜子，才说："哦，原来她叫这个名字啊，还挺好听。"

"嗯，虽然不太说话，但是人挺好的。"

听见女儿这么评价那个小姑娘，何雨有兴趣了，问："怎么个好法？"

何默默喝了口牛奶，嘴唇上面被糊了半圈："安静、努力。"

没了。

"你听听你这金尊玉贵的四个字，像是要写奖状上似的。那她成绩怎么样啊？"

何默默眨眨眼，她妈从卧室出来，她捧着牛奶杯在后面跟着，回答说："应该是……不太好。我们是上次月考结束才换到一起的，任老师说过让我带她，不过她作文写得很好，经常被当成范文，苏老师很喜欢她。"

苏老师就是高一（2）班的语文老师。

何默默很少去关心别人的成绩，不是因为时新月被老师找过，她还未必能记住这些。

"哦……那你带了吗？"

"我跟她说了有问题可以问我。"

"她问了吗？"

"没有。"

那她怎么还主动借笔记呢？

何雨的脑子里还在想着时新月小姑娘，手中一热，她才发现自己的手里被塞了一杯牛奶。

她的表情立刻垮了下来，看看女儿，说："加糖了吗？"

"都晚上了，别喝加糖的。"

何雨叹了一口气，很惆怅地说："我让你晚上喝牛奶是为了让你长高，结果现在成了灌我自己。这是啥啊，这就叫自作自受。"

说完，她举起杯子，"吨吨吨"一饮而尽。

母女两个人都"吨"完了牛奶，何默默回卧室继续学习，何雨瘫在了沙发上准备看电视。

电视机打开的瞬间，何雨又站了起来："默默，你明天没事儿吧？"

"明天要上班的，怎么了？"

何雨举着几张纸就像是举着锦旗进了自己女儿的卧室："你看，这是我今天抄的单词，明天下午咱俩聊聊？"

她晃了晃自己戴着手表的手臂疯狂暗示。

同时翻开了两本书三个笔记本的何默默笔下写个不停，过了大概几秒，她说："好。"

第二章
请注意，倒车

/你妈我这辈子最大的希望，就是你的一辈子，跟我的一辈子，一点都不像。/

周末的商场里比平时要热闹得多，从早上开门开始，客人就络绎不绝地进来，平时没客人的时候何默默还能趁着商场的巡查不注意，在柜台或者杂物室里坐坐，今天是绝对没这种好事儿的。

送走了今天自己招待的第八波客人，何默默把身体往柜台上轻轻一靠，揉了揉已经站酸了的腿。

"现在这些人都是腿上长脚、兜里没钱，光看不买。"同样累了的刘小萱收拾着客人试过的衣服，嘴里嘟嘟囔囔。

何默默也想叹气。

今天早上，店长告诉她们这个月门店的业绩要求又涨了，刘小萱等人每人被要求比上月多卖五千，"何雨"要多卖一万。

销售员的收入分成两部分，一部分是底薪，一部分是提成，想要拿到提成，就必须要完成公司规定的销售额。

何默默在心里算了一下，她妈妈的业绩要求几乎与其他两个店员的全部业绩要求加起来持平。也就是说，何雨一个人就撑起了整个门店的半壁江山。

"何姐你就容易了，就算现在差点儿也没什么，大不了就像上次特卖会一样，一下叫来好几个有钱的老客户捧场，马上把你的业绩刷得高高的。"

酸溜溜的话进了耳朵里，何默默抿了下嘴，心里越发感到了工作的压力。

这时又有几个客人聊着天走了进来，何默默撑着两条腿迎了上去。

其实这两天她工作起来比刚来的时候好多了，脸上会笑，话也多了，可一想到那沉甸甸的业绩要求，她就觉得自己还差得远。

她卖得最多最顺利的几次都是靠着她妈妈的"老朋友"。

中午送货的工作人员上门了。

四大包的黑色包装袋里全是衣服，一包就有三四十斤重，何默默学着店长把袋子往杂物间里拖。

刘小萱站在一边支棱着两只手说："不是说下周才发新货吗？非赶着周末来，总公司是不是想把我们累死呀？"

她还准备再说点儿什么，但被站在杂物间门口的店长瞪了一眼，她肩膀一缩就去拖衣服袋子了。

三个女人喘着粗气把新品衣服弄进了杂物间，可这只是第一步，随后她们要统计所有的品类的数量、颜色、尺码然后入库，要检查衣物有没有问题，还要熨烫上架。

"趁着现在人少你们先把衣服数出来，入库我做，上架什么的让嘉嘉她们来。"店长皱着眉头把工作分配了出来。

点的午饭终于送到的时候，杂物间和柜台上已经摆满了需要入库的衣物，她们没有地方更没有时间吃饭，三份饭就被放在了杂物间的角落里。

"型号L，这个纯棉对吧，是纯棉……"拽着衣服的吊牌，店长满头都是汗，"这个要填，那个要选，哎呀，咱们公司就不能直接把我们订了什么货直接发个表过来给我们入库吗？"

何默默怀里抱着一摞还没来得及入库的裙子根本不知道往哪儿放，见店长着急，她凑过去了两步去看电脑屏幕。

"店长，我来填吧。"她说。

"你来？"店长看看"何姐"，"姐啊，怎么回事儿？从我来你就不喜欢弄这些的。"

嘴里说着，店长把位置让了出来，又接过了何默默怀里的衣服。

"你来吧。"

刘小萱送走了一批客人，想在门口磨蹭一下，就被店长点名了。

"小萱，把这些衣服搬进里面去。"

年轻的姑娘回头，垂头丧气地看着那些衣服，说："都弄完了再搬吧，一趟一趟的多麻烦啊。"

"都弄好了。"店长的情绪明显好多了，"何姐厉害着呢，一会儿就给弄好了。"

刘小萱很惊讶，看着站在柜台后面整理衣服吊牌的女人："何姐，你有这个本事你早说啊，每次看店长弄这个都费劲。"

其实不麻烦，同品的衣服直接自动填写品名材质就行，重点是数量别出错。

虽然是这么简单的工作，但能被夸奖还是让何默默有点开心。

午饭已经半温了，何默默也饿过了头没有胃口，她把仅有的三五片肥牛裹着米饭吃下去，就走出杂物室换了刘小萱去吃饭。

下班回家的路上，何默默没有立刻进入学习状态，深深的疲惫从她坐到公交车座位的那一刻起就从她的骨头里蔓延开来。

如果可以，她真希望就这么放松身体，瘫到回家。

可惜她不能，她是何默默。

她拿起小本子的那一刻手机响了，有消息弹了出来："何姐，明天想去你那儿逛逛，最近有新款吗？"

这就是何雨的"老客户"，之前几天何默默都不会回复，只会带回家让她妈妈——这个真正的"销售冠军"去回复。

看着手机，何默默犹豫了一下，还是打开了聊天软件，她打算看看自己妈妈之前都是怎么回复的，学着回复一下。

"……好难啊。"

五分钟后，她又把妈妈手机的屏幕给锁上了。

还是背知识点吧。

下了公交车，何默默快步往家里走。她刚走进小区门口，就突然有人叫住了她。

不，是叫何雨。

趁着周末不用上课，何雨一觉睡到了快十一点，捂着空空荡荡的肚子爬起来，她一边找吃的一边嫌弃何默默这么大的小孩儿除了睡就是吃。

仿佛现在睡完懒觉就吃饭的人不是她一样。

何默默早上炒了蛋炒饭，留了一半用盘子扣在锅里保温。

摸摸凉了的盘子，何雨烧了大半碗的热水，揪了一点白菜叶子放进去，又浇了一圈酱油，最后把蛋炒饭直接倒进去煮开了，就这么不汤不饭地都吃了下去。

在没有默默的时候，她一贯活得挺糙，上班的时候也是，煎饼果子她能连吃一个礼拜都不腻，左心都觉得她嘴里的那条大概不是人的舌头。

煎饼果子多好呀，有面有蛋有菜有肉，藏在柜台后面饿了就能啃一口，不用端着碗躲进杂货间里看不着客人。

没人天生就能卖货，坐在外面，运气好能比别人多接两波客人，也就更有机会卖掉衣服——她的业绩就是这么一点点攒出来的。

吃完了早午饭，何雨把家里的里里外外都打扫了一遍，母女俩的床单被套也换了。

下午两点，她出门购物回来，第一件事就是先把鸡放在砂锅里炖上。

晒了被套，又洗了衣服，何雨瘫在沙发上快乐地欣赏着自己的劳动成果。

"当了这么多天的学生可憋死我了，我还是更会当妈。"

何默默开门进来的时候，鸡汤的香气已经轻轻飘飘地占据了厨房和客厅。

"默默，妈妈给你炖了鸡，咱们一会儿再做个蒜蓉大虾好不好？"

何默默没说话，她换掉鞋子，把口袋里的小本子送回了卧室，然后坐在了沙发上，看着自己的妈妈。

"妈，要不是今天有个姓白的叔叔找我，我都不知道你把你的那些追求者都拒绝了。"

自己女儿一回来就是有事儿的样子，何雨早就在沙发上坐好了，听到何默默说的居然是这个，她笑了："你都变成我了，我当然要赶紧让他们都走开。"

何默默还是绷着脸看她："为什么？我想不出你这么做的原因，你是怕我知道吗？"

何雨还在笑："我怕你知道什么，你刚从你左心阿姨那知道了就回来问我，我也没有不承认啊。你说说看，咱们母女俩现在身体是换着的，你能替我去上班，我能替你去上学，难不成你还能替我谈情说爱了？"

女孩难以接受自己的母亲就因为这样的原因拒绝了那些追求她的人。

"妈，你可以让他们别来找你，你就拿着微信跟他们聊，为什么要全部一刀切了呢？"

"这话说的。"顶着一张女孩脸的成年女人看着自己的单纯的女儿，"我让他们不找，他们就不找？你呀，把一些事情想得太简单了。"

何雨的话没有让何默默的心情平复下来。

知道这件事之后，她的第一反应是妈妈想瞒着自己，第二反应是妈妈不信任自己能够处理好人际关系，除此之外的事情，她真的想不到。

"你能不能别用这种下结论的方式跟我说话，你说我想得太简单了，你就告诉我怎么样才是不简单，我现在真的很努力地想要去接近你。妈妈，我承担你的工作，我接近你的生活，我不希望你一句'太简单'就把我挡回来了。"

何默默说话的时候，何雨脸上的笑容渐渐淡了下去。

鸡汤的香气更浓了，但这个温暖的气味却不能熏染气氛。

"你才十六岁。"

何雨声音淡得像是几个小时前那碗泡了水的蛋炒饭。

"不用什么都急着了解，很多事情你不经历，别人跟你说你也不会明白的。你还年轻，年轻的意思就是你可以慢慢来，懂吗？你现在应该好好享受十六岁高中生的学习生涯，为了达成这个目标，你就应该早点跟我换回来。

"我，你妈，我今年四十一岁，我可以跟你沟通，我跟你讲讲我年轻时候的故事，讲讲我像你这么大的时候的小秘密，然后这个破倒计时它就走完了，我们换回来，你上课我工作，我们谁也不耽误谁，这不就够了吗？

"我不需要你接近我的生活，你考上清华北大，将来读硕士、博士，我一个老售货员的生活你有什么好接近的？

"你以后找个靠谱的男人结婚、生孩子，生活幸福家庭美满，我这个离了婚十几年的女人，别人怎么追我的，一个两个三个看上我这个脸皮的臭男人，你有什么好接近的？他们有什么值得你去了解的？有什么值得你坐在这儿跟我兴师问罪的，啊？！"

何默默瞪大了眼睛注视着自己的妈妈，看见她表情变得复杂痛苦。

她听见何雨斩钉截铁地说："你不是要了解我吗？你妈我这辈子最大的希望就是，你的一辈子，跟我的一辈子，一点都不像！"

"鸡汤快好了，你自己盛出来喝的时候加点盐。"

房间里安静得像是爆炸后的废墟，何雨从沙发上站了起来，手扶着沙发的靠背，她的女儿低着头，双手攥在一起。

不用看也知道，现在这孩子的嘴一定又绷起来了。

她想笑，却又笑不出来。

她的两只手一起扶住沙发靠背了，慢慢转了个身，走向了自己的卧室。

"妈。"何默默叫住她，"你是不是……"

明明眼前的一切都是熟悉，却就是有什么陌生的东西存在，它让空气变得稀薄，让唇齿变得艰涩。

"你是不是……"

"我不想跟你说了，我去休息会儿，你吃完饭好好学习。"何雨没有回头，说完这些话她就进了卧室，门一下就关上。

何默默坐在那儿，张了张嘴，无声地说："你是不是……讨厌自己的人生？那……我呢？"

何默默的手背上落了一滴水，又一滴水。

"我呢？"她又声音低低地问，不知道是在问妈妈还是在问自己。

鸡汤下的灶火关了，洗净的碗筷放在沥水盆里，水沿着碗上的纹路缓缓聚集，最后滴了下去，仿佛是她们这一场"交流"最后的收尾。

"请注意，倒车。"

"请注意，倒车。"

响起的电子音有些怪异，它的第一声响起的时候，这对母女在各自房间，一个躺在床上蒙着头，一个坐在桌子前面写功课。

何雨从床上坐起来，她疑心是楼下有车，却又觉得这个声音就在耳边。

"请注意，倒车。"

"请注意，倒车……"

她在床边绕了半圈儿，才发现发出声音的是自己左手上的那个"手表"。

"是你啊，折腾什么呢？能不能让我这个刚跟孩子吵完架的妈好好冷静一会儿！没有你真整不出这些事儿来。"

嘴里抱怨着，何雨看了一眼"手表"，下一刻，她几乎是从床上弹了起来。

"默默！"

"请注意，倒车。"

"默默！这个时间它坏了！我的天啊，默默，今天这事儿大了！"

"请注意，倒车。"

拥有 S 级抗干扰能力的何默默在她妈"砰砰砰"砸门的时候抬起了头。

"默默！默默！你快看这个'表'，要了命了！"

何默默站在自己的房间门口抬起手臂，微微发红的眼睛也瞪了起来。

随着每一句"请注意，倒车"，时间就会增加一天，现在已经是"103"。

"它怎么还不停啊！"何雨气得拍自己的手腕，声音还没停止，她觉得自己的血压也要飙上去了。

"挺好的。"深吸了一口气的何默默抬起了头，"我不需要了解你，你说什么我都听着，我们就一直这样好了，你继续说狠话拒绝和我交流，我们就一直这样沟通下去，你一定能替我去高考。"

何雨觉得自己的女儿是在火上浇油。

"你别在这个时候跟我闹别扭!"

"现在已经是 107 天了。"

何雨抓住了自己女儿的胳膊:"你不是要谈吗?你想谈什么谈什么,来,咱俩说。"

何默默想说"你是不是觉得我是你失败人生的一部分",可看着何雨又急又气又慌,脚上连拖鞋都没穿,她又说不出口了。

这是她妈妈——妈妈这样的惊慌失措,还是为了她。

何默默手指抠着掌心,看着失态到了极致的"自己",她想起来手是妈妈的,又慢慢松开了。

魔音一样的声音终于停了,何雨心力交瘁,"手表"上面的时间最终变成了"121",她恨不能把它咬碎吞进肚子里。

"抠抠搜搜,费半天劲你往前挪一天,往后退你倒是飞快啊,来的时候步行,走的时候你是开车呀。"

何默默坐在沙发上,和不久之前的位置一样。

她妈坐下,看了她一眼:"鸡汤喝了吗?放盐了吗?"

仿佛是已经冷静了下来。

"……喝了,放了。"

女儿有脾气了,何雨叹了口气。

又过了好一会儿,何雨说:"你想了解我跟那几个男的是吧?那我就跟你说,今天你遇见的是谁?"

何默默低着头:"白叔叔。"

"你白叔叔今年三十六岁,在一家公司当经理,三个人里面他算是家境最好的,年纪也是最小。我们俩是在你桥西阿姨的店里认识的,他去那儿喝咖啡谈生意,我呢,正好那天去找你阿姨说点事儿。你桥西阿姨跟他们公司有来往,就拉着我们俩认识了……他偶尔来商场都带束花,请我吃了两顿饭,不过到现在他也没说明白是什么意思。他大概就是觉得什么都没说破呢,突然我就拒绝了他,他才又来了一趟。他跟你说什么了?"

何默默回忆了一下,先想起了一个中年大叔深情款款看着自己时内心的惊恐。

"就问我为什么不联系了,跟你说,希望你再想想,他一直等你……"说着说着,何默默觉得尴尬了。

"扑哧!"何雨斜看着她,终于憋不住笑了出来,"还有吗?"

"没了，那花我也没收。"何默默的头更低了。

"这你都乱糟糟的，还想替我谈情说爱呢？话没说两句你就让人吓跑了？"

"我是没反应过来，而且，我也不是想替你谈情说爱。妈，我只是想更了解你，我觉得从这些喜欢你的人身上，我能看到你更多的一面。"何默默努力地表明自己的态度。

"更多？"何雨想说什么，看了一眼手腕，她转头看向关着的电视，"在他眼里，你妈妈我漂亮，应该也算是老实，说不定他还动了一点娶我回家的心思，但是他主要还是想……总之，你放心，之前是没挑明，我也没拒绝，但是现在我都拒绝了，一会儿再给他发个微信说一下就彻底没什么了。

"再说一个，是个姓林的公务员，今年四十四岁，有个十二岁的儿子，他呀是……我们俩认识也挺久了，去年又遇到才知道他离婚了，单身男人的日子不好过，他是想找个人替他洗衣、做饭、教孩子，我手里有你这么一个金字招牌，他可不就看上我了嘛。我们俩男未婚女未嫁的时候就认识了，要说他喜欢我，肯定谈不上，他那时候条件挺好呢，要是追我，我说不定就从了，也没你……反正，我大半是把他当认识的大哥，他也是没挑明，经常周末的时候带着儿子去我那门店，说是给他妈挑衣服，七十多岁的老太太了，难为她被儿子拿出来当借口。"

何默默小声说："说不定他以前就喜欢你。"

何雨"哈"地笑了一声："你可别吓你妈，他当年喜欢穿白裙子长头发的，你妈我那时候就是个疯丫头……也就……反正那时候他不可能喜欢我。"

想起了自己年轻的时候，何雨往沙发里靠了一下，说："默默，你林伯伯总说我变化挺大的，我想想觉得也是，我以前不会做饭，都是后来学的。你姥姥那时候天天说我以后肯定是个邋遢婆，但我现在不也把你收拾干净了？没有不变的人，只是有些傻子，以为一时一刻，就能凝在那儿不动了。"

何默默抬头看她妈，看见她妈面带微笑，眼神里像是有什么随着傻子的幻想一起凝固。

"最后剩了老郑，这个你认识。"

皱了一下眉头，何默默也没想到那个追自己妈妈的"老郑"是谁。

"你初中有个同学叫郑飞，坐在你后面，老郑就是他爸，我去给你开家长会……"

何默默没想起来这个同学，不过这不重要："家长会上见一面他就追你了？！"

她妈看着她一脸惊讶的样子，回答说："啊，是啊。"

"就一场家长会！能说几句话呀？！"

何雨认真回忆了一下："没说话。"

何默默一脸费解："这就是一见钟情吗？"

何雨又被逗笑了："怎么可能，他那时候还没离婚呢。今年年头碰见我，没两句话他就说离婚了要追我，人模狗样地送这送那，我拒绝呢，他就说我什么时候不单身了他什么时候不追了……不就是看上了我的脸吗？可能我之前说得太难听，伤了你的心，可是你想想，默默，哪个离了婚的妈妈会希望女儿也经历自己这一遭呢？

"趁着年轻的时候，去最好的大学里，遇到一个喜欢的人，在单纯的时候随便你去心动、去山盟海誓，妈妈相信你比妈妈聪明，你会读一个够好的大学，选择一个足够好的人……"

在何默默的眼中，揭掉了何雨身上的"母亲"这个标签之后，显露出的是一个漂亮、努力、有魅力的女人。

可她不自信，她人生中有一大段美好的东西颓败在了旧有的时光里，被灰尘掩埋，随着时光褪色，剩下的蜕变成了名为"成熟"的枝蔓，虬结在她的心里。

"妈妈，我觉得，我觉得你也可以找一个真正爱你的人。"

"不说这个。"

何雨摆摆手，看看自己的手腕："我说了这么多，你好歹变变呀。"

倒计时的时间缓慢地，从"121"跳到了"120"。

刹那间，何雨觉得自己真应该打个 120 了。

"我说了这么多，你就给我减一天？你讲讲道理嘿！我就一次不想沟通，你给我加了一个月！让我说啥我也说了，你就给我减一天？！"

可这"手表"不声不响地待在手腕上，真是把人气得半死也无计可施，在沙发上闷了十分钟，她摸了摸肚子，饿了。

"我先去喝碗鸡汤，然后炒两个青菜咱们吃晚饭。"

看着她一脸的疲惫，何默默张了张嘴，只能说："好的，妈。"

晚上十一点，何默默坐在床上，像复习老师上课的知识点一样地回忆和妈妈的对话。

"我觉得你也可以找一个真正爱你的人。"当她说出这句话，妈妈不愿意再聊下去了。

她找过的，也许在某一刻，她以为自己找到了，只是那个人抛弃了她们，时至今日，他依然隐藏在妈妈的言语里。

"林伯伯，是认识爸爸的吧？"

想通了这一点，何默默就像是一下子抓住了知识的脉络，妈妈的那些话背后隐藏的意思，何默默觉得自己恍惚地听懂了。

在妈妈身体里的女孩慢慢抱紧了被子，仿佛是被冷到有些发抖。

黑暗中，她突然意识到，她的妈妈——这个被很多人喜欢的、值得被人喜欢的妈妈，也和自己一样，有着深刻的、因为被抛弃而产生的痛苦。

她妈妈，是会痛的。

周日，何雨女士终于放弃了懒觉，她走出卧室的时候发现何默默房间的门是开着的。

别人眼里的漂亮的中年女人低着头，嘴皮子动得飞快。

何雨看了一眼就知道自己女儿是在背单词呢。

"默默，妈妈给你摊个鸡蛋饼当早饭？"

何默默放下课本，从房间里走了出来："我七点半的时候煮了稀饭，应该快好了，本来想煎个鸡蛋的。"

何雨系上蓝色的围裙："熬了粥你说一句就行了，出来干什么？继续背单词吧，妈妈今天给你摊鸡蛋饼。"

何默默没有回房间，她跟在她妈妈身后，一路跟到了厨房门口。

何雨从柜子里舀了大半碗面粉出来，一抬头就看见自家女儿正站在厨房门口当门神呢。

"怎么了？饿了？"

何默默摇摇头，低声说："我就想看看你。"

"有什么好看的？我现在顶着你这张小嫩脸儿呢。饿了就去客厅坐着等，饼摊好了我就给你送过去。"

"不是饿了。"何默默脚下不动，手抠着门框。

何雨"啪啪啪"打了四个鸡蛋进了面盆里，又去切葱花，手上活儿一起来就顾不上女儿了。

何默默就站在那儿看着妈妈。

当她站在了一个会痛的人的角度去观察自己的妈妈时，她好像突然理解了妈妈对与她沟通的抵触。

这只是很浅显的理解，却又像是在她的心里劈开了一个新的疆域，有些新奇，又觉得世界，不，是她的妈妈又被她看到了更多。

平底锅里"滋滋"作响，开了油烟机都挡不住鸡蛋饼的香。

吃饭的时候何默默一直笑眯眯的，何雨看她的表情总觉得自己的鸡蛋饼做出了五星饭店大厨的水平。

"有这么好吃吗？"何雨几口吃下了一张饼，咂咂嘴，"我也没觉得自己进步了呀。"

何默默抬眼看看她，一直笑着吃完都没告诉她——自己在笑什么。

吃过了饭，何默默就得去上班了。

何雨跟她说星期天的公交车好坐，她可以晚几分钟走，何默默晃了晃手里的手机说："昨天门店来了新款式，我去拍几张照片。"

何雨看她一副斗志昂扬的样子，想说她没必要在这份工作上用心，还没来得及说，家门就被何默默关上了。

何雨叉着腰在房间里晃了一圈儿，一会儿觉得自己心疼，一会儿觉得自己心烦，抬手想骂手表，看了一眼上面的数字，她张了张嘴，觉得一口气都被憋了回去。

"咋回事儿？怎么就'99'了？你是现在想起来昨天晚上欠我的了？"手表不会回答她，何雨捂着自己的心脏，算是彻底没了怒气。

吃过了早上这一顿，何雨一直到中午十二点都坐在沙发上看电视剧。

手机响起来的时候，她随手接了起来。

"喂？"

电话对面传来了一个陌生的年轻男人的声音："默神，你怎么接电话了？不是，默神，你是女的？"

什么默神？

何雨觉得对方是打错电话了，挂掉之后才想起来这是她女儿的手机。

马上，那个号码又打了过来。

何雨还是接了起来。

"喂？"

"喂！这就是默神的电话我没打错啊，默神，游戏名'不如一默'对吧？难怪默神你从来不接电话呢，原来你是女的，声音真脆。嘿，先不说这个了。默神，江湖救急，我亲友认识的一个大腿今天想开金团找人打工，先付后打全包，开大铁给大红包，缺个副T（T是坦克，游戏里俗称'肉'，能抗伤害，能输出的角色；副T是游戏中防止主T因抗受伤害量过高死亡而帮助主T分担伤害的角色），你来呗。咱们按老规矩来，分你的'金子'我换成钱微信转给你，你看行不行？"

说实话，何雨除了"换成钱微信转你"之外啥也没听懂。

她看了看何默默的手机，确定这还是人类的通讯设备。

"啊，那个……"

"默神你还有要求？没事儿你说！我知道你PVE（玩家对战环境）就一套防御装，要不这样，我跟大腿商量一下出了你的牌子就给你，钱还一样，你看怎么样？"

何雨真是难得有说不出话的时候。

她摸了一下属于何默默的大腿，实在想不出来，为什么一个"大腿"还能给她钱了。

不过，默默在赚钱，她之前还真是不知道。

"咳，不好意思啊，我不是……你要找的人，我是……她……"

"你是默神的妹妹？"

很好，何雨把"妈妈"两个字吞了会去。

"你刚刚在说什么呀？"她迅速把语气调到了"一派天真"挡位。

"我是在说游戏。"

何雨恍然大悟，继而震惊。她对如今这个时代的游戏的认知还局限在《开心消消乐》和《全军出击》，她这还真是第一次听说玩游戏能赚钱。

"小妹妹，默神是你哥哥还是你姐姐呀？"

何雨面无表情地说："才不告诉你。"

对方"嘿嘿嘿"地傻笑了起来："默神的妹妹也太甜了吧！"

今天的何默默是工作起来比之前都要认真的何默默，她不止拍了衣服新款的挂架照片，还在店长左心的怂恿下试穿了几套。

何雨的身高中等，但腰细腿长、肩膀平直，穿什么衣服都好看。

何默默照着镜子，左看看，右看看，大概明白为什么妈妈嫌弃她总把头发扎在头顶了。

"等我修了照片也发朋友圈。何姐啊，你就应该给咱们门店当模特，之前让你拍你都不肯，太浪费了。"

听店长这么说，正在换衣服的何默默愣了一下。

给客户发图的时候她并没有发店长传给她的照片，老老实实地发了货品的在架图，有客户要看上身效果，她也跟何雨之前一样发的是商品册里拍下来的照片。

今天来店里的人比昨天少，但是买东西的人多了。

何默默拍图的时候顺便看了衣服的吊牌，衣服的材质和剪裁她也都能说上几句了，她言词清晰，话说多了能让人感觉到一股书卷气，虽然不够世故体贴，但也不让人讨厌。一个顾客一边跟她说着话一边买了两身衣服，加起来有四五件，给对方结账的时候，她仿佛都能听见自己的心跳声。

不靠妈妈的"人脉"，她第一次有了一种自己在工作上也能接近妈妈的感觉。

靠在柜台后面想休息一下，她掏出手机看见妈妈发来了一条消息："想玩一下你玩的游戏，可以吗？"

好像没什么不可以的。

销售员何默默认真回忆了一下游戏大佬何默默的游戏生涯，觉得应该没有什么会"追杀"自己的"仇家"。

她把账号密码发过去，还嘱咐了两句："不会操作可以看一下新手攻略。"

又有一批客人来了，何默默收起手机，斗志昂扬地继续向"金牌销售何雨二世"发起冲击。

轻易就拿到了自己女儿的游戏账号和密码，何雨登录游戏，看见了几个穿着跟古装剧里一样的动画人像，其中一个的名字就是"不如一默"。

"游戏人物是男的呀？怎么还是个和尚？小姑娘玩和尚的角色……"何雨边念叨着，边登上了游戏。

电话又响了，何雨接起来，还是之前那个玩游戏的男孩子："默神的妹妹，游戏是你登的吧？我们还有一个多小时开团，我教教你，你能学会了就替你哥把本打了，我也不用找别人了。"

何雨晃着鼠标一个一个点图标过去看。

"你先看看你哥还是姐有没有……"

十五分钟后。

"妹妹，你打过游戏吗？我不是说那种戳屏幕的手游啊，就是电脑游戏，类似这种的。"

何雨费劲巴拉地操纵着那个光头和尚对着一根木桩子放招，恨不能脸都跟着使劲。

"玩过，我玩过《热血传奇》。"

过了十几秒，对方终于挤出来了一句："妹妹你……挺复古啊。"

复古吗？

何雨想起自己二十几岁的时候曾挤在狭小的网吧里玩游戏，那时候的电脑屏幕都还有个笨重的后脑勺，《热血传奇》是火得不能更火的游戏，而她，还是那个无忧无虑以为未来和梦想都触手可及的何雨。

现在，这些都被淘汰了。

"复古怎么了？我还打过'沙城'呢！"

对方："……"

"她打游戏很赚钱吗？"有的没的聊了一会儿，她问对方。

"你说默神啊，这可不好说，不过默神确实玩得好，过年的时候她跟人插旗单挑就没输过，不然怎么叫默神呢，阵营战的时候一个龙爪功……就是不说话，酷死了。"

听不懂的东西实在是太多，何雨唯一知道的就是自己的女儿玩游戏也是一等一的厉害。

玩这个游戏比何雨想象中简单，一些按键按熟了就能让人物流畅地动起来，放一个技能还金灿灿的挺好看，有一个按钮只要摁下去就能不停地放技能，听说叫"宏"，还是何默默自己写的，何雨按得十分开心。

"唰！唰！唰！"

玩游戏也比想象中难，何雨蹲在一个聊天软件里听人们你来我往地说话，觉得跟听外语也不差什么了。

周日是团队副本周期的最后一天，想要打副本的基本都打过了，因为实在找不到合适的"和尚"，那个游戏昵称叫"跳跳春风"的人还是把何雨拉进了他们的团队里。

何雨一路战战兢兢，别人让她干什么她就干什么，顺便认真学习"外语"，听人说个五六次，那些词的意思她大概就知道了。

"跳跳春风"也挺护着她，有人听说她是"不如一默"的妹妹，拐着弯儿问她话，他也都拦了。

游戏里的小人蹦啊跳啊过了几个机关，打了几个花里胡哨唱戏似的东西，何雨也觉出了这游戏的几分好玩。就在她觉得何默默这个钱也赚得挺容易的时候，她的屏幕发出了红光，然后暗了下来变成一片黑白。

何默默今天的销售业绩创了她个人的纪录，是她的个人纪录，不是"何雨"的。

在公交车上背知识点的时候她很开心。

下了公交车走回家的路上她还是很开心。

打开家门的时候她也……

"默神快救命！我要死了！"

"……"

何雨乖巧地坐在一边，看着自己的女儿拿出耳机戴好，然后沉着脸噼里啪啦地打字。

"你怎么不打了？"

键盘突然安静下来，何雨害怕地看了一眼屏幕。

"第三个boss（代指游戏中压轴的非玩家控制角色）已经过了，我们在赶路。"何默默回答她妈。

"过了？怎么过的？"

"这个boss有三种打法，这个团的治疗……"何默默说了两句就停了下来，"你要学吗？"

何雨坐得更乖巧了，刚才游戏里那个人物死去活来的样子给她留下了心理阴影，她说："也不是很想学，我就是随便问问。"

何默默点点头，又开始噼里啪啦地玩起游戏。

噼里啪啦，一个boss倒了。

噼里啪啦，又一个boss倒了。

何雨用一只手撑着下巴看着自己的女儿，脸上挂着笑容。

这副皮囊是她的，可这样的姿态是她女儿的，专注、自信、游刃有余。

屏幕里的"和尚"穿了一件白色的袈裟，随着技能的金光，大袖飘摇，明明是一样的技能和东西，女儿玩起来好像就是和自己不一样。

帅气的"和尚"仿佛成了女儿思维的具象化，把她隐藏在年龄后面更成熟、更有决断力的一面展现了出来。

她们家用的耳机还是去年配电脑的时候卖家送的，有点漏音，何雨能听见里面闹哄哄的声音，大部分是模糊的，有一个短音不停地重复，她终于听清了那些小孩儿说的是"默神牛"。

在这样的气氛中，何雨大概理解了为什么他们会叫自己的女儿是"默神"。

"默……默啊，妈妈给你当后勤，晚饭你想吃什么？芹菜肉馅的饺子好不好？"何雨站了起来。

又是敲键盘的间隙。

何默默转头看自己的妈妈，说："我还有四十分钟就结束了，你陪我打完，我和你一起包饺子。"

"好呀！"何雨眨眨眼，又坐了回去。

剩下的事情果然如何默默说的那样顺利，三十七分钟后，最后一个 boss 倒下，何默默跟"跳跳春风"确认了一下钱到位了，就退出了副本。

"默默你还靠这个游戏赚钱啊？"

"不是靠游戏赚钱，是玩游戏发现能赚钱，就做一点。"

何默默拿起手机主动把转账记录给妈妈看："之前有新的副本开荒一次能拿七八百，我打过几次，后来他们想刷副本买装备，我就一次收四百，现在副本都打熟练了，一次就一百多，还有一点是我寒假的时候卖材料赚的。"

林林总总加起来，有四千多块。

"我不是因为缺钱才这么做的，我挺喜欢这种靠自己擅长的东西去赚点钱的感觉。"

坦诚、坦白、坦率……把自己真实的想法说出来，何默默在一步步地做尝试。

想问的话好像都被女儿说了呢。

何雨拍了拍自己女儿，说："走吧，陪妈妈去买菜包饺子。"

"好。"

"包点儿芹菜肉馅的，我们再包点儿素饺子好不好？"

"好。"

"那我们就用你今天赚的钱买肉吧。"

"……行。"

何雨又拍了拍女儿的肩膀，"嘿嘿嘿"地笑出声："他们连你是男的女的都不知道，还问我，我哪能告诉他们呀。跟妈妈说，游戏里有没有人追你啊？"

女孩有些不好意思地说："没有。"

"真没有？"

"没有，我玩游戏，还是比较喜欢数值计算。"

何雨还是抓着这个问题不放："不可能呀，我家女儿玩游戏这么帅，被人叫默神呢。"

嘿呀！何雨有些惊讶地看着原本属于自己的脸。

"你这样就脸红了！默神？默神？"

何默默抱着外套穿上鞋就冲出了房间，留着她妈靠在门口的鞋架上笑着喊："你等等我啊！"

回答她的是"哒哒哒"下楼的声音。

何雨听着声，换鞋的时候还在笑。

站起来的时候她看着脚上的粉色运动鞋，忍不住"扑哧"一声又笑了出来，自言自语地说："不管当了谁家的神仙，这不还是我家的傻丫头。"

何雨下到楼下看见何默默就在单元门口站着，已经穿好了外套。

她们住的小区也十几年了，春风一起，物业搞的绿化带和住户们开垦的小菜园都生机勃勃。

何雨走了几步，指了指不远处，说："默默，这片地种的什么你知道吗？"

何默默比她略靠后半步，顺着她的手指看过去，是一片绿色的植物，一尺多高，枝叶舒展，零星开了几朵小花。

"是辣椒吧，姥姥种过。"

何雨愣了一下，然后叹了口气："你姥姥真是什么都倒腾，你清明前回去的时候她在干什么呢？"

"过年的时候有人送了她很多四川的腊肉，她一直没吃完，还拉着我一起吃。"

"哼。"何雨撇了一下嘴，"那是吃不完吗？你姥姥一直都这样，有点什么就当好东西囤起来，过了一阵发现放不住了又着急了，上次我送的鱼也是，一共两条，她非要冻起来一条，到了八月十五又端出来了。"

说话的时候她还比画着一个大鱼盘子，像模像样地往外端，何默默笑了一下。

"你别光笑，下次去见你姥姥你跟她说别总这样了……"

"不对。"何默默打断了妈妈的话。

何雨停下了脚步。

"哪里不对？"

"不是我跟她说。"何默默抬手指了指自己的脸，"是你跟她说。"

少女模样的何雨呆住了。

"不、不用吧，咱们还有……"她看一眼手表上的时间，"98 天就换回来了……哎？怎么又少一天？"

"妈，'何默默'要是三个月没去看姥姥，不用三个月，姥姥要是一个月没见到自己的外孙女，肯定会天天打电话过来问的。"

何默默眉目里都藏着笑，大概是亲身经历太惨，竟然自发学会了看笑话，别人的笑话她未必会看，但她妈因为在自己的身体里而窘迫的场景，她百看不厌。

"我都忘了还有你姥姥这茬了！"何雨手里掐着手表，心里有些说不上来的滋味。

走出小区，过了马路，她突然对女儿说："要不我们再聊聊，砍几天……"话还没说完，她又自己否定了，"算了，上次差点把我吓死，过几天再说吧。"

何默默跟在妈妈身后没说话。

风吹过她的衣领，她抓了一下，道旁的院子里两棵樱花开了，娇俏的花瓣儿跟春天私奔，她一把抓住一片，又放它去风里招摇。

人行道上有砖碎了一角，一缕嫩草从里面挣扎出来，她看了一眼。

菜场里的鱼活蹦乱跳溅了一地的水，她踩过水流淌的痕迹，鱼张了张嘴，她也张了张嘴。

走在她前面的妈妈大概还是满心的烦恼，可她的愉悦终于从心里生了出来，潺潺不绝，荡涤肺腑。

妈妈叫我"默神"时候的那个眼神，真的是好崇拜的样子啊。

"看什么呢？说要请客的来交钱啦。"何雨拎着一块牛肉在前面叫她。

何默默立刻掏出手机去付账，这让她自己都觉得自己有点膨胀。

晚饭的饺子是芹菜牛肉和韭菜鸡蛋虾仁两种馅儿的，何雨又买了一瓶醋，一共花了何默默 87.4 元。

两种馅儿的饺子一锅煮出来，透过被煮到透明的薄皮能看见牛肉是红的、韭菜是绿的，当然，都是香的。何默默端着蒜泥出来，正好看见妈妈用筷子把红色的饺子从她面前夹到另一个盘子里。

她放下蘸料，随手把盘饺子换了个位置。

何雨抬头看她："你干吗呀？"

"你在长身体，多吃肉。"何默默有理有据。

"我……"何雨看看自己的手，埋头吃饺子。

"你明天发消息给你姥姥，就说你最近忙着竞赛什么的，先不去看她了。"

"你让我撒谎？"

"这不是撒谎。咱俩现在情况特殊，你姥姥喜欢的是你，我顶着你的皮去看她算什么事儿啊？我跟她一直说不上来话，到时候三句话吵起来，影响你们俩感情。"

"妈，我越是这么说，姥姥肯定越关心，说不定明天她就端着炖好的排骨过来了。"咽下饺子，何默默慢条斯理地说出逃避的后果。

何雨突然觉得虾仁卡嗓子。

入夜，何默默去房间里学习，何雨看电视剧。

电视屏幕里热热闹闹，她却总是忍不住走神去看放在茶几上的手机。

这是何默默的手机。

今天是周末，说不定老太太突然就一个电话打过来了，然后自己一接电话，那边一句来"默默宝贝儿"。

何雨被自己的想象惊了个寒战。

下一秒，手机屏幕亮了起来，然后是来电铃声响起。

何雨愣愣地盯着手机屏幕上的"姥姥"两个字，觉得这个手机可能要爆炸了。

她一直动也不动，直到铃声结束。还没等她喘口气，电话又响了起来。

不知名的钢琴曲第四遍响起，何雨终于伸出了手。

"喂。"

"默默宝贝儿，学习呢是吧？有没有想姥姥呀？"

"姥……姥。"

"哎！明天来不来呀？想不想姥姥炖的排骨呀？你明天过来，姥姥给你做香椿芽炒鸡蛋。"

何雨清了下嗓子，回答："不用。"顿了一下，她的语气又软了两分，"这个周末我的作业比较多，快考试了。"

"那姥姥过去给你送排骨吧！"

何雨觉得自己背上的寒毛几乎都要竖起来，舌头下面像是挂了个铁饼似的。

"不、不用了，我要去学校补习。"

"唉。"听到对面的声音苍老又柔软，何雨感到自己的心里紧了一下。

"好吧，默默不忙了就来找姥姥，啊！姥姥把香椿芽腌起来，等你来了给你吃，你去年春天在姥姥这吃炒嫩豌豆吃得可香了，记得吗，嫩豌豆也是只有这个时候才有的。你什么时候要来，提前跟姥姥说一声，姥姥跟卖菜的去约最嫩的菜给咱们默默宝贝儿吃，好不好？”

何雨的一颗心好像被拉出身体到了远处，又会回到原地，带着长长的疲惫，她终于回答：“好。”

“手表”上的时间是“97”，何雨看了好一会儿，长长地叹了一口气。

现在是星期一的早上六点五十分，她作为"何默默"正坐在教室里。

“何默默，你昨天没来吗？物理老师和数学老师都发了一张卷子，明天要讲。”路过的班长好心提醒她。

市一中的住校生在周日晚上要上晚自习，走读生可来可不来。何雨之前都不知道，她只知道每周日的晚上她女儿就背着书包上学去了，昨天晚上十点多女儿才突然告诉她周日晚上也是得上晚自习的，何默默跟她说了没事儿，她才安心了下来。

“谢谢你的笔记。”

时新月来的时候就看见"何默默"笑得一脸阳光灿烂，她在距离座位还有半米的地方停住了。

“怎么了？”何雨低头看看自己身上。

时新月缩了一下脖子，慢吞吞地坐回了座位。

“不、不用谢。”

瘦弱的女孩接过课本和笔记，发现最上面摆着一个块巧克力。

“这个巧克力可好吃了。”何雨这话说得真情实意。她好朋友于桥西每次从国外回来都会给何默默带巧克力，何默默不太爱吃，反而是何雨经常去上班的时候就拿一块走，晚上看电视看得嘴里没味儿也开冰箱吃巧克力，所以，要不是真心想谢时新月，她还未必会拿自己最喜欢的这款来呢。

时新月小心翼翼地看了看巧克力，看都没敢看自己的同桌，低着头说：“我……你不用给我。”

“你别跟我客气。”

小姑娘的头发是黄褐色的，透着几分营养不良的样子，又细又贴，随着她的动作垂下来挡住了半边眼睛。

要不是记得自己现在也是个高中生，何雨都想揉揉这个小姑娘，说两句心疼的话了。

过了半分钟，时新月还是不肯接，何雨直接拿过巧克力拆一颗出来放在了她嘴里。

叼着或者说含着巧克力的时新月震惊了，眼睛瞪着"何默默"，她的瞳色也浅，眼睛瞪圆了跟小猫儿似的，何雨终于没忍住，笑着捏了一下她的脸。

时新月一直僵到了上课铃声响起。

自习课时，何雨拿出了英语课本，看了两眼就是头晕目眩。

后面的小姑娘又戳了戳她，问："何默默，周五数学老师发的卷子你做完了吗？"

做完是肯定做完了，何雨从书包里掏出何默默做好的作业，掏到一半，她想起了什么，抬起头凑到了时新月的耳边。

"新月，作业，你看吗？"

时新月吓了一跳，差点儿从凳子上弹了起来。

周围的同学被短暂的骚动吸引，小姑娘察觉到别人的目光后，耳朵一下就变红了。

"我……"

"你借笔记给我，我借作业给你看，这是互相帮助，礼尚往来。"何雨压低了声音说，"你要是不借我的作业，我也不好意思再借你的笔记了呀。"

"笔记，你随便……"

"我不，我是要跟你交朋友，不是要占你的便宜。"

何雨阿姨浑然不觉自己现在说话的动作和表情就有点占人便宜的意思。

时新月好像被她的话吓到了。

何雨直接开始翻作业，问："数学的卷子，要吗？"

时新月："嗯。"

"物理的呢？"

"我……"

"物理的也给你。"

时新月看着一份份放在自己面前的作业，手足无措。

何雨看着作业就头大，干脆一摞都甩了过去："你语文好，除了语文都给你。"

时新月低着头只会点头了，不像是借作业参考的学生，更像是被土匪欺压的小可怜。

她们同桌俩闹出来的动静别人也听见了。

时新月身后坐的贝子明探头看了一眼，小声说："格格，何默默的物理卷子你先给我看看。"

"看什么？"还没等时新月说话，何雨先出声了，"要借我作业跟我借，我是借给她，她就得先还给我。"

贝子明"哦"了一声，坐正了身子继续写字。

何雨趴回了桌子上，继续跟英语单词大眼对小眼，也不知道她旁边坐着的那个幼猫似的小姑娘抬起头小心地看了她两次。

周一的早自习，教室里的气氛有些浮躁，就连何默默身后那对同桌都在小声说话。何雨眨了眨眼睛，她两天没睡好了，实在是犯困，下课铃响起之前，她就意识模糊了。

"格格，这是何默默的物理作业？借我看看。"

"不行，跟、跟何默默借。"

"她睡着了，你赶紧给我看看，我上课之前就还给你。"

"不行。"

"格格，你干什么呀？跟全年级第一坐一起也不用这么狐假虎威吧？"

"不是，我、我没有。"

"是我跟她说先把作业还了我，我再借别人的。"趴在桌子上睡觉的"少女"眼睛还没睁开，声音沁着四月里晚风的凉，"因为她是我朋友，我才先借给她的。"

周围似乎安静了下来。

"何默默"睁开眼睛，打了个哈欠。

站在时新月那边的是个脸很白的女孩，她把校服敞开了穿，露出来的T恤花里胡哨，校服袖子也是挽起来的，手上戴了手表和好几条彩色手链，一头黑发蓬松地在头顶卷成了一个鬏。

女孩看着"何默默"，表情很难看。

何雨看着她，手伸进了书包里："我带了饼干，你要吗？"

"啊？"

撕开饼干的包装，何雨把一片饼干放在自己嘴里，又把剩下的递到女孩面前。

"我饿了，你不饿吗？"

女孩看看饼干，又看看"何默默"，再看看缩在一边的时新月，嘴嗽了一下，才说："我才不饿，你自己吃吧！"

"哦。"何雨收回了饼干。

说完这句话，看着"何默默"，小女孩又觉得自己是不是太凶了。

"何默默，我能排在格格后面看看你的物理作业吗？"

"什么？"叼着饼干的"何默默"一脸茫然。

"我说格格看完了……"

全校公认的学神那张平时很冷淡的脸上还是完全听不懂的表情。看着这样的表情，她说不下去了，变得茫然起来，不知道是哪里出了问题。

"何默默"吃完了嘴里的饼干，说："新月，下节课语文要检查背课文吗？"

"啊？"时新月不知道为什么自己又要说话了，她愣了一下才轻轻摇了摇头。

"知道了，谢谢新月。"

说完，"何默默"又看向那个女孩："你刚刚说什么？"

"我说格格……"女孩恍然大悟似的突然改了口，"我是说等……时新月看完了你的物理作业，我能看一下吗？"

"好啊！新月看完了我给你送过去。"

"不用，我下个课间自己过来拿，谢谢啦。"

几分钟前还说话不好听的小姑娘就这么走了，何雨在心里笑了一下，"咔嚓咔嚓"又吃了几块饼干。

跟她家默默那样不好糊弄的小孩儿还是少的嘛。

"谢谢你。"时新月耳朵红红，说话的样子比之前还大胆了一点，"其实我已经看完了。"

何雨笑了："其实我知道。"

小女孩抬起头，眼睛里写满了惊讶。何雨抬手轻轻拍了一下她的手背："配合默契！"

时新月受到了惊吓似的把手收了回去，她看了看"何默默"，又把手放了回去，耳朵更红了。

何雨笑了一下，又想起了自己的女儿。

女儿很爱学习，可她想象不到女儿真挚地去热爱什么的样子。

热爱……

她东想西想的时候，教室门口传来了一阵异动。

"何默默，有人找你。"

何雨以为又是李秦熙那个热情的小伙子，一抬头看见的却是几个小姑娘。

她伸了个懒腰走出教室，几个小姑娘把她围在了窗台旁边，其中一个女儿挑着眉毛问她："何默默，你周五晚上是不是和李秦熙一起吃饭了？"

哦哟！现在的小孩子呀……

何雨的目光从这四五个小女孩的脸上扫过，最后停在了问自己的这个人身上。

"是啊，吃了，还有我妈。"

女孩们有些惊讶地互相看了看："为什么你妈要和李秦熙一起吃饭？"

"为什么？"何雨唇齿轻动，仿佛把这三个字细细品了一下。

"何默默"几天来总是挂在脸上的笑容不见了，此时，何雨从对方的眼眸里看见了因为愤怒而气势逼人的女儿。

她这才意识到自己的愤怒比自己以为的还要强烈。

"因为我妈认识他妈，所以请他吃饭，有问题吗？"

还没等这些女孩再说什么，一只手抓住了她的肩膀把她从包围圈里拖了出去。

"哎？"

"你们又是什么东西，敢来这儿堵人？"

何雨回头，看见了一个女孩。

女孩拉住"何默默"的手臂把她护在身后，俨然一副保护者的姿态："李秦熙他跟谁吃饭是他的事儿，你们来找别人的麻烦，你们又是什么身份啊？"

不疾不徐的嗓音，不温不火的态度，显得这个女孩格外不好惹。

何雨不认识这个"见义勇为"的女孩，这些来找她的女孩显然是认识的，她们脸上的表情都变了。

"林颂雪你不用管这件事，我们就是来问问……"

"有什么好问的，那么喜欢李秦熙你们去跟着他呀，骚扰别人算什么本事？"

何雨站在小姑娘的身后，看着她一头微卷的长发被梳成了漂亮的高马尾，头上戴着一个有点旧的塑料发夹。

女孩的手指还挺有劲儿的。

刚刚问何雨的女孩仰着头说："我们没骚扰她，我们来是想让她澄清。"

护着何雨的女孩笑了，似乎是气笑的："你们让她什么？"

"让她澄清啊，她说了她跟李秦熙之间是清白的，以后他们也不联系了，不就没事了。"

"没有哪条规矩规定了所有跟李秦熙吃了饭的人都要澄清他们之间是什

么关系，你们没有资格、没有理由去跟别人要说法，懂吗？"

有个女孩脖子一梗，说："按照你的说法，你也没资格管我们。"

何雨瞪大眼睛，看见林颂雪猛地上前一把抓住了那个女孩的衣领，连忙上去阻止："别、别动手！"

"你们这种人谁看见了都能管，我今天还就管定了。带着你们那套小圈子的烂规矩有多远滚多远，再来找何默默麻烦，咱们就找个没人的地方聊聊。"

拽着她胳膊的何雨仿佛觉得自己是在看什么 20 世纪的香港电影。

周围有同学在看，小声说："老师来了。"

林颂雪一松手，那些女孩就一路小跑着消失了。

何雨松开了小姑娘的衣服袖子，还没等她说话，女孩看着"何默默"的衣领，先开口了："你放心，我不会为你打人了。"

说完，这个叫林颂雪的女孩转身就走了。

她来去如风，留下何雨在原地，恍惚间何雨不知道自己到底是听见了一个什么剧本的台词。

走进教室，何雨看见了很多关切的小眼神，尤其是时新月小姑娘，哎哟，那担心都快变成眼泪滴出来了。

"没事儿，没事儿啊。"何雨坐下的时候拍了拍她的肩膀。

老师站上了讲台，何雨支起一只手撑住了脑袋，这节课上数学，她又要开始跟睡魔进行艰难的缠斗。

听林颂雪那个小姑娘的意思，她跟默默是认识吧？

何雨盯着黑板，心思又回到了刚刚那个女孩的身上。

"我不会为你打人了"是什么意思？她为了默默跟人打过架吗？为什么默默没说过？

周末玩游戏的时候，何雨还觉得自己家女儿在自己看不见的地方被人叫"默神"特别有意思，但要是她真打架，那就是另一回事了。

默默会打架吗？

何雨回忆了女儿瘦长的胳膊腿儿和那张愣愣的小脸，又想象了一下她打架的样子，差点儿笑出声。

时新月悄悄转头看了身边发呆的女孩好几次，终于把一个小小的字条推到了对方的桌子上。

打开字条，何雨看见上面写着一首诗："默默清名全校传，今日突有小人烦，小人声与名俱灭，不废江河万古流。"

"噗！"何雨用手背捂住了嘴，再抬起头的时候眉眼都舒展开了。

且不说这不伦不类的改编诗通不通顺，只说最后那句，改了这么有气势的一首诗，这是在替她骂人出气又夸她、哄她吧？

"声与名俱灭"看不出来这个小姑娘的气性还挺大。

察觉到时新月还在偷偷地看着自己，何雨小心地把字条收起来放在了书包里。

小姑娘匆匆忙忙转头去看黑板，耳朵又是红红的了。

周一的课大多是讲周末的作业，老师也很少提问，何雨小心地缩在座位里，竟然一次也没有被叫起来过。下午的最后一节课结束的时候她舒展了一下筋骨，劫后余生一般地长出了一口气。

"何默默。"站在门口喊她的男孩手里拎着一个袋子。

甚至都不用抬头，何雨就知道门口的是李秦熙。她叹了口气，起身走了出去。

"对不起。"

少年郑重地鞠躬，把何雨吓了一跳。

"不是，这事儿跟你也……也怪不到你头上。"

"是我的错。"李秦熙抬起头，这个热情的少年此时看起来有些像个大人，"她们一直说自己是我的粉丝，之前我还觉得挺高兴的。今天林颂雪找我，我才知道其实跟我有联系的女孩都被她们骚扰过……都是我的错，我应该保护好自己的同学和朋友。

"我跟她们说了，我只是个普通的高中生，是打一下午篮球后脚会臭得要死的那种臭男生，跟别人一样，我不需要粉丝，不需要她们做任何事，也不希望她们为我做任何事……"

何雨不忍心看这个孩子自责的样子，他才十六岁，有些男人到九十六岁可能都学不会如何拒绝喜欢自己的异性，他已经比世上的很多男人要好了。

"我不会把这件事放心上的，你……事情处理了就完了，你也不用放心上。"

何默默寒假时候的身高是一米六三，现在大概又高了一点，李秦熙比她高了大半个头，大概有一米八的样子，十六岁的少年，骨架还没长开，怎么看以后他身高都会很不错，可此刻他却沮丧得像只缩成一团的小狗。

何雨忍不住笑了。

看见她笑了，李秦熙也高兴了起来，他把手里的东西递到"何默默"面前。

"我买了上校鸡块请你吃。"

"不用了……"

"你收下吧，不然我心里还会难受好几天。"

他都这么说了，何雨也就没办法拒绝了。

"多亏了林颂雪告诉我你喜欢吃这个，不然我都不知道该送你什么。"

林颂雪连默默喜欢吃什么都知道？收下了"道歉礼物"，何雨的心里已经快要被疑问塞满了。

这种疑问在晚上放学她又看见林颂雪的时候达到了顶峰。

白天的时候何雨其实没怎么看清林颂雪的样子，只记得她那一头乌黑发亮的卷发。

走廊里的灯光略有些昏暗，从上面照下来，越发显得这个倚窗台站着的姑娘眉目高深、鼻子挺翘，是明艳英朗的漂亮。

"李秦熙那个傻子今天就去找那几个人了，走吧。"

女孩淡淡地说了一句话就转身走了，快到楼梯口的时候她回头，看见"何默默"站在原地不动，她又走了回来。

"怎么不走？"

"啊？"何雨张了张嘴，自己都觉得自己有点傻，说，"你是要跟我一起放学？"

"对啊，万一那些人在放学路上又来找你怎么办。"

何雨拎着书包不动，她莫名觉得林颂雪说的话也好，双手插在校服裤兜里的做派也好，都像是"古惑仔"电影里才会出现的。

她站在走廊里，却跟这里格格不入。

"不会吧。"

"不要对别人的智商抱有希望。"

这话说得还是很有道理的。

何雨背好书包，跟在林颂雪的身后往外走。

下楼，转弯，继续下楼。

林颂雪的步子不紧不慢，被急着冲回宿舍打热水的住校生一个接一个地超过，何雨看着她发辫轻晃，猜测着自己的女儿在这部"电影"里到底是个怎样的角色。

"我前几天看见你妈妈来学校了。"

走出教学楼，林颂雪等"何默默"跟她并肩时才继续往校门的方向走。

橘色的路灯沿着道路照亮前方，何雨听见身边的人说话了，便也开口说话："你知道那是我妈妈？"

"以前家长会见过。你说过，最漂亮的那个谁看见都会记住的。"

这话里的意思太丰富了，何雨几乎是翻来覆去地品。

林颂雪又安静了下来。快到校门口的时候一个站在那儿的男孩喊林颂雪的名字："老林，你的自行车。"

林颂雪走过去接了一辆黑色的山地车，又回头去看了眼"何默默"。

"你跟我换一下车吧，我要带人。"

"啊？"男孩看看自己有后座的女式自行车，再看看那辆酷炫的黑色山地车，"心动"两个字写在了脸上。

"不用了。"何雨可绝不能让这个孩子为了自己这么麻烦的。

林颂雪看了她一眼，点点头，说："我忘了，你现在也不想让我带你。"

这到底是什么电影里才有的对白啊？为什么总觉得这个孩子的每句话都显得她跟自己的女儿有故事呢？

从市一中到何雨家里的路程只需要走十五分钟，和她们出门去逛菜市场的距离差不多。出了校门，路灯的颜色白亮了很多，何雨走在人行道上，林颂雪推着自行车陪着她。

深夜空荡的马路被放学后的少男少女染上了鲜活的色彩。

"今天谢谢你。"

听见"何默默"这么说的时候，林颂雪笑了。

路灯都被她的笑照亮了。

"你既然不喜欢麻烦，就离李秦熙这样的人远一点，光是因为那张脸他惹出的事也不少了。以后那些人再找你，你不用出教室，打电……找同学去十一班喊我。"

话说完，何雨家小区的门口也到了，林颂雪抬腿骑上了自行车。

"你回家吧。"

长腿一蹬，调转方向，她很快就消失在了道旁迤逦的光点之下。

房门打开，何雨走进家里，闻到了一股肉的香气。

"我买了猪头肉，倒了酱油在锅里蒸了一下。"何默默湿着头发从卫生间里出来，显然是刚洗完澡。

何雨把书包放下，先拿拖把将卫生间里外的地拖了一遍。

"你下次洗澡的时候等我回来，我帮你洗。"

何默默拿着毛巾转头看看何雨。

何雨说："你给我洗澡，肯定不敢搓不敢揉的，能洗干净吗？"

"我是闭着眼洗的。"何默默的目光飘开了，有点害羞，"还挺用力的。"

何雨被自己女儿逗笑了。

何默默做的宵夜是煎馒头片，两边裹了鸡蛋的那种，她会做的东西不多，这种已经算是高难度的了。

何雨吃了一口馒头片，说："你早上吃的什么？饺子煮了吗？"

昨天一共包了九十个饺子，煮了五十个，剩下的分成三份冻了起来，何雨早上中午两顿把昨天煮了没吃完的剩饺子给解决了，给女儿留的嘱咐是煮冰箱里冻好的饺子来吃。

何默默把头发梳整齐就准备继续学习，回答说："我煮了十个饺子一个鸡蛋，都吃了。"

何雨点点头，第一片馒头片要吃完了，她才去夹了一筷子肉："默默，我记得你爱吃上校鸡块，我上班的地方楼下就有肯德基，中午饿了你就去买着吃。"

"上初中的时候喜欢，现在不喜欢吃了。"

何雨拿起第二块馒头片，看着女儿说："怎么就不喜欢吃了呢？你的口味也变得太快了吧？"

"不想吃就不喜欢了。妈，明天你去学校帮我把这本书还给物理老师。"

何默默从自己房间拿出了一本书对着何雨晃了晃后，放进了书包里，又从里面拿出何雨带回来的作业和笔记。

"妈？"何默默看着书包里用塑料袋包着的两盒上校鸡块，抬头看向"何默默"。

何雨喝了口水，小心打量着女儿的表情，嘴里说："我记得你喜欢吃，给你带了两盒回来。"

"我都多大了，早就不喜欢吃这些东西了，下次你别浪费钱，这个留着你明天早上微波炉热一下吃吧。"何默默把东西放进了冰箱里。

何雨说："其实这是李秦熙送我的。"

何默默关冰箱门的手像是被冻住了一样。

"妈！"

何雨笑了笑，把第三块馒头片撕成了两半："因为咱们俩和他吃饭被同学看见了，一帮小女孩来找我，问你和他是啥关系。"

随着妈妈的话，何默默想象了一下当时的那个画面。

她觉得天塌了："妈！我早跟你说过了，不要跟那种麻烦的人扯上关系！"

何雨清楚地听到了自己家的女儿声音在抖，她还是想笑，自己都觉得自己真是怪没良心的。

"没事没事啊，都解决了。这是李秦熙来跟我赔礼道歉带的，他送这个是因为一个叫林颂雪的小姑娘说你最喜欢吃这个，这个小姑娘真不错，她帮我把那群小屁孩给骂走了。"

"嗯。"

何雨本来以为何默默会像之前的很多时候一样闷声不吭，脑子里胡想乱想，没想到她居然认同了自己夸奖林颂雪的话。

"她人是很好。"心情平复下来的何默默终于关上了冰箱门，大概是被冻冷静了。

何雨举着手里的半块馒头片看着自己的女儿，到现在她确认了林颂雪和自己的女儿关系曾经很亲密，就是不知道后来出了什么事让两个人的关系变差了。

"她连你爱吃什么都知道，你们的关系真是不错啊。"

何默默转头看向餐桌，直截了当地说："你是好奇我们俩以前为什么是朋友吧？"

以前！

怕自己说多了女儿又别扭上，何雨便用回锅猪头肉和馒头片塞住了自己的嘴，只用眼神疯狂表示："快说快说快说！"

何默默笑了一下，她回忆了一下，说："初二的时候我参加了全国英语竞赛，我就是那次暑假培训的时候认识她的……很多人都以为她的卷发是烫的，其实她是自来卷，我看过她小时候的照片，那时候她像个有着黑头发的洋娃娃。"

何默默第一次跟妈妈说起自己在学校里的交友情况，说到一半，她停下来组织了一下语言。

何雨冲她招招手："来来来，默默你坐过来说，别站着，我又不是在审你。"

何默默坐在了餐桌旁，手里还被她妈塞了一块夹了肉的馒头片。

这一刻，她仿佛看见了盛夏里热热闹闹的肯德基餐厅，还有摆在面前的炸鸡块，一切都凉爽舒适，只有夏日的躁动藏在心里。

"她是那种和别人特别不一样的人,不管教室里有多少人,你第一眼就能看见她,在辅导班的第二天我就发现整个补习班里没有不认识她的人,除了我。"

"嗯嗯。"何雨点头表示认可,揪了一块馒头放在嘴里。

拿着馒头片,何默默看着她妈的下巴说:"妈,你知道那种感觉吗?明明是第一次见面,明明她就是一个元素构成和别人都一样的人,但见到她的时候就像是……就像是第一次知道地球是圆的,然后你会忍不住地去观察那些佐证,一会儿怀疑这个新学说,一会儿又坚信,然后不停地找证据来证明。在这个过程中,你对相关的一切都越来越了解。"

从小到大都对学习都没有什么热情的何雨突然进入盲区,她干巴巴地"啊"了一声,勉强地对女儿过于抽象的描述表示认同。

"我总觉得是好奇和求知欲让我做出了傻事,我才认识了她。那天老师让我们分学习小组的时候,我直接抱着书包去找了林颂雪,即使在那之前我们一句话也没说过。"

何默默笑着说:"我跟她说我叫何默默,我也知道她叫林颂雪,我想和她一组,然后我就坐在了她旁边。"

十三岁的何默默的脸比现在要圆,何雨想象到她面无表情地抱着书包就奔着林颂雪而去的场景,嘴角怎么也放不下去,这个傻姑娘啊,交朋友都透着憨。

"上课的时候老师要我们做对话练习,她就用英文告诉我她的学习成绩一般,她爸爸希望她去国外读大学,听说有这么一个培训,就把她塞了进来,跟她在一起我很难提升成绩……她从一开始就是个为别人着想的人。事实上,除了学习,她什么都可以做得很好,英语的口语很好,唱歌、跳舞、打架子鼓……似乎没有能难倒她的事。"

"有天补习班下课之后她带着我跑去了学校的音乐教室,教室的门是锁着的,她从窗户爬进去打架子鼓给我听,我站在门外踮着脚透过玻璃看,她打架子鼓的时候特别好看,仿佛鼓棒和音乐都在狂欢。那是……我人生中第一次意识到,有的人生来就可以活得很精彩,不需要用学习和努力去改变自己的命运。"

说这句话的时候,何默默低下了头。

在林颂雪的面前,她偶尔会觉得自己是个什么都不知道的小傻子。她不知道这个世界上还有人会看见天空很蓝就很开心,然后就去吃冰激凌,说是要把云吃进肚子里，好让天一直这么蓝，她也不知道她可以从枯燥的听力训练上逃跑，顶着烈日去看林颂雪打游戏比赛……跟何默默一直以来自认是沿着轨迹前行的人生相比，林颂雪像是一个特别的天外来客。

"她是一个对朋友很好的人，当她的朋友很开心。"说这个话的时候何默默又笑了，她咬了一口手里的食物，是香的。

何雨给女儿倒了一杯水："你们还一起吃肯德基了是吧？"

"是啊，吃了好几次，我们都是各自花各自的钱……"

何默默的这句话就让何雨觉得不对劲，读初中的时候何默默三餐都在学校解决，一周只有四十块零花钱，将将够她课间操饿了买个面包、上完体育课买瓶水。

像是知道她在想什么，何默默接着说："初中的时候我每个月会用零花钱买杂志，为了跟她一起吃肯德基，我停了杂志的订购，有时候你工作上有情况，晚饭来不及做就走了，给我留下的晚饭钱我也会攒起来。晚上饿着肚子的时候我甚至很高兴，感觉我是为了这份友谊在付出……"

年少的岁月之所以精彩，就是因为我们可以用自己的眼光、感受来定义整个世界。

何雨想起了自己像女儿这么大的时候，她和于桥西两个人吵架的时候恨不能老死不相往来，她们甚至会动手去扯对方的头发，放对方自行车轮胎的气，可很快又会后悔，因为在她们小小的心里这份友谊太重要，一旦丢弃，整个世界都会失衡。

那时候的她好像也很会胡思乱想、自以为是。

她不觉得一个人年少的时候有这样的记忆不好，可听到女儿为了和朋友吃肯德基连晚饭都没吃，她的心里难受。

这时，女儿轻飘飘地说："事实上这种想法只是我自己的自我感动，我很快就意识到以这样的心态去交朋友，我就是在浪费自己的人生。"

"你那时候跟妈妈说多好啊，妈妈巴不得给你钱让你跟朋友去吃肯德基。"何雨说不出来心里是什么滋味，她辛辛苦苦地工作赚钱，年年当销售冠军，为的不是让自己的女儿连吃顿洋快餐都那么艰难，更不是为了让女儿因为这点儿小事纠结难过，连朋友都失去了。

她去抓女儿的手，何默默反而用手拍了拍她，低声说："是我那个时候傻呀。"

说出这些的何默默反而很平静。

"有一天我突然发现我这样做很没有意义，我就不想和她做朋友了。和自己完全不同的人，我只要远远地欣赏就很好，她如果知道我因为想要配合她就勉强自己，反而会觉得自己受到了伤害吧。一个勉强自己，另一个看到别人难过就不开心，这样的友谊不会长久的。其实这个事情跟钱的关系也不大，妈妈，只是因为我是这样一种性格。"

她如此通透地剖析自己曾经的友谊，坦诚自己的纠结和幼稚，甚至会对自己的妈妈笑，成熟的身体里仿佛有个成熟的灵魂。

何雨却觉得一瓶醋在往自己的心上"咣咣咣"地浇，使得她的胸腔里酸到发苦。

时间已经逼近晚上一点半，何默默还坐在桌子前面，她的面前摆着一张纸。

已知：交流、理解可以减少天数，拒绝交流、产生隔阂增加天数。

因为没有拒绝交流，所以没有增加天数。

因为某种程度上获得了妈妈的理解，所以减少了一天。

经过尝试得出结论，只要是交流且获得理解，就会被记为有效的沟通，不会因为交流中的内容删减而增加交换天数。

笔尖在自己写的这行字上划过，何默默看了一眼手腕上的表，凝视着纸上"内容删减"四个字。好一会儿，她直起身子想把这张纸撕碎了扔在垃圾桶里，可想了想，她把这张纸夹在了用完的演算纸下面，明天早上上班的路上，她会把它们一起扔掉。

"到这里就够了。"

是在说和林颂雪的友情？还是这一场对妈妈的坦白？

十六岁的少女满怀心事，如果是从前那个冷淡的脸庞，她能做到丝毫不显，可现在是何雨这张漂亮的脸，她揉了揉脸，照照镜子，确信自己没有哭，也没有因为回忆而显露难过。

"默默，怎么还没睡啊？"何雨敲了敲女儿的房门。

何默默从椅子上站起来，打开门说："我洗漱一下就睡了。"

"别熬夜到这么晚，你明天早上又不是不学了。"

"知道了，妈。"

如果是平日，何默默会好奇为什么妈妈也还没睡，会发现电脑还在关机，会注意到电脑的耳机没有放在原本的位置。

可她今天什么都没有注意到。

从卫生间出来，她看见属于"何默默"的钥匙放在茶几上，红色的苹果有些旧了。

"这是牛顿的苹果！它砸在了牛顿的脑袋上，牛顿才这么伟大，你带着它，一定也会成为很厉害的科学家。"

"林颂雪，你一不高兴就跟那些人打架，你觉得你是在帮我，你觉得你是个英雄，你什么都不怕，反正你有一个有钱的爸爸，不管你做什么，别人都会因为这个不敢惹你，我没有，我只有一个卖衣服对人点头哈腰的妈妈，谁我都惹不起……我不想跟你做朋友了。"

今天何默默的梦里可能会出现一个漂亮的天气瓶吧，它本来是一份用心准备礼物，可惜在送出去之前就被制作者砸碎了。

第三章

你是谁？凭什么？

/成年人的语气云淡风轻，成年人的故事是撕开了由陈旧时间组成的一层层皮囊而露出来的一点东西，连血带肉。/

一大清早，何雨就在厨房里忙碌，何默默做题的间隙能听到她在厨房里切菜炒肉的声音，看一眼时间，平时这时候妈妈都还没起呢。

"默默，妈妈做了炸酱面，放在桌上啦，你趁热吃。"

轻手轻脚地把饭盒放在了书包里，何雨就打开家门冲了出去。

进了四月，天亮得一天比一天早，还有半层台阶就能爬上五楼了，林颂雪停住脚步透过窗子看了看外面蓝色的天空。

走进教室，她看着桌上的饭盒。

"这是哪儿来的？"

前座的同学正在补作业，摆摆手说："二班那个谁送的，叫什么来……"

名字就在她的舌尖她却想不起来，她急得举起握着笔的手抓住了自己的同桌："二班那个学习成绩特别好的，上次学校开大会讲学习经验的那个，叫什么来着？"

林颂雪已经知道是谁了。

饭盒分了两层，上面是炒好的肉酱，焯过水的芹菜、青椒、胡萝卜丝和黄瓜，下面一层是煮好的面条，隐隐能闻到一点香油的气味。还有一个小塑料里装着白色的热汤，应该是面汤。

简简单单的炸酱面也准备得十分用心。

"林颂雪，这是什么呀这么香？"

女孩挡住别人垂涎的目光，脸上在笑。

教室里很安静，何雨缩在桌子上打哈欠，心里想起了自己的女儿和那个叫林颂雪的小姑娘的故事。

她从来没想到自己的女儿会因为"好奇"而去交朋友，更没有想到女儿会在一种成人似的权衡和考量之后结束这一段友情。

何雨虽然从不去设想何默默应该有怎样的朋友，但她更不希望自己的女儿在十六岁这么美好的年纪，就去早早经历那些将贯穿一个人一生的无奈和放弃。

教室的窗开着，外面是和煦的春风。风吹着书页，何雨想起了自己年轻的时候。

小时候的何雨活得没心没肺，那时候她爸还活着，家里也算有点钱。20世纪90年代初的时候她就穿上了爸爸从上海买回来的皮衣皮裤，走在马路上没人不看她，性格活泼、爱说爱笑，再加上样貌出众，喜欢跟她玩的人能从她家门口排到二里外的大桥上。

于桥西家就住在那座桥的西面，因为是个女孩，家里就随随便便给起了个名字。原本于桥西的爸爸妈妈都是国企职工，但国企改革之后都下岗了，她爸弄了一辆快报废的大卡车跑运输，她妈在工地上给人算账，因此于桥西成了个没人管的野孩子，衣服是旧的鞋子是破的，人也干瘦，何雨跟她从小就认识，虽然她们之前关系只是一般的同学，但看她的样子何雨还是会觉得心里不舒服。

于是何雨她妈做的包子、包的饺子、炖的鸡啊肉啊，她都会在中午上学的时候给于桥西带一份。

仔细想想，时新月又细又黄的小样子让何雨想起了小时候的于桥西，不过于桥西不是忸怩害羞的，她泼辣，这点像林颂雪。

有人说于桥西是野孩子，她就在河沿抓了水蛇塞到人家的炕头上。她护着自己，也护着何雨。那时候街上二流子小混混总在街角巷口聚在一团，何雨长得好，又爱笑，不三不四的男人们往街边一站，总觉得何雨看上了自己，冬天晚上七八点躲在路灯照不到的地方拉住了何雨要"处处"，于桥西看见了，手里抄着砖头就砸在了那人的脑袋上，然后拉着何雨就跑。

第二天那人包着头上门跟何家要说法，正好她爸不在，她妈吓得只会抱紧她，又是于桥西堵在门口，手里拿着一块砖说："要赔我赔，来，打不死我，你不算个男人！"

她拿着砖不要命地往自己头上抡，把对方吓得一口气就跑远了，何雨打开房间冲出去，抱着她的头嗷嗷地哭。

于桥西捏着何雨的脸说："小雨你是有多傻啊，我哪能真打自己脑袋？"

这样永远护着她、跟她分享了青春的于桥西，也曾跟她吵过架甚至动过手，只是何雨不记得都是因为什么了。

只记得她们吵的时候天崩地裂，闹的时候天塌地陷，冷战的时候风讨厌、雨讨厌、不跟自己说话的人最讨厌……想啊想，何雨有些思念于桥西了——自己和女儿互换了身体这么大的事儿该不该跟于桥西讲呢？

扭头看看被风吹鼓起来的窗帘，她又想，怎么默默就没找着一个像于桥西这样的朋友呢？不对……

何雨想起了林颂雪，默默终于有了个能把她护在身后的朋友，但是她自己不要了。小丫头一根筋，看着是成熟了，其实还是嫩，她根本不知道，人这一辈子碰不上几个能护着自己的人，尤其是这个年纪，人心还干净，放进去的东西存得住，比如友谊。

等等，除了林小姑娘之外，默默好像就没朋友了？

下了早自习，时新月刚拿出面包要吃早饭，她的同桌又凑了过来。

"新月，在你眼里我是什么样儿的啊？"

小姑娘双手举着面包，努力后仰还缩着身子，硬是在狭窄的空间里和"何默默"拉出了三十厘米的距离。

"就，挺好的。"

何雨补充说："我不是说现在，我是说之前，你觉得我怎么样？"

"也，挺好的。"

何雨不信："我家……咱俩是同桌我都不跟你说话，你也觉得我挺好的？"

时新月的目光一直低着，眼神飘忽得像一只蛾子。听见这句话，她微微抬起了眼睛："你真的，一直都很好的。"

"是吗？有多好，你跟我讲讲？"

小姑娘的两只"爪子"上举着的面包快盖住她的脸了，她耳朵红红地说："会……看见别人有困难，就帮忙，虽然、虽然话少，但是……都知道你很好。"

"真的吗？"

何雨往回撤了撤身子，时新月放松了一点，轻且快速地点头。

坐正了身子，"何默默"叹了一口气，说："那我为什么没有朋友呢？"

时新月看看面包，又小心地看了看"何默默"。

何雨在心里自问自答："是不是因为我一直都埋头学习啊，难道我在学校里就只知道一直学？一点休息都没有？一句话都不跟人讲？说不定还真是。"

默默会因为好奇去主动接触别人，又因为太成熟而从友谊里离开，这样的性格……何雨假装自己是何默默，想想自己有这么一个同学，努力放下各种亲妈的"爱"去看待自己的女儿。

"唉，我家默默明明挺讨人喜欢的呀！"

何雨反复地纠结和思考，在上午第二节课结束的时候，她看了一眼左手上的"95"，有了一个想法——她得把林颂雪给默默"找"回来，她还得替女儿交更多朋友！

"阿嚏！"何默默打了个喷嚏。

正在照镜子的顾客透过镜子看她，说："没事儿吧？"

何默默摇了摇头，想起来这不是自己妈妈，低声说："您放心，我没感冒。"

顾客摸了摸衣服的领子，说："还是要注意点，现在一早一晚温差大，我老公前天回家就不舒服，被我捏着鼻子硬灌了两碗葱姜萝卜水，睡了一晚上就没事儿了。"

何默默在心里想了一下，说："您让我想起了一个故事，扁鹊有两个兄弟，老大是在还没被患者察觉之前就把病治好了，老二是症状还轻的时候把病治好了，扁鹊是老三，他说自己之所以被称作名医，是因为他只能等症状拖到严重了再治。扁鹊认为真正的名医是他的大哥，这大概就是在夸奖您这种仔细观察，防治疾病的态度。"

有点硬，起承转合没有感情，像是背课文，但是说得还算完整。

何默默在心里评价自己的表现。

顾客倒是挺高兴的，又拿起了架子上一件裙子在身上比画："你都这么夸我了，我不买衣服都不好意思了。"

何默默又思考了一下，说："我不是在夸您，要是每家都有您这样的家中名医，去医院看病的人一定能少很多。"

观察了几天又实践了几天，何默默已经明白了想要卖出衣服就要哄住客人的道理，只要能留住她们在店里试更多的衣服，那衣服就有更多卖出去的可能性。

"我看您试了两条连衣裙了，要不要试试这个短外套？我们海报上就是用它配您手上这条裙子的，很好看。"

"好呀，拿件 M 码给我试一下。"

最后这位客人走的时候买了两条裙子、一件外套和一个帽子。

何默默勉强站着，用手指在柜台上撑了一下自己的身体，这样说话实在是既消耗体力又消耗脑子。

"不错啊何姐，前几天我还觉得你最近是不是有事儿，业绩都下去了，这几天你的业绩又有回升。"店长对着屏幕清点今天的销量，夸赞着"何雨"。

"何雨"站在她身边，有点高兴，可更多的还是累。

工作不像是学习、考试和作业总有做完的时候，一张试卷和另一张试卷之间是有时间间隔的，至少会有一个分数，一份满分试卷带来的满足感就能够给人继续向前的力量。工作是连绵不断的，想要结束只能等下班，而且每天都要接待很多客户，即使有那么一点满足感也很快会被接踵而来的其他事情迅速消耗掉，延续到下班的只有疲惫。

这大概就是成年人的疲惫，要持续而长久地自我支撑。

忙碌到下班，很累的何默默强行忍住了一个哈欠。

"何雨，你要下班了吧？"

中年男人说着话走进店里，何默默即将松懈的神经瞬间绷紧了。

他是谁？姓林的还是姓郑的？！

何默默紧张地看向店长，店长推了一下她的手臂。

推我，这是……什么意思？

现在何默默特别希望有一根定海神针从天而降，能把她定在了原地，再让她依靠一下。

上次白叔叔找来的时候她也紧张，但因为身后不远就是家，抱着"赶紧逃走也可以""回家了让妈妈来处理"的心态，她就不会很害怕。

可这次不一样。

刘小萱看看"何姐"再看看这个男的，就算再傻也大概明白是什么意思了。

再加上晚班的两个同事都已经到岗准备换班，现在门店里的五个人十双眼睛都看着自己，何默默想两眼一闭昏过去。

"我回去跟小宇说了默默的事儿，他特别佩服他这个学习好又懂事的姐姐，上周就闹着让我带他见默默，今天正好看见你了，周六下午有时间的话让两个孩子见见怎么样？"

何默默四肢僵硬，大脑飞速运转，有个孩子，听起来比自己小，那就不应该是在家长会上对妈妈"一见钟情"的"老郑"，而是"老林"，公务员，有个年纪小一点的儿子，经常来店里……所有已知条件都对上了，证明成立。

想明白这个有什么用呢？这是解决问题的题眼吗？这是次要条件！何默默眨了眨眼，知道对方是谁了她也不知道该怎么拒绝对方啊！

"咳！"她看了店长一眼。

店长两眼带笑地看着她，一副看着女儿出嫁的表情。

很好，在场的所有人都指望不上。

妈妈不是已经拒绝他了吗？为什么他还能面不改色地来呢？这些问题在何默默的脑子里乱飞，她艰难地开口说："我……周末要带着默默去看她姥姥。"

姥姥对不起，我周末一定会把妈妈带去看你的！

姓林的男人穿了一件衬衣，臂弯上挂着一件夹克，他的眉毛颜色很深，鼻子挺高，这是何默默对他五官的第一印象。

"你要去见阿姨，那可太好了，说起来我也好多年没见过阿姨了。"

何默默有生以来第一次希望自己的牙变成铡刀把舌头给铡断。

店长拍了拍她的肩膀，说："你也下班了，衣服也换好了，出去聊吧，别耽误我们工作。"

何默默不想走，可她脑子锈死了，几乎是被店长联合刘小萱一起推出了门。

站在店门外，她盯着自己的脚尖，说："我还有点事得先走……"

"啊，是吗？那我开车送你。"

何默默吓到几乎要原地跳起来，连忙说："不、不用。"

中年男人停下脚步，笑着看着她说："认识这么多年，你怎么突然跟我客气了。"

"我是怕麻烦你。"

"怕麻烦我，何雨，你居然跟我说这种客气话？你啊，现在跟从前比真是变得太多了。不过也挺好的，成熟稳重是好事，还能给孩子做个好榜样。"

何默默接不上这句话了，她往直梯的方向走，这位她该叫"伯伯"的男人快步跟了上来。

"让我送你下楼总可以吧？"他抢在何默默之前摁下了电梯的下楼键。

在电梯旁的每一秒钟，何默默都觉得比全科目考试的那两天半还漫长。

男人站在她旁边，感叹似的说："时间过得真快，一转眼默默也上高中了，何雨，你有没有考虑过孩子以后怎么办？她现在考个清华北大是肯定没问题的，但是要是有别的更好的路，你想让她试试吗？”

何默默皱了一下眉头，她不懂这个林伯伯为什么总是不停地提起自己。

妈妈把她的几个追求者都形容得现实到发冷的地步，何默默只信了一半，她的妈妈这么好，这几个人怎么可能不是发自内心地喜欢她呢？可林伯伯真的一口一句孩子，让她觉得难以理解，难道他和妈妈在一起就是为了能无时无刻开家长研讨会吗？

对方的下一句话像是一道闪电，劈碎了她脑海里全部的有的没的。

“何雨，你有没有想过，让晓笛……不是，让默默去找东维呢？”

晓笛、李晓笛，东维、李东维。从何默默五岁之后，这两个名字就只偶尔存在于妈妈和姥姥的争吵声里。

她终于抬头，看着眼前的人。

林伯伯神情恳切地说：“何雨你也知道，这些年东维在美国混得不错，算是熬出头了，他和他现在的妻子也一直没有孩子，现在默默这么优秀，我想他肯定愿意想办法送默默去美国最好的大学……”

“你怎么知道他混得不错？你跟他有联系是吗？”何默默深吸了一口气，还是能感觉到自己的身体在颤抖。

“何雨，刚说你成熟了，别激动啊，我们现在要讨论的是孩子的问题。东维当年确实做得不对，但是现在十多年过去了，默默长大了，她也被你教得实在是很好，你也该让东维……”

“你闭嘴！”尖厉的嗓音像是从魂魄里发出的。

何默默瞪大眼睛看着眼前这个男人，什么是“默默”优秀所以他愿意，这是哪门子的因果关系？难道她这些年的努力都是为了得到那个抛弃她的人认可吗？

“你怎么能说出这种话？是他，是他去了美国之后想拿绿卡才离婚的，是他不要我们的，十多年过去了，十多年过去了我们就要原谅他吗？是他伤害了我们，为什么你一副他会施舍我们的态度？一切都是他的错！他的错他不道歉！他对我们的伤害一直都还存在，你知道这些年我们活得有多痛苦吗？！

“每一次，我的每一次努力、每一次成功、每一次被欣赏，都会被他的‘抛弃’给杀死，什么都不剩，我连一点美好的东西都没有办法留下！这些年我问过自己无数次是我们做得不够好才会被抛下吗？是不是我、我从出生起就做错了什么？不然为什么唯独我没有……"

没有爸爸！

"你以什么样的身份说的这种话？啊？你有什么资格代替别人说过去了？没有，你没有！你没有资格替我们规划未来！你没有资格用这么一副成功者代言人的语气说话！"

电梯停在了他们所在的楼层，何默默冲进去就直接摁了关门键。

电梯里的其他人都一脸惊惶地看着这个濒临崩溃的女人，看着她弯着腰，努力地从好像被塞住的咽喉里吸入空气。

何默默知道自己已经哭了，哭得很难看。

这大概是"何雨"最狼狈最难堪的一天。

如果妈妈听见了这些话呢？她会怎么想？

何默默想找个镜子，她想从这张脸上看到妈妈的表情——那种好像什么都无所谓，随时都可以让人心安的表情。

可站在路边，停在道旁的车，车窗上映出的是个哭得毫无体面的女人。

太糟糕了，何默默想，真是太糟糕了，她那么努力地想成为一个大人，她那么努力地想成为一个最好的人，结果，在这一刻，她还是，什么都不是。

回家的公交车缓缓停下，何默默用衣袖擦了擦脸上的泪水，坐上了车。

今天依然是一个好天气，何默默坐在阳光下，掏出了自己的本子。

"committee，委员会，A committee of teacher will……"

"啪嚓！"眼泪落在了本子上。

"consultant……"

她的眼睛没有停下，她的嘴没有停下，她的大脑没有停下。

她的眼泪也没有停下。

公交车走走停停，她学习从来没有停下，她就像是在走一条不能回头且别无选择的路，从很久以前就开始了，这已经成为她的依赖与习惯。

晚上放学的时候，何雨又在教室门口看见了林颂雪，她的手里拿着一个饭盒。

"饭盒我洗干净了，面条很好吃，谢谢。"

"你喜欢就好。"何雨面带微笑，"这是为了谢谢你昨天帮我。"

林颂雪微微点头："我帮你也不是希望你谢我。"

哎哟，这个小姑娘说话总是带着一种气派。

下楼的时候林颂雪还是走得不紧不慢，有个男同学"嘭"的一声扶着栏杆跳过了楼梯的隔层，何雨被吓了一跳，回过神她发现林颂雪拉着她的手臂。

"上了高中之后你的胆子好像变小了。"

何雨清楚地看见林颂雪说这个话的时候是笑着的。

"我刚刚走神了。"

林颂雪松开手，转身继续往下走，边走边说："没关系，我走在你前面，你不会有事的。"

何雨觉得自己应该找时间看几部电影，那样她大概就能接受这个小姑娘的做派了。

"今天你不用送我到小区门口了。"往校门口走的时候，"何默默"说，"这么晚了，别耽误你回家。"

林颂雪说："你又不是不知道，我什么时候回去家里都没有人，还不如陪你走一段呢。可惜你家住得不够远，不然和你一起走到天亮，比回家要好多了。"

何雨的心里闷了一下，她大概知道为什么这个小姑娘能跟默默成好朋友了，她们都是骨子里孤独的小孩儿。

昨天那个帮林颂雪取车的男孩仍旧在校门口等着她。

照旧是那辆很酷的黑色山地车，林颂雪推着车陪何雨走到人行道上。

何雨试图寻找话题："你的自行车挺好看的。"

林颂雪笑了："我昨天回家的时候想起来我以前骑自行车带过你一次，结果你第二天告诉我，你回去查了交通法规，上面说了自行车不能带人，我们两个犯了法，你还说想去自首，我说我们年纪还小，警察也不会管我们……幸好我都想起来了，不然我今天我骑一辆有后座的车来，你肯定又要说我了。但现在你居然会夸我的自行车好看？何默默你……还学会说话了。"

两个初中小女孩聊天的时候聊法律法规？

何雨觉得好笑。

"林颂雪，我夸你的车好看你都不高兴啊。"

何雨走了两步才发现林颂雪停在了原地，转头，她看见自己身后的这个小姑娘还在笑。

笑得眼睛都眯起来了。

"何默默。"她的语气好像比平时还要郑重，"我还以为高中三年都听不到你叫我的名字了。"

在这一瞬间，何雨竟然感到有些愧疚，这个孩子真正想听到的应该是自己的女儿叫她的名字吧。

就像当初她们刚认识的时候一样，面无表情的何默默抱着书包，一步步走向她，叫出她的名字，然后跟她成了朋友。

何雨转回身去，继续往前走，仿佛一个害羞的小姑娘。

林颂雪推着自行车追上了她。

回到家的何雨还是笑着的，林颂雪这个小姑娘真的是太可爱了，看着又傲又飒，其实很容易满足。

何默默卧室的灯是亮着的，门是关着的。

何雨轻轻放下书包，她把空饭盒放在饭桌上的时候看见了桌上的吐司面包。

她摸摸肚子，先喝了一杯水，又拿了一片面包啃了一口。在餐桌旁坐了一会儿，女儿还是没出来，何雨边叼着面包片边把校服换了下来。

何默默在家里穿的衣服都是何雨专门买的纯棉睡裙，价格不贵，但质量很好，她挑了一件印着吃萝卜的兔子的睡裙穿上，何雨在房间里轻手轻脚地溜达了一圈，女儿还是没出来。

看看电视，再看看同样放在客厅角落里的电脑，何雨坐在了电脑的前面，戴上了耳机。网上这些小孩儿天天都能闹出故事，你来我往还挺好玩，比很多电视剧有意思多了。

何默默从卧室里出来的时候时间已经是晚上十一点半了，她今天不仅超额完成了她给自己布置的学习任务，还把之前遗留的一些疑问都解决了。

察觉到自己身后有人走过，何雨猛地把耳机摘下来，回身去看自己的女儿。

"我……今天电视剧停播，我上你游戏……就是看看热闹。"

"你玩就好了。"何默默揉着眼睛说。

何雨看她的样子，连忙站起来："怎么了，眼睛不舒服？"

何默默用手挡住眼睛，说："好像今天被风吹到了，回来一直在看书，就有点累。"

"你别揉，多大的人了眼睛不舒服就揉，手上都是细菌越揉越不舒服，我给你拿眼药水去。"

何雨拿了眼药水，要给何默默滴，何默默还是用手挡着眼睛："你别忙了，我自己来就行了。"

何雨又怎么会听这种话，她让女儿在沙发上坐好，用手加胳膊肘挡开了何默默的一只手，看清了她的眼睛。

准确来说，这双眼睛是何雨的，不过现在也不是纠结这个的时候。

何雨的表情变得严肃起来："默默，你眼睛这样绝对不是风吹的。"

何默默停下了挣扎的动作，从沙发上坐了起来。

何雨放下眼药水，盯着她说："默默，今天有谁欺负你了吗？"

"没有。"

"没有？我把你养这么大，我能不知道？没事你能把眼睛给哭肿了？"

何默默低着头不说话。

何雨重重地呼吸了两下："默默，你不能把事儿一个劲儿往你自己心里塞，你的心也不该是装这些的。要不这样，一会儿，啊，现在太晚了，明天早上八点你给你左心阿姨打个电话，请个假，好好休息两天，等你心情好一点……"

"我不要。"

"默默？"

何默默面无表情地站了起来："没有什么问题，我说没有就是没有，你不用关心这些，你有这个时间玩玩游戏或者背个单词不好吗？"

说完她就要往房间里走，何雨一把拽住了她："何默默，你这是什么态度？"

"我没有什么态度，今天的笔记和作业你带回来了吗？再不做我今天晚上做不完了。"挣脱了妈妈的手，何默默拿起书包就进了自己的房间。

房门关上了。

何雨站在原地，皱起了眉头。

从书包里掏出想要的东西，何默默长长地呼出了一口气。

给她一点时间，她要编造一个合适且恰当的理由，她不能让妈妈知道林伯伯说了什么，她不希望她们的生活中再出现那个人的名字。

客厅里，何雨又急又气，怪异的电子音响起，她甚至都不觉得讨厌了。

"请注意，倒车。"

"请注意，倒车。"

何默默看着自己的左手腕儿，时间从"95"涨到了"100"，然后停下了。

"默默你看，你就是有事不跟妈妈讲，咱俩换回去的时间又变长了，你说你这样下去什么时候是个头儿啊。"

何雨"咣咣"地敲门，让女儿出来跟她聊聊，何默默还是拒绝了。

"妈，工作赚钱就当是我的社会实践了，也不差这几天，你也别担心了，我真的没事儿。"

何雨能不担心吗？听见女儿这么说，她差点气死。

第二天一早，何雨仿佛行窃成功一样地冲出了家门。

她的校服兜里装的是属于"何雨"的手机，是她趁着何默默起床上厕所的时候从女儿的卧室里换出来的。

好好的一个妈，现在成了"女儿"不说，还混着成了贼，何雨心酸得不得了。早自习上了一半，她揣着手机进了厕所，给左心发了条消息："昨天我没给你们添麻烦吧？"

七点半正是左心刚起床的时候，不一会儿她的语音消息就传了过来。

"能给我们添什么麻烦啊？何姐，我觉得姓林的这个挺好的，是个公务员，退休待遇好，等默默上大学了他陪你的时间也多……"

默默哭是因为林存勋？何雨觉得不太对。

站在厕所的隔间里，她很后悔，无论如何，她应该早点跟女儿把身体换回来的。一个嫁过人的单身女人在这个社会上会经历什么，一个十六岁的小姑娘是永远不会理解的。

让默默去经历这些，光是想想，何雨就恨不能把手上这块破表用火给烤了。林存勋的微信早被她拉黑了，她犹豫了一下把他从黑名单里放了出来。

"林大哥，真是不好意思，昨天给你添麻烦了。"

要想试探什么，这句话可以说是万用灵药。

打扫卫生的阿姨把卫生间里外都打扫了一遍，敲敲"何默默"在的这个隔间门说："上完厕所赶紧出来啊，躲在厕所里玩手机的话我就要告诉你们老师了。"

何雨把手机收起来走出隔间，还装模作样地洗了手。

回到教室，值班老师正站在里面。

"何默默，你是不是身体不舒服？"

何雨点点头，老师就放过了她，还嘱咐她不要过分坚持，觉得撑不住了就一定要请假去医院。

这就是绝对优等生令人眼红的待遇了。

在座位上挨到早自习结束，何雨第一时间掏出手机，林存勋已经回复了她，是长长的一段语音。

"本来想等你心情平复一下我再联系你道歉，没想到你先找我了。何雨，是我的错，我没照顾你的心情，就跟你说了让孩子去找东维的事。我昨天没说，其实前一段时间东维联系了我，一直以来他还是关心你和孩子的，他也一直觉得很对不起你们。你是知道的，在你们离婚这件事情上，我一直都站在你这一边，我也批评了东维当年极为不负责任的做法，东维提出希望能够照顾孩子，如果你愿意，他可以让孩子去美国读最好的大学，他的这份心是真诚的……"

何雨觉得自己的肺都要气炸了，手张开又握紧，她恨不能把眼前的东西都砸这两个男人的身上。

一个真敢想，一个还真敢传这个话！

拿起手机，何雨手指在上面几乎要敲出火来："林存勋，这么多年我叫你一声林大哥，你是李东维的同学，我们年轻的时候也是一起玩过的，你比我大，我这些年也算是尊敬你。但是你做的事不地道，你是什么意思你以为我不知道吗？默默上大学要花钱，她要花多少钱我都供着，没道理我供了她十几年我就供不起了。那我当年供李东维出国学习供了两年，他回来为了绿卡要跟我离婚跟别人结婚时，你的批评又在哪儿呢？你不过是现在看上我了，想跟我处，觉得我女儿碍眼了，李东维又想花点钱就白赚个挺大的女儿，两个不要脸的人一拍即合了就把我们母女俩安排明白了。我希望你以后离我远一点，李东维当初说他什么都不要，现在就不用再惦记别人的孩子了，我们以后不用再联系了，再见！"

敲出了一长串的字，何雨的怒火才平息下来。没有摁下"发送"，她静静地看着屏幕，一会儿又一个字一个字地删掉了。

时新月在一旁看着她，她身前身后的孩子们也都悄悄看着她。

何雨心里苦笑，她女儿的体面，她真是一点都不剩地给败完了。

说到底，她何雨，从来就不是个体面的人。

发黄干瘦的手指悄悄把纸巾放了在她的面前。何雨盯着看了一会儿，笑了一下，新月这个傻孩子，她啊，是个不会哭的大人。

最终，她回复给林存勋的话变成了这个样子："林大哥，谢谢你对我和孩子的关心，我一直把你当大哥一样尊敬。我自己一个人把默默带大，我们母女俩什么都不缺，一直以来感谢照顾了，希望你把心思多放在自己身上，也早点给小宇找一个新的妈妈。"

回复之后，她把林存勋的联系方式彻底删掉了。

马上就要上课了，老师已经来了，何雨用书挡着手机给左心发了条消息，然后她忍不住闭了一下眼睛。

何雨心想：默默这个傻丫头听见了那些话会怎么想呢？难怪她昨天哭成那样，是怕我知道了让她出国去吧。

要是……万一……

数学老师边说边讲，黑板上迅速铺满了公式。

何雨揪了一下胸口的衣服，突然有些喘不上气来。

要是默默其实想要那个爸爸，万一她真的想要那个爸爸，想去国外读书……那就，随她吧。

何雨的眼眶红了。

但她终究没有哭，毕竟，她是，不会流泪的大人。

下了晚自习，何雨还是跟林颂雪一起回家的，进家门之前，她深吸了一口气。

家里餐桌上摆了两碗小馄饨。

"馄饨是我买了回来自己煮的。"何默默坐在餐桌前，面前还摆着一本厚厚的英语字典，她明明是在自己妈妈的身体里，但她双肩端正，两脚并拢，竟然有几分乖巧的样子。

何雨现在看见"英语"两个字就想到了"美国"，然后又想到了惦记着自己的女儿的前夫。

她镇定了一下，说："我之前忘了，今天我替你把物理老师的书还了，老师把这本给我了。"

何雨没说老师痛心疾首地把她说了一顿。

何默默接过书，表情放松了一点："之前那本算是天体物理学入门的书，老师说看完了那本再给我这本。"

天体物理学……何雨脱下了校服外套，穿着短袖 T 恤坐在了餐桌旁。

"你买的哪家的馄饨？"

"小区对面的。"

馄饨汤里，虾皮、紫菜、香菜、香油、胡椒粉一样不缺，何雨捞了一颗馄饨放在嘴里，吃下去了才说："你这几天学习得太晚了，早点休息，别硬熬着。"

"嗯。"

这馄饨大概很好吃，但在吃的两个人都没有感觉。

"今天……你那个同桌，小姑娘，时新月，她作文又被老师表扬了，你们语文老师真喜欢她。"

"她的感知能力很强，写的文章很有感情，苏老师最喜欢这种情感丰沛的作文，也特别喜欢她。"

那位总是在课堂上讲古文的语文老师姓苏。

"那她喜欢你吗？我记得你语文的成绩也挺好的啊。"

"我的语文成绩主要靠的是基础部分不丢分，苏老师总觉得我的作文就是为了考试写的，所以我平时的作文分数不高，月考之类的统一考试的时候就好一点。"

"凭什么呀？"苏老师本来是何雨最喜欢的老师，听说她不给自己女儿高分，她立刻就在心里把这个老师踹进了冷宫。

"作文评分的主观性是很强的，老师喜欢一种不喜欢另一种很正常。她跟我说过，给我分数低一点是怕别的同学也模仿我，她希望班里的同学不要只为了高考写作，她这个想法我觉得是对的。"

"那也不行，为什么只委屈你呀！"

"不要生气。虽然我的语文被压分，平时考试的名次也不受影响。"

这顿宵夜就结束在了何默默哄妈妈的声音里。

饭后，母女俩一个进了房间继续学习，一个坐在了电脑前面。

一个门板的内外，她们几乎同时松了一口气。

睡觉之前，何雨看见茶几上摆着"何默默"的手机，她从书包里拿出"何雨"的手机，换掉了它。

第二天，手表上的时间变成了"99"，何雨盯着它，长长地吐出了一口胸里的浊气。

"单词听写都准备好了吗？"班主任抱着教案进来，她手里东西还没放下，就已经让整个教室的气氛都紧张了起来。

何雨看看自己面前的英语单词，恨不能这些东西赶紧住进自己的脑子里去。

"默写错一个，第三单元的单词带注释抄一遍，错两个，抄两遍……全对的，今天晚自习的英语作业就只有练习册。"

任老师一向奖罚分明，学生们都习惯了，只有何雨，慌得头发都快竖起来了。

一共听写了二十个单词，何雨写的时候才发现自己竟然大半都还记得长什么样子，偶尔脑子里有不确定的，手上竟然也能顺着写出来。

午休的时候听写的结果已经出来了，同学对着名字一份一份地发，何雨有些紧张。

自习的时候一遍一遍地抄单词是真的有用，虽然这些单词何雨还读不准，但写起来竟然只错了一个。

只错了一个！

她第一次当销售冠军的时候有这么开心吗？何雨早就想不起来了，她现在就觉得自己特想给默默打个电话，不对，她要先把这张纸拍下来留个纪念。

时新月去食堂买了午饭回来，就看见自己的同桌神采飞扬，满脸都是笑。

何雨转头看她，眉毛都快飞起来了。

小女孩悄悄坐下，打开饭盒，仿佛是感受到了还投射在自己身上的视线，小心翼翼地问"何默默"："你吃午饭了吗？"

何雨就等着小孩儿问自己为什么这么高兴呢，喜气洋洋地说："我带了馄饨。"前一天剩的馄饨早上用热水滚了一下，现在再倒点儿热水就能吃。

吃个馄饨都这么高兴吗？时新月"哦"了一声，转回去吃自己的饭了。

嘿呀，这小孩儿真是不解风情。何雨叉腰看看周围，没找到能让自己炫耀的人，于是她又一次觉得自己女儿的朋友实在是太少了。

因为没有人捧场，膨胀了两分钟之后，何雨拿着馄饨去接热水了。

饮水机就在教室门口，何雨刚接好水，就听见一个声音在自己身后说："你中午就吃这个？"

直起身，何雨看见林颂雪站在教室门口。

女孩英气的眉毛几乎要拧在一起了，她直接走进教室把"何默默"拉到了门外。

"这是怎么回事？阿姨现在更忙了吗？还是忘了给你钱？"

何雨看看自己的饭盒，馄饨虽然是剩的，但是有面有肉有菜，味道还不错，热水一泡也是热的，不比别人吃得差呀。

林颂雪抬手要把饭盒拿过来，她赶紧护住了："里面是热水，你小心烫。"

"一看就是……"话说到一半，女孩生生止住了。

她看着"何默默"，表情变得有些为难，仿佛是组织了一下语言，她有些小心地说："你又要买什么实验材料吗？还是书？"

她这样问话，让何雨突然想起了女儿说过了跟她一起去吃肯德基而省钱，说不定女儿当时对她就是用什么书和材料当借口的。

"你放心，我不是缺钱，剩的馄饨放在家里太可惜了。"

林颂雪说："你不用跟我解释，我知道我不应该干涉你的私事。"

何雨："……"那小朋友你问了我不解释，咱俩不就晾在这儿了吗？

林颂雪把拉过"何默默"手腕的手揣进了校服裤口袋，听见对方说："我知道你是在关心我。"

女孩不自在地把头转向一边，看见了窗外银杏树绿色的叶子。

"我点外卖的时候多买了一个鸡腿，你要吗？我……转卖给你。"

什么叫多买了一个，明明就是给默默买的，看着她的这个样子，何雨几乎要笑出声来了。

"我要。"何雨从裤兜里拿出手机，"谢谢你记得找我。"

"是卖给你，没什么好谢的。"

"是吗？我觉得还是得谢谢你啊，这么多人，你却记得把鸡腿卖给我。"何雨的脸上笑眯眯的，不用照镜子，她都觉得自己现在就是一副怪阿姨的模样。

低头用手机收钱的林颂雪似乎是笑了一下，即使不笑，开心也写在了她的眉目间。

何雨发现自己女儿挑朋友的眼光真是不错。

晚自习结束，林颂雪仍旧推着自行车陪何雨回家。

路灯的光镀在少女的身上，一切美得像春夜里由花与月一同吟诵的诗歌。

"其实我想了很久你说的话，你是对的，我自以为是在帮你，其实什么都没做好，只是在仗着我爸有钱而已。

"如果我都改了，你还愿意跟我做朋友吗？"

林颂雪的双眸在灯光下熠熠生辉，何雨沉默地走向下一盏路灯，影子渐渐变长又渐渐变短。

女孩等待的心情也从高昂变得低落。

何雨在路灯下停住了脚步，她看着脚下属于自己女儿的影子。

"可以的。"她对女孩说，"为什么不可以，你现在还愿意来帮我，不就是说明我们其实……一直是朋友嘛。"

灯光垂在林颂雪的脸上，这个明媚美丽到有了几分艳色的女孩静静地注视着"何默默"。

何雨以为她会笑得比之前还好看，也做好了她哭了就安慰她的准备。

"你不是何默默，你是谁？外星人？"

林颂雪的声音沉沉的，比今夜的风还要凉。

何默默看了一眼挂在墙上的钟，马上就十一点了，妈妈还没回来。

桌子上摆的两碗面条都要坨了。

听见门外传来有人上楼的声音，守在门口餐桌旁的何默默立刻放下手里的笔站起来往厨房里走去。

钥匙插进锁孔的时候何默默已经把菜从锅里端了出来，听见门开了，她一边端菜一边说："妈，今天左心阿姨分了咱们一点肘子，有个客人说回锅的肘子拌面条很好吃。"

走出厨房，她就僵在了原地。

进了家门的何雨找出了一双拖鞋递给跟在自己身后进来的女孩，嘴里说："默默啊，我把你同学带回来了。小雪，我们家平时不来人，这双鞋是默默冬天穿的，你将就穿下。"

林颂雪看着厨房门口穿着围裙戴着隔热手套，头发梳成了道姑似的中年阿姨，眉头跳了一下。

"默默你赶紧把盘子放下。哎呀，今天你妈我是阴沟里翻了船，被这个小姑娘给认出来了。"

何默默几乎是被自己亲妈扶着把菜放到桌上的。

两个女孩，一个在门边，一个在餐桌旁，都是直愣愣站着的样子。何雨帮着女儿把手套摘了又把围裙脱了，看看餐桌，说："今天这是有肘子肉啊，怎么吃？"

何默默暂时还处于大脑运转过度的状态，好在何雨本来也不是非要她回答，自问自答也是可以的："拌面条，挺好。小雪你坐，我给你也下碗面条。"

林颂雪低头，看看放在自己前面的拖鞋，鞋面上是黄色的小鸭子，嘴巴圆嘟嘟的。

她说："何默默，你的拖鞋真可爱。"

何默默僵硬地转头看自己的妈。

她妈心虚着呢，说："默默，这真不怪我，这么多人，就她发现这壳子里的人不对了，她又是在咱们小区门口说的，我跑都没地儿跑。"

"那她为什么会在咱们家小区门口？"

她妈打开冰箱："哎呀，多了个人，咱们面条里一人加一个鸡蛋吧。"

因为何雨女士要转移话题，何家牺牲了三个鸡蛋。

在她们说话的时候，林颂雪已经走到了餐桌边。木头餐桌光看腿上的痕迹就知道已经年纪不小了，上面铺的桌布是塑料的，印着蓝色和红色的花，桌上有个蓝色的花瓶，里面插着红色的假玫瑰。

何雨开门之后随手把钥匙放在了餐桌上，林颂雪看见了上面红色的苹果。

她重新看向"何默默"的时候，目光变得温和了很多："这个苹果是我补给何默默的生日礼物……我送出过很多的生日礼物，这个大概是最便宜的，可我一直记得它，把它送出去之后，我再也没参加过别人的生日会。

"因为何默默告诉我获得朋友不是一场比赛，不是我去参加所有人的生日会，给所有人送昂贵的礼物，他们就都会成为我想要的朋友，不是我给一个人送五百块的礼物给另一个人送一千块的礼物，他们就会像价格一样被放在不同的友谊货架上。"

又是电影里才会出现的台词，何雨绕过自己的女儿进厨房，恨不能留下一只耳朵贴在两个女孩中间，她是真想听听自己女儿跟这个气派小姑娘在一起是怎么说话的。

何默默没说话，试图进厨房，然后被自己的妈妈赶了出来。

林颂雪看着她，说："为什么跟我绝交了，何默默还要留着我送的钥匙扣呢？"

何默默在离林颂雪最远的椅子上坐下了，双手交扣的一起，放在了腿上。

"因为你是个值得被记住的朋友。"

"那何默默为什么跟我绝交？"

"因为性格不合适。"

"我说过你想让我怎么改我都能改，你为什么坚持说不合适？"

"就因为你随随便便就可以说你都能改，所以不合适。"

"你不让我改，又要跟我绝交？何默默，你不觉得这样的要求很过分吗？"

"不觉得。"

哇！现在小女孩吵架都是这种气氛了吗？为了听女儿和她这个"前朋友"说话，何雨连油烟机都没开，滚开的热气扑到她脸上，她觉得面条落在锅里的声音是在替自己鼓掌。

林颂雪坐下了，笑着说："你还真是何默默。那现在，厨房里那个'你'真是阿姨？"

何默默抬头看了看她，又移开视线："你为什么会到我家小区门口？"

林颂雪伸手抓过那个钥匙扣握在手里，脸上还是笑着的："阿姨当何默默的时候天天都是我陪着回家的，你为什么不问我是怎么发现阿姨不是你的？"

"她愿意让你陪着一起回家，你肯定就会发现不对。"

"是啊，阿姨装你装得一点都不像，对谁都笑，还夸我的自行车好看。"

"她装不了我的，我也装不好她。"

"那你的成绩怎么办？我在十一班都听说最近你的成绩下滑得很厉害，同学去老师办公室都听见老师在讨论你。"

"没办法，你也不用担心，我们是暂时的交换。"何默默举起了自己的左手，"你看这个手表。

"现在上面的数字是99，我们还有99天才能换回来。如果能够互相沟通理解，时间会缩短，要是我们拒绝沟通，时间会延长。"

林颂雪认认真真地听完，看着现在成了一个阿姨的何默默："你就这么告诉我，没关系吗？"

"你跟着我妈回家，不就是想弄清楚到底是怎么回事吗？就算我不告诉你，你也会想办法弄明白的。"

听何默默这么说，林颂雪笑得更开心了。

何雨端着面条出来的时候根本不敢跟自己女儿对上视线，看着林颂雪，她说："你们这两个孩子怎么干坐着不吃饭啊？"

何默默煮的面真的坨了。

看看手上刚煮好的面，何雨又拿了两个碗出来把这些面分了，把原本的两碗面放在自己的面前，再把两碗新面放到了两个孩子的面前。

何默默皱着眉要把碗换回来，何雨拦着自己的女儿说："我饿了，这温的我正好下嘴。"

说完，她先吸了一口没味道的白面条，再用筷子把另一碗面搅了搅，才用筷子去夹盘子里拌面的菜。

"赶紧吃，不吃都凉了。"

何默默无奈地捧起被妈妈放在自己面前的面条，把里面多出来的鸡蛋放在了妈妈的碗里。

作为宵夜的面本来就不多，反而是葱蒜酱辣椒炒出来的肘子片满满一大盘，三个人吃也足够了。

何雨吃了口辣椒，又塞了一嘴面，咽下去了才说："你们俩要说什么赶紧说，太晚了小雪回去不方便，要不小雪你今天晚上……"

"她可以让她的保姆开车来接她。"

说话间，何默默给妈妈碗里夹了满满一筷子肉。

何雨安静了下来。

林颂雪一直没说话，她静静地看完了这一幕，又埋头去吃自己的那份宵夜，明明是个一看就养尊处优、无处不精美的姑娘，但她一口面一口肉，吃得比谁都香。

吃完之后，她用纸巾很文雅地擦了擦嘴。

何雨生怕她没吃饱，问她要不要再来一碗。她摇了摇头，对着何默默的脸，她实在是叫不出"阿姨"。

"你们就打算一直等时间结束然后换回来吗？"

"也没有别的选择。"

"有没有什么我能帮你们做的。"

"没有。"何默默站起来，找出杯子倒了三杯水，"作为一个已经和我绝交了的朋友，你没必要参与什么。"

自从林颂雪进了何默默家之后，她几乎一直挂在脸上的笑容消失了："你也知道我们已经绝交了，我想做什么你也不能干涉。"

"不要跟我进行无意义的辩论，就算你在口头上赢了我也改变不了我的决定。"

林颂雪看着她，拿起杯子喝了一口水。

自从上周末打游戏之后，这是何雨再一次感受到了自己女儿身上有一种不容辩驳的气质，明明一开始看见林颂雪的时候她还是紧张的，但是她很快就掌握了交谈的主动权。

姓林的小姑娘是那么气派的一个小孩儿，连自己这个妈妈辈的在她面前都觉得没那么自在，到了何默默的面前她反倒像个平常的小孩儿了，有小脾气，还幼稚。

餐桌上的争论还在继续。

"何默默，我只是单纯想帮你都不行吗？"

"没必要。"

"你现在是什么情况？白天替阿姨工作，晚上回来自学？"

"我能应付得来，就算我未来99天都不学习，高二上学期期末考试的年级第一名也还是我。"

林颂雪看到了被放在餐桌一角的练习册，不知道是该气还是该笑："你也不可能不学习，现在你都这么辛苦了，为什么就不愿意让我帮你呢？那份工作就不能先停下吗？"

女孩目光里的担忧是真切的，连旁观的何雨都能感觉到。

可何默默的回答还是一贯的语气："不要问与你无关的问题，你该回家了。"

"哼！"

林颂雪一口气喝完了杯子里的水，把空杯重重地放在桌子上。

"何默默，是你先走过来要跟我做朋友的！"

"你该回家了。"

"我幼稚不懂事打人有错，你为什么连让我改正的机会都不给我！为什么到头来是我受了惩罚？那些孤立你的人却什么事都没有。"

"什么孤立啊何默默？"何雨试图插嘴，被两个女孩无视了。

何默默面无表情地说："友情这种东西的存在和消失都不是谁对谁的惩罚，我们是不适合做朋友的，你喝的是水不是酒，不要一副酒后发脾气的样子好不好？赶紧回家。"

"好，我回家。"

林颂雪站起来走到门口，低头换了鞋，她对何雨说："阿姨，谢谢您带我回来。对不起，我之前还以为您是外星人。"

围观了全程的何雨小心看着自己女儿的表情，走上前说："你们这些小孩儿真会胡思乱想，我还以为你能当我是孤魂野鬼呢，结果一开口就是外星人。"

她试图笑一下活跃气氛，又笑不出来。

"阿姨，麻烦您过来一下。"

"怎么了？"

何雨走到林颂雪的身边，看见小姑娘对着自己张开了双臂，然后抱住了自己。

"哎呀，不用这么热情，你们啊……"

何雨没当回事儿，却听见林颂雪小姑娘趴在自己的肩膀上说："以后我一天给'何默默'一个拥抱。"

林颂雪是盯着何默默说的。

说完她放开了"何默默"，转身开门走了出去，仿佛潇洒得不得了。

何雨回头："默默，要不要去送送她？"

却看见自己的女儿站在原地，只看表情就知道她又僵住了。

"怎么了？害羞了？唉，我和你桥西阿姨俩搂一块儿睡的时候，她还会半夜蹬我呢……"

"我去学习了！"

何默默快步走进房间，关上了房门。

上午的第二节课是语文课，老师讲完了课之后给了同学们二十分钟的时间背诵课文，何雨对着满篇晦涩的古文，走神想起了昨天晚上发生的事。

仔细想想，这是她第一次认真观察默默是怎么跟同龄人对话的，坚定、有条理，也固执、冷淡，像个……不太好沟通的大人。

当然，默默一定满脑子都是小想法，成熟是外表，内在还是一如既往的可爱。

外面在下雨，有同学把窗悄悄拉开了十厘米，就像是整个教室被撕了一道口子，一缕潮湿的风挤了进来，在教室里东游西窜。

何雨能感受到这道风缠绕着自己。

她深吸了一口气，闻到的都是象征着绿叶苍翠、红花吐蕊的泥土气味。

这样的天气，适合一个人在房间里一边干点儿什么一边唱歌，不过何雨二十五岁之后就没有这样的时光了，当初有的时候，她没珍惜。

在好的年华，遇到好的人，看一点好的风景，做一点好的事。在何雨看来，这就是所谓的"青春"，她也希望何默默的人生中有这样的一个人。所以，即使看见女儿和林颂雪那样争论，她也是高兴的。

不过……

因为下雨课间操取消了，林颂雪站在二班门口，不用同学帮忙叫，何雨就已经看见了她。

"那个……你们互相理解就能快点换回来是吗？我有一个想法……"

"等等。"何雨抬手一把勾住林颂雪的肩膀，笑容亲切，"你先告诉阿姨，你昨天说的有人孤立默默，这是怎么一回事啊？"

林颂雪看了一眼"何默默"，目光又转向了另一边。她知道现在的这个人不是何默默，但这是何默默的脸、何默默的身体，这个人搂着自己肩膀的感觉太奇怪了。

"默默没告诉您，就是不想让您知道。"

"你这就不懂了，有些事情孩子不愿意告诉家长，但是有些事情呢，家长有义务、有责任知道。"

揽着林颂雪走到人少的一个楼梯口，何雨松开了手臂。

现在的小孩儿真是一代比一代高，默默才十六岁已经只比她矮一两厘米了，林颂雪这个小姑娘比默默还高四五厘米，估计都快到一米七了，她要把手臂挂在林颂雪的肩膀上还真有点费劲。

林颂雪似乎解脱似的松了口气，语气有些疑惑地说："义务？"

"是啊，我是她妈妈，保护她、照顾她是我的责任和义务，让她在我看不见的地方受到了伤害，这说明我不是个合格的家长，你说对不对？"

女孩看看她的表情，忽然笑了一下："不合格的家长多了去了，再说……就算您知道了这件事，您就是个合格的家长吗？阿姨，您怎么评价一个家长是不是合格的？我爸沉迷工作，我妈沉迷照顾我爸，从我十岁开始就只有钱和保姆，我爸妈也觉得他们是合格的家长。所以，您只是想用您的标准说服我，也就是说，这个标准不是用来约束您的，是您想用来约束我的。"

林颂雪双手插在裤兜里，靠在墙上看着眼前的"何默默"，继续说道："妈妈想成为一个合格的妈妈，所以女儿有什么秘密，女儿和女儿的同学都要告诉妈妈，这是您的逻辑吗？那孩子想要成为一个最好的孩子，希望爸爸妈妈能更多地理解自己，又有几个家长能做到呢？反倒是一旦孩子做得不好，他们就会说：'我给了你那么多！为什么你还不是我期待的那种孩子？'"

"我可从来没有对我女儿说过这种话。"

"那是因为何默默永远都在超出别人的要求！"

何雨看着林颂雪的双眼发现，她的眼睛里满是不信任和嘲讽。

林颂雪说："她永远超出别人的要求，所以她能把您的不满足甩在身后，您有没有想过她是为了什么做到的呢？我认识何默默的时候她才十四岁，整个补习班里她是最矮的，她穿着那种一看就很便宜的T恤，用着二十块钱一支的钢笔，拿着让所有人都羡慕的成绩。

"其实我一直都认识她，初一我爸第一次给我开家长会，整个年级的表彰名单都贴在楼下，他站在那儿看，名单第一个就是何默默的名字，上面写着她全科目满分。我爸问我：'这个叫何默默的是家里很有钱吗？'我说应该不是，我爸就说：'养儿当投资，这个何默默的家长真是投资高手，以小博大赚大发了。'从那以后我就一直记着何默默这个人，虽然她还是个学生，但在我爸的眼里她已经是一笔稳赚不赔的投资了。

"阿姨，您一直都是别人羡慕的对象。根本不需要您履行什么责任和义务，何默默靠自己就已经变成了现在的样子，您现在为了知道她不想告诉您的事又想起了您的责任和义务……阿姨，我实话告诉您，我只想笑。"

现在的林颂雪是尖锐的，何雨甚至能感觉到她身上竖起的尖刺即将刺进自己的身体里。她低下头，笑了一下："你是不是觉得，我在事情发生的时候没有出现，现在还想过问，其实很没意思？"

林颂雪没有回答，女孩的眸光转向了楼梯向上的方向，她的表情也已经说明了一切。

"唉！"何雨长出了一口气，一屁股坐在了台阶上。

林颂雪皱眉看着她："何默默是不会就这么在这儿坐下的。"

"是吗？"何雨屁股不动，只是随意地拍了拍两只手，"我女儿的卫生习惯真好。"

林颂雪："……"

外面的雨还在下，楼梯上面的窗开着，树叶被雨水浇淋的声音传了进来。

"我从来没有把我的女儿当成是投资。"疏落的声响里，何雨用何默默冷淡的声音开始讲她们母女两个人共同的故事。

"不怕你笑话，在她上小学之前，我对她最大的期待就是她二十年后不要找一个会抛弃她的男人，我只希望她过得比我好。她三岁的时候她爸出国进修，我为了供她爸，白天在商场上班，晚上在一家外贸公司的车间给人炒那种出口的花生，把她留给了她姥姥。结果，两年后……她爸回国给了我一份离婚协议，他想留在国外，他想要绿卡，他找好了能在国外跟他结婚让他有绿卡的人，说实话，我彻底崩溃了。我们结婚八年，我二十二岁嫁给他，二十五岁生了默默，我还没到三十岁，却什么都没了。

"有很长一段时间我过得特别糟糕，我工作丢了，一天一天地喝酒，到处混，昏头昏脑地忙着找个能接手我的男人……我混到什么样呢？我最好的朋友，我们十岁就认识了，她把我从酒桌上拖出来，把我的头摁在浴缸里，说如果我再不冷静她淹死我再偿命。"

成年人的语气云淡风轻，成年的故事里是撕开了陈旧时间组成的一层层皮囊露出来的一点东西，连血带肉。

林颂雪不知不觉地站直了身子。

"我把默默给忘了。我忘了我还有个孩子了，我妈给我打电话的时候我在我朋友的帮助下重新找到了工作，那天默默发四十度的高烧又转成了肺炎，我妈给我打电话的时候骂我骂得震天响。

"我妈她其实特别爱哭你知道吗，那次她气得都不会哭了。我去了医院，看见默默小小的一点点躺在病床上，脸都烧肿了，我脑子里'嗡'的一声响，才想起来她是我的孩子，我生过她、养过她，可我都不记得了。就在默默的病床前边，我妈还骂我，跟我说她已经决定了把默默送给别人养，我不想要这个孩子，她就让别人来疼她。默默那时候刚过六岁，她睁开眼睛，用小手抓着我的衣角，跟我说：'妈妈你别送我走，我会当个好孩子的。'"

不会流眼泪的成年人依旧没有哭，她看着抹眼泪的小姑娘，甚至还能露出一个笑容。

林颂雪甚至没有擦干净脸上的泪水，她用一种近乎于仇视的眼光看着"何默默"，那么锋利，几乎是想透过这个表象扎穿名为"何雨"的内在。

何雨脸上的笑意变得更明显了，她接着说："三十一岁，我开始学着当妈妈……养家，赚钱，别人给孩子做饭，我也给孩子做，别人给孩子买衣服我也买，别人陪孩子玩……我也买了洋娃娃……结果有一天默默的小学老师告诉我，何默默她已经自学完了小学的全部课程，问我是怎么教的，我根本什么都不知道，我甚至想不到九岁的小孩子会把零花钱攒下来去买邻居家孩子处理的小学课本。等我知道的时候，我的第一感觉是'不对呀，别人家的孩子也这样吗'。

"默默成长得太快了，我甚至还没学会怎么当一个妈妈，她已经在打算自己的人生了。没人告诉我应该怎么给这样的女儿当妈妈。她不哭不闹不会淘气，她比我这个当妈的还懂事儿，她上初中的时候我已经能想象到以后她考进最好的大学、做最体面的工作的场景了。我呢？别人说起我，能说我是何默默的妈妈，我觉得我这辈子就算是没白活了。

"直到我变成了她，我才发现……我的女儿过得没我以为的那么好，她很辛苦，还没有几个朋友，所有人都理所当然地觉得她什么都能做好，连我这个亲妈之前都这么想，我一边为她骄傲，也越来越为她心疼。更让我难过的是，我变成了她，我根本不知道怎么学习，一页单词背了三天只错一个我都很开心，可对她来说这算什么呢？我在这儿的每一天都只能让她身上的光彩一点点都掉下去。"

属于"何默默"脸上的笑容是苦涩的。

"现在这么个局面，我们短时间内换不回来，所以，哪怕有那么一点点的机会，我希望我能让默默的人生有那么一点改变。她才十六，哪怕只是让她多个朋友，或者是解开她的一个心结，也是我这个当妈的愿意努力去做的。"

她的话音未落，上课的铃声已经响起。

林颂雪一把抓住栏杆往楼上冲，路过站起来的何雨，她说："好吧，我帮你。"

第四章
因为我没有保护过她

孤独的小孩儿往往会做出让普通成年人难以理解的事情，很多家长分享着矫正小孩孤独的办法，却忘了本该是他们自己不要让孩子感到孤独的。

"何姐，你这个月的假什么时候放啊？"

听店长这么说，何默默才想起来何雨每个月是有一天假期的。

旁边的刘小萱立刻说："何姐，我跟我男朋友约好了下周一回他家。"

何默默认真地想了想，很快就要期中考试了，她也应该拿出一整天时间来做一次全科的卷子，检验一下她最近这段时间的学习成果。

"下周三吧。"

"好。对了，何姐，昨天的肘子回去你做了吗？"

"做了，我按照你说的，炒过之后拌面条。"

"默默爱吃吗？"

这个默默是皮囊上的何默默还是精神上的何默默呢？何默默辩证地思考了一下，说："喜欢吃。"

不管哪个何默默都喜欢吃。

几分钟前离开的客人试了几套衣服，何默默把它们挂回架子上的时候发现一件衣服的袖子皱了，打开挂烫机把衣服熨好。

她拎着熨好的衣服左右看了看，自己对服装的态度一向是妈妈买什么就穿什么，按照她妈的话来说，她就是个还不知道美丑的小屁孩。

"这件衣服容易起皱，所以很多人才试过了不买吧？那是不是说，我推荐衣服的时候应该把材质好不好打理也说出来呢？"

她想起了妈妈追在自己后面让自己试衣服的样子，"纯棉的舒服""别看这件衣服是混纺的，你穿在校服里面出了汗也不贴身上"这种话还停留在耳边。

"真丝料子的颜色这么亮，洗几次就不能穿了。"那次是桥西阿姨给妈妈买了一条绿色连衣裙当生日礼物，她穿上之后显得皮肤白得像玉，尤其是脖子，线条流畅，底色干净，她整个人美得像是一件画作。可这条裙子何默默只看妈妈穿过三次，一次是她生日的当天，还有两次是给她开家长会。

那年她第一次参加全国比赛得了银奖，领奖之前，妈妈一次给她买了两件很贵的真丝料子的衣服，第二年就因为她个子长高了十厘米而被永远地放在了衣柜里。

这是她妈妈爱她的方式，因为给予自己的太少，所以给她的，即使在别人眼里不算什么，在她这里却显得格外丰厚。

有顾客走了进来，刘小萱迎了上去。

说话间，顾客手里抓着雨伞随手一甩，地上立刻被淋了一片，客人毫无所觉，还用湿了的手去抓衣服。何默默抽了两张纸巾冲过去，小心地说："您脸上有水，请擦一下吧。"

客人擦了手，她又拿起拖把趁机把地擦了，最后找了一个干净的塑料袋当着顾客的面帮她把雨伞装起来。

做完这一切，何默默站回了柜台后面，即使店长夸她做事实在是太仔细了，她也还是觉得疲惫。

成年人做一份工作的最初大概也是用心的，只是日复一日，年复一年，不知不觉，心被用光了，这样，工作最终会变得寡淡无趣吧？

何默默现在很佩服自己的妈妈，她在这里工作了十多年，顾客们依然能感受到她的热情。不过何默默现在唯一的愿望，就是在学校里的妈妈别对林颂雪太热情。

但这估计不太可能。

在心底叹了一口气，何默默觉得自己又老了一岁。

学校里，跟林颂雪"恳谈"过的何雨在教室里昏昏欲睡。

她眯着眼睛看一眼在讲台上滔滔不绝的物理老师，在腿上掐了一下。

不能睡，不能睡……不能……

"何默默，我前几天借给你的那本书里有涉及这个方面的知识，你还记得吗？"

何雨猛地站起来，老师说的话才进了她的耳朵里。

"对不起老师，我不记得了。"

这些天，"对不起"三个字是她在物理课上最常说的。

老师看她的眼神可以说是痛心疾首："何默默，你是怎么回事？你交上来的作业和阅读心得全部都还保持着你一如既往的高水准啊，怎么上课的时候你就跟完全听不懂一样？白天在课堂上的何默默和做作业的何默默是一个人吗？"

何雨站在那儿不动也不说话。

老师叹了一口气，终究还是没舍得对自己这个"得意门生"说重话："你坐下吧，何默默，高考这条路上是一时一刻都耽误不得的，你跟我说过的话，老师希望你自己不要忘了。"

坐下之后，何雨在心里叹了一口气。二十多年前她就是个上课听不懂的，现在也好不到哪儿去，她这辈子跟物理这门学科的关系估计也不比她跟前夫李东维的关系热络。

下课铃一响，何雨的肩膀立刻垮了下来，想着自己要去找林颂雪问默默之前的事儿，她从座位上站了起来。

一个同学站在她旁边对时新月说："格格，我朋友找我有事儿，你帮我打扫卫生吧？"

市一中关于卫生保持的规定是一个班每天要有人早饭和晚饭时间打扫教室的室内卫生，他们班四十个人，每四个人干一天，每个同学刚好可以每两周值日一次。

现在正好是晚饭时间。

被人拜托的时新月缩着脖子，点点头说："好。"

来拜托的同学心满意足地走了，何雨看看她的背影，凑到时新月的耳边说："新月，怎么别人说什么你都答应呢？今天下雨，你看地上都是脚印，打扫起来肯定麻烦，你不该这么好说话的。"

时新月低着头，双手攥在了一起。

何雨看她的样子，叹了一口气："不要以为你受点委屈没关系，很多时候你越是这样，别人就越觉得你好欺负。"

小姑娘缩缩脖子，目光躲向了另一边，几秒钟之后她小声地说："给同学帮忙，没、没关系的。"

何雨直起身，转身往外面走去。

时新月小心翼翼地抬头看了看她，又低下了头。

何雨刚走到楼梯口就看见林颂雪从楼梯上下来，手里拿着一把伞。

"我去学校门口拿外卖，你跟我一起吧。"

"你等我下，我回去拿伞。"

"不用，我的伞足够大。"林颂雪的伞是红色的，打开之后能看见黑色线条勾勒出的吉他。

何雨仰头看了一眼上面的花纹，说："你这伞真挺好看的。"

"乐队的周边。"林颂雪举着伞，声音清淡，"上午我们说话的楼梯离食堂近，肯定很多人走，现在这样就没人能听见我们说什么了。"

哟，真是个有打算的小姑娘！何雨看看她，笑得贼兮兮。

林颂雪直视前方："何默默在初中的时候被人孤立的事，你还想听吗？"

何雨立刻严肃起来。

"其实那件事跟我有关。"雨滴打在伞面上，仿佛很重，林颂雪调整了一下握伞的姿势，"当时英语竞赛的整个补习班都知道我是花钱进来的，没有人愿意跟我组学习小组，何默默不一样，她是学习成绩最好的，又勤恳努力，交作业一丝不苟，几乎所有人都希望跟她组成小组。"

从林颂雪的嘴里讲出来的是一个与何默默所说的完全相反的故事。

没有人愿意跟林颂雪组小组，而何默默身边聚了好几个人在争抢她。老师看见了林颂雪的窘迫，出于照顾的心理问同学们："有人愿意和林颂雪组一起吗？愿意的举手。"

无人举手。

林颂雪坐在座位上，她仰着头，但是什么都看不清了，全身的力气都控制着自己不要哭出来。她也不过才十几岁，靠着家世背景和钱，她一直有很好的"人缘"，直到进入这间教室，直到这一刻，这一刻几乎要成为她人生中最羞耻的瞬间了。

"何默默？你举手是愿意跟林颂雪一组吗？"

林颂雪的视力好像突然间恢复了，她看见那个坐在第一排的女孩点了点头，然后她抱起了书包转身走向自己。

十七岁的林颂雪笑了："何默默在您面前一定把我说得很好，她是一个从来不会说人坏话的人，跟她当朋友，即使是 60 分的人也会被她说成是120 分。"

何雨抬起左手看了看那块手表，后知后觉地说："对啊，她那天跟我说了那么多，结果只给我减了一天，就是因为她说的……"都是挑着说的。

"她都说了些什么？她有没有告诉您，那天辅导课结束我拉着她要请她吃哈根达斯，那时候……那是我唯一会表达感谢的方式，花钱请客送礼物。结果她说她要回去做作业就走了。

"我花了一千多买了支钢笔要送给她，因为我真的很想谢谢她，但她都不要。她越不要，我就越想跟她做朋友，我就赖着她，她学习我也学习，补习班上到一半，我钱花得少了，成绩还提升了不少。说实话，我爸以前觉得我成绩不好，想花钱送我去新加坡读高中的，我后来考上了市一中，他说我帮他省了不少钱。"

何雨忍不住感叹一句："交朋友还是得交我家默默这样的，带人上进还省钱。"

林颂雪撑着伞迈过地上的积水，回头看见积水倒映着天光和树影。

"何默默被孤立就是因为我省钱了。"

"什么？"

"初三重新分班，我让我爸想办法把我和何默默分在了一个班里，我有几个从前的'朋友'。"

何雨能听出来林颂雪把"朋友"两个字说得颇有深意。

"他们跟我是一个班出来的，跟从前一样，他们请我去参加生日会，让我请他们喝饮料吃东西。当着何默默的面，一个同学跟我说去年我送了另一个人的礼物他很喜欢，问我能不能今年也送他一个，他说要我证明我和他的关系更好。"

虽然前一天听的时候何雨也猜到了林颂雪曾经是个花钱买"友谊"的小姑娘，但这跟亲耳听见她承认的感觉是不一样的。她没说话，无声地长出了一口气，孤独的小孩儿往往会做出让普通成年人难以理解的事情，很多家长分享着矫正的办法，却忘了本该是自己不要让孩子感到孤独的。

何雨知道自己从前也做错了，只是她很幸运，她的孩子是何默默。

"当时何默默抬起头，问我：'友情就是一场比赛吗？为什么需要用礼物来证明？花的钱越多关系就越好吗？'我回答不出来，其实我之前觉得就是这样的，我给一个人花了五千，别人花了五百，五千那个人就应该对我更好。可是我没办法这么回答何默默，即使她一分钱的礼物都没有送我，她也没有收过我的礼物，我还是会觉得她特别好。"

雨幕遮蔽着不远处的校门，何雨仿佛看见了十四岁的何默默和十五岁的林颂雪。

骄傲气派的小姑娘弯着腰对坐在座位上学习的女孩说："何默默，我不送他们礼物了，你陪我去吃肯德基好不好？"

女孩犹豫了一下，在对方热切的眼光里说："好。"

原来这才是上校鸡块故事的开始。

"后来我才知道，过了一个月，何默默的书包被人从楼上扔了下去，就是那个跟我要礼物的人干的。"

雨水冲刷着树，新绿的叶子、老旧的树干和上面新刷的石灰都成了湿漉漉的。

何雨陪着林颂雪在校门口拿了小笼包的外卖。

往回走的时候，她突然停住了脚步。

她年轻的时候是一只快乐的鸟，没有人不喜欢她，没有人不羡慕她，虽然她眼睁睁看着于桥西的青春被恶劣的家庭环境浸染了污浊，她也没想过自己的女儿会在十几岁的年纪就经历这样的痛苦。

因为林颂雪不跟那些跟她要礼物的同学来往，当然也不再送他们礼物，他们就把嫉妒和厌憎的目光投向了林颂雪的新朋友——何默默。

十几岁的孩子们用放大镜去找"何默默"身上的缺点，她是单亲家庭，她用的东西都很便宜，她没有爸爸，自从和林颂雪在一起她经常去吃肯德基……所以她一定从林颂雪身上拿到了很多钱、很多礼物，并且不让林颂雪给别人礼物。

他们说何默默成了林颂雪的跟班。

他们说何默默是个抱林颂雪大腿的穷鬼。

他们说何默默自私小气看不起人。

书包被扔掉、阅读笔记本被划满了叉、发下来的作业不翼而飞，何默默遇到这些事情时都会在第一时间去找老师，然后事情就会平息几天。

最重要的是同学们都自发地不再跟何默默说话，他们中传出了可怕的说法：谁和何默默说话，就是在央求何默默去跟林颂雪要钱，就跟她一样不要脸。

挺长的一段时间里，林颂雪并不知道为什么会有人欺负何默默，她好几次警告班里的同学不准再欺负何默默后，反而更坐实了那些不好的传言。

"这些我都不知道。"何雨说。

她是个妈妈，女儿经历了这些，她却都不知道。

林颂雪撑着伞的手晃了晃，她手里拎着的包子是热的，大概也是这个伞下面唯一还热着的东西。

"那个时候我在哪儿呢？"何雨下意识地拉了一下身上穿的衣服，又松开手指，她问的是自己。

很多家长自以为为孩子付出了一切，"父母"二字理应在孩子的人生中像锦旗一般飘扬，但何雨并不是这样的家长。她的心里一直对女儿有着愧疚，因为她很清楚地知道，她生下这个孩子时，心里没有什么母爱，就像别人结婚后生了孩子她也生了，李东维想要个孩子她就生了。

当初她希望叫"李晓笛"的女儿聪明、漂亮、懂事，继承她和李东维两个人的全部优点。

离婚之后，她照顾何默默长大，是因为她知道这个孩子只有她了，她亏欠了这个孩子。她所做的一切，不是因为爱，而是因为她是个母亲，她能为这个孩子豁出命。

可这一刻，她觉得自己的命都没了。

"默默她、她为什么不告诉我呀？"

世界在雨中嘈杂，却没有给她回答。

林颂雪的心情也糟糕到了极点："阿姨，您别哭啊。"

何雨抬起头，她没哭，她抬起手，手指机械地在胸膛中间滑动，好像里面有东西要出来，也可能是已经出来了。

"你告诉我，默默经历这些，她哭过吗？"

"没有。阿姨，您怎么了？"

怎么了？没怎么呀，就是难受，太难受了。

"她为什么没哭呀？她为什么，为什么没有在别人第一次欺负她的时候，她就回来，她就一进家门跟我哭呀？我是不是忘了告诉她，在学校里受了委屈，她身后还有我这个妈妈？是不是，她小时候被欺负的时候，我不管她，她就以为，她受欺负了我都不会管她？"

何雨没办法不这么想，她在林颂雪的眼睛里看见了一个没有流眼泪的何默默，这让她觉得越发痛苦。

林颂雪把包子挂在伞柄上，空出的手拽住了"何默默"的衣袖。

她拽着"何默默"，一路走到了空荡的篮球场边上。

球场边有一个棚子，下面是座位。两个女孩坐在那儿，中间空出来的一个位置上摆着包子，伞没有收起来，而是放在了林颂雪脚边的地上。

"吃个包子吧。"实在不会安慰人的女孩把包子往何雨那边推了推。

何雨低头坐着，好像一身的力气都被抽干净了。

"我终于明白为什么我会和默默变成现在这样了，这就是为了让我知道，我不是一个合格的妈妈。"

说完，何雨勾了勾唇角，她试图笑，但是失败了。

"特别有意思，其实我从来没想过自己能当一个合格的妈妈。偶尔，很偶尔的时候，比如默默她学习到很晚出来洗脸的时候都在打瞌睡，或者她成绩特别好，老师建议给她找个厉害的家教再提高一点的时候，我都会很有雄心壮志。我想我再多赚点儿钱，说什么我也得给她再多一点，可是她都不要，我很快又会很得意，你看我女儿不需要我操什么心，她自己就可以做得很好，我只要养着她就够了，跟我一样大的人，谁不是在操心孩子的成绩和未来，可我不用，我不用操心。

"进了社会我才知道要学会把一个人分成好几份，这一份多一点，那份就得少，可实际上每一份都会让人精疲力竭，所以有时候我知道我应该在当妈妈的时候再努力一点。可更多的时候，面对我的女儿，我想的却是，我已经做了所有我能做的了，能不能就在这个时候让我松一口气。

"是不是就这一口气……是不是就是松了的这一点劲儿，就让我的女儿经历了这些？让她变成了一个不会回家哭的孩子？"

林颂雪仿佛大人一样叹了一口气："你这些话应该今天晚上回家跟何默默说，说不定你们很快就能变回来了。"

"哈。"何雨低着头，短促地发出类似于在笑的声音，"你觉得我能把这些话跟默默说吗？"

"为什么不能？"林颂雪打开了袋子，拿出一个包子递到了"何默默"的嘴边，"你不吃晚饭饿的是何默默的身体。"

何雨咬住了那个包子。

"我说了，然后呢？默默会告诉我不是这样的，她觉我做得已经够多了，我哭我闹，我逼着她承认我做得不够，然后像个改邪归正的妈妈一样抱着她承诺我以后会做得更多……是不是事情就能过去了？"

不然呢？同样在吃包子的林颂雪有些困惑。

何雨的语气坚决地说："不会。下次再有问题出现，她还是不会告诉我，她只会隐藏得更好。我去跟默默说我跟你说的这些，不过是……不过是一个成年人在卑劣地寻求心安理得。"

林颂雪拿住第二个包子看向何雨："你说的我好像是听懂了，但是，这是为什么呢？"

"因为我没有保护过她。"

十七岁的女孩仿佛听见了一声惊雷，那刹那里她还听不懂它，可她觉得有什么东西在颤抖，比那些被雨打的叶抖得猛烈得多。

何雨终于笑了，是有些苦涩，又带着讽刺的笑。

她拿起第二个包子，说："怎么会有孩子去向十几年都没有保护过她的妈妈求助呢？"

林颂雪却突然觉得难过了起来，也许是因为"何默默"脸上有着不属于何默默这个年纪的笑容，一直到吃完包子，她都没有再说话。

何雨也没有。

"我觉得无论如何，你该跟她聊一聊。"走进教学楼的时候林颂雪是这么对何雨说的。

"您什么都不说，何默默也不可能会改的，让您担心的事情还是会发生，您的女儿还是您心疼的样子……我爸说过，维持资产的现状意味着财富在倒退，我觉得感情也是这样，你们母女之间需要沟通那就应该去沟通。很快何默默就会长大成为一个成年人，没有孩子会向没有保护过自己的妈妈求助，成年人就更不会了，何默默，尤其不会。"

说完，她一如既往地毫不留恋地转身就走了，红色的伞在她的手中轻摇，残留的雨水滴落在了楼梯上。

何雨静静地站在原地，抬起手揉了揉脸。

这些孩子啊，真是可爱，又讨厌。

没走进教室何雨就感受到了一阵平时没有的嘈杂。

"是格格没去擦地，凭什么扣我的操行分？格格，我不是让你替我打扫卫生了吗？为什么教导主任让你去擦走廊你不去？"之前让时新月替她干活的女孩一脸怒意地站在时新月同桌的位置上。

时新月低头坐着，整个人都缩在一起。

"答应了要帮我打扫卫生结果害我被扣操行分，你这明明就是故意害我！"

"让开。"

女孩还要继续讨伐这个成事不足败事有余的格格呢，突然就被人打断了，她回头，看见了一张毫无表情的脸。

"何默默？你等等，上课再回来。"

"让开。"

"不是，我得让她去找老师把操行分还我，你等会儿！"

"嘭！"是有人一脚把桌子踢开的声音。

"我让你让开，这是我的座位。你知不知道什么是'我的'，我的就是，我什么时候要坐我的位置，你就得给我让开。"

女孩被吓到了，不光是她，全班人都被吓到了。

"座位是我的，值日是你的，'你的'就是你有事你办不了你找了别人帮忙这叫'求人办事'，'你的'就是从始至终责任就是你的。

"时新月她干得好了受表扬了你会跑出来说是她干的？凭什么好事是你的，出了事你还要拉着别人替你担责任，有本事自己干啊！晚饭啃着面包替你扫地擦地还搞出罪过来了？！"

被踢出去的桌子最上边的几本书摇摇欲坠了好一会儿，终于噼里啪啦地落在了地上。

教室里的空气恢复了流动。

"何默默，你……"

"还有，时新月她有名字，叫时新月，别人的名字都不会叫，你有什么脸找人帮忙？"

那个女孩子的表情像是被人打了两个耳光。

何雨盯着她的眼睛："你还不让开是吗？"

女孩走了。

何雨把手从裤兜拿出来转到桌子边去捡书，她前面坐着的那个总是头发梳很紧的女孩弯腰帮她一起捡。

"对不起，没吓到你吧？"

"没有没有。"总是一脸严肃传卷子的女孩居然是笑着的，"没想到你骂人也这么厉害。"

坐回座位上，何雨没有理会几次想说话又缩回去的时新月，她的心脏在剧烈地跳动，不久前的那个瞬间，她把时新月当成了自己的女儿。

十四岁的，独自承担一切的，自己的女儿。

"我没有保护过她。"自己说过的话成了扎穿自己心脏的刀。不，是女儿被霸凌的事成了刀，扎在她的胸口上，她又用自己的语言把它打磨得更锋利。

"下午课间操的时候教导主任让每个班出人把走廊和楼梯都擦了，分给她的是走廊她都不告诉别人，她被扣操行分真是活该。"

晚上十点五十五分，何家的餐桌上，何雨绘声绘色地跟女儿讲今天学校里发生的事。

今天她们的宵夜是面条，何默默能做的东西实在不多，白菜切碎了在锅里加葱和酱油炒炒再加水，开锅了煮面条，再放两个鸡蛋。

何雨回来后看看面条，从冰箱里拿了一包肥牛片出来，煮熟捞出来酱油蚝油拌一拌再放点蒜末香菜，是下饭菜也加了肉。

"时新月反驳她了吗？"何默默瞪大眼睛听着曲折的剧情，忍不住问了出来。

"没有。"

"那问题是怎么解决的呀？"

"有一个英雄横空出世，义正词严地把赵琦给骂了一顿。你猜，那个英雄是谁？"

何默默的眼睛瞪得更大了："妈，你讲故事还要带竞猜啊？"

"猜嘛，这样才有意思。"

何默默咬了一口面里的鸡蛋，说："许卉吗？我没见过她骂人，不过她生气时也挺凶的。"

何雨笑着摇头："猜错啦。"

"盖欢欢？"盖欢欢就是那个坐在何默默后面，说话之前先"戳戳戳"的小姑娘。

"不是她，你接着猜。"

"贝子明？他会管这种事儿吗？那是薛文瑶？"薛文瑶就是坐在何默默前面的小姑娘。

"默默，妈妈先打断一句啊，你要是以后留了长头发，千万别绑那种很紧的辫子，那小姑娘头发根儿都被揪起来了，哎呀，我天天看着都替她头皮疼。"

何默默用左手摸了摸现在"妈妈"的发型。好巧哦，正是那种紧巴巴地绑起来的。

何雨乐了："没事儿，你妈我头发多你随便绑。"

何默默又把手放下了。

"我不会弄你头发上的卷。"她低下头继续吃鸡蛋，有些不好意思。

何雨喝了一口汤面，被烫了嘴，含糊着说："那种事儿什么时候学都行。"

何默默看着她，说："所以，时新月，是谁帮了她？"

"是个小姑娘。"何雨"嘿嘿"一笑，"她特别棒，她跟那个女孩讲道理，特别有气势。"

何默默有些惊讶，她对班里的很多事情不关注，也不代表她是个两耳不闻窗外事的："我们班里居然有这样的人？到底是谁啊？"

何雨笑了："就是那个……"

"那个"了半天，她抬起手用手背敲了敲脑门儿："坏了，我把名字忘了。"

何默默把头低了下去，她现在觉得她妈是没事儿给自己编故事呢。

"你别不信，我真的就是忘了。"何雨凑近"何雨"，"默默，如果是你，你会怎么办啊？你看见时新月被欺负会不会也上去帮她把人骂走？"

这个问题让何默默抬起了头，她仔细观察着本属于自己那张脸上的表情，几秒钟后，她说："你怎么突然问我这种问题？"

何雨夹了一筷子肉片放在她碗里，笑呵呵地说："我就是随便问问。"

何默默认真思考了一下："我不会跟人吵架。很多道理明明脑子里都很清楚，但从嘴里说出来的时候就会变得混乱……不过我会陪着时新月去找老师，她只是帮人打扫卫生，无论如何她都不应该被扣操行分。"

"那要是，老师不讲道理呢？"

何默默皱了一下眉头："妈妈，你这个说法不成立，我选择市一中就是因为这里的学风很正，离家近反而是次要的。"

学风很正啊……能把这个放在选择学校的第一位上，很大程度也说明了默默在初中的时候经历过"不正"。

"我是说，万一，万一老师觉得让时新月委屈一点事情就能解决了，你怎么办？"

何默默似乎是随着妈妈的话展开了想象，她的眉头皱了一下。

"我会找校长吧。"

"为了一个同学的几个操行分就值得去找校长吗？"

"如果连制止一件错误的事情都去考虑是不是'值得'……"成年人皮囊里的女孩吃完了最后一口面条，"那说明这个人的是非观已被套上了枷锁。我才十六岁，至少现在我可以理直气壮地意气用事。"

这次，惊讶的人反而是何雨，她没想到自己会从女儿的嘴里听到这样的话，她一直以为何默默是冷漠寡言的，虽然有很多想法，但绝不是现在展露出的那一腔火热。

她拿着筷子的手抖了一下，说话的语气变得小心谨慎："那要是你遇到了这种事儿，你也会一口气闹到校长面前吗？"

"我？"何默默站起来倒水，回头看了她妈妈一眼，拿起了水壶，"妈，你是不是想问昨天林颂雪说我被孤立的事情？你没问她吗？"

"问了……她、她说你不想告诉我的事情，她也不想告诉我。"

何默默端着两杯水回到餐桌旁坐好，说："十分钟时间，我给你讲讲这件事情。"

不知道为什么，何雨想起了今天数学老师在下午课间操的时候突然冲进教室说："借用大家十分钟，我给大家讲一道题。"

这让她一直揪着的心松了一下，然后揪得更紧了。

"我会被孤立有几方面的原因。主要原因是有三四个人他们嫉妒我；其次我的性格其实不擅长社交，有时候我的一些行为造成了误会，我甚至都不知道，更没办法解释，所以在脆弱的人际关系中存在了会断裂的点。"何默默说话的样子不像是陈述自己被同学们孤立的过往，更像是在进行什么新闻发布会。

何雨看着她。

"他们孤立我的手段也没什么好说的，不敢犯法也没有反社会倾向的未成年人，主要行为模式都是靠模仿他们看的通俗文化作品，我在每次察觉之后都迅速找老师介入，所以对我也没有构成实际的伤害。"

没有构成实际的伤害，雨中伞下，林颂雪说的每一个字都在何雨的心头辗转往复，可在女儿的嘴里就轻描淡写到了这个地步。

何默默还在接着说："我当时去图书馆借了几本社会心理学的书研究了一下，意识到大部分同学对我的冷淡是因为从众心理，而拥有从众心理的人又很容易被戏剧性的夸张表演而吸引，我就找到了彻底解决问题的途径。我不在乎几个人讨厌我，只要让其他人从'孤立我即正确'的情绪中摆脱出来，我的学习生活就能够恢复到正常水平。"

灯光照下来，何雨看着满口"心理""情绪"的"自己"，她想过自己提起这个话题，女儿或许会变得沮丧难堪，会流眼泪，可她没想到此时此刻，女儿的脸上如有流光。

"所以我在班会课上突然冲上台，进行了一番'宣战'。"一本正经的何默默突然笑了，是觉得那时的自己好笑，也是有些害羞，"我说他们想要让我真正地抬不起头来，唯一的办法就是在学习上打败我，每一个讨厌我的人成绩都在我前面，才会让我感到痛苦。相反，我只要一想到那些人讨厌我，但是在考试的时候又不得不看着我的名字把他们压在下面，我就觉得学校生活都精彩了起来……我说我感谢他们的孤立，因为这一切让我突然更有自信，让我知道原来我在这么糟糕的环境中也依然能考全校第一。每个人都可能被谎言击溃，我不会，因为我有我不可战胜的部分。"

何默默的脸在变红，当着妈妈的面说出这些傲慢又挑衅的话，羞耻的藤和尴尬的蔓终究是在心里蓬勃生长了。

"这篇演讲稿我写完之后又修改了好多遍，还找地方练习了很久，我记得演讲稿最后定下是 893 个字。我说完了之后，晚上放学的时候就有同学和我说话了，过了几天，借作业和借笔记的人又多了起来，对我来说，这个事情就算是过去了。"

何默默抬头看妈妈，发现妈妈在发呆。

何雨回过神，筷子落在了碗上发出了两声脆响。

"我没想到，你说的这些，我真是，我真是太没想到了。"

十四岁啊，那是十四岁的何默默，她十四岁的女儿独立解决了在大人看来都棘手的问题，有方法、有策略、有行动。

何雨在心里告诉自己应该高兴、欣慰、骄傲，可她第一次觉得自己的脸是僵硬的。

"默默，你……那个时候害怕吗？"

"害怕？"何默默摇头，"没有。"

碗里的面吃完了，何雨把杯子里的水倒进了碗里，用筷子刮了刮碗边，她机械性地做着这一切，连自己的脑子里想什么都根本不知道。

"你……"她张张嘴，又不知道该说什么。

你应该害怕的呀。

你应该哭，应该闹，应该一甩家门扔了书包就哭号"妈妈有人欺负我"的呀。

这些话何雨说不出口，就像她之前跟林颂雪说的那样，她现在说这些，不过是借着女儿过去的惨痛和现在的成熟来寻求一份卑劣的心安理得。

她端起饭碗，将里面有着面条余味的水一饮而尽。

何默默收了碗要去刷，何雨说她自己来，让何默默去学习，于是何默默拿起了书包往自己的房间走去。

"默默。"何雨还是叫住了她。

何默默停下了脚步，手还保持着从书包里往外抽笔记本的动作。何雨看到了自己的背影，平淡得像个大人，展露了藏在少女身躯之下的那个灵魂的成熟和坚强。

"默默……不管什么事，你，你如果需要，可以告诉妈妈，妈妈……总是被人夸特别会为人处世，可是现在妈妈觉得，妈妈在坚定、勇敢方面是不如你的。但是、但是即使是这样的妈妈，也会想，在女儿需要的时候，抱抱她。"

就这样吧，说这些就够了，再多，再多一点就是不好看的脆弱和崩溃了，何雨拿起女儿放在餐椅靠背上的围裙准备去洗碗。

"妈，这是你教给我的呀。"

"什么？"

"是你教给我不要怕事的，你忘了吗？大概是我小学二年级的时候，我长得太小了，体育又不好，忘了是什么活动，老师就只把我挑了出来，我回家告诉你，你跟我说，每个人身上都有自己不可战胜的部分。其实我一直记得这句话，从那个时候开始，我就想要找到自己不可战胜的部分。"明明妈妈看不见，何默默还是用笔记盖住了自己的脸，"自己说的话都会忘啊，我刚才还特意说给你听呢。"

是吗？有吗？怎么还是想不起来？

女儿房间的门关上了，何雨望着里面透出来的灯光，在原地站了好久。

干干净净的门，木质的电视柜很旧了，漆色明亮，电视是前年换的，沙发套是刚洗过的，沙发是布的……

这是她和她女儿的家。

她被救了。

时新月知道自己的同桌心情很好，因为她同桌在哼歌。明明是一首从来没听过的歌，几句歌词翻来覆去，时新月都快记住了，她不仅要记住了，还被歌词给逗笑了。

过了一会儿，一张字条被她偷偷塞到了何雨的面前。

"昨天我好想跟你道谢，但是那时你的心情好像很不好。对不起，如果我再勇敢一点就有勇气自己跟赵琦对质了。我确实不喜欢被人叫'格格'，从小学被叫到现在，我以为我习惯了，其实我还是不喜欢的，我会努力学得勇敢一点，谢谢你。"

字条里面还包了一颗糖。

何雨笑笑，把糖和字条都放在书包里收好，继续看单词。

早上她起床的时候默默已经在学习了，她还记得自己问怎么能学好英语的时候女儿脸上的表情。

怎么讲呢，也实在是难以用语言来准确形容，只能说那表情从惊讶到高兴真是相当精彩。

"英语想要打牢基础其实是没有窍门的，大量地背单词、背句式，背多了能看懂的就越来越多，能够适用的记忆规律也就越来越多，学起来就会越来越简单。"学神何默默是如此教导自己妈妈的，"英语是一门只要你足够努力就一定能给你反馈的学科。"

学渣何雨听得似懂非懂，小心地问："那我就是'背，写，背，写'，就行了？"

女儿点头。

何雨"嘿嘿"笑了一声："你等着看，你妈我肯定进步特别快，比这表上的时间走得还快。"

说完何雨一愣，赶紧摆摆手说："说错了说错了啊，反正我肯定学得快。"

"表"的时间确实变快了，今天早上起来，上面的数字已经变成了"72"，时间一口气缩短了二十多天，让何雨本来就轻松的心情瞬间变成了喜气洋洋。

她喜气洋洋地抄单词，喜气洋洋地走神，喜气洋洋地唱起了歌而不自知，甚至早自习结束，有同学来找她说外面有人找的时候她还是喜气洋洋的。

看着她离开的背影，时新月小声地唱起了刚刚听来的歌："下雨啦，噼里啪啦哒哒哒，妈妈喊，啊咿哟哟痛痛痛，漂亮小孩儿五斤五，爸爸急得要跳舞……"

奇奇怪怪的，但是挺好玩，小姑娘拿出一个本子，把歌词默写了上去。

何默默打了个喷嚏，在跟其他门店联系调货的店长看了看她。

"何姐，你今天打了好几个喷嚏了，是不是感冒了？"

何默默找出纸巾擦了擦鼻子，把卫生纸扔进了杂货间里的垃圾桶，她才说："应该没有。"

"还没有呢，你这一上午至少打了五六个喷嚏了，一想二骂三惦记，四个就是感冒了。"

感冒还有这样的计数依据吗？

何默默在脑子里想这种标准的科学性，有顾客走进了门店，她立刻反射性地迎了上去，明明地上没有东西，她却跟趔趄了一下。

店长看见了连忙扶住了她。

"何姐？！"

"我没事的。"何默默站直身子走向了顾客。

"他们家没有我能穿的衣服啊，这都是什么呀。"顾客是一对穿着时尚的年轻情侣，站在衣服前面。

何默默陪在一旁不说话，她的嗓子里有点痒。

男人哄着说："没有好看的就换一家，都不好看我让我姐从国外给你买。"

"真的呀？"

"咳咳！"

"有什么想要的？"

"咳咳！"

"那你给我买个新的包包吧。"

"咳咳咳咳！"

一脸甜蜜的女孩终于忍无可忍："这个大妈你怎么回事儿啊，有病就去住院，在这儿恶心谁呢？"

"对不起。"何默默用手背捂住嘴连着咳了好几下，嗓子里的异物感终于消失了，"我是突然不舒服，不是故意要打扰你们的。"

她放下挡住嘴的手，身后，店长已经走了过来。

男人看着"何雨"的脸，用手抱住了自己的女伴："算了算了，走吧。"

女孩还在气头上："这种人就应该投诉她！"

女孩几乎是被男人拉出了门店。

"何姐，别放心上，你要是不舒服就先去杂物间休息一下。"

"没有，我没生气。"何默默想了一下要是自己买衣服时店员在自己身后咳，她也会觉得难受。

何默默揉了揉脖子，觉得越来越不舒服。

尤其是刚刚那个男人看向她的眼神，让她特别不舒服。

"是男人需要可以用金钱收买的女人所以产生了这样的女人，还是女人需要能让她们获取金钱的男人所以产生了这样的男人呢？"十六岁的女孩在这样的情况下第一次产生了对于两性关系的疑问。

刘小萱在一旁把耳朵探了过来："何姐你说什么？我没听清。"

"我是说……"

何默默停住了，这大概不是"何雨"会说出口的疑问吧。

也许妈妈的心里早就有了答案，毕竟她把每一个追求她的男人都看透了，可这个答案是怎么得出的呢？用长长的，本该美好的人生填写了"现实"两个字在答题纸上吗？

何默默端着店长给自己的热水走到杂物室里，她突然意识到，自己有了疑问竟然会想去问妈妈。

如果是以前，她会去图书馆翻开很多本书去寻找前人给出的答案。

"妈妈会回答吗？"何默默问自己，"她会不会觉得这个问题是我不该思考的问题，就像她的人生一样，是我不需要去理解的？"

何默默的大脑昏昏沉沉，她又喝了一口热水。

"其实想想，我有很多问题想让妈妈告诉我啊。"

一棵小树刚抽出新芽，细雨微风、阳光与蝴蝶，她想从旁边那棵大树上得到相处的经验，因为她就是从对方的根络上生出来的。

大树说小树很快就会去另一片更繁茂的树林，不需要知道自己的经验。

小树有一点点新生的困惑——难道更繁茂的树林里没有细雨微风、阳光与蝴蝶吗？

何默默又打了个喷嚏，这大概是今天的第七个喷嚏。

"也许第七个喷嚏就可以完成对感冒的证明了。"

何默默掏出手机，点了感冒药的外卖，然后捧着水杯走出了杂物间。

此刻的她是要继续工作的"金牌销售"。

下午，顾客变多了，可能是因为天气转暖加上临近"五一"小长假，很多人来选购自己外出游玩时要穿的衣服。

何默默吃了药自我催眠自己已经好了，也不知道是药起了作用，还是催眠有了作用，从午饭前一直忙到下午两点没休息过的她居然还能撑得住，也不怎么咳了。

过了两点半，一个上晚班的同事已经来了。

店长拽了一下何默默的裤子，小声说："何姐，你去换衣服吧。"

换了衣服就可以走了，何默默调动自己有点点迟钝的脑袋想了一下，明白这是店长阿姨因为"何雨"生病了在照顾自己。

"谢谢。"嘴唇抿成一条线又放松，何默默小声说。

如果是从前的何默默，她会死撑着直到下班，但她现在的身体是妈妈的，这份善意也是给妈妈的，她觉得自己应该接受。

杂物间的门关上，何默默脱下制服穿上了何雨的衣服，她顺便把制服装了起来，想着回家立刻扔进洗衣机里洗了，明天早上应该能干。

"何雨在吗？"

女人的声音明亮又利落，落在何默默的耳朵里，让她收拾衣服的手抖了一下。

她听见店长用热情的语气说："于姐你来啦？何姐今天不舒服，我让她早点回去休息，她现在在里面换衣服呢。"

接着，杂物间的门被敲响了。

"何雨，你怎么回事儿，天上都没下刀子你就把自己给弄病了？"

何默默有点紧张地拉了一下自己的衣领，本来就没有往日灵活的大脑现在更是雪上加霜。

打开狭窄的门，一个穿着酒红色外套的女人皱着眉打量着她："我是不是早说了让你一年体检个两回，别英年早逝了连女儿福都没得享？大晴天的我找你来吃饭，你就给我装个病西施的样儿出来，你可真出息了。"

何默默站在杂物间里，手指捏着门不想动。

于桥西，凡是知道她的人都会夸她一句"了不起"。

不是何雨这种没了老公之后含辛茹苦养家带孩子的常规剧本，于桥西的人生比何雨的要波澜壮阔得多，因为出身太坎坷，在很长一段时间里，她无论成功还是失败，都会被人说"她要不是"之类的话。

十年前，三十四岁的于桥西砸了全部的身家加上借的钱，在这个城市正在开发的新区核心位置开了一间超市，因为这件事，她和她结婚了十年的老公离婚了。随着新区的迅速发展，超市的生意蒸蒸日上，当然，最令人眼馋的还是那间占地五千多平方米的二层超市——整栋楼都是于桥西自己的，光是土地增值出来的钱就能让于桥西几辈子都花不完了。

五年前于桥西赶在新区人口增长平缓之前把她的超市卖了，拿出了大半身家去投资了网络融资项目，并在两年前确定了血本无归，幸好，她在最有钱的时候在市里最好的学校旁边的小区里买了半栋楼，赶上房价飞涨和学区房的一房难求，如果她不再折腾的话，她光是收房租和开的小咖啡馆就能过得顺心如意。

从被父母踢皮球的"野孩子"到令人目眩神迷的富翁，再到现在投资失败的包租婆和咖啡馆老板，于桥西的经历算是这座城市里一个不大不小的传奇。

这个"传奇"人物的身高一米五二，踩着十厘米高的鞋子，在商场里拽着"何

十六和四十二

雨"往外走。

"我出来的时候让小宋炖了花胶鸡，你去喝两碗，我就不信这感冒下不去。"

何默默根本一句话都不敢说，她一直有一个秘密从来没有告诉过妈妈——她从小就怕桥西阿姨。

于桥西大概是这个世界上最爱她妈妈的人，同时也是这世界上最恨她爸爸的人，这种爱恨集中体现在了她对何默默的态度上。

何默默永远都记得自己八岁那年的一天，妈妈上班去了，桥西阿姨来了她们家，喝多了酒的桥西阿姨伸着的两只手像是不能挣脱的钢钳，揉着何默默的脸恶狠狠地说："你绝对不能像你爸，你知道吗？你爸他是跑得快，要是你哪天敢扔了你妈，就是天涯海角你阿姨我也要把你找出来，到时候我就把你这个聪明的小脑袋给拧下来！"

桥西阿姨是真的喝醉了吗？这个问题何默默想了很久很久，一直都不知道答案，大人实在是太会隐藏自己了。

何默默还没学会这一点，她学会的是以后绝不会给喝醉酒的人开门，除非这个人是她妈。

何雨的很多同事和朋友都很喜欢何默默，因为她聪明乖巧，成绩优秀。可于桥西一直到现在都不是这样的，何默默能感觉到桥西阿姨偶尔会在妈妈看不见的时候用审视的眼神看着自己，好像自己是从垃圾堆里爬出来的，她要检查清楚上面有没有残存的污秽。

何默默对于桥西的惧怕有多半是因为这一点，她一直努力想要证明自己的优秀，可有人用一个眼神就能让她想起自己的父亲。

把"何雨"安置在了副驾驶的位置上，于桥西绕到另一边去开车，坐在驾驶座上，她蹬掉了自己的高跟鞋穿上了一双软底的布鞋。

"看来你今天是真病得不轻，之前我要是这么拽着你出来你早就跟我吵翻天了。"

何默默是病了没精神，更是不敢说话。

多说多错少说少错，她在游戏里的名字就是她的现状——不如一默。

她"嗯"了一声。

"看你这病歪歪的样儿我都懒得跟你吵，我告诉你何雨，等你身体好了你趁早把白旭阳的联系方式加回来。多大的人了，别人追你一下你跟个没见过男人的小丫头似的，还删联系方式、拉黑，你矫情给谁看呢？"

何默默一动也不敢动。

于桥西长得矮，人也瘦，握着方向盘给人一种她是在抱着方向盘的感觉，姿势有那么一点可爱。

但人们很难注意到她的可爱，因为她长了一张嘴。

"我寻思你怎么也得跟白旭阳先试试吧？别整情情爱爱那些虚的，能说话就先处着，你倒好，装起小姑娘来了。何雨，我可真是看不起你，那李东维在外头过得不比你爽？"

何默默无助地缩了缩脖子。

"白旭阳来找我的时候我都蒙了，你以为我谁的红娘都当啊。"

于桥西的咖啡馆开在新区，开车过去要半个多小时，何默默当了半个小时的哑巴，生怕自己一说话就被桥西阿姨扯着脸皮喊"妖怪"。

到了自己的地盘，下车前换上了高跟鞋的于桥西拖着比自己高一截的"何雨"步履如风。

一个瘦高白净的男人站在吧台后面，看见她们俩拉拉扯扯的样子，脸上露出了笑。

于桥西招呼他："小宋，你何雨姐姐感冒了，让你炖的花胶鸡呢？还有多久能好啊？"

"再过半个小时就好了。感冒不舒服的话，我再给姐姐炖个雪梨吧。"

没等"何雨"说话，于桥西一挥手："行啊，趁着人少你赶紧去做，我听她咳了好几次了。"

何默默坐在沙发上，在心里鼓励自己要学着妈妈说话，不然，一直不说话的"何雨"也很奇怪吧？

不……也许她，可以说点什么来掩盖自己现在的异常，她有想说的话，她想看一下桥西阿姨的反应，那件事情在她心里一直憋着。在身体不舒服的现在，何默默愿意承认她还没有忘掉，也没有解开当时围绕在自己心脏上的痛苦。

好累，好想学习啊。

于桥西给她端了杯热水过来，又在自己面前放了一个绿色的玻璃杯。

何默默能闻到酒气。

瘫在沙发座上的于桥西显得更小了，她盯着对面自己从小到大的朋友，说："何雨，你是被剪了舌头了？跟我在这儿玩深沉呢？"

"桥西……"何默默觉得自己光是叫阿姨的名字都会露馅儿。

"怎么了这是，跟要断了命似的？是默默给你闯祸了？还是你家老太太又跟你闹了？"

何默默吞了一下口水。

她马上要做的事情，大概是她过去十六年来做得最草率，也最胆大妄为的事情了。

"……他想把默默弄美国去。"

我说出来了！何默默觉得自己头皮都松开了。

"砰！"

于桥西似乎是要跳起来结果失误了，她直接把高跟鞋踹在了桌子上，又跌回了沙发里。

何默默本以为依照于桥西的火暴性格她会跳起来大喊，直接狂骂两分钟。

可事实上于桥西她是跳了，但是没骂。

趴在沙发上，她像是缺氧似的深吸了两口气，挑着眉说："我是真的一点都不意外呢。"

依照何默默对于桥西浅薄的了解，她直觉判断这样的于桥西更危险。

"你呢？怎么打算的？"

何默默不说话了。

于桥西坐正了身子，端起杯子把里面的酒灌下去，她放下杯子看着"何雨"，仿佛出神儿了一样，她呆呆地坐了几秒钟，才说:"我觉得你是应该考虑考虑。"

何默默抬起了头。

"听我这么说，你又想骂我了是吧？"于桥西跷起二郎腿，"可这话我不跟你说还有谁能跟你说？谁还能抱着你一块儿骂那个男人？想起他我都想吐。"

只有何默默自己知道，她现在全身都绷紧了，为什么要考虑呢？为什么这个最爱自己妈妈的人会让妈妈考虑送走自己呢？

"我说实话，你在国内能给孩子的，我一眼就看到头儿了。何雨，你别不信，你现在把孩子留在身边，她早晚有一天会恨你的。"

我不会。这是何默默在心里的回答。

看着自己好友的脸，于桥西冷笑了一声："我知道你在想什么，你把你的宝贝女儿当个玉玺，摔不得碰不得，李东维说他要带走，你肯定舍不得。但是，其一，那男的今年也四十三了，他手里攒下的家业你舍得让你女儿一点不沾？你舍得，你女儿舍得？她现在舍得，将来舍得？

"其二，你一会儿过来扯我头发我也得说，默默现在是姓何，可她说到底是姓李的的种，她的心里只要有她爹的一分狼心狗肺，你现在把她留身边，过个几年，你俩的情分也不剩了。"

"不会，没有。"何默默觉得自己的感冒大概是更重了，让她连说话都变得艰难。

她知道于桥西阿姨一直在防备着她，可亲耳听见这些话，她太难受了。

小宋走过来说花胶鸡已经炖好了，冰糖炖雪梨也能吃了，于桥西叫小宋直接端上来。

"女儿送走了，你也该想想你自己，挺好的一枝花现在都成什么样儿了。就追你那几个，我说实话我是一个都看不上，但是万一谁能勾得你动了春心，你不就能活出点儿自己的滋味儿了？"

正巧有客人要结账，小宋忙不过来，于桥西自己站起来说："我今天伺候伺候你，给你端菜去。"

金皮的雪梨被炖得快化了，于桥西一边往外走，一边说："你呀，好好养养你自己才是真的，先是老公再是女儿，活得跟根蜡烛似的，全流成泪了。"

沙发座空空荡荡，坐在那儿的人已经不见了。

坐在公交车上，何默默还记得给于桥西发了条消息，说自己有急事要走了。

于桥西打电话过来她没接，又发了长长的语音过来，何默默也没有点开听，于桥西再打来电话的时候她随手把手机给关了。

何默默的心里很难受。

她人生中从来没有一刻像现在这样意识到自己是生活在一个夹缝中的。一面是冰冷坚硬的墙壁，上面写着"抛弃"，一面是柔软但是也无法让人攀越的墙壁，上面写着"不信任"。

因为她的基因吗？

这是什么？生来就有的原罪吗？

她不意外桥西阿姨这么看自己，在她的身上有一半鲜血来自一个毫无责任心的自私男人，这是事实，但是知道与亲历是两回事。

"原来这就是成年人，无论我现在是什么样子的，他们都在凭借我是谁的孩子来预测我的未来，呵。"何默默笑了一声，笑了一半，脸僵住了。

明明之前她还说自己在努力地发掘自己不可战胜的部分，现在她又觉得自己心里有一个洞，勇气与力量从洞里流走了，只留给了她一个冰冷空荡的身体。

"妈妈会不会这么想呢？"

"你妈我这辈子最大的希望，就是你的一辈子，跟我的一辈子，一点都不像。"妈妈说过的这句话让人很难过，可它是真实的。

"妈妈会不会也觉得，我走了，我的人生才能跟她一点也不一样？在她讨厌的这段人生里，她是不是觉得我应该离开？甚至……她所讨厌的人生会变得没那么讨厌？"何默默问自己。

自从那天妈妈说了那句话之后，"自己属于妈妈不幸人生的一部分"这件事就像是一整个仙人掌都扣在了她的心脏上，沉甸甸、细细密密的疼，现在她自己又亲手把仙人掌往心上又摁了摁，在无边的痛楚里，她的思考滑向了越来越幽深的地方，那是她心里的一直存在只是被努力掩盖的洞。

因为桥西阿姨来了，何默默下班的时候忘了拿要洗的制服，也没有拿中午买的感冒药，感冒病毒像是环伺已久的群狼，在发现她的精神变得衰弱之后对她的身体发动了再一次的袭击。何默默咳了两声，觉得身体又开始不舒服了。

她长出了一口气，掏出知识点小本子。

直到发现自己看不清上面的字，她才意识到自己又哭了。

"请注意，倒车。"

"请注意，倒车。"

教室里，何雨猛地抬起了头，她冲进厕所，掏出了手机给女儿打电话，电话里传来："对不起，您拨打的电话已关机。"

"请注意，倒车。"

数字涨到"96"才终于停下了。

何雨从厕所的隔间里出来，看看镜子，打开水龙头把水不停地扑在脸上，她又把手放在自来水中泡了好一会儿，脱下校服外套，先用内侧把脸和手都擦干净，再小心清理了头发水留下的痕迹，确定镜子里的女孩比平时要苍白憔悴得多，何雨把校服外套系在了腰间。

"老师，我想请假，我来月经了。"她一脸疼痛地走进了办公室。

递上假条后何雨一路小跑冲出了校门，何雨的屁股后面还绑着校服外套，学校上课的时候门口空空荡荡，看看打车要等的时间，何雨干脆一口气跑回了家。

家里没人。

干着嗓子连口水也没喝，何雨扒在门边上先掏出了手机。

"喂，店长阿姨，我妈还没下班吗？我今天肚子疼请假回家了，家里都没有人，我打电话给她发现她手机关机。"

"默默呀，你不用担心，你妈下班之后被你于阿姨接走了，估计是朋友聊天不知道手机没电了。"

挂了电话，何雨叹了一口气："于桥西你这是要让我死呀。"

于桥西看到"何默默"打来电话的时候愣了一下，接起电话她说："喂，小姑娘有什么事儿找阿姨啊？"

吸气，呼气……何雨本来想装模作样地叫阿姨，可一想到自己女儿现在不知道什么情况，还都是于桥西搞出来的，她忍无可忍："于桥西你把我女儿怎么了？！"

于桥西端起来的酒杯悬在了半空，"啪"地又落回吧台上，速度太快了，酒液成了滞留在空气中的碎块，溅落在了四周。

顾不得擦手，穿着高跟鞋的女人从吧台座上跳了下去。

何默默是被推醒的。

"女士，我们到终点站了。"

"谢谢。"嘴里小声说着，何默默迷迷糊糊地下了车，被傍晚夹着碎雨的湿风一吹，她才终于清醒了。

茫然地看着四周在黄昏里来来往往的公交车，何默默迟钝地意识到自己应该是在一个公交车总站。

风里夹着雨格外的湿冷，她缩了缩脖子快跑几步躲在了一个大楼的下面。

何默默掏出手机想看看所在的地方，摁了两下才发现手机是关机的状态。

眼睛看着潮湿的停车场，她摁下了开机键，很快，一长串几十个未接电话提醒跳了出来，有"默默"的，有"于桥西"的，甚至还有"妈妈"的，手机振到几乎要握不住了。

何默默心里有把手机重新关上的冲动。

深吸一口气，她先给"默默"打了个电话。

"默默……"抓着电话，何雨迅速接起来，深吸了一口气，她的嗓子就哽住了，"你在哪儿呢？"

何默默慢慢靠在了身后的墙上，然后蹲了下去。

"妈，我在 K32 的终点停车场。"何默默把头埋进膝盖里，觉得自己应该解释一下，"妈，我不是故意关手机的……"

"没事儿。"何雨说，听着女儿乖乖的语气，她笑了，眼圈却已经红了，"你在那儿等着，妈妈马上去接你回家，咱们晚上吃排骨好不好？"

什么都别说，什么都别提，什么倒计时，什么于桥西说的，什么自己找了她多久，都别提，何雨满脑子都是先见到女儿。

"好。"何默默的声音像是被雨水泡软了一样，"妈妈你快点儿来。"

何雨不肯挂掉手机，于桥西查了她店门口的监控，看见何默默是上了一辆公交车，她就沿着公交车的路线一个站点一个站点地往前找，找到现在，已经离那个终点停车场不远了。

打了辆出租车往女儿那奔，她还在电话里说："默默，你放心，我上出租车了，十分钟就到了。"

而后她又给也在外面找人的于桥西发了个消息，告诉于桥西孩子找到了。

"你带着默默过来吧，我让小宋弄点儿吃的，你们娘俩今天也够折腾的。"

"不去了。"何雨敲着字回她，还得小心听着电话里的女儿有没有声音。

出来的时候还没下雨呢，何雨也没带伞，冒着风雨找了一个多小时的人，从出租车上下来的时候她的脸色比装来月经那阵还白。

"默默？"

穿着棕色薄外套的女人蹲在地上，看着从远处跑过来的女孩。

"妈。"

"默默，咱们回家，啊，妈妈给你做好吃的。"

何雨用手拉着女儿的手，两只手是同样冰冷。

何默默抬起头："妈，我想吃香油鸡蛋。"

"好，妈妈给你做。"

其实，何默默想说的是"妈妈你能不能别不要我"。

可她说不出来。

她的妈妈用一只手紧紧地拽着她的手，另一只手盖在她的头顶遮着雨。

出租车停在原地没动，穿过半个停车场，何雨护着自己的女儿坐上了车。

"你看你，头发都湿了。"何雨在身上一掏，发现自己什么也没带，把校服脱了下来想盖在女儿头上，一摸，她发现自己的衣服也是湿的。

也不只是衣服……

在这个不算寒冷的春天的傍晚，她们母女两个人是一样的满身潮湿，一样的狼狈。

何默默吸了吸鼻子对妈妈说："别脱衣服，别感冒了。"

"哪能啊？"只穿着一件 T 恤的何雨抬手抱住"自己"的头，让女儿趴在自己的怀里。

何默默想挣扎，她妈拍了拍她的肩膀说："这样暖和，别动了。"

最后，何默默躺在了"自己"的腿上，校服盖在了她的身上，头能感觉到人体传来的温度。

"我听你店长阿姨说你不舒服。"

"有点感冒。"

"明天休息吧？"

"不用的。"

一个红灯，出租车司机停车之后看看在后座的母女俩，笑了："这女儿可真孝顺，知道妈妈不舒服还让妈妈躺自己身上。"

何雨笑了，把一缕湿发从何默默现在的脸上拿开。

"一点都不好。"何默默小声说，"想说的话从来说不出口，一点都不好。"

何雨微微低下头，趴在她耳边说："你想说什么，回家了告诉妈妈好不好？"

两只手还是握在一起的。

"总得让我这个妈走出第一步。"何雨在心里对自己说，她女儿的心里有结，她不能等这个结紧了死了成了伤，再哭着喊着说她错了。

那可真就太不要脸了。

试试吧，她是妈妈，她总得试着去解开。

"你想知道什么妈妈都跟你说，好不好？"

她本来就潮湿的裤子上又多了一点温热的水渍。

是女儿的泪水。

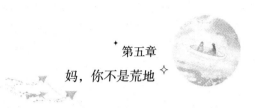

第五章
妈，你不是荒地

/她转头看向"自己"，表情那么坚定，眼睛在发亮，热诚、真挚……美好。仿佛是世界上另一个一直向前的何雨，她没有走错路，没有信错人，没有轻易就放弃了自己。/

何雨扶着女儿刚进家门就听见了她咳嗽的声音。

"你的感冒吃药了吗？"

"嗯。"何默默清了清嗓子，"我吃过药了，就是咳，然后有点累，没别的感觉。"

"吃了药还咳就说明你这没对症呢。"都换了衣服换了鞋，何雨张罗着两个人先把头发给擦了。

"何默默"还好，是一头短发，在毛巾里拱一拱就干了，"何雨"的长发现在都成了小小的卷儿，何雨拿了大毛巾一点点擦。

"头发干了你就去洗个澡。"何雨用小毛毯严严实实地把女儿裹上，拿起手机往门口的方向走，"你吃了药都不见效，我去给你买点儿药，再给你买个止咳糖浆。"

何默默抬头看看时间，已经晚上六点多了，外面天色昏沉，楼宇的颜色都变深了，犹如被赋予了什么的沉默巨人。

"妈妈，我今天早点睡觉，明天就好了。"

何雨去房间里换了出门衣服，一边换一边说："你小时候的那次肺炎不就是小病拖成了大病嘛，还想着拖？"

何默默站在门口看着她换鞋，何雨刚站起来就看见女儿递过来的黑色外套，接过外套穿上。

"别站门口，小心吹了风。妈妈一会儿就回来，等着妈妈啊。"

说完她就把门关上了。

何默默走进自己的房间，上面摆着书本，她想学习一会儿。从很小的时候开始，她就习惯了越是在糟糕的时候就越要专注，打败身体的疼痛能得到更多的进步的"道理"。可此时此刻，她觉得自己有点看不进去书了。

小毯子把正生病的人包得暖暖和和，椅子支撑着成年的身体和少女的灵魂，水杯正在冒热气，时间随着墙上的钟表一秒一秒地前行。

何默默在等妈妈回家，她安安静静地期待着。

"这是找医生问了之后买的药，你先吃点儿东西，再把这两个药吃了。"

妈妈出去的时间比何默默预计的要长，天都要黑了，药店里现在会有医生吗？看着塑料袋上社区医院的标志，何默默又看看自己的妈妈。

短发有些凌乱，呼吸有些急促。

药店离这里大概二百米远，社区医院在五六百米之外。

这就是妈妈。

"默默你想吃点儿什么，妈妈给你做。"

何默默说："我做了小米粥。"

"哟，我家默默会照顾自己了呢，还熬了粥。"

用勺子在锅底搅了一下，何雨对自己的女儿说："我给你做香油鸡蛋啊。"

糖水加姜片煮的荷包蛋，再多倒一点香油，是何默默的姥姥传给何雨的"病号饭"，生病的孩子总能吃到香甜味道里掺着点辣的软软滑滑的鸡蛋。

说话的时候，何雨已经把水烧上了。

"妈妈，你休息一下吧，别太累了。"

何默默裹着毯子站在厨房门口看着，站在灶前的人是"自己"，眉目温柔，满是关切，捧着一颗心在操劳。

这是她妈妈。

很长的时间里，何默默看着这样的妈妈，什么话都不敢问，她能感觉到一种近乎凝固的深沉的爱，这份爱是保护她的墙，也是她不可逾越的墙。

直到她自己变成了妈妈，在她意识到妈妈不只是妈妈之后，她试图用自己的努力去翻越那座墙和寻找什么，却也一次又一次地失败。她很难过，妈妈也很难过，可是妈妈的难过她从来都不说，就像自己今天这样类似离家出走的行为，妈妈也不肯表达她的着急和愤怒。

妈妈的爱是沉默的，又是理所当然的，就像她跑出五六百米去找医生买药，回来也不会说什么，这不是她的功勋……可这又是什么呢？一份天经地义的付出吗？

在接受"爱"的自己，是面对着墙壁的人，在表达着"爱"的妈妈，也被围在了自己的围城里。

这是一种很奇妙的想法，明明此刻是站在厨房的门口，何默默却觉得自己的灵魂到了一个更高的位置，她看见了两个框子里的两个人。

一个框子里是她，一个框子里是妈妈，还有一个大的框子框住了这两个小框子，还有一个更大的框子套住很多很多人。

"妈妈，你说，我什么都可以跟你说。"

何默默听见了有人说话，她恍惚了一下才意识到是自己在说话。

"是，我是这么说了。"何雨眼睁睁看着自己抓着铲子的手冒出了青筋，她的语气还是正常的。

"那你，是不是早就知道，林叔叔提的，提了个建议，他说我……他说那个人想让我去美国？"唇齿艰涩，何默默用手抠着厨房的门框，说完，她的嘴唇就抿成了仿佛牢不可破的一条线。

何雨把铲子放在一边，说："是，我知道了。"

"你是怎么想的？"

"你是怎么想的？"

"妈妈，你说了是我可以问你。"

家里的空气不知道什么时候凝固了，水开了，何雨打了鸡蛋进去。

"默默，你觉得妈妈会怎么想呢？"

"我不知道。"何默默深吸了一口气，"我只知道我妈妈希望我的人生跟她的一点也不像，但是我不知道到底什么样子才是不像，因为我连在我妈心里认为的她自己的人生是什么样子的我都不知道，我不知道标准是什么。

"今天桥西阿姨说的话，我每个字都能听懂，她是你最好的朋友，她是对你说这些话的，我能理解，可我还是好难受。在她的眼里，你的生活一定糟透了，因为有我！这才是，这才是跳出了一切框架看着你做出的评价，这是真正爱你的人做出的评价。"

何默默擦了一下眼睛，上面竟然没有泪水。

"我一直以为只要我是最好的孩子，一切都会变得更好，但是现在根本不是这样，即使我再好也没有用，即使我再好，在桥西阿姨的眼里你还是活得糟透了，如果你一直留我在身边，甚至还会更糟，我想反驳这种观点，可我一点依据都没有。"

面对冒着热气的锅子，何雨闭上了眼睛，有什么东西在滴答作响，从她的心上，她缓缓地、不紧不慢地说："默默，妈妈的人生失败跟你没有关系，你妈我就是这种人，傻、一根筋……我没当过好女儿，你姥爷去世，我连最后一面都没见到，你外婆我也没照顾好。我也没当好一个朋友，当年你爸跟我闹离婚的时候正是你桥西阿姨最忙的时候，我一点忙没帮上，我喝酒、唱歌，还要她挺着个大肚子满城找我。你妈我也没什么事业，十几年了还是个销售，去办事处开会，新来的员工个个都跟你差不多大，我的年纪都快够当她们妈了，还要跟她们争业绩。"

何默默努力让自己别蹲在地上，听到妈妈说这些话，她的心里一点也不好过。

"我和你这么大的时候，骄傲得不得了，天天出去玩，也没好好学习，你姥爷宠着我，我想做什么他都鼓励我。那时候我觉得整个世界都是我的，结果你姥爷突然没了，我知道的时候，你姥姥已经眼睁睁地看着你堂舅他们把他给火化了，我连我亲爸爸死之前穿的什么衣服我都不知道。那时候我在想什么呢？

"默默，我真的远不如你，妈妈那时候不知道应该要自立自强，不知道应该让自己努力学习变得更好，高考就考了个大专，还是要花很多钱的那种，我也不好好读书，你……他，就那个人，他在北京读书，我就去了北京，住他们学校门口特别破的小招待所，每天什么也不干就等他下课，去他宿舍收了他的脏衣服去洗……那时候我以为我是成长了你知道吗？我就要一个小小的家，我总能要到的，你看，我多傻啊。妈妈在该懂道理的时候什么都不懂，这才是你妈妈为什么把日子过成了现在这样的原因，我为什么说我希望你别像我，我怎么能让自己的女儿也变得这么傻呢？

"如果说讨厌，妈妈讨厌的是自己，也只有自己。"

鸡蛋有七八分熟了，盛在放了白汤点了香油的碗里，何雨端出来，绕过何默默放在了桌子上。

"先吃鸡蛋吧。"

何默默坐在了餐桌旁，这是她第一次不是从妈妈和别人的只言片语中了解到妈妈年轻时候的样子，每个字她都认真地听在了心里。

走进厨房里的"女孩"有细瘦的肩膀、白皙的颈项和遥远不可及的未来。

何默默看着"自己"，恍惚间她觉得自己看见的是真正的十六岁的何雨，她的十六岁时什么都还拥有的妈妈。

"妈妈这半辈子算下来，一直是一道减法题，这也没了，那也没了，唯独你，你是给妈妈在做加法的。有时候我回头看看这辈子，荒凉的一片空地上，只有你，长着叶子开着花，那么……努力。"

背对着女儿说这些话，何雨努力让自己说出口的声音好听一点，好听地承认自己的失败和沮丧。

"妈妈讨厌什么都不会讨厌你，你是唯一的那棵树啊，妈妈怎么可能会讨厌你，妈妈只是有时候，真的只是有时候，我在想我女儿这棵树，是不是能长在更好的地方，所以……"

"没有所以！"

何默默的声音尖厉得如同尖叫。

"没有所以！没有更好的地方！没有你就没有我，没有更好的地方！"

何雨放下菜叶子，几步走到了外面抱紧了她在哭的女儿。

"不去就不去了，默默，我们不去，妈妈不让别人带走你。"

"你不懂，你还是不懂，没有更好的地方，没有更爱我的人，没有、没有，我不是在荒地上长出来的，我不是！我明明是你耗尽了心血才养出来的，我不是在荒地上长出来的！"

我的妈妈，她的人生怎么可以是一片荒芜？

何默默哭了很久，哭到香油鸡蛋都凉了，哭到锅里熬的小米粥都冒出来了。

何雨只在火被粥水扑灭的时候短暂地离开了一下，其余的时间她都抱着自己的女儿。

"妈，你不是荒地。"

何雨在笑，是带着眼泪的笑，泪水止不住，笑也止不住。

"那我是什么呢？"

这是何雨半截人生中无人可问的问题，她是什么呢？不是一片被抛弃后一无所有的荒地，不是一棵棵树被砍掉一朵朵花都被摘掉后的旧时花园，不是耗尽了所有养分最后也只有一棵树自己生长出来的贫瘠荒野，那她是什么呢？

"默默，是当了你的妈妈，妈妈才觉得活着还是有滋味的，这以外啊……很多时候是你带着妈妈往前走的你知道吗？我看着你那么拼命地去学习，我就会想，我得再好一点，至少我得多赚点儿钱，我不能有一天我女儿能上最好的大学了，结果我连她的学费都拿不出来，那我的人生可就彻底失败了。"

何默默还在哭，缩在"她妈妈"的身体里，躲在"自己"的怀抱里。

"你不用为妈妈觉得难过，我觉得这一辈子这个样子也没什么不好，前一半的人生什么都好，然后什么都没了，后一半的人生我的女儿鼓励着我走出来了，我自己让自己活得普普通通，足够了，真的没什么不好。"

"不是普普通通。"

何默默终于想起来从桌上摸了纸巾来擦自己的鼻涕。

"不是普普通通，不是荒地，不是被抛弃的人生，不是什么都没有了只剩我的人生……"

不应是，不该是，不是一个贴着妈妈标签此外一无所有的剪影。

说着说着，何默默打了个哭嗝，把她妈逗笑了。

妈妈的笑声并没有让何默默的心里好过，从几天前开始，她一直在寻找妈妈除了自己之外还拥有的东西："很多人很喜欢你，不是那些男人。妈妈，左心阿姨有时候就会跟我讲你以前一直照顾她，她把我当成你，做了肉都想分你一份。刘小萱姐姐也喜欢你，我知道她平时喜欢偷懒，但是今天我这个'何雨'病了，她擦地什么的都主动去了。

"很多人都希望你有新的男朋友，能幸福，你的同事是这样，还有桥西阿姨，还有我姥姥。还有……还有我的同学，时新月和我同桌了那么久，我从来没有关心过她，可是你有。我现在想明白了，你说的那个帮助了时新月的人就是你，你就是你说的那个英雄。

"还有贝子明，我一直觉得他好讨厌啊，不想跟他说话，但是他也愿意把笔记借给你。许卉也是，其实我知道她不喜欢我，因为一开始老师找班长的时候先问了我，从那之后她就一直想把我比下去，可她喜欢你，愿意把笔记借给你。还有林颂雪，她也是，知道了我身体里的是你，她也没讨厌你，因为在她的眼里你是个很好的人，她也是喜欢你的。妈妈你看，我发现了那么多人都喜欢你。"

何雨突然觉得自己的女儿比自己印象中还可爱，实在是太可爱了，也只有这些孩子，才会小心地把这些帮助和关爱当成了人生的价值吧。

"默默，别人喜欢我，也不一定是喜欢我，可能就是帮了我一把，你就觉得妈妈的人生很好吗？"

何默默沉默了一下："这不是唯一的标准，但是被很多人喜欢，这样的人一定很善良、很热心、很讨人喜欢，这些东西其实是很难的。"

自认为人缘不好的何默默同学深有感触。

结果她妈一下子从情绪里出来了："觉得很难你倒是多跟人交流啊，交流都不愿意你还说难，我跟你男同学说两句话看把你吓的。"

眼泪还没擦干的何默默："……"

何雨摸了摸她女儿的头："妈妈刚刚那句掐了不播。"

何默默努力忍住，没忍住，鼻涕还没擦干净呢就笑了。

"妈妈懂你的意思……默默，以后，妈妈努力不这么想好不好？你不想妈妈觉得自己的人生失败，那妈妈就学你，去看看有没有点发光的地方，好好工作，搞搞事业……再怎么做呢？"

再怎么做呢？

何默默也不知道，她所知道和推崇的是一往无前拼尽全力的人生，她不知道妈妈现有的人生怎么才能更好。

看女儿在很认真地思考，顶着自己的脸，何雨抬手捏了一下。

"别着急，慢慢想。你帮妈妈想，妈妈自己也想，这么多年都过来了，不差这几天。"

"你不能再认为你的人生是荒地，虽然我觉得我的话还没有说服力……但是，但是什么事情都应该有一个起点，这个起点就在你心里。"

何雨的手从"自己"的脸上放下来，她笑着说："好。"

"妈。"在何雨放开了何默默之后，女儿又叫住了她，"我不会离开你的，我不去美国，我想要的我自己能挣到，我不需要抛弃了你和我的人施舍什么给我。你说我是你人生里的一棵树，那就请你相信这棵树，它不会歪的，也不想去别的地方。"

何雨转头看向"自己"，表情那么坚定，眼睛在发亮，热诚、真挚……美好。

仿佛世界上另一个一直向前的何雨，她没有走错路，没有信错人，没有轻易就放弃了自己。

这不是她，这是她的女儿。

也……挺好的。

"好。"她的唇角颤抖着努力勾勒出一个笑容，"妈妈相信你。"

和女儿说的每个字都在何雨的心上跳，其实她说自己要改变的时候很真诚，很真诚地在撒谎。多好啊，她从女儿的心上借了一股勇敢，假装自己可以努力换个活法，但是，明知道是谎言，她的心却一直在跳。

从她听见女儿说"妈妈不是荒地"开始，好像什么地方有一场雨，下在了干涸已久的地方，那里藏着什么东西，想要生根，想要发芽。

刚擦完了地，何雨就听见家门就被敲响了。

"何雨，你怎么回事儿你还没跟我说清楚呢，赶紧开门，我给你们娘俩儿带饭来啦。"

是于桥西在门外呢。

何雨看看何默默紧闭的房门："于桥西，你现在跑过来干什么？"

"你还问我干什么？"门一开于桥西就拎着两个饭桶挤了进来，饭桶是真饭桶，直径十五厘米，高度三十五厘米以上，"你换了芯子了，我可不得来看看到底是怎么回事儿？"

于桥西说话的时候，她那双眼睛还往房间里溜，看见里面的卧室门是关着的，她抬起头对着何雨使眼色："让我的话伤着了，在里面哭呢？"

说话的时候于桥西难得语气有点心虚。

何雨看她的那样，一根手指头戳她脑门儿上："什么话都乱说。"

"我也不知道你们换人了呀！你披着你女儿的皮戳我，我浑身的鸡皮疙瘩起完了。"

于桥西把东西递出去，熟门熟路地找了自己鞋换上。知道现在这个年轻孩子是自己这二十多年的老姐儿们，她上上下下仔仔细细地看了一圈，半晌，憋出来一句："雨啊，你可真是赚大发了！"

何雨："我就知道你没个正经话。别嚷嚷了，等个几十天就换回来了。"

于桥西拣了个椅子坐下："几十天也行啊，现在让我变成个十几岁小姑娘，我先卖套房子买衣服然后上街勾搭小伙子去。"

何雨笑她："得了吧，你也就嘴皮子厉害，你真年轻的时候也没勾搭啊，谁敢跟你凑近乎你不跳起来把人给摔地上？"

"那时候是傻，再说也没钱啊，重点不是勾搭到了谁，是勾搭的过程你知道吗？看看这小手，以前没发现啊，默默有一身好皮子，随了你一点好处……手指头也好看。"

何雨猛地把手从于桥西的手里抽回来。

"你还在这儿跟我瞎闹，那种话你以后别再说了，别跟默默说，也别跟我说，有钱没钱，她上大学我能给她的都给她，要是她有一天觉得没出国是错的，想恨，那就恨我吧。"

于桥西恨不能捶死面前这个"小姑娘版"的何雨。

"你怎么又把自己往里面绕呢？"

"至少现在，默默跟我说，她不走，她不光不走，她还让我看看你，看看我那些同事，让我想想我的日子是该往好了奔。"想起一个小时前自己的女儿，何雨笑了笑，"至少我女儿过去十六年说到的事儿没有没做到的，她说她想靠自己的实力去自己想去的任何地方。

"我信我家默默，以后会后悔，现在我也信。"

于桥西难得严肃认真地看着何雨，冷不丁笑了一下："你刚刚说话那样儿真像你那个宝贝女儿，也不对，该说是……像你还年轻的时候。"

说完，她叹了口气："行了，你们母女情深，我呢，就是来看看，然后跟默默道个歉，下午我说的那都是真心话，但是吧，这话我不该跟默默说。"

虽然于桥西是个不着调的人，但她自认还是有些大人的气量的。

"这一桶是花胶炖鸡，我本来要给你吃的，结果皮子下面的成了默默，这一桶是我让小宋去买来炖的鲢鱼头，给默默补脑的。"

两桶都满满当当，外面封得密密实实。何雨看了一眼，说："一会儿我叫默默洗热水澡的时候你道个歉，我们都刚吃完饭，你要道歉都不早点来，一点诚意没有。"

于桥西想挠何雨一把。

"你现在咋样啊？就替她上学，那她学的东西你能看懂吗？"

何雨有点心虚，后来想起来于桥西高考分数比她还低，立刻底气十足地挺胸抬头了："还行吧，那英语单词听写，我就错一个。"

于桥西："哦——"

何雨一仰头："我们家默默那是十成十的好孩子，说身体不舒服了，老师眼都不眨就给开假条了，恨不能亲自开车给送回来。"

于桥西斜眼看着"何雨"那浑身得意的样子，嘴巴要斜出去了："那是你吗？那不是你女儿？你女儿学习好，你行啊？到时候老师一看，妈呀，聪明小孩儿变傻子，还以为何默默挺好呢，怎么一下子学习就完蛋了。"

被说中了。

看见何雨脸皮一僵，于桥西"啧"了一声："你就这样天天学习？那你们什么时候换回来啊？"

何雨看了眼手表："还有……68天，嚯，这次减得可真多。"掐指一算这样就不耽误女儿参加期末考试，何雨的脸上一下子就亮了起来。

于桥西见过少女时期何雨笑靥如花的样子，却极少看见何默默笑，尤其是当着她的面。

看见何雨现在替何默默笑成了这样，她把头转到了另一边。

"那这六十来天，你就这么过了？"

"也挺好的，默默说希望我学学英语，其实背单词还挺有意思的，替默默玩玩游戏，交交朋友。"说玩游戏的时候何雨还指了指客厅角落里的电脑。

电脑屏幕还亮着呢，于桥西看了一眼上面的花里胡哨，再看何雨的时候眼神都变了："何雨，你出息了，变成了十六岁小孩儿你这是要当网瘾少年啊！你当年虽然也是没干正事儿忙着谈恋爱，但好歹比这强啊！"

"你可别瞎说，我跟李东维谈的时候都成年了，怎么我十六岁就忙着谈恋爱了？"

"那你十六岁忙着干啥了？唱歌？对吧？我记得你还写歌……"

何雨忍无可忍终于动手了，伸手捂住了于桥西的嘴："于桥西你多大了还在这儿翻旧账？我小时候干的事儿你现在拿出来干什么？"

"呸，你手指头戳我嘴里了！怎么了你能做我就不能说了，你那时候写的歌不是还挺好听的嘛……"

何默默是出来喝水的，她怎么也想不到，从卧室里出来就看见了"自己"和桥西阿姨扭打在了一起。

说实话，十六岁的"自己"面目狰狞，手掌摁在桥西阿姨的脸上，穿着拖鞋的桥西阿姨伸手试图去揪头发，这个画面……很神奇。

房间里很安静，只有墙上的钟表在滴滴答答。

先松手的是何雨，她看了一眼自己手上的于桥西的口水，一脸嫌弃的表情。

尴尬这种事情是比出来的，看着何雨要吐了似的去擦手上的口水，于桥西更尴尬，站在原地，她看着几米外的那个人，虽然知道了现在这里面是何默默，可她还是觉得浑身不舒服，比面对顶着何默默脸的何雨难受好多倍。

"那个，默默……我都听你妈说了，这个意外吧，阿姨我实在是想不到，那个……我今天说的话，你别放在心上，我的意思不是说你不好，我的意思是这个事情吧，那个词儿是什么来着？"

于桥西一脸牙疼的表情，她求救似的看向何雨，她的发小用何默默的脸回了她"你活该"的表情。

一时间她觉得这事儿更难办了。

"哦，概率，我是说这个事情都是有概率的，我劝你妈为自己打算，不是因为你，你、你能明白我的意思吗？"

何默默走过来，于桥西盯着她的脸，后退了一步。

站在于桥西面前，何默默说："阿姨您先坐，不好意思我今天的情绪不好，从您店里走了，还麻烦您帮忙找我，给您添这么多麻烦。"

她这样，于桥西反而更紧张了，一屁股坐在椅子上，说："妈呀，我居然从这张嘴里听见了'阿姨'两个字，何雨，我就比你大一岁七个月零二十二天，我折寿了咋办，你还我啊！"

擦手回来的何雨说："于桥西你可正经点儿吧，默默跟你道歉了，你好好跟她再说说，大人道歉就有个大人的样儿行不行，是能累死你吗？"

"阿姨，我明白您的意思。"在两个过分活泼的大人中间，何默默居然是态度看起来最成熟的那一个。

"您的意思是说，不管孩子怎么样，任何事情都是有概率出现的，我妈妈应该先对自己好一点。"

"对，我就是这个意思。默默你不愧是年年考第一，这个总结归纳能力是真好，比你妈强多了。"

知道是一回事，感情是另一回事，何默默没再说什么，转身就往房间里走："这一点我是完全赞同的，您这个话对我妈妈说我也没有意见，我继续学习了，你们慢慢聊。"

"默默，你等等。"何雨叫住了自己的女儿。

"于桥西，这事儿不应该是你说了道歉，她说了理解就完了。"

于桥西鼻子大出气："你说吧，你还想让我怎么道歉？"

"你这话就算是跟我说，我也得闹翻天啊，什么叫作默默是李东维的孩子，她就有可能变坏？她是我教出来的孩子，我不信她，还有谁能信她？"

何雨站在三个人的中间，如果是从前，她可能就让这件事情这么过去了，默默懂事，于桥西也确实是出自好心，看起来不过是一场误会。

可刚才看到自己女儿转身离开的时候，何雨想到了那句"我明明是你耗尽了心血才养出来的，我不是在荒地上长出来的"，她女儿是哭着喊出这句话的。

她总觉得自己只有默默，但是今天，她察觉了一件事——事实上，默默也只有她。

何雨态度坚决地说："默默她说她理解你，不是真的想原谅你了，是不想跟她妈的朋友吵架，你道歉能只到这个份儿上吗？"

何默默转身抬头看向自己妈妈。

于桥西看看何雨，看看何默默："你们母女俩是要拿我演上了？说吧，你们想让我怎么道歉？"

何雨看何默默，发现自己家的女孩还在傻乎乎地看着自己，她笑了："傻丫头，问你呢，桥西阿姨她该正经给你道个歉，你想要点儿什么让她表示诚意吗？"

讨要东西、谈条件这种事情又进入了何默默的社交盲区，她快速摇头。

"行吧，那你自己想怎么道歉是有诚意。"何雨转向于桥西如此说道。

于桥西几乎是要气笑了："何雨，我给你女儿这么大脸面是看在咱俩的关系上，你别跟我这么没完没了啊！"

何雨也看着她，表情认真而严肃："光看你是因为我们俩的关系才道歉，你的心就不诚。就因为我把你当这么多年好朋友，我让你在这儿想，不然，换个人让我女儿哭了又哭，我早拿拖把抽他到二里地外去了。"

于桥西的眉头都要拧一起去了，她却还不是这个房间里反应最强烈的人。

何默默拉住了自己妈妈的衣服，何雨转头，看见一个绑着马尾辫的脑袋，那个脑袋靠在她的肩膀上。

"默默怎么了？头疼了？发烧了？我就说……"

"没有。"何默默抱住了妈妈的腰，"我就是想抱抱你。"

从小到大，她都不会表现得很依赖自己的妈妈，妈妈很忙，妈妈要养家，妈妈赚钱好辛苦，所以她给自己定下的"好孩子"的标准，就是绝不给妈妈添麻烦，可她现在希望妈妈抱抱自己。

有史以来第一次，她允许自己去抱抱妈妈。

何雨也真是第一次遇到女儿撒娇，刚刚那种抱着哭的不算。现在女儿是在"自己"的身体里，可是她总觉得自己在这一刻摸到了女儿最柔软的那一面。

"默默……"

"妈，没事了，我完全没事了。"

"桥西阿姨什么都不用做，我没有什么可原谅的了。"

"何姐，感冒好点儿了？"

今天为了来上班还跟妈妈争论了半天，此刻戴着口罩的"何雨"点点头。

看她脑袋一晃一晃，店长"扑哧"一声笑了："我就说让你今天把这个月的假给休了，好好休息一天，你别总觉得自己身体好不当回事儿，越是不爱生病的人，一病起来就越好得慢。"

是这样吗？

何默默回忆一下，她好像还真没见过妈妈生病的样子。

就拿吃饭来说，妈妈总是一边说着"吃饭要细嚼慢咽，这样对胃好"，一边狼吞虎咽，一碗米饭泡点菜汤就被她几下扒拉干净了。

何默默小一点的时候还会指出妈妈的言行不一，这时候妈妈就会笑着说："妈妈的胃是铁打的，没事儿。"

又何止是有一副刚强的肠胃，绝大部分时候妈妈都像是个钢铁浇筑出来的人，不会痛，不会哭，不会生病。

何默默的嘴又抿了起来。

今天门店里的工作还是很忙，两个何雨的老顾客结伴而来，看见"何雨"戴着口罩，都是一脸的惊讶。

一个顾客皱着眉说："认识你这么多年了也没想过你会生病，你发个朋友圈也行啊，我今天来之前给你炖点儿银耳。"

"你太客气了，不用麻烦的。"

"有什么麻烦的？我第一次来你这店里时我还在读大学呢，忘了吗？那时候我同学拉我出来买衣服，我说我肚子疼，她们也不管我，就只有你给我又倒水又拿药的，后来我工作赚钱了就想着第一次用自己的钱给自己买衣服，我得买你们家的。"

说这些话的女人看起来也有三十岁上下，随口说起的就是久远的青春。

另一边在看衣服的老顾客笑着说："她当初拉我来你这买衣服就是这么说的，我们同事每次有人说想买衣服，她都推荐我们来你这儿。"

何默默眨眨眼睛，悄悄地笑了。

说要给何雨炖银耳的女人接话说："好人就该多卖衣服，再说了何姐姐这么多年来都这么热情，我就喜欢在这里买东西。"

说着，她随手拿起了两条裙子："我去试试。"

她熟门熟路地往更衣室走，根本不需要别人再说什么。

一直走来走去挑衣服的那人看好了一件有小猫纹的衬衣，举着一白一黄问"何雨"："你觉得哪个好看啊？"

何默默迅速找出了一条裙子和一条裤子，说："两件衬衣都好看，得看你喜欢什么样的搭配，黄色的配这条裙子，白色的配这条裤子，你试试？"

两种搭配都是图册上的，为了补足自己审美上的空缺，何默默把品牌方发的当季衣服搭配图册给背下来了。

"好呀，我都试试。你吃了感冒药吗？我觉得你应该回家休息，你的年纪也不小了，不用像年轻人那么拼。"顾客唠叨着进了另一个更衣室。

四十一岁就不能拼了吗？

何默默觉得不应该是这样的，当然，她没有反驳这些话，只是在心里慢慢地琢磨，像是在思考一道很难很难的题。

两位老顾客试了十来身衣服，最后买了七八件，心满意足地走了，走之前她们也没忘了让"何雨"保重身体。

何默默收拾着被她们试穿过的衣服，店长也来帮她。

"店长，你说……我除了卖衣服，还能做什么呢？"

问出口了，何默默觉得自己不应该问，万一店长阿姨以为妈妈要跳槽怎么办？可她也没有什么人可问了。

没想到店长一下子就笑了："何姐，你是想好要当店长了？"

店长？

何默默没说话，看着店长阿姨有些惊喜地说："你说我都问过你多少次了，别人也问我，咱经理问我，我去总公司开会人家总公司的人也问我。前年高新区新门店的店长你不肯去当，我可真是差点要跟你生气，那地方多好啊，人流多、位置好，结果你硬是不肯去，让别人摘了桃子，气死我了。

"你要是真想开了要当店长，下次经理再找你，你自己说一下，再过两三年什么地方再开门店了你立刻顶上。咱俩说实话，销售是能干一辈子吗？别说当店员了，当店长的也没有四五十岁的了，现在搞什么电脑调货，年轻人学得一个比一个快，咱们这帮人说淘汰就淘汰了。你要是好好干几年店长，积累点关系，自己拿积蓄弄个加盟店出来，赚的钱都是自己的，不好吗？你倒好，为了给孩子做饭一天就只想上半天班。"

BO 的普通店员工作时间是以下午三点为节点的，店长却是要从早上一直工作到晚上八点。

何默默认真思考着店长的话。在很多人眼里，妈妈已经到了自己行业的年龄天花板，可她为了照顾自己，并不愿意换一条路走。

而单纯的销售行业本身也并不是一个能让人安心养老的行业。

她从来没想到，妈妈的职业生涯已经到了一个悬崖的边上，再不想一个出路，妈妈随时都可能会失去她的工作。

何默默心想：前年，自己还在读初中，就为了自己每天中午的一顿饭，妈妈就拒绝了当店长的机会？

何默默深吸了一口气。

作为唯一的"受益者"，她没有资格说自己不需要妈妈做出这种牺牲，可这种牺牲……是不是太大了？！

又有客人进来了，何默默迎了上去。

她不能再思考过去的妈妈到底值得还是不值得，妈妈说她要做出改变，她要从现有的条件中去求解，而不能纠结于这些条件是怎么形成的。

一定，一定要想到方法。

因为外面又下雨了，今天的体育课变成了自习课。

手表上的时间悄然变成了"44"，何雨盯着它，心里竟然说不出是个什么滋味。

"我以前挺恨你的，你说说你这么搞，除了祸害了我女儿还有什么用？现在呢……能听见默默说那些话，我真觉得我是干什么都值了。"

这个世界上有人在用尽全力地来了解自己，也希望被自己信任，这个人是个孩子，是她自己的孩子，这仿佛是一份礼物……微妙的感觉从昨天到现在一直盘踞在何雨的心头，让她感到很复杂又很纠结。

让她纠结的又不只是这些。

有人戳了戳她的后背："何默默，昨天的练习册你做了吗？我看看你的物理最后一道题的解答。"

物理练习册？何雨翻出来递过去，才想起昨天自己根本没拿这些东西回家。

"对不起我忘了，我没做……"

"可你明明都做了呀。"坐在何雨后面的女孩叫盖欢欢，现在何雨已经记住了她的名字。

翻开的书本上写了密密麻麻的答案。

"何默默，原来你都是提前学习的呀？还用铅笔做记号，难怪你是全校第一。"盖欢欢看到练习册上除了答案之外还用铅笔圈出了需要对知识点进行巩固的地方。

何雨没说话，等盖欢欢把练习册还回来，她翻开有铅笔做记号的地方一页一页往下翻，三月份开学到现在过去了一个多月，课堂上的学习进度推进到了学期中段，可这本练习册上的随堂和单元总结部分都已经被做完了。

何雨用手指在桌子上轻敲了一下，又把书包里其他的练习册掏出来，一本都翻开，数学、英语、语文、化学、生物……所有的科目都一样。

她本以为女儿是靠着自己每天拿回去的笔记学习的，现在看，女儿是对照笔记巩固知识点，事实上已经把学习进度给推完了。

"难怪你是全校第一。"刚刚小姑娘这么夸她女儿。

是啊，难怪。

何雨的心里涨得发疼，现在，她特别想为自己的女儿做点儿什么，无论如何她都要做点儿什么。

晚上十点半，戴着围裙的何默默四肢僵硬地站在了自己的家里。

"阿姨，您还记得我吧？我是李秦熙。"

李秦熙、林颂雪和"何默默"站在一起。

何默默悄悄后退了一步，她突然觉得自己的感冒加重了，发烧四十度以上，全身虚弱。

"咳，那个，今天晚上学校周围有同学看见了……嗯，就是恶心的人……李秦熙同学怕我们两个回家不安全。"何雨看着自己女儿的表情想笑又忍住了。

林颂雪蹲下来自己找拖鞋，似乎也是用身子把李秦熙挡在家门外，嘴里说："我是来给何默默送笔记的，听说阿姨生病了，我来慰问一下。就是一个暴露癖，也不知道李校草怎么突然这么热心了。"

李秦熙还是笑得阳光灿烂，仿佛没听见林颂雪在说什么，只看着"何默默"然后对真正的何默默说："阿姨，何默默我送回家了，我就不打扰你们了，何默默你以后放学要是怕再出现这种情况，可以找我的。"

"不用！"

真正的何默默抬手阻止，动作特别像某个风靡网络的表情包。

"下次有这种情况找妈妈好吗？"她盯着"何默默"，眼神都快烧起来了。

何雨有那么点儿心虚，转身跟站在门外的李秦熙说话："今天真是谢谢你了，你回去的路上也要小心点哦。"

"不用客气，帮助同学是应该的。"

林颂雪哼了一声。

李秦熙还是笑着的，说："林同学你也早点儿回家吧，阿姨再见，何默默再见。"

开朗又热情的少年走了，家里的门又关上了。

何默默觉得这不是门关上了，是轰炸机来了又走，而她家则被炸成了废墟。

"一个暴露癖，还以为现在还有女孩怕这个，我看是他害怕，所以找人一起走吧。"

林颂雪嘴里说着鄙视李校草的话，拿起一提书和笔记放在了何家的餐桌上，对何默默说："这是我弄来的一些学习笔记，有去年一中那个理科状元的高三精简版笔记，这是物理和数学，剩下的他们明天才给我，我再复印出来给你。"

何默默看看那些笔记，紧张和郁闷的内心就像是被扎了一针的轮胎，慢慢地散去了。

"谢谢，我会好好使用的。你花了多少钱？"

林颂雪抬头看她，嘴张开后顿了两秒，才说："好，我查查多少钱，一会儿告诉你。"

何雨光速进入了看小孩子们吵吵闹闹的长辈状态，站在一旁偷偷地乐。

何默默拎起那摞资料往自己房间里走去，她的嘴皮子在这个时候竟然利落得像她妈："东西送到了，谢谢你，辛苦了。你可以走了，外面有雨你路上小心。"

林颂雪一屁股坐在了餐桌前面："我饿了。"

何默默叹了一口气："我们家就是吃些昨天的剩饭，你们家保姆还在家等你。"

"没有，你放心，我跟她说了我今天晚上不一定回去。"

看戏的何雨小心地捂住自己的嘴，默默吃瘪的样子真是太可爱了。

晚上吃的就是于桥西昨天晚上送来的花胶鸡和鱼汤，何默默做了一锅米饭，又拌了一盘黄瓜片。

饭菜端上桌的时候林颂雪看着碗里浓稠的汤汁说："看起来还不错啊。"

何默默不想说话。

何雨笑着说："这是我朋友昨天送来的，她男朋友做饭还不错。"

又喝了一口汤，林颂雪发出了疑问："男朋友？您朋友是和您一样大吧？"

"是啊，怎么了，四十多岁就不能谈男朋友了？"

林颂雪不动声色地说："也不是，只是有点惊讶。"

何默默停住筷子看向了林颂雪。

林颂雪笑了，把勺子扣放在碗边，说："我十岁那年我妈陪我爸出去应酬，喝醉了才回来，我端了一杯热水想给她，她看着我，对我说，如果我是个男孩就好了。我是个男孩，我爸就不会出轨，她也不会辞了工作天天围着我爸爸转，活得像个不拿钱的保姆加秘书，还要被我爸嫌弃。

"我爸爸说过无数次我像他，其实他还是想要个儿子，我妈妈表现得很爱很爱我爸，其实她对自己的生活厌恶至极。"

直视着何默默的眼睛，林颂雪说："糟糕的大人随处可见，有个愿意为女儿去改变的妈妈其实很幸运的，可能到最后什么都做不了，但是至少会努力去想、能想、愿意想，这就比普通的糟糕的大人好很多。"

"没事的。"何雨听见何默默说话了，"都过去了。"

林颂雪还看着何默默："你说什么过去了？"

"时间，时间过去了，你长大了。"

这是何默默的回答。

房间里很安静。

林颂雪的眼睛睁大了："你不会以为我还在难过吧？"

"糟糕的大人永远让人难过。"何默默站起来，她能感觉到自己的身体有点僵硬，她拿起林颂雪面前的碗，给林颂雪盛汤，"幸好我们会长大。"

林颂雪的眼睛红了："我其实只是想让你别抱什么期望……大人们总是会让我们失望。"

"我知道啊，糟糕的大人真的有很多，他们很容易就把对他们伸出手的我们扔下了，我们只能看着他们的背影，然后让自己的每一步都走得很努力。如果大人不肯安慰我们，我们就抓住一切机会让自己变好、长大，变成一个足够好的人来安慰自己，这样不好吗？"

何默默站着，面带微笑地，看着林颂雪。

何雨看着自己的女儿，能看出女儿极其不自在，仿佛安慰别人对她来说真的是很难的一件事，可是，那又怎么样？她站起来了，她说出来了。

她的女儿昨天还抱着自己哭泣又撒娇，却又在这一刻熠熠生辉。

何雨突然想到了在林颂雪描述中那个在全班注视下走向林颂雪的何默默。那一刻，自己的女儿一定和此时一样，一下子就把什么给照亮了。

"好。"

"好。"

竟然有两个人回答。

也不知道是不是雨下得太勤，何家小小的屋子里，今天又有眼泪滴落。

一大早，住校生们的早饭时间刚开始没多久，何雨已经坐在了自己的位置上，昨天她女儿帮她做了个英语学习的进度表，她要是一天能背下来五十个单词，四十天就能学两千个，就算一天只学二十个单词，四十天八百的词汇量也足够她应付最基础的对话了。

说真的，这个结果很诱人。

何雨决定照做，既然要改变，那在没有方向的时候也努力一点，再说了，她现在背单词的劲头还挺足的。

同学们陆陆续续地来了，都看见他们的"全班第一名"在刻苦学习，有些人说话的声音都变小了。

何雨一口气背了十个单词，抬起头来只觉得神清气爽。

早自习还没开始，有同学在小声地说话，昨天学校外面的动荡大家都知道了，包括住校的女孩子们都有些惊惶。

"昨天学校外面的那个暴露癖被抓住了吗？"

"不知道，也太恶心了吧，这个人是不是脑子有问题？"

"是啊，听说好几个女生都看见了，怎么会有这种神经病啊。"

何雨前面坐着的女孩转过头来看着她："何默默，我记得你是走读生，你昨天没事吧？"

何雨回答："没事儿，我和朋友一起回家的，谢谢你啊。"

叫薛文瑶的女孩转了回去，过了几秒钟，她又转了回来，表情有些小心地说："你最近早上上学和放学都小心点，最好和朋友一起走。"

何雨眨眨眼，笑了："我知道，你放心，遇到这种事儿我也不会怕，那种人你越怕他就越嚣张。"

"不是这个。"薛文瑶说话的声音更小了，"七班走读的同学告诉我，从西边来上学的路上有流氓，骑着电动车，会……"

何雨眉头一跳，表情变得严肃了起来："我知道了，谢谢你。"

这件事不过是早自习之前的小小插曲，一个女生急匆匆路过的时候不小心撞到了何雨的桌角，何雨抬头，看见是坐在自己后面的盖欢欢。

"没事没事，你不用管。"

何雨挥手让女孩赶紧去位置上坐好，自己从座位上起来蹲下去捡掉在地上的书。

书本放回桌子上，何雨在站起来的一瞬间看见盖欢欢低着头，眼睛是红的。

今天的数学课又是老师在一遍一遍地铺满黑板，何雨还是听得一知半解，可她好歹听了。偶尔，极其偶尔的时候，她能跟上老师的解题思路，比如一个很浅显简单的条件能得到什么……这时她就会觉得很开心。

数学课上完了接着的就是语文课。

在关于女儿的事情上，何雨的心眼儿实在不大，她还记恨着语文老师给女儿的作文打低分的事儿，她现在还是看语文老师不顺眼，当然了，语文老师讲课确实讲得好，所以讲课之外的事情就是何雨在心里对老师表达不满的时候。

几乎是惯例一样，时新月的周记作文又被表扬了，老师夸她的时候，小女孩的耳朵都红透了。

老师也不只是夸了时新月，她看向了何雨，笑着说："这次何默默的周记也写得特别出色。何默默，老师之前一直对你说，希望你的文字表达来源于生活和生活的延伸，这次你就做得很好。来，读一下你的作文。"

这、这……夸，夸默默呢？

何雨翻开周记本站了起来，看见最新的一页上果然写了个"A++"，和时新月的本子上是一样的。

"如果有一天我和妈妈交换了身份，我会发现什么呢？我会发现，妈妈不只是妈妈，她是一个人。物理学上来讲，她和我一样都是碳基生命体，组成她和我的元素是一样的，因为她生下了我，她被现有的文化赋予了'母亲'的身份，可她依然是一个独立的生命个体，在我看得见和看不见的地方，她关心其他的生命个体，也被其他的生命个体喜爱、关心。所有'人'应有的东西她都有，比如爱、梦想、痛苦、悲伤……

"从前我一直认为没有书本解决不了的道理，人类把已知与猜想一起变成了知识，这些知识足够解答平凡生活中的一切。可当我真的站在了妈妈的角度，我发现知识无法完全地解答时间带给我们的难题，也许物理学家终有一天会突破宇宙的极限，时间与空间都会被诠释和解答。但是他们没办法解答我妈妈四十一年来的人生里，为什么生活的火焰燃起又熄灭？为什么奔腾如海浪的热情被拍碎在礁石上？为什么用尽一切力量追求的勇气会湮灭在时光里？这是知识无法解答的。我不知道这种生活是固态的还是流动的液态的，它无法称量和计算，只能用心去做无数的实验，找到她的燃点与沸点，让她重新燃烧和沸腾。"

何雨读得磕磕绊绊，尤其是她女儿这里面写的又是爱因斯坦又是相对论的，光是这些名字都让她觉得硌嘴，可读到最后，她大概明白了女儿的意思，虽然言辞没有变得更加流畅，可她的心里很畅快。

随手翻开了女儿前面的几页周记，除了爱因斯坦就是何雨记不住的人名，看着看着她差点儿笑出声来。

上了一节数学课又上了一节语文课，何雨瘫在座位上不想动了，真的投入了精力之后，她发现学习真的是一件很辛苦的事情，根本不比她上班轻松。

大课间时，体育委员招呼着大家出去跑操，连着几天都因为下雨没有运动，男生们比平时更积极地冲了出去，何雨收拾了一下书，也从座位上站了起来。

"盖欢欢，我就是拍你一下，你怎么了呀？"

贝子明的声音引起了何雨的注意，她转头，看见坐在自己后面的同桌俩闹起来了，不对，应该说是贝子明在闹，盖欢欢的表情有些恍惚，似乎她根本没听见贝子明说了什么。

贝子明和盖欢欢是班里少有的男女同桌，贝子明有些小气，学习成绩不错但是人缘一般，盖欢欢的学习成绩在班级里处于中上游，性格大大咧咧，他们两个人的相处属于偶尔别别扭扭但总体轻松愉快的状态。

正因为彼此的关系还算不错，此刻站着的少年似乎有些受伤。

何雨绕过桌子走到了盖欢欢的身边，女孩一只手一直抱住另一边的手臂，是极为防备的状态。

"贝子明，你先下去跑操吧。"

男孩噘着嘴，眼镜反射着窗外的阳光："我看她不起来，问问她是不是不跑操了，结果她一下就躲开了，好像我怎么了她似的。"

说完，他看看"何默默"，手在桌子上拍了一下，晃着就离开了座位。

"盖欢欢？"何雨小声地叫了一下女孩的名字。

盖欢欢的头半垂着，这个一贯神气十足的少女的脸色现在有些苍白。

她仿佛有些迟钝，几秒钟后才终于回了何雨的话："你让我自己待会儿吧，何默默……我求你了。"

这个小姑娘什么时候说过这种软话呀？何雨一听就觉得更有问题了，抬脚从座位里抽出了凳子，一屁股坐在了盖欢欢的旁边。

教室里没剩几个人了，体育委员看看她们两个人，说："何默默，你今天不去跑操了？盖欢欢她有假条吗？"

何雨抬头说："她肚子不舒服，我一会儿会替她跟老师请假。"

体育委员点了点头，这个班级里个子最高的稳重男孩没再说什么，迈着他的大长腿快步走了。

教室里就剩了她们两个人，甚至可能整个楼层的教室里，也就只剩了她们两个人。

时间一秒一秒地过去，盖欢欢出神了很久，突然小声说："何默默，是不是什么题都难不倒你？"

何雨在心里疯狂点头认为没错，她女儿就是聪明可靠全校第一，嘴上说："嗯……任何问题都会有一个解决方案，你如果想不出办法，可以说出来我们一起解决。"

"是吗？"

盖欢欢又安静了下来，她的眼圈红了。

"那你告诉我，为什么我是个女的呢？"说话的时候她又抱紧了自己的手臂。

隔着宽松的校服外套，也能从轮廓上看到女孩的胸部被她的动作挤压在了一起。

何雨喉咙一紧，她以成人的思维从盖欢欢的语言和动作细节里发现了一些东西，一些她绝不想看到发生在孩子们身上的东西。

"什么性别都没有错，错的是人，是一些人太恶心了。"

"是吗？"盖欢欢微微抬起头，她盯着何雨的眼睛，"那为什么，我现在觉得自己这里，这么脏？"

她捂住了自己半边的胸。

"在我骑自行车来上学的路上，我什么都没有做，那个人他就骑着车到我旁边，然后就抓我这里，抓完了他就走了……"

随着话语，女孩的手指慢慢收紧，白皙的手背上暴起了青筋。

"只有我留在那儿，我对自己说没什么，我只是遇到了一个流氓，但是我特别想哭，可是我不能哭，有人穿着我们学校的校服从我旁边经过，我不能哭，我哭了别人就都知道了。"

盖欢欢哭了，眼泪从她的眼睛里流了出来，痕迹蜿蜒在稚嫩的脸上。

"为什么呀？我什么都没做啊，我只是骑车子来上学，为什么他就盯上我了？"

眼泪抹在袖子上，盖欢欢的声音已经失了腔调，近乎尖叫："他还在笑！那个人他还在笑！他怎么还在笑啊！"

何雨站起来，抱住了盖欢欢的脑袋。

"欢欢，欢欢，这不是你的错，你什么都没做，你也什么都没失去。他就是一个变态、流氓，他一辈子像个厕所里的蛆虫一样只敢躲在暗地里欺负小姑娘，他笑是因为他卑鄙，他懦弱，他觉得你会害怕他，你知道吗？"

没人看见何雨的脸庞，看不见她此刻的表情坚毅而轻蔑。

"这种人永远都会在社会的最底层，他这辈子都比不上你，真的，你相信我，你会长大，你会变得成熟、勇敢，那种人走在街上看见你都是会低下头的，你相信我。"

盖欢欢把脸埋进"何默默"的腹部，号哭着说："你说的我都懂，可我还是觉得他的手还在这儿！好脏啊，真的好脏啊，我不知道我为什么要长这个，我现在好难受啊，何默默，我好难受啊！"

"他的手不在了，他这辈子都不会再摸到你了，真的。"

"在啊！怎么会不在，何默默，我现在真的……我好脏啊！我知道我不应该难受的，可我还是觉得我好脏啊，就因为我是女的我就要被人这样吗？"

课间操结束了，有男同学快步冲进了教室，看见何默默站在那儿抱着一个人。

"这是怎么了？"

何雨看了男同学一眼，拍了拍盖欢欢的背："来，我们去洗脸。"

何雨脱了校服，挡住了盖欢欢的头，逆着同学们重回教室的人流一路把她拖进了卫生间还空着的隔间里。

小小的隔间里，盖欢欢还是趴在她的肩膀上抽噎个不停。

何雨觉得一股热气在她脑门上就散不去了，谁千辛万苦养大的女儿是让那帮垃圾祸祸的？

要是默默遇到了这种事……

"盖欢欢，你看我。"

今天何雨在校服里面穿的是一件上半截有扣的T恤，她解开扣子，露出了锁骨以下的位置。

"你看，盖欢欢，虽然不大吧，咳，你有的我也有。"

盖欢欢靠在水箱上，用特别狼狈的一张脸面对着"何默默"。

"没什么觉得脏的。"说着，"何默默"把T恤脱了下来，十六岁的何默默刚开始发育没多久，穿的还是棉质背心式的内衣。

"有这个有什么好丢人的？"何雨指着白色的布片，"生完孩子奶水足的妈妈，都要喂孩子呢。"

盖欢欢有点愣，似乎被何默默的行为给惊到了。

一手抓着自己脱下来的衣服，何雨的另一只手拉住了盖欢欢的手。

"这是我……的。"何雨觉得自己今天是对不起自己女儿的小身板了，但她是个当妈的，眼前这是个只比默默大一岁的孩子，让她眼睁睁看着一个女孩说自己"脏"，这也太为难她了。

"我是女人，我有胸，每个女人都有。如果我以后有了孩子，这就是给孩子最初营养的地方，要是没有，人类早灭绝了。我还有子宫，就在肚皮下面，以后我就在那孕育孩子，我会挺着肚子，肿了脚，吐得头发都掉了，打喷嚏都得小心别漏尿，就这么过了十个月我的孩子就会出来了，默……有什么不可以说的？这就是女人，没有什么可不好意思的，谁觉得这事儿丢人，谁摸了人一下就觉得自己占了大便宜，那是他自己辱了自己的亲妈。

"这里跟身上的每个位置都一样，它会生病，它也有用处，老天爷不会说'我造了这么个东西是为了让别人摸一下就脏的'。你想让谁碰就让谁碰，这不是圣地，你觉得那个人摸得恶心，是因为那个人他就是个畜生，但是换件衣服不就干净了？实在不行你自己摸摸，哄哄它，跟它说今天你吓着了，不好意思，这不就完了？"

盖欢欢死也想不到有一天何默默会在一个学校卫生间的隔间里脱了上身的衣服给自己进行性知识普及。

她甚至都忘了哭。

外面有传来说话的声音，是下了课间操的同学们在抓紧时间上厕所。

"行了，你摸摸它。"

盖欢欢眼睛瞪大了："啊？"

何雨抬手放在了自己的白色文胸上："你看，我也摸了我的，你快摸。"

盖欢欢看了看自己的手，慢慢地将手放在了左侧的胸膛。

"对不起，今天吓到你了。"

"啊？"

"快跟着我呀。"

"对、对不起。"盖欢欢明显脑子有点不太够用，她看看自己穿着的校服，又看看"何默默"，吞了一下口水，低下头说，"今天吓到你了。"

"我很喜欢你。"

"我……很喜欢你。"

"你特别好，我永远都会很喜欢你。"

"你特别好，我永远都会很喜欢你。"

放下手，何雨拿起 T 恤往身上套，卫生间的隔间太小，她手臂都伸展不开，别别扭扭地穿上了。

"还脏吗？"低头系着扣子，她问身前的女孩。

盖欢欢的手还放在自己的身上，她低头看看自己的手，又看了看"何默默"，又看看自己，不知道为什么，之前一直压在身上的那种特别恶心的感觉竟然散了很多。

"不，不脏了。"

"你现在可能还不太懂，但是一个人只要对得起自己，不管是这里还是你身上的其他地方，永远都不会脏，记住了吗？"

"那……我，就……我……就没事了？"

"不然呢？也不是没事，有精神了就把这件事告诉你爸妈，打电话报警，查监控，把那个垃圾找出来。"

何雨把校服外套搭在肩膀上，打开了卫生间隔间的门。

盖欢欢跟在她身后，满脸通红还挂着泪，被气势十足的"何默默"嘱咐了一句去洗脸。

当天下午，同学之间就开始流传"何默默不仅学习成绩下降，还欺负同学"的传言。

"我昨天听说你带着四个人把你们班女同学摁进厕所里了？你这是又干了什么？"

林颂雪来找何雨的时候眉头都是皱起来的，显然她是在担心"何默默"在学校里的形象彻底崩溃。

叼着牛奶晃晃悠悠走过来的何雨听了这话："噗。"

林颂雪表情严肃到了极点，说："你看看你现在的样子，何默默是不会这样在走廊里喝牛奶的。"

"呼啦啦"一声，牛奶盒子被吸空了。

何雨放下了牛奶。

"好，不喝了。"

"到底怎么回事？学校里都快把何默默传成一个校霸了，你都不在乎吗？"

"那天就是我同学心情不好，我安慰她一下嘛。这些小孩儿真有意思，瞎传话，怎么不传我直接上天了呢？"

看她的态度，林颂雪更气了，说："你现在还不如直接上天了呢！不要搞出这种传闻来好不好，先是李秦熙，后面又是校园暴力，你都说过你们很快就要换回来了，为什么还要惹出这些麻烦？何默默那么怕麻烦，换回来之后一看你留下了一个烂摊子，她还不知道会怎么样呢。”

"谣言这种事情，过不了多久就散了。我又不能后悔说我不该帮同学，你说对不对？"

林颂雪的脸上还是很难看，何雨倒是挺高兴的，有人这么关心她的女儿，她怎么可能不高兴。

显然，她越高兴，对方就越觉得她不可靠。

"话说回来，小林，你天天骑自行车上学放学，有没有遇到什么事情？"

听见何雨这么问，林颂雪抬了下眼睛："我能遇到什么事？你为什么这么问？"

何雨干巴巴地笑了一下："我就是关心你一下。"

"昨天那个暴露狂，学校报警之后警方一直在查监控，要是他还敢出来他肯定立刻就被抓了，你不用担心。"

"我能担心这个？小林啊，你也太小看一个十几年独自把女儿拉扯大的妈妈了。"

"如果你说不是这个。"林颂雪低声说，"那是不是从新河路过来那里有人骑着电动车抓女生胸的事？"

何雨转头，今天第一次严肃而认真地看着林颂雪。

"你还真知道啊？"

"十三班有两个女生中招了，我们班也有一个，她们打算今天晚上准备一下，晚上放学的时候把那个流氓给抓了，我也会去帮忙，来找你就是告诉你今天放学我不和你一起走了。"

"什么？"何雨再一次被这些孩子震惊了，而且急了，"这种事情你们报警啊，再告诉家长，这事儿怎么就得你们一群孩子自己去了？"

林颂雪冷笑了一声："告诉家长？我们班的那个女生告诉家长时，她还没说完就被打了个耳光。"

何雨沉默了，大概也能理解确实有这样的父母，她妈不就是吗……可是各种事情……一群十六七岁的孩子……

"不行，小林你听我的，这事儿得告诉老师，让老师报警也可以，怎么能自己去抓呢？那个人骑着车，万一撞了人怎么办？再说了，几个小女生能去抓吗？"

"不光是女生，我们班和十三班找了十三四个男同学，里面有一半是体育生，我们踩好点，直接埋伏在旁边的小道里，那个人一出现我们就把他抓了。"

"不行，太危险了。"事情越听越大，何雨觉得自己的脑袋开始疼了起来，"小林，无论如何你们都不能这么做，要不就让你的同学们自己去报警……"

林颂雪的表情变得浅淡："报警了，警察还是会找家长的，到时候当着警察叔叔的面，让警察叔叔再顺便处理一次家暴吗？"

何雨顾不上想着小姑娘是在演个什么电影了，她抓住对方的手，快速地说："你听我说完！重点不是那些家长会做什么，是整个过程的风险太大！你们有必要为了那种人去承担风险吗？黑灯瞎火的，你们怎么确定要抓的人是那个人？你们怎么能保证在不受伤的情况下抓住他？而且，抓人都是要证据的……"

"按照你的说法，我们要等多久呢？我们告诉家长，让家长决定是否报警。真的报警了再让警察慢慢地抓？一个袭胸的流氓，没抢劫没杀人，如果他们不把这个案子放在眼里，对那些女孩来说，她们每天上学都要提心吊胆。风险我们不是没想过，男生们都会穿上护具，还会拿工具。"

明丽上挑的眼睛盯着属于"何默默"的脸，林颂雪慢吞吞地说："阿姨，你们这些大人，有时候真的很没意思。"

什么叫有意思？！

"拿工具那就是械斗了！说不定也会被抓的！"

"我回去了。"

上课铃响了，林颂雪也厌烦了何雨车轱辘一样的劝说，转身就走。

何雨一把捏扁了手里的空奶盒，什么懂事啊、成熟啊，这不就是一群熊孩子嘛！

空着的手扶着墙，何雨想自家默默了。

坐在回家的公交车上，何默默沉思着。

她今天跟桥西阿姨见面了。在于桥西阿姨的眼里，妈妈是一朵花，她曾经也是为自己而活的，她也拥有过最好模样的人生。

何默默低头看着自己的手，却像是看着一朵花，它失去了柔软水润，最终变成了深深扎入泥土中的根须，滋养着别人，这就是她的妈妈。

"喂，默默，你能不能想个理由来帮我请个假，再把我带出去啊？"

接到电话，何默默"哦"了一声，才反应过来妈妈在说什么。

"发生什么事情了？"

"没大事儿，你先把我带出去，有些事情在电话里不好说。"

此时是学校里的晚饭时间，何雨正蹲在学校大门的旁边，她观察了好一会儿，她发现自己是真混不出去，才找了女儿帮忙的。

有点心虚。

"好，我给班主任打电话。"

"行吧。你好好跟她说，别紧张，千万别紧张，你一紧张就容易露馅儿知道吗？别紧张啊别紧张。"

何默默觉得自己本来是不紧张的。

几分钟后，市一中高一（2）班的班主任任晓雪女士接到了一个电话。

"喂，您好，任老师，我是别紧张，不是，我是何默默的妈妈……"

何雨回家是为了换衣服，然后，她得去找那帮小孩儿，把他们都劝回家。

算算时间，现在默默应该在学习，只要够小心，就能在默默发现之前换好衣服溜出家门。

这么想着，进门的时候何雨手脚都放轻了。

何默默从厨房里出来，看见自己妈妈用自己的身体仿佛慢动作一样换鞋。

蹑手蹑脚慢慢得像树懒一样的何默默，跟老师说"我是别紧张"的何雨，好像差不多……何默默顿时觉得自己不心虚了。

"默默啊，你怎么跟老师请假的？老师问我'你妈妈最近是不是工作压力有点大'。"何雨从地上爬起来，先发制人，抢占对话的主动权。

本来不大的，都是你一直在说"不紧张"……何默默手背在身后，说："我就是表情有点紧绷绷，没别的……到底出了什么事情，你一定要请假出来？"

何雨还没想好这个事情怎么跟女儿说，看看女儿扎着围裙一副在做饭的样子，她心里还在纠结。

说实话，何雨并不希望自己的女儿掺和进这件事情里，事情就是这么奇怪，她可以欣赏少年人的勇气，可以鼓励其他人的孩子勇往直前，可以自己骂着熊孩子然后去想事情如何解决，却不想自己的女儿有一点点发生意外的可能。

何默默站在厨房门口看着她："我要做鸡腿饭，米饭已经做上了，你要是还要出去，那我等你回来再做鸡腿。"

"啊，我是得出去一趟，就是先回来换个衣服。你饿了就先吃，我大概晚上才回来。"嘴里说着话，何雨就要往卧室的位置走去。

何默默歪了一下头："到底是什么事？工作上出了什么意外吗？能不能我以你的身份帮你去解决？"

背对着女儿干笑了一下，何雨说："也不是……"

"那就是'何默默'的事情了。"成功排除错误选项，何默默得出了答案，"为什么是何默默的事情但你却不肯告诉我？"

女儿太聪明了就是糊弄不住啊。

何雨转过身，叹了一口气。

"太莽撞了。"十分钟后，坐在沙发上的何默默如此评价林颂雪他们的行为，"在马路上堵人这种行为能成功的概率太低了，而且只要对方发现了有人试图抓自己，有很大概率那人之后就不会再在那附近出现了……"

何雨满脸写着赞同："对呀，我跟小林她也是这么说的呀。唉，结果她不听我的，我也想过去告诉老师，但是吧，我也不过是听小林她说了这件事而已，没证据，找老师估计也没用。后来下课我去找小林都找不着她了，这孩子是真能跑啊。"

"所以你打算去他们可能去的地方找他们？"

"是啊，小林跟我说的是新河路，盖欢欢出事儿的地方也在新河路东头上，我估计他们就在那儿。"

听自己妈妈说着话，何默默从沙发上站了起来。她打开冰箱，从里面拿出来一包面包片，一片快速吃掉，一片还拿在手里。

何雨走进卧室想换衣服，却听见自己的女儿说："我和你一起去。"

"你去干什么呀？你在家好好学习，这些事儿你就别掺和了。"

"这种事情有个大人在场总是好的。"

"对呀，所以我去了呀。"

"妈，"何默默站在卧室门口，最后半块面包她要吃完了，"你看看，现在，你是小孩儿，我才是大人。"

何雨拎着脱下来的衣服想了好一会儿，说："行吧，你穿得暖和点，我怕河边有风。"

新河路离她们家并不算远，骑自行车二十多分钟就到了，打车反而要绕一点，因为新河路前面的那条路是机动车东向单行道，开车往西走得绕一段。

晚上六点多，新河路上冷冷清清的。作为老城区的一部分，这里原来有一家医院，周边住宅区的入住率很高，来来往往去河边散步的人也多。

后来医院搬走了，老旧小区里的住户们也陆陆续续搬走了，那所医院原来的所在地建成了一个商场，商场的正门开在了另一边的路上，只留给了新河路灰色的楼墙和小小的侧门。商场的生意不好，才开了五六年，老板就破产了，随着商场的关门，这周围也在方圆一公里外新开发的生活区的映衬下显得越发凋敝。

母女两个人走完了整条街后又折了回去，但她们还是没看见林颂雪他们。

偶尔有人骑着电动车路过，何雨都忍不住抬头去看，可这路除了外卖小哥就是匆匆忙忙的归家人。

"这条路上的岔道太多了。"走完一个来回，何默默说道，"那个人一定很了解这里的环境才会在这里作案的。按照妈妈你说的，林颂雪他们才十几个人，根本没办法把这些路口都守住。"

何雨点点头，她刚才光顾着找人了，还真没留神岔口有几个。

何默默回身，看向路的尽头："单排路灯，如果是晚上，学生们往西走，是走在没有路灯的这一边的，惊慌之下也就很难看清他的样子。有没有什么别的信息？比如，头盔颜色？电动车的外观？"

何雨想了想盖欢欢说过的话，说："有人说过是蓝色头盔，其余我就不知道了。"

何默默双手插在风衣兜里，说："林颂雪他们的计划设计得实在是太粗糙了，如果要抓人，就应该先多找机会观察这个人的运动轨迹，而不是贸然决定在某个地方堵截，地方不对，时间也有问题。

"你跟我说他昨天早上刚作过案，也不排除他今天早上一骚扰了其他人的可能，林颂雪他们并没有把握他今天晚上一定会动手，但是如果他的目标只是骑自行车的高中女生……明天后天是周末，学生们放假，他有两天不能耍流氓，说不定会因为这个选择在今晚动手。但这些都只是猜想，他们在条件不足的情况下就做出了判断，出错误的概率太大了……"

何雨在一旁听着，一开始她还认同得直点头，到后来她的表情开始变得奇怪，最后她抬头看着自己女儿："默默啊，你真是说得头头是道的，但是咱们遇到这种事，不是应该报警吗？"

"嗯嗯，报警确实是一个选项，但是这个得当事人报警。"何默默还在思考这件事，脑海中甚至有了一张新河路附近的粗略地图。

"走吧。"她对自己妈妈说。

何雨有点蒙，看着女儿拽着自己的手："去哪儿啊？"

"问问周围的店铺，看看有没有监控。我刚才观察了一下，新河路的两头都有监控，他这么谨慎地选了这条路频繁作案，应该是从岔道里进来再从岔道里出去，要是能在小道的店铺里发现他的行踪，大概就能推断出他的活动轨迹了。"

何雨："默默……咱们不是来阻止林颂雪的吗？我看你的架势怎么像是来提前踩点的？"

何默默看看自己的妈妈，眨眨眼，说："有吗？"

何雨一挑眉头："有！"

何默默有点心虚，小声说："来都来了，就看看嘛。"

哟，这还跟妈妈撒娇？她妈笑了："默默，这可不像是你会说的话啊，怎么就来都来了？你不一向都是目标明确，坚决执行的吗？"

何默默看着何雨，声音温柔了一点："妈妈，你陪我去看看吧？"

"只能看，一会儿小林他们来了你得帮我把他们劝回家，咱们就算真发现了什么也得先告诉警察叔叔。"何雨对自己的女儿三令五申，自认为态度强硬、语气果断，其实她的脚已经跟在女儿身后走起来了。

主路上都只是单排路灯，小路上的灯就更少了，暮色四合，路灯逐个亮起，何默默在一家小超市的门口发现了一个摄像头。

何雨走进超市买了两包牛奶，结账的时候，她说："您好，我们家的狗今天早上六点多在这周围丢了，你有没有看到一只这么大的小泰迪？"

"小狗？"店主人摇摇头说，"早上六点我们还没开门呢，那么早，这条路上除了上学的学生都没什么人……"

女孩甜甜地笑了起来，说："还是要麻烦您一下，我看您这里有监控，早上是开着的吗？"

说话的时候她拿起了柜台上的一盒木糖醇，也要结账。

"有是有，哪天早上六点啊？我这儿的监控一般是不给人看的……"

何雨充分发挥青春少女的甜美可爱，说："昨天早上，大概是六点十分到六点半，谢谢您这么热心地帮我。"

没有。

这条路很窄，架设在小超市门口的摄像头足够照到路对面，空荡荡的小路上果然只有几个人走过。

"唉，这条路没有，还得找别的路，默默啊，要是到处的监控里都找不到，你说怎么办呢？"皱着眉头喝着牛奶，何雨觉得他们这个法子跟大海捞针也差不多了。

何默默倒是很平静，她扔了两粒木糖醇在嘴里，说："那说明他是专挑了没有监控的路段来作案，如果是这样的话，那我们搜寻的范围也就更小了。"

……

"这条小路应该是没有监控了。"说话的时候何默默捶了捶腿，一条路一条路地走，一家店一家店地查和问，她们已经在这周围绕了快两个小时。

何默默脑子里还是刚刚记下的路线，嘴里念念有词："虽然我们不知道那个作案的具体位置在哪里，但是现在可以排除的有监控的小路有四条，剩下的三条里，两条在东侧，一条在西侧。也就是说，他的路径应该是东边两条中的一条和西边的一条，正好跨过了整个卖场，为了逃跑方便，他下手的位置应该是这个卖场两侧……妈妈，咱们一会儿再去这三条路上看看吧。"

何雨长出了一口气，说："你是想靠算数把人抓住啊？"

何默默面无表情，只有嘴皮在动："警察也是根据嫌疑人的行为模式建模，来推断他的行为，问题是我们知道得太少……"

何雨觉得就算自己没走晕，也得被自己女儿给说晕了。

"你说小林他们能去哪儿了呢？"

听见妈妈的问题，何默默咽了嘴里的米粉想了想，说："可能，是在找地方'练兵'吧。"

"练兵？这是什么？"

何默默喝了一口汤："'要在案发现场抓人'这件事，我看到的是'案发现场'，林颂雪看到的就是'有没有足够的能力抓到人'，这种能力局限于人类。"

何雨想了想，笑了："小孩儿就是小孩儿，要我说呀，一鼓作气把人拉来埋伏上，虽然在这儿待着是熬人，但是来都来了，大家还是想干事儿的，把人弄去了别的地方真搞了什么'练兵'，小林她那儿就弄不来几个人了。"

中年女人的脸上是惊讶，她看着面前的"女孩"，问："为什么呀？"

"为什么？有句话怎么说的来着，一鼓作气，再而衰，三而竭，是吧？一群小孩儿，凭着一股义愤说要来抓人，真折腾起来了，脑子也就动起来了，'我能抓到吗？我受伤怎么办？今天那人就能出现吗？'……"

何雨摆摆手，吃了个煎饺，说："有些人一动脑子就露怯了，到时候再找个理由溜了，只要有一个人走了，其他人的心也就散了……"

她说得随意，脸上还带着调侃孩子的笑。

何默默却越听越认真。

太阳还挂在西面的时候，桥西阿姨告诉她，她妈妈是最绚烂的一朵花。

现在，她的妈妈也是一朵花，同样美丽，有岁月沉淀出的香，还有智慧……在生活中与人打交道而来的智慧。

曾经的她却从来没有注意到这些。

"怎么了？你不信啊？"何雨看见女儿面上没有表情，还以为她不信自己说的，"别以为你妈妈我就一点儿也不懂年轻人，妈妈年轻过的，倒是你们，才活了几年，见过几个人啊？"

"不是。"何默默抬头看向何雨，"我是在想，妈妈，你真厉害。"

"嘿嘿嘿，哎呀……"刚刚还一副智珠在握的样子，何雨突然就害羞了，甚至把头转到一边，"你这是笑话妈妈呢？"

"没有，我说的是真的。"

小店里的灯光微黄，照在哪里都透着暖意，何默默目光真诚。

何雨笑了，这次不是掩饰性的略带夸张的笑，她面带微笑地站起来，说："我去弄辆共享单车，你在路口站着，我骑车进去了看见有什么不对就打电话给你，不然我就开着视频，你这双腿明天还得站一个白天呢。"

没人比何雨更明白站柜台的辛苦。

这是妈妈的腿，何默默摸了摸，只能点头说："好。你，你也别太累。"

"说什么呢？我现在用着你这个十来岁的小身板，就不知道什么是累。"

骑自行车这种事靠的就是肌肉记忆，何默默不会骑自行车，何雨用着她的身体就有些艰难，最后在一个路口发现了一辆共享电动车，何雨骑着这个倒是觉得挺顺手。

"你妈我以前还骑过大摩托呢，一块儿玩的朋友中还有人骑了辆特帅的大哈雷。"

看着自己的妈用自己的身体单脚撑地仿佛是驾驭着一匹悍马，何默默努力做到了面无表情："这样你能轻松点，注意路况。"

"放心。"

过了晚上九点，小道上越发静谧，何雨庆幸自己找了借口让女儿没有再跟进来，她的表情变得谨慎起来，每次停下车子观察店铺门口的时候都要留意一下后面有没有人或车。

老旧的小区里亮着一盏一盏的路灯，何默默站在路口，抬起头看向那些灯光亮起的地方。

这些小区几乎没有什么物业，顶多有个看大门的老大爷，人员成分也相当复杂……从一开始何默默就怀疑过作案者是这里某个小区的住户，足够近的距离方便他把周围的情况都摸排清楚，只可惜这些小区门口都没有监控。

"妈妈，你到了路的另一头不要折返，转到那边的大路上再从西边那条路出来看看路上有没有监控。"

挂了电话，何默默走进了一个小区。

四十多分钟后，何雨骑着电动车转了回来："我往东边和西边都看了看，西边离着十字路口很近，那儿就有监控，西边到东边中间这儿并排着几家做头发的、开饭店的，理发店的门口有摄像头对着街面，但是现在关门了，有一家饭店挺大，他们的监控主要是盯着停车场。这边正后面的位置就是东边这两条道中间，也有监控。"

何默默左右脚换着撑着身子，整个人看着摇摇晃晃，手指在车座上画了一个直线条组成的勺子形："如果这个人真的是在小心地躲监控，那么他能够选择的路线只有这一条，就是早上的时候从西边那条没有监控的路过来新河路，作案后走到东边第一条没有监控的路，然后往东边逃逸。

"同理，晚上他先移动到东边第一条路，再到了新河路，再往西边逃走，因为那条路的另一头有监控，其实是没有让他继续逃跑的路径的，但是他还敢在晚上犯案的话，就一定是有什么条件让他很自信地可以躲过别人的追查。"

说完之后，何默默皱起了眉头："我掌握的信息太少了，只能从我们目前获知的信息得到一个结论，以这个结论作为推断的条件……但是这个结论是否正确，我并没有十足的把握。"

"哎呀，你先别又把话头转回去，你刚刚说什么信息很自信是什么意思？"何雨急了，女儿前头说的她一知半解，最后这句精华怎么就吞了呢？

何默默的嘴唇抿了起来："我现在得出的推论太绝对了。"

"绝不绝对你先说出来，咱们俩在这儿晃了一晚上了，就算是踩点都踩透了，你好歹得告诉妈妈，咱们这一晚上忙出了个什么事儿啊？"

何默默微微低下了头，低声说："我怀疑，他就是西边那条道某一家店铺或者企业的员工，还是早晚在工作地都没有人怀疑的职业，比如……保安。"

"保安？"

何雨猛地想起来西边那条街边有一个小公司，她们借着找狗还去问过监控的事情，那位保安的回答是监控坏了半个月了一直没人管。

好像后颈的一根筋被拨动了一下，何雨脖子一麻，她理解了为什么女儿的表情变得那么严肃。

"宝宝，咱们不用推得这么仔细，你这……"

"不充分的条件在绝大部分时候会导向错误的结论，但是也有极少数……在物理学和数学上存在着各种猜想，它们都是从不充分的条件中得出的，在漫长的时间里人们要证明它们是或者不是。"

何默默不知道这个话是说给妈妈听的，还是说给自己听的，她想说自己一定算错了，又觉得有那么一点点的可能是正确的。

可这次的正确或者错误影响的并不仅仅是分数或者排名。

她才十六岁，她害怕了。

她的这种害怕旁人很难察觉，他们只会以为这个女孩的面无表情是骄傲和笃定、是得意和不屑，除了她的妈妈。

何雨将一只手放了何默默的肩膀上。

"没事儿，默默，既然这事儿已经起了头儿，咱们也不差这一步了，你有没有什么法子能证明那个保安就是流氓啊？"

"车……他的车应该放在了他的工作地，还是比较隐秘的地方。"

"还有吗？"

"作案人很大可能就住在这附近。还有你之前跟我说的，他应该喜欢看到女孩受到惊吓的样子，如果女孩在他面前受到惊吓，他应该会笑。"

说实话，何雨被最后一句话恶心到了。

再一想这个人可能之前还和她们说话了，她甚至想吐，但是在女儿的面前，她要表现得泰山崩于前也面不改色。

她的一分胆怯，在孩子的心里就可能放大到整个崩盘。

"没事儿。"她又对自己的女儿说了一遍。

"一开始就觉得是你们，我还以为是我看错了，没想到真的是你们。"清亮的声音从两个人的身后传来，伴随着自行车的刹车声。

是林颂雪。

也不只是林颂雪，她身后还跟了两个女孩和三个男孩，都骑着自行车，他们都抬着头看着路灯下的母女俩。

居然还能带了五个孩子过来，何雨发现林颂雪这小姑娘在孩子里还真是挺有号召力的。

在一声声的"阿姨好"里，何默默不自在地点了点头。

何雨半边身子挡在女儿的面前，说："默……我……林颂雪，你来，我们跟你说点儿事。"

两分钟后，坐在山地车上没下来的林颂雪眉毛挑了一下："那照你说的，我们只要盯着那个保安就行了，拿个望远镜守着他，看他会不会骑着电动车出来不就行了。"

　　何默默连忙说："这只是我的猜想，条件一点都不全……而且我一点都想不明白，他一个流氓为什么做事要那么小心，他几乎是用尽一切力量去躲避监控，在逻辑上有太多漏洞了……"

　　"反正只是盯盯人，也不费什么事儿，总比我们到处瞎找要好。"林颂雪低头笑了一下，有些无奈的样子，一点都不像白天面对何雨的时候那么自信满满，显然，这个晚上她也过得很"充实"。

　　也不知道林颂雪跟那些少年都说了什么，他们甚至没有要求再听听各种解释和推断，很快就分配好了盯梢的工作。

　　何雨再次觉得小林姑娘真是了不得，当然，最厉害的还是她家默默。

　　"马上就要放学了，我们先去准备一下。"

　　林颂雪显然也知道校服扎眼，几个人都是换过衣服才来的。

　　看着他们消失在路灯下的街口，何默默深深地吸了一口气，春天河水的土腥气灌进了她的肺里。

　　"别怕。"何雨握紧了那只冰凉的手，"他们做的事情比我们预期的好多了，这都是因为你提供了一个思路，不对也没关系，怎么样都没关系……唉，我估计今天晚上这人也不会出来了，我先去把电动车还了。"

　　充电桩在东边几百米外，何默默要陪妈妈一起去，被拒绝了。

　　"晚上回家你的脚得好好泡泡呢，别跟我折腾这一趟。"

　　骑上电动车，何雨把女儿留在了原地，独自骑出去二百米，衣兜里电话响起，她停下车掏出了手机。

　　"那个人出来了！黑色头盔灰色电动车，我们都拍下来了。"

　　妈呀！还会换头盔，默默真的猜准了！

　　"嗯，很好，赶紧报警！"

　　惊喜之后是满心的畅快，何雨长出一口气，心里也有"今天老娘干了件大事儿"的舒爽。

　　何默默站在街边，目光不自觉地看向了西边的路口，如果她猜对了，很快那个人就会从这个路口出来，转移到东边的小路上，在新河路上伺机尾随自东向西回家的女学生，然后躲回到他工作的地方。

　　黑色头盔出现在路口的时候，何默默眨了眨眼，一度以为是自己的幻觉。

电动车在她的视线里缓慢行驶，她只觉得自己浑身的肌肉都绷紧了，好像动也不能动。

突然凝固的脑海中，一个问题在挣扎：他为什么走得这么慢，他不是应该常速行驶转移位置吗？

何默默觉得自己的动作比树懒还慢，她转头看向东边，寥寥的行人和车辆，骑着自行车赛车似迎面冲过来的男高中生，还有……背对着她的，妈妈。

"妈！"

听到自己惊叫声的时候，何默默已经冲出来了几十米，她甚至都没有意识到自己在奔跑。

"妈！"

何雨隐约听见了女儿的叫声，转身，先映入眼帘的是一个加速的黑色头盔。

这样挠不着脸呢。

心头一热，何雨发动了电动车。

"砰！嘭！"

有人连人带车摔在了地上。

何雨挪出被电动车压着的腿，扑到另一边倒地的电动车上对身后赶来的孩子们大喊："给我把他摁住了！"

深夜一点半，何家母女从派出所出来，坐在林颂雪家车的后座上，手拉着手。

林颂雪也不想说话。

这一天过得太刺激了。

"居然是逃犯。"何默默大脑空白，表情迟滞，"难怪他要那么谨慎地躲监控。"

握住她手的那只手紧了一下。

"你别……算了，你妈我现在没脑子跟你绕了。"

林颂雪抬头看看后视镜，说："要不是提前拍下了照片作为你是想抓流氓的证据，你直接跟人电动车对冲……"

何雨一捂脑门儿，她就是血上头了。

总之，人是抓了。

在何雨、何默默和一群孩子竭力要证明这个人是个袭胸流氓的时候，也在警察叔叔表示流氓也会因为多次犯案加重处理的时候，警察阿姨对着电脑很惊讶地说："这是逃犯啊，抢劫……"

沸腾的场面立刻被冻住了，到现在都还是冷的。

"啊，从早到晚这一整天，我这是做了一件什么大事儿啊？"何雨突然回过神来似的，"我这是直接抓了个逃犯啊！

"默默！默默咱娘俩干了件大事儿啊！"

何默默看着"自己"兴奋的脸，表情还是有点呆。

"快点，赶紧笑一个。"她妈妈说。

何默默笑了一下，然后又一下。

从来仿佛什么都能掌握在手里的女孩，此刻，她脸上的笑容越来越大，眼眶里有眼泪也被她妈妈用手擦掉了。

"我的女儿真是太棒了。"

"是我的妈妈太棒了。"

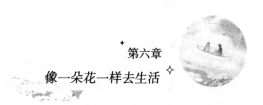

第六章
像一朵花一样去生活

/她的妈妈和她一样会仰望星空，会对着星星的光辉生出无数的梦想。这真是，太好了。/

"我跟你说，我们能抓着人都是靠默默，你知道吗？哎呀，她走了一晚上，一个监控一个监控地查过去，然后各种算啊，想啊，就想出来那个臭流氓是一家小公司的保安……哎呀，我跟你说，警察都愣了，她一个人靠着一个脑子就能把一个逃犯给找出来，你说，我家默默是不是太厉害了？"

周六早上七点半，何雨上厕所，顺便给于桥西打电话。

卫生间的地都被她随手擦了两遍，电话还没打完。

于桥西在电话那头强打精神："你车轱辘话说了两遍了，知道你女儿厉害了。"

何雨一边冲拖把一边说："你说我从小到大，什么时候得到过警察叔叔的夸？昨天那警察小哥就一个劲儿地夸我你知道吗，哎呀！"

何默默起晚了，昨天太累，晚上一点半回了家，洗脸都是被妈妈催着洗的，躺在床上就睡了过去，一睁眼天都大亮了。

迷迷糊糊走到卫生间门口，她就看见妈妈一边擦洗手池一边笑。

"妈，你手上伤还没好呢，别擦了。"

于桥西听到了，连忙问："你哪儿伤了？"

何雨笑到一半，直接把电话给挂了。

"这小伤都不留疤的。"属于"何默默"的手臂上缠着纱布，是昨天何雨英勇对冲之后摔倒着地时手臂上所受的擦伤，伤口还是在派出所里，何默默跟警察姐姐要了纱布和酒精包起来的。

何默默直接抽走了她手里的抹布，自己放在水龙头下洗，说："不留疤也会疼，正好你今天休息一下。"

在这一瞬间，何雨有些恍惚到底谁是妈。

低头看一眼"手表"，上面是个"19"，她心想，处心积虑想要换回来的时候，数字不降反涨，现在不过是和女儿一起做点儿什么，数字就"哗啦啦"地往下降，何雨算是被磨得没了脾气。

"默默呀，这样下去，过了'六一'咱俩就能换回来了。"

何默默把洗好的抹布拧干挂起来，说："嗯，我把昨天的鸡腿做了当早饭吧。"

对十六岁的何默默来说，她的做饭水平和菜谱储备仅能达到让自己饿不死的程度，之前的炒肘子片儿是别人现教的，这次的鸡腿饭也是她昨天看做菜的视频学的。

"默默啊，昨天那些小孩儿真是太有意思了哈哈哈，一开始以为抓了个流氓，个个激动得不得了，一听说是个逃犯，我的妈呀一个个跟小鹌鹑似的。"

何默默站在距离灶台一米的地方观察锅里被煎制的鸡腿肉，说："我也一样啊。"

"哈哈哈，别说你了，你妈我也是……"昨天好一阵都睡不着的何雨觉得自己的女儿别看经常见到个人就大惊小怪，遇到大事儿时她着实长了颗大心脏。

笑着笑着，何雨叹了口气，说："妈妈后怕呀，那个人是冲着你这小身板来的，他要是拿个刀……以后这种事儿不能再干了，我昨天半晚上都在后悔不该让你过去……"

"我本来就没想当场抓住他。"何默默在厨房里转着圈儿找蚝油，何雨跟她说在油烟机顶上的柜子里。按照比例放了蚝油，她接着说，"昨天如果你避开了，我觉得以他的谨慎程度，他有大概率立刻逃离现场……"

"唉，我就说我是脑子充血了，以后啊……"

"妈，不是的，有很多种可能，因为他很谨慎，所以他可能很快就发现林颂雪他们在追他，他可能会在这个周末离职，去别的地方继续伤害别的女孩，是你阻止了这一切的发生。"

何默默小心地往锅里倒水，说话的表情都变得严谨了起来："整件事情的每一个环节都超出了我们的预料，在最后能有这么一个好的结果，是因为你足够勇敢。"

何雨又害羞了，从昨天到今天她都得到了女儿多少顿夸了呀？

"嘿……默默，你这说话水平真是……嘿嘿……你要做蛋炒饭？我给你扒葱。"

"葱我准备好了。"

"那我干点儿啥？"

"妈妈，你能不能像你做饭时候的我做的那样，安安心心坐下？"

"哦。"屁股落在椅子上，何雨才意识到自己刚刚又上头了。

所以说，让她当孩子就是这么不好，说着"冷静冷静"，一不留神她的心就野了。

家常版的豉油鸡做好了，何默默打了两个鸡蛋开始炒饭，很快，切成条的鸡肉裹着酱汁摆在炒饭上被端上了桌。

"剩下的饭晚上我给你做个稀饭吧？"大口吃着饭，何雨问女儿。

"你手不好，晚饭我买回来，或者你有想吃的就订外卖。"

何默默坚持去上班，何雨也拦不住她。何雨坐在家里的沙发上，看着女儿忙里忙外准备出门，她自己都不知道现在自己的脸上是笑着的。

这时，她的手机响了，是"何雨"的手机响了。

有人在高一（2）班的微信群里"@"了何雨。

"何默默妈妈，昨天晚上你们何默默干了件大事啊，派出所都已经通报到教育局了，你们家默默见义勇为，骑着电动车直接冲向了犯罪分子，哎呀，还是个在逃的抢劫强奸犯。默默还好吧？没受伤吧？"

看完手机上的消息，何默默后退了一步。

"妈妈，这个手机今天放在家里吧。"

何默默没想到这件事情这么快就被人知道了，她怕死了别人对自己问东问西。

何雨一看女儿那脸色就想乐，她摆摆手说："不用这么麻烦，我登了这个微信号慢慢回复他们就行。"

何默默答应了，去上班了。

何雨捧着手机，噼里啪啦地打字："其实昨天是我陪着默默去的，我家默默那是有勇有谋，她听说那边有个流氓，就想帮忙查看看……"

现在很信任自己妈妈的何默默根本不知道何雨对表扬她这个事儿多有瘾。

也不知道，很快，"何默默"这个人在家长群里就成了"孔明再世，吴用重生"。

这一天，何默默也过得比平常辛苦，腿疼是一回事儿，有记者不知道从

159

哪里知道了"何雨"的电话，想采访一下"七个高中生深夜抓住逃犯"这件事。

何默默的头发都快竖起来了，连着拒绝了两次，后来看到陌生的电话她根本都不敢接了。

中午的时候订好了午饭，她干脆就把手机关机了。

下午下班，何默默打开手机，下意识闭上了眼睛不看那些"叮叮叮"弹出来的通话信息。她吞了一下口水，小心地打开信息看了一眼，看见一个电话来自"妈妈"。

是何雨的妈妈，她的姥姥。

下午一点五十分，隐约听见有人敲门，正在副本里跟 boss 激情厮杀的何雨摘下耳机，站起来去开门。

"默默呀，是姥姥。"

何雨特别后悔，她就不该出刚刚那声儿。

打开门的时候，她深吸了一口气。

"姥姥，您怎么来了？"

"过了清明你就没去见姥姥，姥姥就自己来看我们家宝贝默默。"

何雨的长相精致明丽甚至到了有攻击性的地步，她的母亲韩秀凤韩老太太却是白净斯文的长相。

老太太六十多岁了，脸上皱纹寥寥，头发染得黑亮，穿着纯色的上衣长裤，踩着黑色的皮鞋，总会被人当成是退休的老教师。

可事实上正相反，当年韩老太太十八岁就进了国营工厂当女工，认识的字还没一个车间里的人多，只是她说话细声慢语一副从来不会与人起争执的软样子着实具有欺骗性，就骗来了当时二十四岁就已经是工厂外销科副主任的何先生，两个人认识没多久就结了婚。

何先生长相英朗，为人豁达，又步步高升，在韩女士人生的中段，她一直认为自己这一辈子最大的"盼头"就是嫁了一个好男人。后来国企改革，何先生拿着分到的钱回了家，韩女士更觉得自己的人生已经圆满至极。

然而人们永远不知道，幸福和死亡，究竟谁先到来。

如今六十多岁的韩老太太跟自己的女儿势同水火，唯一跟她亲近的亲人就是她从小带的外孙女。

"最近默默是不是瘦了？你得让你妈多给你做点儿肉吃知道吗？"

"知道，放心。"

何雨跟自己的妈妈十来年没正经说过什么话了，上次打电话的时候就浑身难受，现在见了真人，她还一口一个"宝贝"地叫自己，何雨觉得自己能出的声儿都是梗着脖子从嗓子眼里硬挤出来的。

"姥姥今天早上就开始忙着给默默做好吃的，人老了，干不动了，本来想包好了，你正好中午吃，没想到包子出锅都一点了，这是我包的野菜包子，放了猪肉。"

"你妈不在家，你吃中午饭了吗？"

"吃了。"

其实没吃，早饭就吃得比平时晚，又吃得多，何雨现在一点也不饿。

"那你也得给姥姥腾出半个包子的地方来。"

年轻时候在工厂工作的经历让韩女士白净的手变得粗糙，她用这双手掰开了半个包子放到了"外孙女"的面前。

"来，默默，尝尝姥姥这次包的包子是不是和以前一样好吃？"

何雨接过这半个包子。

在何雨小时候的印象里，她的妈妈并不擅长做饭，在工厂上班的时候都是吃食堂，连她放学之后都是跟着去工厂的食堂吃饭，一直到工厂改革，爸爸买了传说中的商品房，妈妈不工作后才待在家里开始做饭。

但她也仅限于炒个菜、做个汤，做饭的水平其实跟现在的何默默差不多，吃的包子馒头甚至饺子馄饨，都是从外面买回来的。

她是什么时候学会了做包子的？何雨根本想不起来，只记得周末把默默送去，再接回来的时候，手里就会多了一些包子饺子。

"默默呀，你跟你妈妈说了吗？暑假的时候去姥姥家住？"

捧着包子的何雨抬起头，看见自己的亲妈一脸殷切道："上姥姥家住，姥姥天天给默默做好吃的。"

"离暑假还有好几个月呢。"

"你早点儿跟你妈说。"

说什么呀，默默根本就没提这个事儿。何雨压下心里的烦闷，她不喜欢看见自己妈妈的这个表情。

从来不喜欢，或者说，厌恶。

食不知味地吃了半个包子，何雨说："您还有别的事吗？"

"有啊。"韩女士把她带来的布兜卷起来双手抓着撑在腿上，探身小声地对何默默说，"默默呀，我给你妈介绍个对象好不好？

"跟你这个孩子我也不多说了，等着你妈回来你跟她说，让她明天去找我一趟。唉，你说我这都六十多岁了，谁到了我这个年纪不是在享儿孙福啊？就你妈，一个劲儿地让我操心。"

何默默的姥姥韩女士叹了一口气，站了起来。

"行啦，默默，你去学习吧，姥姥一会儿就走了……"说着话，她走向了何雨的卧室。

"这两件衣服都还没洗，床单也该换了吧？你妈天天说把你照顾得挺好，你看看她这家里的卫生都收拾得马马虎虎……唉，这女人啊，离了男人，自己过日子都是糊弄的，默默，你妈要是问你她再找个好不好，你千万得说好。

"姥姥知道你长大了什么都懂，你放心，你姥姥我肯定都想着你，现在结婚都可以签个什么东西，合同啊？到时候你妈先跟人说好了这个房子留给你，以后你要是再有了弟弟，大不了就让你妈把那套门店给他，我呢，我老了之后我那套房子也给你，好不好？"

何雨没说话，她的亲妈仿佛把一切都已经考虑得清楚明白，只等她点个头，明天就可以去领结婚证了。

"你……您，您介绍的对象什么样啊？"

老太太拽床单的手停住了，转身看了看"外孙女"，她笑着说："我能给你妈介绍个差的？我跳舞的时候认识了一个姓孙的老太太……我是真不该跟你说这些……那个姓孙的老太太有个外甥，四十六七了，一表人才，又会照顾人，听说他给他老婆下葬的时候把自己的坟场都备好了。这个人不爱说话又会疼人，有点像你姥爷年轻的时候……"

韩老太太一屁股坐在了被掀开了床单的床上："你姥爷多好啊，除了死得早就没毛病。我看男人的眼光真的比你妈是强多了，那时候厂子里那么多男的喜欢我，我就一眼看中了你姥爷……这就是，看得准人，看不准命。"

何雨闭上了嘴。

想要装好她女儿不难，不说话就像了七八分了。可她就是忍不住。一个死了老婆之后一心想着以后合葬的男人，这就是她亲妈要给自己的"好男人"？哪儿好了？哪儿像她爸？

"默默啊，你妈唯一比我好的地方，就是她的女儿比我的好。生了我们家这么好的默默……"

韩老太太转身又去解被套，嘴里说着一会儿就走，却还是在唠叨个不停。

何雨站在门口，无声地长出了一口气。

她是不喜欢听这些话的。

何雨一直都觉得自己这个妈是世上最会说话的人，仿佛没人比她更善良，没人比她更周全，也没人比她更苦命，可实际上呢？

何雨想静悄悄地走开，她妈想收拾想表现也是给默默看的，可她又觉得自己想说点儿什么。

这是她的家，她在这儿听着女儿对自己哭，也在这儿擦掉了因为热血上头而流的血，她的家从来没有像最近这样，给她带来了勇气。

让她觉得自己可以借着女儿的皮囊，说几句想说的话。

她说："您不用这么为她着想，您照顾好自己就行了。"

背对着"何默默"的韩老太太大概是笑了："我不为她想我为谁想啊？我倒是不想为你妈再想了，可你看看你妈，从小到大什么时候让人省心了？她这个当妈的，老公跑了，孩子也不管了，把你扔在我那儿一年，这是一个当妈的能干出来的事儿吗？

"我一直跟她说不用在商场上班，用你姥爷留下来的铺面开个小饭店，她听了吗？还有……默默你这么听话的孩子，我一直跟她说让她赶紧再找个男人，照顾她也照顾你，她就是不愿意。唉，这都十多年了，之前别人给她介绍的都还是什么科长啊，经理啊，现在……没给她介绍个要退休的糟老头子就不错了，当年我找了个男人要再嫁，她跟我闹，我让她找个男人，她自己又不愿意。"

这就是她们母女俩翻不完的陈年旧账，二十岁的何雨不懂为什么妈妈能在自己还在赶路的时候就把爸爸给火化了，现在的何雨已经明白了，妈妈只是想让自己过得舒服一点而已。

——她的老公死了，有人闹着要做主，她就赶紧火化了不烦心了。老家的人来要钱要东西，她也给，反正不是自己赚的，留点儿家底养老，能让人别闹就行。

她女儿离婚了她看着不顺眼，就总想着女儿赶紧再嫁出去。

"不是不让您再找，我……老家那些人会给您介绍一个好人吗？那个男人家里是干什么的您还不知道，光是谢礼钱就已经给了一万多，本来就没有多少钱的家底了，您生怕……您生怕别人不知道您是个有点钱的寡妇吗？"何雨哽着嗓子说。

"默默，你妈这都跟你说了些什么呀？哎呀，何雨她真是……你妈……"韩老太太把被套往床上一扔，一副被气到的样子。

"你姥爷去世的时候你妈才多大呀，她知道什么？跟你姥爷一起合伙赚钱的人找上门说赔了钱让我掏，是你表舅他们把人撵走的，我既然承了人家的情，那别人说的话我也不能不听啊，再说了他们的话也有道理，你妈是个女儿，又小，见不见……"

何雨在压制自己胸中喷薄的怒火，不能闹，她现在是何默默，姥姥对默默总是不错。

就算今天闹开了，错的也只能是"何雨"。

"算了，我说错话了，您别放在心上。"

说完，她后退了一步，在各种意义上，她都后退了一步。

闹开了又有什么用呢？眼前的这个人是她的亲妈，将来她要给她养老送终的，等着默默去了北京或者上海，甚至出国了……老太太的身子估计也没这么好了，她还得养着自己的亲妈。

难道还能一辈子不见？还要每一次见了都分出个是非对错？明知道分不出来，也说不明白，只会留下一个接着一个的疙瘩，那就稀里糊涂处下去吧。

她终究没有办法做到自己女儿的直率和勇敢，她说到底还是林颂雪口里那个糟糕的大人。

可，怎么还是恨呢。

手臂上传来阵阵的刺痛，是何雨不小心抓了上去。

坐在床上的韩秀凤捂住了眼睛，说："默默啊，姥姥只剩你了，你妈她……她怎么能这么说呢？她跟你这么说，她是不想让我活了吧？"

"呲！"是一把刀扎进心里的声音。

何雨听见了，那把刀就是扎进自己的心了。她动了动嘴唇，愣是没说出一个字来。

"默默，你说我这辈子活了个什么？嫁了个男人，刚过了几天好日子就没了，生了个女儿，她想让我死呀，她就是想让我死呀，自从她爸死了之后她就看不得我还活着了……"

"您别这么说。"何雨终于听见了自己发出的声音，是涩的。

韩秀凤抽泣了一声，提着嗓门儿说："我找个男人怎么了？啊？她书也没读好，说是要去唱歌又从上海跑回来了，还被人骗了钱，我能指望她养我吗？她后来就连生了你她都不养，你爸走了，她把你扔给我那她管过吗？

"你说我不找个男人，我怎么办？我能指望谁？！人家给我介绍了人，我们都谈婚论嫁了，给的就是个谢媒钱，我那时候都想好了，我把我住的那

十六和四十二

套房子给陪嫁了，再带一个铺面糊口，剩下的都留给你妈，我想着她了，她有想着我吗？她和那个于桥西直接把人给打跑了。"

何雨深吸一口气，她都能感觉到自己的身体在颤抖，纯粹是被气的："你怎么每次都能先说别人呢？我……"

当年她从上海回到家里，看见的是家里摆的花瓶都被人给抱走了，疼自己的爸爸变成了骨灰盒里的一捧灰，号称什么都包了的表舅拿了一万块钱说是买坟地，结果再回来的时候一身的酒臭气。

她的爸爸死了，就像是一只倒下的狮子，所有的兀鹫和鬣狗都想要吞掉他的肉，那时候她的妈妈在干什么呢？她妈妈穿了条白裙子在哭，哭自己，哭命运，哭臭男人说走就走，哭自己只有一个撑不起家的女儿。

妈妈一哭，别人就骂她，骂她回来晚了，骂她一回来就添乱……

韩秀凤哭了很久，抖着手抽了纸巾，才说："默默呀，你可不能不管你姥姥，你妈是想让我死啊，她是想让我死啊！"

"是谁想让谁死？一直想缠着男人还不够，现在还要缠着……"

门口传来轻响，何雨一边说一边转头，看见"自己"正站在门口。

何默默是打车回来的，她怕姥姥和妈妈吵架，没想到回来一看，却是比自己想象中最糟糕的场面还要糟。

姥姥在哭，妈妈顶着自己的身体在凶……

"你、你跟她说别哭了。"何默默小声地跟妈妈说。

何雨笑了："你是让我劝她？哄她？"

"不是，"何默默努力想着言辞，"总不能让姥……她一直哭啊。"

"为什么不能啊？啊？"何雨觉得现在这一幕真是太熟悉了，她妈妈哭，别人就让自己劝她别哭了，谁都一样，默默也一样。

能不一样吗？默默早早地就被她姥姥当成了一辈子的指望，可不是得牢牢抓在手里？

在一瞬间愤怒到了极致，何雨又慢慢地冷静了下来，像是一根针在她的心里扎了一下，里面的东西"轰"的一声，以为会炸出个红的黑的血的肉的天女散花，没想到，里面竟然是空的。

当年轻人真的不好，容易热血上头，也容易怒气上头。

何雨笑了，这次笑得就更好看了一点。她说："没事了，我劝她。"

"请注意，倒……"在这个声音响起来之前，一个人一把拽住了她，然后抱紧了她。

是现在的"何雨"。

是她的女儿。

这个拥抱带着外面阳光的气息，带着出租车里复杂的气味，带着她们母女用的同款沐浴液的香气，带着她女儿的温度。

"妈。"何默默把嘴唇凑到"自己"的耳边，她希望自己的声音小小的，没有被别人听见，她也希望自己的声音大大的，能把什么东西直接震裂。

"妈，我说错话了，对不起。交给我，你什么都不用做了，交给我就好，没事了。"

韩秀凤抬起头，就看见自己的女儿抱着自己的外孙女。

她一下子就哭不出来了，看着"何雨"，她擤了一把鼻子。

"何雨！你到底教了默默些什么？啊？你对你妈我到底是有什么深仇大恨？你要跟孩子讲那些话？你是想她也恨我是不是？"

"没有讲什么，一直就只是教了做人的道理。您别哭了。"何默默的大脑还在努力分析现状的情况，同时努力把妈妈挡在身后。

从小妈妈和姥姥吵架都是关着门的，等着她们吵完了，姥姥就会对自己更好。

何默默从来没想过这是为什么，这也是她第一次直面姥姥的愤怒。

现在的姥姥把自己当成了妈妈，姥姥的怒火像是干枯的老树藤，坚韧而粗糙地直接抽打了过来。

其实真的很疼。

"你以为我愿意哭啊？何雨，你自己都当妈这么多年了，你怎么还是一点都不懂事呢？你怎么还能对默默说我的坏话呢？"

"没有。"

何默默说的是实话，她妈妈从来没有说过姥姥的坏话，可姥姥呢……一些似是而非的抱怨，一些贬低妈妈彰显自己功劳的话，伴随着那些充满了关爱的日常，在这一刻想到那些，何默默突然感觉到了一些割裂。

此刻，她的手还抓着妈妈的手臂。在她一开始抱紧妈妈的时候，妈妈是在颤抖的，她很庆幸现在的自己能够察觉到妈妈正在感到痛苦。

是什么时候呢？在她看不见的地方，姥姥和妈妈已经产生了这样尖锐的矛盾，明明之前有那么多能够发现的机会，她却视而不见。

心中的困惑让何默默的表情变得冷淡而平整，同时她也知道，首先要解决的是当下。至少现在，无论对错，妈妈作为"何默默"和真正的"何雨"是所有糟糕情绪的接受方。

何默默让自己站得笔直，在这个时候她要成为一堵墙，阻止姥姥和妈妈的互相伤害。

"没有人说过关于您不好的话，她和您说的话都是她自己真正想说的。您与其生气别人告诉了她什么，不如想想，她说的是不是真的。"

"什么是真的？你教她说的那些话就是胡说八道！我的男人死了，我再找个男人我有错吗？什么叫我缠着男人？啊，你看看你把默默给照顾成什么样子了，本来挺好的一个孩子……"

何默默打断了姥姥的话，很认真地说："如果您觉得'何默默'很好，那是'何雨'生得好，'何雨'养得好，她没有什么'本来'。"

面对何雨的韩秀凤和面对何默默的时候是完全不同的，老太太的肩膀微微内缩，她说话的语气依然在强调自己是无辜的，气势却比之前弱了很多："行了，我知道了，你这是说你们娘俩是一伙儿的，我这个老太婆什么也不是。我还来给你收拾床单，我图什么呀？我这是图我外孙女和我女儿轮着把我骂一顿。"

"我谢谢您帮忙收拾东西……可是，可是如果因为您做了这些，就要我们承认您说的每一句话都是对的，这就像是爱因斯坦提出了'相对论'之后我们要承认他做饭也最好吃一样。不是这样的，没有人说的每一句话都是真理，也没人不会有错误，更不该有人拒绝交流的原因是别人说了他的问题。"

何默默努力向外婆表达着自己的观点："我这些天最大的感想就是，就是每个人的人生都有好的，也有不好的，那些最勇敢的人总会让自己去直面那些不好的东西，然后自己承担所有的情绪。这就是您女儿所做的，您女儿竭尽所能地活着，把'何默默'抚养长大，可是同时她觉得自己的人生一片贫瘠，因为很多……她生命中美好的东西都失去了，我想那里面除了有她父亲之外，一定有一个是能够理解她的妈妈。"

这些话，何默默没有对别人说过，甚至是她的妈妈。如果面前坐着的人不是姥姥，她不会说这些，那些被妈妈藏起来的柔软和悲伤，她希望姥姥能知道，因为姥姥也是妈妈的妈妈。

身后的手臂动了一下，何默默还是牢牢地抓着。

她希望自己现在能够冷静而客观地看待这一切，姥姥在进攻，妈妈已经决定了退让，如果她做不到客观公正，继续挑动两个人的情绪，她们之间的冲突只会变成无法解决问题的情绪发泄。

她在处理别人关系问题的时候，思维似乎不像从前那么僵硬了呢。

韩秀凤站了起来，不知道什么时候床单都被她擦出了折痕，她看着站在房间门口的女儿和外孙女，她那双总被人夸"精气神十足"的眼睛在这个时候是晦暗的。

"这不还是批判大会吗？下次我再要来，我折个纸筒，挂个牌牌……老了老了，几十岁的人了，被晚辈说得啥也不是。什么好呀不好呀？啊，我就是你这儿的不好呗？那默默呢，你也觉得你姥姥一把屎一把尿拉扯你长大，这是有错啊？"

何默默还是挡在自己妈妈的前面，说："您不该把两件事情放在一起说。您抚养何默默，我当然应该感谢您，回报您，在何默默长大成人之后她应该对您好，可这不代表您不是一个会让何默默妈妈伤心的人。"

何默默早就想说了，她姥姥说话的逻辑一直都有问题，她多吃一口饭姥姥就能更高兴，这样的逻辑何默默从小学的时候就想反驳了。

她的唇舌确实是比从前流利了很多。

"事实是何雨在竭尽所能地生活之后应该被她的家人赞扬，她应该自信地、像从前一样地、像一朵盛开的花一样地生存在这个世界上，而不是被自己的妈妈伤害到崩溃还要掩盖自己的情绪。

"您应该安享天年，过您自己想过同时也不会伤害别人的生活，您可以照顾自己的孩子，照顾自己的外孙女，因为您爱我们，您的一切照顾是为了爱，而不是为了在吵架的时候拿出来压倒对方的，就像我们回报您的时候也是因为爱您，而不是为了还债，这样我们才是家人。"

"家人"不应该是这样僵硬而互相伤害的关系，何默默想起自己刚刚看见的剑拔弩张还是觉得很难受。

太难受了。

沉重而黏稠的气氛里，一对母女希望对方能感觉到痛苦。

从刚刚开始到现在，她姥姥说的每一句话，目的都是希望"何雨"会感觉到痛苦，进而反省。

这是不对的。

韩秀凤面对着她面前的"女儿"，半晌说不出话来。

她习惯了跟女儿互相伤害，揭开对方身上最深的疤，她是妈妈，她可以借着"孝道"让女儿闭上嘴，最后听她的。

爱、家人……这是演电视剧吗？

这一切都是因为今天的"何雨"不一样了，在一个劲儿地讲大道理。

说实话，韩老太太是被绕晕了。

"我不跟你说了，我呀，我就回去，我就当我是个没人管的老太太……"

没人管？

何默默立刻说："我明天买点儿牛肉给您送过去。"

韩秀凤："……你以为送点儿肉就行了？"

"肉不是重点，重点是别人会看见，然后知道您有人管。"何默默再次指出自己姥姥逻辑上的疏漏。

老太太顿时觉得一口气梗在了自己的胸口上。

何默默试图缓和气氛，语气僵硬地说："快到晚饭时间了，我们一起吃饭好不好？我请客，我们出去吃。"

"不用！"回到韩秀凤熟悉的领域，她表现得比刚刚"何雨"讲道理的时候更加气愤，"我吃不起你们的饭！把我骂了一顿还请我吃饭？美得你们！"

老太太推开挡在门口的人走了出来。

"你不准再跟默默说乱七八糟的……"

"我没说。"

"那她……"

"我们很爱您，我觉得您应该反省。"

"我反省？我反省什么呀？"

"从您的思维逻辑入手吧。"

何默默没想到自己说了这么一大堆，居然还要帮姥姥复习一遍提纲。

韩老太太火速换了鞋，步伐矫健地冲出门，何默默在她身后追着说："明天我给您把牛肉送过去。"

回答她的是门被关上时"嘭"的一声响。

对着门长出了一口气，何默默转身看自己的妈妈。

刚刚很长的一段时间里，她妈妈一句话也没说。

像是一尊沉默的雕像。

"妈……"

何雨叹了口气，慢悠悠地说："你跟你姥姥都胡说些什么呀？爱呀，不爱呀，跟她说这些有用吗？她……"她就只爱她自己，什么事儿都要自己占了便宜才行。

后面的这些话何雨说不出口。

她不想让女儿知道这些，就像大树不会想让春天萌发的树苗遭受酷烈的寒风与无可躲避的积雪。

可是今天，她女儿就这么站在了她的前面，虽然是笨拙的、鸡同鸭讲的，还是脱不开"爱因斯坦"的，但是她能感觉到，她的女儿在努力去解决问题。

看看自己被女儿抓着的手腕，何雨笑了一下，握住了女儿的手。

不对，在这一刻，她觉得自己是握住了她自己的手。

"对不起，妈妈。"

"啊？"

何默默一如既往认真地说："对不起，妈妈，我以前没看见这些。"

"我就不想让你看见这些，你跟我道什么歉呢？对了……"何雨抬起手，手表上的数字已经变成了"22"。

"这我跟我亲妈吵架，你怎么还给我延长时间啊？"

何雨又想叹气了。

何默默晃晃她的手，小声说："妈妈，我们出去吃饭吧。"

"行吧。"何雨也吵得脑门疼，她不想做饭，也不想让女儿做饭了，"我把包子收起来，明天早上热着吃，你也换身衣服。今天腿疼不疼？是打车回来的吧？"

"还行，是打车回来的，你手臂还疼吗？"

"早就不疼了。"

小小的家，在不久之前就像是一个战场，这里有过硝烟与进逼，有过炮弹和退却，也有过堡垒和烽火。

何雨，也有了战友。

现在，她们互相问候身上的伤，一起打扫着战场。

"妈妈，我们今天去吃烤鱼吧，公交站那边新开的一家烤鱼店在打八折。"

何默默从衣柜里找了一条灰色的衬衣裙，还把辫子解开重新梳了一下。

何雨也换了一身衣服，她给女儿买的牛仔背带裙，女儿从来没穿过，现在她自己穿上了，里面是一件白色的 T 恤，领口有一串鹅黄色的小花，也是何默默平时不太穿的样子，她将这两件配在一起，发觉还挺好看，何默默像她姥姥一样皮肤白，又是正好的年纪，怎么看都让人舒心。

照着镜子，何雨的心情一下就好了。

"好啊，咱们点条小鱼，再吃个米饭。"

明明是母女俩说好了要吃什么，坐进店里的时候却是三个人了，计划里两人份二斤七两的鱼变成了三斤半的，还多点了午餐肉、宽粉和一份泡饼。

　　"嘿，小林，咱这个也能算是庆功宴了吧，你对着鱼怎么还苦大仇深的？"

　　对面的女孩抬了抬眼，正是突然来找何家母女的林颂雪。

　　"我就是想不明白了，那帮同学他们为什么会那个样子？我昨天差点说了给他们五千块钱让他们都别走的话。"

　　何雨清楚地看见林颂雪说这个话的时候偷偷瞟了眼自己的女儿，心头顿时一乐。只见女儿一双眼睛盯着鱼，说："你怎么还想着这事儿啊？人也抓了，教育局也通报了，感谢信周一就寄到学校了，换作别人高兴都来不及呢，你倒好，来我们这儿纠结呢，要喝酸梅汤吗？"

　　"酸梅汤就不用了……本来，都是说好了，一起去抓人，结果突然就闹开了，一开始好像只是两个人之前就有矛盾，可说着说着，问题就越来越多，越来越多……十二个人走得就剩五个。"

　　林颂雪并不习惯于表现自己的沮丧，一直低着头，语气沉闷。

　　她今天穿了一件上面印着一个红色的塑料袋的黑色 T 恤和挂着金属环的灰色牛仔裤，一头卷毛没有像平时在学校里那样扎起来，而是披散着，现在这个样子倒像是个唱摇滚的小歌手。

　　就是现在这劲儿像是个专辑销量惨淡的小歌手。

　　何雨笑了，随手摆了摆服务员送上来的泡饼："还剩五个人已经够不错了，昨天晚上默默说你们不定猫哪儿练兵呢，我一想就觉得你们是一个人也去不了了，知道吗？"

　　林颂雪抬起了头："为什么？"

　　"因为人就是这样，越琢磨，就越觉得什么都别做最好，能跳出这一步的人，那就不是一般人了。你啊，最大的问题就是让他们凑在一块儿琢磨了，懂了吗？"

　　何雨觉得跟女儿比起来，看着更气派的小林还是更像个小孩子的，有点天真还有点傻，之前她还没这么觉得。

　　"小林，你把这个泡你那边的鱼汤里稍微煮一煮就香了。"

　　林颂雪还在纠结昨天的事情："我的方法错了吗？"

　　何雨总结说："你是经历得少了，遇事儿还不成熟。"

　　"那昨天晚上何默默为什么就能做到呢？她遇到的事情比我多很多吗？"

　　无声吃饭的何默默又抬起了头，咽下嘴里的东西，低声说："我没有。"

属于"何雨"的脸上是无辜的表情，林颂雪仔仔细细地打量了一下，说："可你做到了呀。"

"没有……我真的是好奇，然后发现这个人的行为逻辑特别有意思，又在实际过程中发现可以用排除法，有了方法，我当然要试着把题解完。并不存在我一开始就什么都知道的可能，而且，其实中间我妈也想回来的。"

"那你们怎么还坚持到最后了？"

"嗯……"何默默眨眨眼，认真回想了一下之后，说，"因为我尝试了新的方法。"

"什么方法？"

今天的林颂雪仿佛一下子就有了何默默的求知欲，一连串的问题都穷追不舍。

"撒娇。"说完了才觉得有点害羞，何默默低头又吃了一块妈妈不知道什么时候夹在自己这儿的鱼。

林颂雪沉默了。

沉默了半分钟，她也吃了几块鱼肉，说："我怎么觉得你们母女俩联合起来'秀'母女情深'秀'了我一脸啊？"

何雨完全能理解林颂雪小姑娘的纠结，年纪轻轻的孩子总会以为自己是这个世界最初的模板，人们的想法和自己是一样的，就算大人不会这样，自己的同龄人也总该如此。

可是发生了一些事情后，她发现自己对伙伴们"本该勇敢""本该团结"的设想都落了空。

这种失望几乎是成长必然经历的东西。

作为一个糟糕的大人，何雨确定林颂雪这个刚强的小姑娘不会因此一蹶不振，也就对她的这种成长乐见其成了。

反倒是何默默，在饭吃到一半的时候，她突然说："很多你习以为常的东西其实很多人都不一定有，比如勇气和责任心。"

闷闷吃饭的林颂雪猛地放下筷子抬起头，她似乎呆了一下，然后笑了："何默默，你是在安慰我吧？"

何默默低下头去继续吃饭，林颂雪的脸一下子就亮了，她瞬间变回了那个神采飞扬、气势夺人的少女。

"你还是觉得我挺好的，是吧？"

"……"

"何默默，要是我一开始就把人都带过去，你是会阻止我，还是会帮我？"

"……"

"其实你觉得我的做法是对的，对吧？你从一开始就是套路了阿姨来帮我的。"

何默默在林颂雪的连番骚扰下终于又说话了："你把我想象得太厉害了。"

"你本来就比我想象中的还要好，知道吗？何默默？"

何雨挑出鱼刺的手抖了一下。好嘛，小林姑娘满血复活，又不知道从哪里掏出来剧本对着自家女儿演上了。

这家烤鱼店确实不错，鱼很鲜美，味道也调得很好，在离开的时候何雨希望店老板能把这个水准一直维持下去，要是每况愈下那就太可惜了。

"小林，你是不是该回家了？"何雨纳闷了，心情好了，肚子也饱了，怎么林颂雪还跟着她们呢？

"我爸妈不在家，阿姨今天也休息了。"

嘴里回答着何雨的问题，林颂雪的眼睛却看着何默默。

何默默没说话，何雨瞅瞅自己女儿，也不说什么了。

"何默默，你的脚怎么了？"走了没几步，林颂雪发现自己前面的中年女人的步伐不太对劲儿。

何雨回头对她说："默默昨天走路走多了，今天又站了一天柜台，累的。"

林颂雪脚步一停，她真实地感受到了现在作为成年人生活的何默默有多么辛苦。

"何默默，要不我……"

"闭嘴，不然你就回家吧。"何默默又开口说话了。

林颂雪瞬间闭嘴了。

何雨无声地笑了一下。

进了何家的林颂雪很安静，何雨打开了电视，她也坐在旁边看着。

何默默换了衣服去学习，过了半个多小时，她从房间里走了出来。

"妈，我玩会儿游戏。"

大概是真的累到了，学习一直进入不了状态，何默默打算做点儿别的事情换换脑子。

一说游戏，何雨想起来今天中午还有人约自己下副本。

"我就说你该休息一天。默默，这周的大副本还没打，默神你帮忙看看呗？"

坐在另一边看电视的林颂雪因为陌生的称呼抬起了头。

只看见何默默点了点头，坐在了电脑前。

电脑锁屏这么久，人物早就掉线了，重新连接服务器，何默默戴上耳机，长长地出了一口气。

"不如一默"上线。

山壁之下，穿着灰色袈裟头戴帽子的和尚持杖而立。

妈妈果然喜欢灰色。

一个人的组队邀请和密聊立刻发了过来："默神，快来花海。"

何默默不知所以，只觉得这个 ID 还算眼熟，应该是哪个帮会的帮主。她随手操纵着角色从副本前面直接飞到了对方所说的地方。

"花海"最大的特点就是美，蓝紫色的花漫山遍野，在清风里花瓣飘摇。作为一个游戏技术党，何默默印象中的"不如一默"上一次来这里还是因为有两个高手很有仪式感地在这儿插旗约战。

"不如一默"用轻功飞到对方所在的地方，先看见的是一片人。

摁着 W 键往前走的何默默手指一顿，她"社恐"了。

"默神，上次的事情真是谢谢你了。"

屏幕上出现了这么一句话。

何默默皱了一下眉头，就在她要转头去问问自己妈妈又干了什么的时候。

"嘭！"屏幕里烟花炸了漫天，还在花海中组成了一个巨大的心。

游戏道具附带的羞耻无比的告白词在屏幕上滚动。玩游戏这么长时间以来，何默默第一次有种踹掉电脑电源的冲动。

"默神，真的是太谢谢你了，要不是你开解我，我大概就不想玩这个游戏了。"

"妈。"何默默能听见自己的声音在抖。

"怎么了？"瘫在沙发上的"现任何默默"正好在打哈欠。

"嘭！"又一个巨大的心形出现了。

数据精细，操作稳定，一出现在游戏攻略区就因为在游戏数值计算上极有建树而被人推崇的"默神"，面对游戏屏幕，僵硬到站不起来。

"妈！你，又，做了什么？"

何雨穿上拖鞋站起来，走到了电脑前面。

"哎哟，这是干啥呢？"

何默默转头看向她，牙齿碰了一下牙齿，才说："这是，谢你呢。"

"哎呀？让我看看。噢，放炮仗这人我想起来了，就是前两天他发现自己在游戏里交的女朋友居然是个男的假扮的，我呢正好跟他下副本呢，就劝了劝他，这怎么这么客气呢？他弄这个玩意儿得花不少钱吧？"

烟花炸在何默默的脑子里，她呆板地说："现在情感咨询收费也挺贵的。"

何雨立刻心安理得了。

三个巨大的心形出完了，游戏屏幕上都在问这个人怎么和默神搞在一起了，各种调侃可谓是浩浩荡荡，还有那个人的朋友在刷屏帮忙感谢"默神"。

何默默忍无可忍，用手捂住了眼睛。

"默默，你这是又紧张了？"她妈一看她这样，倒是显得更高兴了，"游戏不也是人玩的吗？互相帮个忙，劝两句话那有啥？"

何默默不想说话，快速地摇头。

何雨哈哈大笑。

终于拿开了手，何默默又看见屏幕上有人说："我前几天和默神一起打副本，本来以为默神又帅又酷，没想到是个萌妹子，声音太甜了！"

很好，何默默觉得"不如一默"在游戏里也已经社会性死亡了。

重新搞个人物吧，从头开始……就让"不如一默"与刚刚的"烟花"和"萌妹子声音很甜"都成为往事……

"阿姨，您不该这样。"林颂雪不知道什么时候站在了何默默的身后，语气有些严肃，"何默默不喜欢这些社交，您现在是她，您不应该给她惹麻烦。"

"这哪叫麻烦呢？我只是做一点人之常情的事而已。"

何雨拍了拍何默默的肩膀，帮着她放松。

何默默终于站了起来："妈，我现在有学习状态了，我去看书了。"

何雨笑着看着自己的女儿落荒而逃。

这边林颂雪还是在瞪着她："阿姨，可能在你们看来人之常情的事情，在我们看来就是绝对不会做的。就像您之前和李秦熙有来往，不就给何默默找了麻烦吗？这个也一样，何默默精心维持的人设都被您给毁了，为什么您还是一副理所应当的样子？"

● "人设？"何雨想了想，这词儿她在游戏里面见过，"我大概能明白你的意思，你是觉得默默就在游戏里被人当成不言不语的'默神'挺好的，我也觉得挺好的，但是我觉得默默不是故意要这个样子的，她也没说我玩游戏就一定得怎么样，这是第一点。第二呢，游戏，它就是个游戏，大家隔着根网线谁也看不见谁，我跟别人说的时候都说了我是她妹妹，她以后不想跟这些人来往，就说自己换回来了也没事儿了。"

何雨这种轻描淡写的态度让林颂雪更生气了。看了一眼被关上的房门，她吸气，呼气，说："阿姨，我要走了，麻烦您送我一下吧！"

哟，她俩这是要找地方好好吵架呢？

何雨披了件外套换了双鞋就跟着林颂雪下楼了。

半个太阳遥遥地嵌在西边天上，暖光铺洒在对峙的两个"年轻女孩"身上。

林颂雪眉头紧皱："明明是您给默默惹了麻烦，为什么您能把这种事情说得特别轻松？阿姨，您能不能尊重一下何默默的个性，她就是一个不喜欢跟人交流的人，您为什么总是无视这一点呢？"

何雨淡定地说："我没无视，我知道，我一直都知道何默默是什么样子的，她是我女儿，她现在这个性格我真的觉得没有问题，你让我尊重，你是让我尊重什么呢？默默她虽然不喜欢跟人说很多话，但是她什么都知道，这些我觉得很正常，我有不尊重吗？"

"如果您尊重她，就请您不要做一些何默默不会做的事情，不要让她在别人的眼里像个神经病一样变来变去，不要给她惹麻烦，好吗？现在您就是她，我已经不止一次看到你让她这样尴尬又难堪了！"

何雨叹了一口气："尴尬？难堪？这是怎么说的？我认为我不需要装我女儿装得她仿佛很孤僻、很冷漠，其实默默的心里很热情也很温柔，你不就是被她当初所表现出来的这样一点吸引，才到现在还要跟她做朋友吗？

"我确实学不来她不动声色就把人给帮了的劲儿，这是我性格不行，我的水平不够，但你不能说我这么做是对默默的不尊重，是我要让她难堪，我之前觉得她是我这辈子最大的骄傲，现在我觉得这个世界上没人比我家默默更好了，她什么都好，我怎么会不尊重她呢？"

林颂雪并没有被说服，她梗着脖子，却又不知道该如何反驳。

目送着小女孩离开的背影，何雨笑了笑。

这帮傻孩子，都以为人是不会变的，都以为人一变，旁边的人都会大惊小怪。

不会的，所有人都会变，每个人都变得筋疲力尽，根本没有心情看别人身上发生了什么。

哦，这种事儿被人称为"成长"。

转头，何雨紧了一下身上的外套，看见身后的单元门口有个人站在那儿。

"你出来怎么不换鞋？"妈妈又开始操心了。

女儿低头看看脚上的拖鞋，说："我出来喝水，发现你不在。"

"刚刚是不是都听见了呀？"

何默默点了点头。

何雨又笑了，手搭在何默默的肩膀上，她说："一看你脸都红了，我就知道。"

握着"自己"的手，何雨上楼往家里走。

"想转学，想换个号？你现在总不会想换个妈，对吧？"

何默默差点把拖鞋踢飞出去。

"妈觉得你真的挺好的，现在你也愿意跟妈妈交流了，你在长大，长得越来越快，会跟越来越多的人打交道，以后呢，越来越多的人都会知道，你是一个又自信，又讨人喜欢的'何默默'的。"

走到家门口，何雨放开了何默默，从衣服兜里找钥匙。

她说："那可真好啊。"

周末，何雨瘫在于桥西咖啡店的窗边不想动。

"几十岁的人了还跟一群小孩子胡闹，还把自己给弄伤了，何雨啊，你是真出息了。"

捧着"何默默"的手看着手臂上的擦伤，于桥西的语气是一贯的连嘲带讽。

何雨懒洋洋地挑了一下眉，说："这怎么能叫胡闹呢？再说了，我也没干啥，出力的都是那帮小孩儿。"

于桥西："啧。"

要不是太阳太舒服了，何雨就要跟于桥西打一架了。

她看着窗外懒得理她。

一个戴着大太阳帽的瘦小女孩骑着一辆三轮车进入何雨的视野，车上捆了两台旧型号的笨彩电，何雨一开始没留意，直到她看清了女孩的侧脸。

"时新月？"

小姑娘人不大，三轮车骑得很快，在何雨想要的看清的时候，她已经只留下了一个背影了。

那是时新月吧？

何雨疑心自己是被太阳晒得眼花了，小姑娘虽然内向了一点，但也不像是会在周末跑出来收废品的呀。

何雨把这件事儿记在了心里，叹了一口气。

于桥西敲了一下她的脑门："叹气干什么？再叹福气都没了。"

大概是因为年少坎坷，中年发迹，成功过，也失败过，于桥西这个人有时候特别信因果宿命，她总认为什么东西都是老天爷给安排好了的，这里缺了一点，那里就会补一点。

何雨早就觉得于桥西这想法够没意思的，按照自家默默的说法那就是"没有任何证据可以支持这个观点"，然而于桥西这么想能让她自己的心里好过些，她也觉得没什么了。前几天语文课上有个同学在作文里写"有的人用童年治愈自己的一生，有的人用一生治愈自己的童年"，何雨不知道怎么就记住了这话。

何雨大概是因为自己，大概是因为于桥西，大概是因为她在那瞬间问自己，自己给默默的童年是否能够治愈她未来的一生。

"你们还有几天换回来啊？"

"现在是二十天。"

因为夸了默默，数字又小了那么一点点。

"二十天……雨啊，就剩二十天了，你也别替默默上学了，忙了这么多年，正好有空休息几天。"

何雨摇头："那不行。默默怎么说都是最好的那个学生，学习成绩下降了，老师现在还愿意帮着找原因，要是十几二十天没病没灾还请假不去学校，那可就是另一回事了。再说了，我还得学英语呢。"

于桥西看了自己的朋友一眼，虽然她现在是在她女儿的身体里，年轻是理所应当的，于桥西还是发现了一些不一样。

"何雨，我觉得你现在跟之前不太一样了。"

"怎么不一样了？"

"你会给自己找盼头了，学英语……你这唱个英文歌都得标拼音的，还学英语……行吧，你好好学，说不定你以后还能用英语写歌呢。"

写歌……何雨想叹气，但想起来于桥西又要跟自己啰唆，她又憋了回去。

"咱俩都多大的人了，你怎么还揪着以前的事不放啊？"

"我这人就这样，你越是想扔下的东西，我就越想给你收着，你那歌怎么唱来着？"于桥西坐在何雨的对面，跷起了二郎腿，仰头看着天花板，她清了清嗓子，"下雨啦，噼里啪啦……什么来着？"

"下雨啦，噼里啪啦哒哒哒，妈妈喊，啊咿呀哟痛痛痛，医生抓紧手术刀，爸爸急得在跳舞，这样下了一场雨，没有人的衣服湿了，只有一个我，只有一个我，被雨水流淌出的我，我带着冰棍儿与电扇，我带着无数的期盼……"

属于何默默的嗓音在唱歌的时候确实很甜，像是用甘蔗煮了水，放凉之后倒进了装满冰块的杯子。

"用默默的声音唱歌，怪怪的。"何雨再次看向窗外，玻璃上倒映着一张年轻的脸，过分年轻，这个年纪可以除了未来一无所有，眼睛里却有很多东西快要淌出来。

于桥西低着头，说："其实我那时候就想说了，我还是更喜欢听你唱这些歌，虽然乱七八糟的，但是好玩，听完了心里舒服。"

"是啊，我也喜欢。"

何雨说，她怎么能不喜欢呢？那时候她的心里还有被骄傲支撑的快乐可以肆意流淌。

"这两天，也有歌词在我嗓子眼儿里打转。"她指了指自己的胸口，"我女儿给的，就是写出来你估计不爱听。"

于桥西笑了，抬起头说："那你还是写吧，别唱给我听就行。"

"行啊，你别听啊。"

"何雨，你这什么德行啊，怎么了？什么时候你写歌我还不能听了？多大的脸呢你！"

午后阳光刺眼，另一边，何默默在耷拉着肩膀等公交车。

让她累的不是工作，而是今早商场工作人员给了一面四十多厘米的"见义勇为"的锦旗后造成的大轰动。

商场里相邻各家店明明都是竞争关系，却在这种事情上充分地"敦亲睦邻"，一传十十传百，大家轮流去"BO"的门店吃瓜。

各种的"路过"也就算了，光是借口上厕所专门跑来看小锦旗的年轻店员就有十来个，还有从五楼跑下来看热闹的。

最重要的是，她们只要来了就会问："这是怎么回事啊？"

何默默想死，她对要"重复解释一件事"这件事本身充满了恐惧，在满足了包括经理在内的妈妈同事们的好奇心之后，她实在是一个字也不想再说了。

到了这种时候就显出了刘小萱的好，顾客太多了，她会吵着"累疯了"，今天因为这个事她又兴奋得发疯，有人问，她就说，趁着经理不注意她恨不能把"何姐带着女儿抓了一个逃犯"这事重复八百遍，极大地缓解了何默默的精神压力。

何默默觉得，某种意义上来说，刘小萱是个"人来疯"，只是这次"疯"得太可爱了。

好在陪着经理去上海总公司选品这件事算是不了了之，经理和商场提出来说让"何雨"写个思想总结之类的有利于他们宣传的东西，也被何默默给坚决拒绝了。

坐上回家的公交车，何默默还是掏出了小本子，她现在觉得自己越来越爱学习了，至少学习的时候不会有人把她当成热闹来看。

学习了大概十几分钟，她的手机响了，是妈妈打来的。何默默把自己的眼睛从公式上拔了下来。

"默默，黄豆炖猪蹄你是想配米饭吃呢，还是配馒头或者饼呢？"

恍惚了一下何默默才想起来今天是周日，妈妈不用上课。

"我都可以。"

"那我先把米饭煮上，等你回来了就炒个西红柿鸡蛋。"

"好，我不饿，你等我回去再忙吧。"

何默默发现了自己的一个变化，以前她回答妈妈的时候说的都是"嗯"，不知道什么时候就变了。

变了也挺好。

何默默低下头继续看笔记，觉得自己没有之前那么累了。

何雨淘好了米煮上了米饭，在家里晃了一圈后，坐在了电脑前面，她心想，也不知道游戏上有没有什么热闹可以看。

何默默进了家门就看见妈妈戴着耳机跟人嘀嘀咕咕。

听完了八卦的何雨双眼发光，转头说："默默，昨天给你炸了心的那个人，你知道他干什么了吗？"

炸了心……这形容可真贴切啊。

换好鞋的何默默摇了摇头。

"他之前不是在游戏里谈了个女朋友结果是男的吗？今天那个男的约他见面，他答应了！"

何默默进房间换衣服，听见她妈对这件事做点评："要我说这事儿也对，大家只是玩个游戏，两人能谈得来那说明还是有话聊，当兄弟也可以啊。"

何默默心里觉得这事儿没那么单纯，但是她的想法要解释起来很麻烦。

如果是以前，她就不说了，但是现在她看看自己妈妈，再看看电脑，她妈这么爱说话爱交际的一个人，现在也是被困在她的身体里，跟同学们说不来几句话，在游戏里也是跌跌撞撞，有几个人真的把她当成"何雨"这个人呢。

"妈，事情败露之后还提出要见面……我觉得他大概不是很想当兄弟。"

"不想当兄弟，那当什么？"话说完，何雨只觉得自己脑袋里突然开了一窍，"哎呀，这不是阿追诺吗？"

这下听不懂的人成了何默默。

"什么阿追诺？"

"就，那个，美国那个电影，开头那首歌是布鲁斯·斯普林斯汀唱的，拿了很多奖。哦对，我想起来了，歌名翻译过来是《费城街道》，拿了奥斯卡和格莱美，那时候东大街解散了，涅槃牛得要命，老林的 *Lucky Town* 啥的都一般，说实话我也觉得一般，好多人都说老林那一套是不行了，结果这个歌直接霸奖了。

"我就是为了这个歌买的光碟看的电影，那字幕都是繁体的，看得我可费劲了，就是被老板解雇那个，那谁，这些名字我真记不住，他演过一个电影，里面放了一首歌是 Lynyrd Skynyrd 的 *Free Bird* 就在那个姑娘站在阳台上的时候。我这个脑子是真不行啊！"

何默默发现进入了知识盲区的是自己，自称记不住英文名字、天天喊着记单词好费劲的妈妈突然说了一堆外国名字，她好像是在说电影，但是电影名字也好，演员名字也好，她都不记得了。

她好像只记得音乐的名字。

妈妈对音乐如数家珍侃侃而谈的样子，何默默从来没见过。

"要真是这样，这不跟演了个电影似的？"何雨无比迅捷地冲回到了电脑前面，因为这个可能的戏剧性的转折，她对整件事的关注热情大幅增长。

换好了衣服的何默默慢慢地坐在床上，掏出手机，搜起了刚刚妈妈说的名字。

搜"阿追诺"果然什么都没搜到，她改搜 *Free Bird*。

"那两人真见面了，但是说了啥咱们也不知道，都还没上线呢，一群小孩儿光在嗷嗷叫。默默，饿吗？妈妈炒菜吧？"

听见妈妈的声音，何默默抬起头，将手机倒扣在了床上。

歌曲也好，乐队也罢，一路查明白了各种信息的何默默准确地抓住了这些内容里的共同点——摇滚。

说实话，何默默真的有点蒙，她实在想象不到这些东西和妈妈联系到一起的样子。

　　"啊，好……我打鸡蛋吧。"

　　"不用了，你这忙了一天了。"

　　她妈去做饭了，留着何默默在那儿继续发呆。

　　何默默对音乐谈不上喜欢和讨厌，她只是喜欢安静，林颂雪打架子鼓，何默默觉得好听，很帅，但是她平时也不会主动去找来听。

　　摇滚……她的印象就是一群人在台上蹦啊蹦，唯一不蹦的大概就是那个打架子鼓的。

　　两个小时后，何默默推翻了自己从前的认知。

　　在学习的间隙，她掏出手机查关于"摇滚"的信息，点开了一个舞台表演的视频。

　　视频里台上是热情，台下是热烈，一把火点燃，然后熊熊燃烧起来，观众是焚烧的烟，是蒸腾的热气，是火焰的一部分。

　　这就是妈妈喜欢的东西吗？

　　"妈……"她走出房间想问问妈妈为什么会喜欢摇滚乐，可看着自己的妈妈，她又问不出口了。

　　她也很难跟别人解释自己为什么会喜欢物理。

　　"怎么了？"何雨放下书看着女儿，很难得地，她趁着晚上没事儿的时候背起了英语单词。

　　"那个……阿追诺应该是 Andrew 的音译，翻译过来是安德鲁。"

　　何雨："哦，我就说这个名字怎么那么奇怪。"

　　何默默点点头，眼睛看着自己的妈妈。

　　看自己女儿呆呆的，何雨笑了："这是怎么了，学习累了？"

　　何默默没办法形容这种感觉，作为一个十六岁，因为过分出色而与生活圈子里其他人看起来不太一样的女孩，她有时候会觉得别人的平庸是因为甘于平庸、因为不懂热爱、因为不知拼搏……这种想法在她和妈妈互换了身体之后已经发生了一些改变，却从没有像现在这么强烈地动摇着。

　　我是与众不同的，因为我喜欢……多少人的心里都有着这样的想法。

　　在得知了别人也有着与自己相同的热爱时，在一个瞬间，有的人会觉得自己周身一层薄薄的透明的壳碎掉了，自己的碎掉了，别人的也碎掉了。

　　妈妈真的很喜欢音乐吧？

这种感觉很新奇，又让人觉得很快乐。

"对了，默默，你能不能周三的时候帮我请个假？"

何默默回过神，看见妈妈的表情变得有点忐忑心虚。

"你是有事吗？"因为惯性思维，何默默已经开始怀疑妈妈是不是要去看什么摇滚乐队的表演了。

何雨觉得这个话真的是难以启齿，不然她也不会拖到现在才跟女儿说："那个……周三周四要月考，你妈我自己估算了一下，保守估计，平均一门能给你拿二十分回来。"

"何默默"从年级第一一口气跌到那个水平，不考虑什么名声没了，何雨觉得各科老师会联合起来把她活撕了。

"啊，好。"

何默默答应了，让她妈妈去考两天的试确实是太为难人了。

何雨满意地笑了，低下头继续背英语单词，看着很认真的样子。

何默默再次想起了妈妈自称的背不了外国人名……她一定背过那些摇滚乐队和那些作品的名字，就像她憧憬着爱因斯坦和费曼。

她的妈妈和她一样会仰望星空，会对着星星的光辉生出无数的梦想。

这真是，太好了。

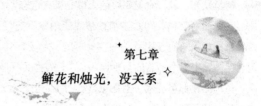

第七章
鲜花和烛光，没关系

/人这一辈子最大的幸福，就是她永远十六岁，永远黑白分明，永远莽撞天真，永远承受赞美而非指责，永远怀抱梦想不知妥协。/

周一早上，早自习快结束的时候，高一(2)班班主任任晓雪快步走进教室。

"停一下，我们开一个临时班会。"

抬起头看见老师的目光落在自己身上时，何雨顿时像个真正的高中生一样心里一紧。

"周五晚上，在新河路，一个成年人带着几个高中生抓获了一名犯下抢劫罪的逃犯……这其中就包括了我们班的何默默和她妈妈，尤其是何默默同学，在对方冲向自己的时候用电动车也冲向了对方，成功让逃犯暂时失去了逃跑能力。"

全班哗然，何雨觉得后背一硬，不只是紧张，也是盖欢欢用笔杆戳了她一下。

她轻轻晃了晃脑袋。

"这是见义勇为的行为。"在班级里恢复了安静之后，班主任说道，"整个过程中，何默默同学表现出了勇气、果断和极强的社会责任感。何默默，你能不能告诉老师，当时你是怎么想的？"

何雨慢慢站了起来，不用看都能感受到别人看自己的眼神有多热烈。

唉，也就这帮傻孩子还以为班主任问她是为了表扬她呢。

"老师，我要是想了，就冲不出了。"

何雨说的是实话，她干这事全靠莽，虽然莽完了不会后悔，但也是会后怕的。

"没想什么？老师还希望你能给同学们讲一讲你的心路历程呢，为什么周五的时候你妈妈说你外婆身体不舒服，要带你去看你姥姥，结果你们母女两个人又去见义勇为了呢？还有九班、十一班、十二班的那几个同学，他们为什么会出现在那里？我早上来了之后已经查过了，这些同学全都没有参加周五晚上的晚自习，到底是谁组织了你们逃课去抓人的？"

这话，何雨也觉得不好说，她要是说自己不是被组织去的，本来是要去阻止的，但这样说就等于是把林颂雪他们给卖了，可要是不说……场面很尴尬。

何雨站在那里沉默，她在想自己的女儿会怎么说。

嗯……默默会说……默默会什么也不说。

"老师！"何雨的身后，盖欢欢举起了手。

"怎么了？盖欢欢，何默默回答不出来的事情你知道吗？"

寂静的教室里，连女孩站起来的时候凳子挪动的声音都无比清晰。

"老师。"声音从何雨的脑袋后面传来，有一点点的颤抖，"是因为……"

何雨听出来了那点儿颤抖，她突然开口了："老师！您认为我这件事情做错了吗？"

"错？"任晓雪真是揣了一肚子的气来的，她的任何一个学生在晚上十点多抓了个逃犯她的心都得提到脑门上，更何况干出这些事的是一向文静又瘦弱的何默默，骑着电动车跟一个成年男人对冲，这是犯罪电影里才会有的特效情节吧！

"在见义勇为这件事情上，老师不认为你是错的。但是，你们用各种理由逃避晚自习，晚上十点多在学校外面集合，又做出了这样的大事情，老师跟你要一个解释，这过分吗？

"难道要我接受我的学生可以轻而易举地当着自己妈妈的面冲向逃犯吗？这是什么行为，你把自己当成了什么呢？昨天我才知道消息，第一个感觉是想给你妈妈打个电话，可我都不知道该怎么说，我不敢想你妈妈是什么心情，因为我自己都特别难过……"

何雨想起了在派出所里女儿抖着手给自己清理伤口的样子，那时候她以为女儿是害怕、激动，竟然没想到这些……

保持低头的样子，何雨说："老师，我必须向您坦白，我一开始并不是想抓一个逃犯的，我只以为他是个流氓，到了派出所我才知道……"

"那也不行！何默默，退一万步讲，你老师我以为你至少会是'智斗'，用你理科全科满分的脑子！"

何雨的头更低了，"何默默"确实是智斗了，可惜她妈是个又虎又莽又没脑子的，这话该怎么说呢？

班里更安静了。

早自习结束的铃声响起，任晓雪叹了一口气："你们休息吧。"

显然"你们"这两个字里不包括"何默默"，任晓雪走到何默默的桌子旁边："何默默，今天下午你妈妈工作结束后，让她来一趟吧。"

"好的，老师，实在是对不起。"

何雨再次道歉，属于何默默的脸庞冷淡而乖巧，在她低着头诚恳道歉的时候，总让人觉得多了点儿可怜又多了点儿可爱。

"唉……"一声叹息之后，班主任的语气软了下来，"你受伤了吗？"

"手肘和脚上都有一点擦伤。"

"幸好只是小伤，要是真的伤到了手臂和腿，影响了你的学习怎么办？"

"老师！"教室的门口一个穿着红黑色T恤扎着高马尾的女孩站在那儿，一头卷发垂在温暖的晨光里。

"我是十一班的林颂雪，周五晚上的事情我也参加了，我有一些情况想跟您说，我可以进去吗？"

班主任抬头看看那个挺胸抬头一点也不露怯的女孩，又看看"何默默"，说："好，你有什么情况进来说吧。"

女孩迈步走了进来，步履带风。

她站定在所有人面前，理直气壮一字一句地说："老师，其实那天晚上是何默默知道了我们要去抓人才和她妈妈一起来阻止我们的。这个事情应该从我前几天在新河路被人袭胸说起……"

林颂雪，一个骄傲又有点固执的小姑娘，却可以为了安慰自己的朋友揭开自己心里最深的伤疤，也会为了受到猥亵的同学仗义出手。明明从一开始，她就是整个事件里人们勇气的起点，可她现在为了保护其他被侵害的姑娘，主动成了一个"受害人"。

警察不会说到底是谁因为被袭胸报了警。

林颂雪撒谎撒得理直气壮。除了自己被猥亵之外，林颂雪说的都是实话，可是何雨心里难受极了。

任晓雪老师的表情变得复杂也柔软，她抬起手似乎想放在眼前这个女孩的肩膀上，到了一半又收了回去，说："你……你遇到这种事情怎么不告诉学校呢？"

林颂雪颇有一些挑衅地说："学校门口出现的暴露癖都还没有解决。"

"那，你家长知道这件事吗？"

女孩笑了："老师，我七岁那年被人绑架，保姆报了警，我都被警察救回来两天了，我爸妈才回来。"

面对这样的孩子，同样是成年人的任晓雪和之前的何雨一样有些难以面对，她移开了视线。

"何默默，关于周五晚上的事，她说的是真的吗？"

就这样，让一个孩子用撒谎来承担一切？

何雨站直了身子，低声说："老师，我们能去一个没人的地方说吗？"

"老师，没什么好说的了。"

"有！"何雨看向林颂雪，目光灼灼，气势逼人。

林颂雪也看着她，看见她的目光，下意识地咬紧了下嘴唇。

任晓雪看看这两个孩子，叹了一口气："你们跟我来。"

跟着班主任身后离开教室的时候，何雨回头看看一脸急切要跟上来的盖欢欢，她笑了，然后摇了摇头。

小姑娘脚下一停，看着"何默默"离开了教室。

穿着高跟鞋的班主任一路走走停停，最后带着两个孩子进了楼上的教师值班室。

"老师，对不起，其实周末我应该先给您打一个电话的。"何雨再次道歉，她鞠了个躬，然后直起了腰板。

"这件事情的起因确实是有同学遭遇袭胸，但不是林颂雪，她是为了保护其他同学的隐私才说是自己的。"

任晓雪的眉头皱了起来。

林颂雪的表情也不太好看，她抢着说："组织别人去的就是我。"

何雨把周五下午到晚上事情的整个经过讲了一遍，只是隐藏了到底是谁发现了那个人的路线的。

听完了，任晓雪就让两个女孩离开了。

"何默默，你的家长还是要叫的。"

何雨喜提了不到一个月叫两次家长的成就。

"哼，就说是我被袭胸了就行了，不然这种事儿肯定有人瞎猜。"

何雨站在楼梯上看着林颂雪的背影："你也才十七岁，你想保护别人，你想过自己吗？"

林颂雪回头问她："我想了又怎么样？"

187

林颂雪似乎想说更难听的话，可她没有说，她试图保护别人，但在几分钟前，何雨也保护了她。

"还有，以后说话就说话，别总是拉你爸妈出来骂，这些都是你的隐私。还有，你父母他们做得不好，你……"

明丽的女孩女孩扬眉，莞尔一笑："我被绑架的事情是我编的。"

何雨："……"

下午四点半，何默默再次以妈妈的身份坐在了自己班主任的面前。

"何默默的家长，您是不是觉得我大惊小怪，明明您带着默默做了件好事，我还要让您来这里挨批评？"

"没有。"

接到妈妈说让自己来学校的电话，何默默毫不意外，任老师一贯认真且严厉，自己的学生出了这种事情她必然是要找家长的。

任晓雪叹了一口气，知道了整个事情的具体经过后，她胸口里一口气已经一整天吐不出来咽不下去了。

"平心而论，我觉得学生们做这个事情，在道义面前绝对不能说是错的。可是，我们都年轻过，我们都知道，年轻的孩子们怀抱一腔热血什么样的事情都做得出来，这一次，他们在校外聚集了一堆人抓了一个逃犯，我表扬了他们，下次他们看见抢劫会不会冲上去？又或者他们会不会以为只要心是好的，做什么都是可以的？嗯？"

何默默抬起头，她现在开始意识到了老师真切的担心。老师想得比她多，比她妈妈多，仿佛是看见了一群手拉着手想要过马路的小孩子，别人夸赞他们的勇敢，只有她，后怕着他们过去的莽撞，又担心着他们的未来。

"老师，对不起，这件事上是我的错。"

认真拷问自己，何默默自认，在林颂雪他们要去蹲点那个人的时候，当她站在那个路口看着一辆电动车冲出来的时候，她的心里是有期盼和惊喜的。

因为她的猜测在被证实。

但是她有什么资格，让同学们去为她证实呢？

"对不起。"她又说了一遍，"我在那个时候自以为考虑了很多事情，却没有真正考虑到同学们的人身安全，也辜负了别人对我的信任。"

她的道歉很诚恳，至少在任晓雪看来，比"何默默"那一大串天花乱坠的道歉要诚恳太多了。

"老师，希望您不要责怪'何默默'，是她要我帮忙去阻止的，最后事情变成这个样子，责任都在我。"

"您是成年人，责任当然是您的，性骚扰这种事情在社会上一直处于灰色地带，什么是灰色地带，就是遇到了这种事的很多孩子不敢跟家长说，不敢跟学校说，只愿意跟同学说，可大家都是一样大的孩子，今天十一班的林颂雪为了把错误都揽在自己身上，还跟我说遇到性骚扰的是她，你觉得这是一个十六七岁的小姑娘应该做的事情吗？"

听见老师这么说，何默默又微微低下了头："老师，您认为这是十六七岁小孩子不应该做的事情，可他们为什么这么做了呢？"

这是何默默的困惑，她设身处地去想了一下，如果是一个月前她遇到了这种事，她也不会跟妈妈妈说的，更不会跟老师说，直到在妈妈冲向那个人的时候，她才发现这种事情她是可以说的。

为什么呢？她在疑问。

班主任老师以为她是在反击自己。

任晓雪女士胸口一股气散了，她的姿态不再高扬和紧绷，甚至有点自责地说："对，您说得对，学生不敢告诉老师和家长，这是所有人的责任，我能感觉到，被性骚扰的同学，我们班里就有，我也有责任。"

她拿起杯子，喝了一口水，似乎想要吞下满腔的沮丧。

这是所有成年人的责任。

他们让很多不该产生的东西产生了，让很多应该死去的东西还活着。

何默默沉默了，作为一个才十六岁的女孩，她以一个成年人的身份坐在这里，怀抱着年少的困惑与自责，然后她第一次感觉到，在妈妈之外这些成年人的心里，也都有一个想要抵达但是无力前进的美好世界。

"何默默。"

同桌暂时不在，盖欢欢终于找到了机会跟坐在自己前面的女孩说话，今天一整天都有同学问何默默抓逃犯的事，她每次想要说些什么都会因为旁边有人而被何默默拒绝了。

何雨拧过身子，趴在了盖欢欢面前的书堆上。

坐在一旁的时新月默默站了起来，走出教室去上厕所。

盖欢欢放下笔，她想看着"何默默"说话，挣扎了一下，还是垂下了目光。

"你是为了我才去新河路的，我应该告诉老师……"她的声音很小，心情也很低落。

何雨也学她，声音小小的，还是笑着的："你如果是想告诉老师，让老师们提醒同学们回家注意安全，这是对的，但是……你要是为了这种想证明我怎么样，然后在同学面前自曝，这是没有有必要的。"

盖欢欢的头抬起来了一点："你告诉过我不用怕，我也不怕告诉别人。"

看着她的小表情，何雨的手一阵发痒，很想揉揉这小姑娘热乎乎的脑袋瓜。

"不用怕，和保护自己，都很重要。"

"保护自己？但是……"

"嘘。"

"何默默，老师不是说就你们六七个人吗？怎么七八班也都有人说自己周五晚上去了？"贝子明从外面急匆匆地回来了，这小子天天只盯着别人的成绩，何雨还是第一次看他对什么热闹这么上心。

大概是因为男孩子对于"冒险"总有一种发自内心的渴望吧。

她保持趴着的姿势不变，很随意地说："反正我只见到了六个人。"

说起这个，何雨又开始担心自己的女儿是不是被班主任给骂了。

贝子明还站在那儿聒噪："何默默，你知道四班的同学跟我说什么吗？他们说是你领着一群人去抓人的，哇，太酷了，咱们学校什么时候有人干成了这种大事？他们私下里都叫你默老大了。"

一瞬间，何雨的心情垮了。

虽然一直说别人不会关心"何默默"变了什么，可她留给女儿的这个"烂摊子"真是在自己的控制之外越来越大了……

她沮丧地转了回去，正好时新月也回到了座位上。

贝子明在后面说："时新月，你刚刚在外面叫我，怎么不说话啊？"

最后一节课是语文，老师已经站在了讲台上。何雨翻开老师要讲的课文，手肘边上突然出现了一个小字条。

翻开，上面写了一句话："都没事了吧？"

何雨看向时新月，小姑娘正乖巧地看着课本。

何雨想起了自己昨天看见她骑着三轮车拉着旧家电。

还有刚刚她恰好离开，又在外面叫住了贝子明……

这个瘦小、内向的姑娘，也比自己想象中更成熟啊。

"都没事了。"

在字条背面写完这句话，何雨想了想，又在这行字的上面写了个"给"，再画了一个细弯弯的月亮。

把字条折好放在了时新月的桌子上，何雨小心地观察着小姑娘的表情。

看见斜阳给女孩干黄几乎没有血色的脸镀上温暖，看见她的嘴角勾了起来。

何默默在老师办公室接受了一个多小时的"恳谈"，出来的时候头昏脑涨。

任老师和上次一样给何默默开了一张晚饭外出的假条，让她们母女有机会谈谈。

"我希望您下次不要帮孩子撒谎请假了。"谈话结束的时候，已经自我调整完毕的任晓雪是这么说的。

可见，"何雨"作为一个家长在老师这里的信誉度也是直线下降。

何默默站在教室的门口，高一(2)班的同学们很多都认识"何默默的妈妈"，出来的时候很多人跟她打招呼，态度比上次真是热情太多了，热切到让何默默觉得不自在。

何雨刚走到教室门口，正要说话，两个别的班的男同学路过，大声地说："默老大，你也太帅了吧。"

何雨："……"

何默默："……"

何雨还能无奈地抬起手捂住脸，何默默已经彻底僵了。

"默……是……"看着女儿用自己的脸做出天崩地裂的表情，何雨抬起手扶住她的脑袋，"过十天半个月他们就忘了。"

"真的吗？"

"真的。"

嘴里是这么安慰女儿的，但是何雨也觉得，等换回来之后何默默再考一个全校第一，那帮男孩子就会大声地说："果然是默老大，就是这么牛！"

这么一想还有点好笑……何雨在内心制止了自己的幸灾乐祸。

"没事没事，真的。"

何默默被捧着脸，说话有点费劲："妈妈，你在笑啊。"

何雨立刻心虚地放下了手。

"走走走，吃饭去。班主任骂你了吗？"

"没有。"大部分时间都是在跟自己讲述性教育的艰难和整个社会环境对孩子身心成长带来的影响，何默默觉得这些内容还是很有用的。

"那就好，那就好。"

何雨伸手握住了"何雨"的手。

何默默低头看了看，好像从上周开始，她们母女俩突然有了手拉手一起走的习惯。

走下教学楼的楼梯，太阳即将落下。

"今天英语课上两个单元的单词默写我全对。"何雨得意扬扬，"你还记得吗，你上次来的时候跟我说英语还是能学学，我这不就好好学了。"

"嗯，妈妈很厉害。"

何默默挺开心的。

聊啊聊，说啊说。走过篮球场的时候，何雨突然说："默默啊，你还记不记得，上次在这儿的时候，那个……"

"何默默！"男孩干净的嗓音突然响起，伴随着一声把篮球扔到地上的闷响。

"阿姨，我们又见面了。"

穿着篮球服的少年快步走了过来。

一切仿佛是历史的重演。

何默默凝固了。

高树繁茂，斜阳留光，年轻的男孩和年轻的女孩笑着交谈，女孩的妈妈站在一旁静静看着，这个场景实在是校园里明亮又清新的一幅画。

完全是上次的翻版。

何默默心里颇有些破罐子破摔的凄凉，算了，也已经不是第一次了。

都已经成了"默老大"，何默默觉得自己已经可以面对一切。

李秦熙面带笑容："何默默，你和阿姨要出去吃饭吗？我和你们一起吧，学校门口有家新开的麻辣烫你还没吃过吧？"

看看看！果然是按照上次的流程走一遍！

何雨的脸上挂着笑容，说："不用啦，你的朋友还等你打篮球呢，你没必要为了我们改计划，我和妈妈自己出去吃就好。"

李秦熙又说了几句，都被何雨婉拒了。他不是一个会顶着别人的拒绝还纠缠的性格，他很快就站在原地，目送何默默和她的妈妈离开。

"妈，你为什么拒绝了呀？"

"啊？"

何雨看了女儿一眼："你要是舍不得，我就把他叫回来。"

何默默一把摁住了她的手臂："我绝对没有这个意思。"

瞭到女儿严肃的表情，何雨忍不住笑出了声。她以前怎么发现呢，女儿可真好逗，平时看着默不作声的，有些事就是戳一下动一下。

"今天林颂雪和你那个同桌时新月让妈妈反思了一下自己。你们呢，做的是只有这个年纪的人才会做的事，但你们也有自己不想做的事情。我不能总是依着自己的性子来，一直做你不想做的事。"

夕阳的光把树影拉得长长的，何雨从一个枝杈踩到了另一个枝杈。

她是突然有了这个发现的。在她看见时新月的笑容的时候，她发现时新月对盖欢欢不发一言的体贴和沉默的关心竟然和女儿的那么相像。

她的女儿从不过问她在学校里都做了什么，却接受了她每一次的理由和借口。

她们的言行间仿佛是成年人的某种心照不宣，可在这个年纪能做到这一点绝不是因为圆滑与世故，正相反，是因为干净的温柔与善良。

她有回报过什么吗？

"有时候想想，咱俩换过来之后，你是真有当妈的样子，是妈妈做得还不够好。"

何默默嘴唇抿了起来，她们两个人胳膊碰着胳膊，肩膀平着肩膀，手拉在一起，走出了校门。

她回答自己的妈妈："不是。"

何雨又握了一下女儿的手。

"咱们去吃麻辣烫？"

"……好。"

何雨的右手握着何默默的左手，何默默左手上的手表时间已经变成了"15"。

新开的麻辣烫店是自选菜品和汤底的那种，何雨煮了一碗酸辣口味的午餐肉、各种丸子加上玉米蔬菜的混拼，何默默吃的是番茄口味，鹌鹑蛋、香肠、肉片、蘑菇、蔬菜和一点面条。

单看这些搭配，何雨的口味更像是年轻人，她也发现了这一点，笑着说："你这是吃麻辣烫还是吃番茄面条啊？"

何默默戳了戳鹌鹑蛋，她以前都不知道妈妈这么喜欢吃加工过的食材。

月色如水，流过树叶间的缝隙落在地面。晚自习快结束的时候，时新月像往常一样递了一张小字条给"何默默"。

"需要笔记和记录的作业吗？"

何雨想了想，她晚饭的时候复印了一份盖欢欢的笔记，今天早上又收到了老师的教案，时新月的那份她应该是用不上了，至于老师们布置的作业，她自己已经记下来了。

什么一个单元的练习册，多少道题，还有两张卷子。

于是，她看着时新月，笑着摇了摇头。

小姑娘于是转了回去，继续做试题。

何雨还是看着她。

何雨现在觉得这个小姑娘很有意思，一开始她以为她是个性子又软又内向的小可怜，后来发现这个小姑娘身上有秘密，她为什么回家从来不学习呢？为什么要在周末顶着太阳骑三轮车呢？现在，又让人觉得她绝没有印象中那么懦弱，她有一双明眼和一颗玲珑心。

察觉到"何默默"正在看着自己后，时新月抬了抬脑袋。

放学的铃声就在这个时候响了。

何默默看着自己面前堆的这一摞材料，书包里是塞不下的，幸好老师给她的时候是用一个专门装教材资料的帆布袋装着，虽然重，但好歹能提起来。

林颂雪这两天都不来找她了，何雨也乐得轻松，一个人带着那堆材料慢悠悠地走。

周围的同学骑着车或者步行，因为走得慢，从校门出来再到一个路口的时候，放学的大部队已经过去了，路灯下，有人在拉拉扯扯。

何雨眯了一下眼睛。应该是看书看多了，何默默的这双眼比她原来那双是差点，虽然不至于戴眼镜，但是在晚上的时候确实有点看不清。

何雨仔细一看，发现正拉拉扯扯的是一个不高的男人和一个清瘦矮小的姑娘。

再往前走几步，何雨看清了那小姑娘是谁。

时新月。

"我不跟你走，你也不准去找我妈妈！你都拿了钱了，为什么还要去找我妈妈？"

"新月，你就忍心看你爸爸我过得那么辛苦？啊？我可是你爸爸！"

"你不是！你放开我！你不准碰我！"

何雨第一次听见时新月这么大声地说话，或者说，这个女孩是在尖叫。

十六和四十二

194

旁边有放学路上停下的同学在说"你放开她""你别抓她"，那个中年男人抓着时新月的手臂，大声说："我跟我女儿说话关你们什么事！她是我女儿！"

时新月喊得撕心裂肺，瘦弱的四肢拼命挣扎："我不是！"

"你在胡说什么！"男人神情狰狞抬手掐住了时新月的脖子。

"嘭！"

何雨手里的东西就是这个时候抢出去的。

男人一下被砸倒在地上，何雨冲上去左手拎起那摞材料，右手拉着被带了一个趔趄的时新月："快跑！"

"啊！"

路灯下，两个女孩拔足狂奔。

何雨跑起来实在是费劲，突然她的左边有只手拍了一下她的手臂。

"何默默，我这车带不了你，你把东西给我，我给你送你家小区门口。"

说话的是个没见过的男孩，他骑着车与"何默默"保持平行，时新月的爸爸已经追了过来，何雨肩膀一甩，把自己的书包连着材料都递了出去："麻烦你了！"

"默老大！加油啊！"

扬了一下手里的东西，男孩把车也蹬得飞快。

没了负累，何雨觉得自己简直是健步如飞，可惜何默默的身体还是弱，跑了几百米就累了。

"快点儿跑！"谁也没想到，时新月两条细腿迈得飞快，何雨换了一口气，局面立刻变成了时新月拽着她狂奔。

何雨："……"

不停有骑着自行车的孩子们经过她们身边，还有的挡在他们的身后。

有几个孩子大声喊："默老大，我挡了他一下，你快跑！"

有的说："默老大你跳上来我带你一下吧。"

何雨被时新月拖得狂喘如狗，什么都顾不上。

只能听见自行车的车铃声响成了一片，只能看见路灯成了一束束的斑斓流光。

拿走东西的男孩依约停在了何雨家小区的门口，在她们冲过来的时候把东西送了过来。

"默老大的家在里面，我跟保安大叔说了，他马上关门。"

这些话是他跟时新月说的，显然他看出来"何默默"是真的累了。

时新月闷声不响地接过了"何默默"的那些东西后，冲进了小区。

在她们身后，保安把大门缓缓关上。

"这个楼！"何雨噎着一口气指着自己家的方向，"进去第二个单元！"

时新月拖着她又奔了过去。

进了楼道里，何雨靠在墙上，喘着粗气说："你让我，喘口气！"

声音里夹着气音，怎么都大不起来。

等她换回来，她就要让默默每天跑一千米！少一米都不行！

时新月也在喘，她抱着何默默的书包和材料，借着外面照进楼道的暗光，都能看出来她整张脸已经红得像个番茄。

"我，躲一会儿，就回家了。"小姑娘说话都断断续续，现在声音又变成一如既往的小。

何雨掐着腰喘气，觉得肺都要炸开了："都到这儿了，上去休息会儿吧。再说了，你是坐末班车往新区走吧，车都没了你怎么回去。"

时新月也喘了两口气，说："你、怎么知道……"

既然是收废品，那活动的地方能离她家有多远啊？

何雨说："我都看见过你上车了……"

时新月不说话了。

"先去我家吧。"何雨又说了一遍。

小姑娘摇了摇头。

两人又喘了一会儿，听见楼上有一户房门打开了。

"哒哒哒！"

有人下楼了。

脚步声唤醒了声控灯，灯光一点点下移，等她走到一楼的时候，何雨的眼前也亮了。

何默默穿着一件外套，赤脚踩着一双鞋，站在光下，一双眼睛看着两个狼狈的"女孩"。

"怎么了？站在楼道里不回家？"

哟，这话说得可真像个当妈的。

何雨摆了一下手，说："我喘口气就上去了。你怎么下来了？"

"保安给家里打电话，说有个男人在小区门口，是追着你来的，闹着要进来找人，让我去看看。"

"别去！"何雨连忙拦住自己女儿，那可是个能大庭广众就掐人脖子的疯子。

"阿姨，阿姨您别去，他会打人的。"

何默默认出了时新月，于是她缓缓地蹲下，把自己踩着后跟的鞋子穿好。

楼道里的灯灭了，她跺了一下脚，灯又亮了起来。

"他打过你吗？"何默默是这么问的，在光下。

时新月抬头看了"阿姨"一眼，微微点了点头："他刚刚还掐我脖子了。他谁都打的，阿姨您别去！"

何默默转头看向自己的妈妈。

何雨也在摇头。

何默默说道："放着不管，他以后还会回来找人的，总不能每次都这么躲着。"

"你管不了。"何雨的声音很轻，语气却很笃定，清官难断家务事。

时新月低着头："阿姨，没人管得了的。"

楼道里响起了手机铃声，大概又是保安打过来的。

何默默对妈妈说："你们上去休息一下，我就去看看情况。"

何雨急了："你看了情况又能怎么样？"

"不能怎么样，所以我只是去看看。"

"你……"何雨抬手要拦住女儿，反而被何默默握住了手。

"就是去看看，我也做不了什么，跟保安道个歉，他闹大了我就报警，就这么简单，好不好？"

那双属于中年女人的眼睛此刻很亮，何雨明知道那里面是她才十六岁的女儿，竟然也在一瞬间被说服了。

"我送新月上去，陪你一起去。"

"好。"

何默默又去看时新月，她真没想到再次见到自己的同桌是这样的场景。

何雨拉着时新月往楼上走，还回头看了看自己女儿。

楼道里的灯又暗了下去。

一口气狂奔了一千米，何雨累得步子都慢了，她勉强爬上楼又打开家门让时新月进去后，她又转身就想下楼。

时新月小姑娘说："我也一起去。"

"说什么傻话呢？他再打你怎么办？"

"那你们一定要小心啊。"

"没事儿,我们就是去看看。"

哎?这句话是不是有点耳熟?何雨的心里突然有了不好的预感,她先是冲进了厨房拿了点儿东西,然后提着一口气噼里啪啦地下了楼,果然,说好等她一起去的人已经不见了。

这熊孩子!

站在小区门口对峙的除了何默默、保安、时新月的爸爸之外,还有警察。

其实何默默在第一次接到保安的电话之后就直接报了警,第二次的电话是警察打来的。

"我来找我女儿,她把我女儿藏起来了!"

时新月爸爸的头发乱糟糟的,穿了一件灰色的外套和黑色的裤子,面对警察,他有些气虚的样子。

"警察同志,这么晚真是麻烦你们了,这个人从学校门口一路追着我女儿,现在两个孩子都吓坏了。"

派出所的两位警察在何默默来之前,就在保安室里跟保安了解情况。

"你为什么要追别人孩子啊?"

"那是我孩子!她孩子打了我,带着我孩子就跑。"

何雨赶到的时候就看见那个人对着警察吵吵嚷嚷,她立刻大声说:"警察叔叔!他打人!"

"这是你女儿吗?"

"不是,她刚才打我了!"

"你有没有追着她跑?"

"我那是追我女儿!"

一个警察在询问那个男人,另一个警察从保安室出来,走向"何雨"。

"是你报的警?"

"是。我接到保安电话说有人追着我女儿跑,吓得我立刻报了警。"何默默木着一张脸,她演不出一个焦急的妈妈,面无表情在这个时候也可以被解读成愤怒。

"妈妈!吓死我了!"匆匆赶来的"何默默"突然就红着鼻子流着眼泪大哭了起来,"他打人!他掐着我同桌脖子!吓死我了,好多同学都看见了,我就拿我的书包打了他一下,呜呜呜,妈妈,吓死我了!"

"别哭。"警察连忙安慰这个"小姑娘"。

连值班的保安都急了："你看看这孩子都被吓成什么样了！是这人他先打人的呀！"

"警察叔叔，我根本不敢让我同桌出来，太吓人了！真的！他说他是我同桌的爸爸，怎么会有这样的爸爸呢？在路口掐住了孩子的脖子？"

何雨在哭诉，属于少女的嗓音里带着对这个世界的困惑与不解。

警察也不过三十多岁，恰好是当了爸爸的年纪，听见一个孩子这么哭，他公事公办的表情也有点撑不住。

"这个孩子说你抓你女儿的脖子，是真的吗？"

"我哪有啊！"男人嗓门挺大，双手扒着小区的门恨不能一步蹿进来似的，"我可没干！"

"不要对我们撒谎，学校附近的路口都有监控，我们明天就可以调取监控，如果你撒谎的话，一个拘留是跑不了的。"

男人的气势一下就比刚才弱了："我都说了我没有！我……"

"他撒谎！""何默默"又在呜呜地哭，"何雨"面无表情地"安慰"她。

"你找你女儿有什么事？你为什么要在晚自习的时候找你女儿？"

要问的问题太多了，警察开始考虑是否从现场调解变成带回派出所处理。

小区门口的吵闹声影响了其他人，离大门最近那栋楼的二楼亮起了灯，然后窗也开了，陆陆续续，小区里又有几盏灯亮了起来。

"哎哟？这不是那个学习特别好的孩子吗？警察同志，这是怎么了？"二楼那位住户是个光着膀子的四十多岁的男人，看见"何雨"转头看自己，他一下就把身子缩了回去，只露了个脑袋在外面，"警察同志，那小姑娘可好了，学习也好，又懂礼貌，绝对不会干坏事，您一定要调查清楚了。"

随着他的声音，亮起来的灯更多了。

"何雨，我还在想是谁在这儿闹呢，你和默默这是怎么了？"这是另一栋楼三楼的一位阿姨。

何默默看向她的方向，也不知道自己该说什么，又把头低下了。

远的近的，有人在附和他的话，更多的人是在看热闹。

之前叫何雨名字的中年女人居然从她家里出来了，手里拿着四瓶矿泉水。两瓶给了何家母女，两瓶要递给警察同志，被拒绝了，于是这位阿姨抱着两瓶水又说了一堆好话。

"哎呀，孩子眼睛都哭红了，天天学习这么累，晚上回来怎么还被狗追。"

这话直接激怒了外面那个男人，他转头就骂，嚷着："你说谁是狗？"

女人理都不理他。

楼上那位"只有头先生"暴怒："什么人居然敢堵在我们小区骂人了！"

门外的警察制止了时新月父亲骂人。

门里的警察说："女士，我们也希望能尽快把事情处理完，所以……"

女人抢过话头，说："我知道我知道，我不影响你们工作，我回去了。楼上那个你也别说话了，咱们都是文明人，犯不上跟他吵，这种人就交给警察同志处理了！"

这位过分爽利的女性拍拍"何雨"的手臂，小声说："别怕啊，有事儿就喊，咱们自己家门口，不怕。"

里里外外都打点了一番，她才一步三回头地回去了。

夜晚一下子变得更热闹了，又好像一下子变得更安静了。

那么多的灯光，好像一下子照进了心里，一根手指从矿泉水瓶上滑过，何默默说："警察同志，能不能先处理我的报警？他追着我的女儿跑，大喊大叫，表情狰狞，我相信监控也都拍下来了，我女儿的同学包括我们小区的保安都看见了，我认为他的行为对我女儿构成了人身威胁。"

看一眼"女儿"后，何默默侧过头，轻叹了一口气："也不知道是跟孩子有什么深仇大恨，就算我女儿是别人家的孩子，还有他自己女儿呢，一回头就被吓得浑身发抖。"

身体是僵硬的，语气也不自然，"同志"两个字几乎是叼着舌头学着刚刚大叔和阿姨语气硬说出来的，不过不重要……何雨偷偷看了自己女儿一眼，这几句话又为时新月在警察那里加了几分可怜的印象，这是默默之前就想好的，还是临时发挥？

警察说："这位，啊，何女士，这个事情既然是三方面的，还是得让那个孩子也下来，咱们一起把事情说清楚，对不对？"

何默默拍了一下"何默默"："默默，你去把你同学叫下来吧。"顺便跟她说清楚了，把你这哭的本事教一下。

何雨抽泣了一声，说："妈妈，我怕我说不好。"还是你上去吧，你脑子聪明。

正是同仇敌忾的时候，母女俩却因为这小小的分歧僵持了一下。

"你们……不用找我。"

五米外一个被灯光忽略的绿化带后面，一个小脑袋冒了出来。现场的气氛因为时新月这像极了灵异片里的出场而凝滞了一下。

"阿姨，默默，谢谢你们。"走了两步，时新月就停下来鞠了个躬，对着何家母女，也对着警察。

"警察叔叔，我同学她的妈妈都是在帮我的，因为他刚才打我了。"

何雨能看出来时新月说话的时候是害怕的，就像教室里那个一有风吹草动就会缩起脖子来的小鹌鹑。

可她这只"小鹌鹑"现在努力地扑扇着自己的翅膀。

"他打我了。"时新月重复了一遍。

"其实，我跟很多警察叔叔和阿姨都说过了。我以前住在阳城事五光镇，你们可以去查我小学五年级之前的材料，他以前打我，我老师还有邻居都帮我报过警。"

警察又确认了一下："能查到家暴的报警记录是吗？大概是什么时候？"

"能查到七八次记录，最后一次报警是 2011 年春天。"说起这些的时候，时新月的整个身子都在抖。

何雨想去抱抱时新月，有个人先她一步把身上的外套脱下来披在了时新月的肩膀上。

是何默默。

在这极其短暂的瞬间，何默默完全像一个有担当的大人，她口齿伶俐地说："警察同志，您看现在这个事情怎么解决呢？听孩子的意思，她被打了好多年了，您肯定得查报警记录，还得通知孩子的家长……"

"嘿！你干什么！"

门的另一边突然传来一声暴喝，接着就是一阵凌乱的脚步声。

时新月的爸爸拔腿就跑，警察追了出去，原本在听他们说话的警察也穿过了保安室的过道去追赶。

"别怕。"看着这一切发生，何默默干巴巴地安慰时新月。

"我不怕了。"努力让自己不要缩起身体的小女孩是这么说的。

五分钟不到，他们几个人一起去了派出所。

时新月身上发生过的事情，很简单，又很复杂。

阳城离这里三百公里远，五光镇是个山沟里的镇子。她爸爸抽烟喝酒，败光了原本就只有的一点家业，于是他的娱乐活动就变成了家暴。

时新月六岁那年有个城里的工厂去他们那儿招工，因为有钱赚，她妈妈就跟着跑了，她爸爸每个月会去城里一趟，带点儿钱回来，心情好的时候他拿钱买烟买酒，还会记得让女儿吃口饭，可这样的时候极少，大部分时候时新月都生活在饿死的边缘，有的邻居阿姨看不过去了，就每天会给她一顿饭吃。

　　就这样，到了时新月七岁的时候，她爸爸按照惯例进城去拿钱，回来的时候却像是一只疯狗。

　　她妈妈走了，这次是彻底走了，离开了那个工厂，隐入了滚滚人流。

　　那天，时新月被爸爸用皮带抽了一下午。

　　时新月上学的钱是乡镇办公室的人帮她想办法筹集的，她爸爸发现学费退不到自己的手上后，也就不管时新月去不去读书了，在挨了那顿打的第二天，时新月几乎是爬进教室的。

　　第二天，她的老师报了警。

　　可联系警察不上时新月的妈妈，她爸爸的认错态度又很"诚恳"，最后时新月还是在治好伤之后回了家。

　　那之后她爸爸在没喝醉的时候就不怎么动手了，但他会让她站墙角、顶水盆。

　　时新月不愿意做就没有饭吃，他甚至会撕她的课本。

　　后来，她学乖了，无论如何要在学校里完成关于学习的一切，回家……就是回到了地狱，地狱里不能学习。

　　她爸爸在喝醉酒之后还是会打她，塞住嘴打，或者干脆用被子闷着头打，邻居的阿姨知道了，就偷偷教了时新月一个办法，一看爸爸喝醉酒了，她就拎着一个盆，爸爸要揍她，她就把盆往地上扔，听到声音的阿姨就会来救她。

　　这个办法成功过两次，阿姨也成功地报了警。

　　可是过了两天她爸爸就在家里整晚地用盆砸门……那之后她再砸盆子，效果就没那么好了。再加上时新月的身上除了第一次之外一直没有重伤，只是青紫，这种程度的伤害让所有人很难给她爸爸"定罪"。

　　时新月就这么一次次地被送了回去。

　　终于有一天，她妈妈回来了，是派出所的一个警察阿姨找到了她。

　　妈妈回来，看见了一脸不成人样的时新月。

　　"我要离婚，孩子归我。"

　　"给我钱，五万。"

　　"好。"

　　最后爸爸临时反悔，狮子大开口成了十万，时新月的妈妈还是掏了钱，离婚，带走了时新月。

　　其实妈妈在外面的日子过得也不算好，十万块钱是她辛苦了五年多攒下来的全部了。跟着妈妈来到了这个城市，时新月才知道，妈妈有时候在工地做饭，有时候甚至会去做苦力活儿。为了让时新月能上学，她租了一套学区房，用掉了入学位，又把房子租了出去，然后带着时新月住在了开废品站的老乡那儿。

一直到凌晨两点，何雨和何默默都在派出所里，通过时新月对警察的讲述，她们了解到这些事情。

还有一个人和她们一样静静地听着，是时新月的妈妈。

她皮肤黝黑，紧握在一起的一双手指节粗大。

从她进来到现在，她都没有看自己的"前夫"一眼，只是不停地问什么时候能带孩子回去。

"不应该报警的，也没有用，说这么多家里的事，不是让人笑话嘛……"坐在询问室的一角，她像是在自言自语，又像是在抱怨。

何雨跟女儿坐在一起，手里拿着那半瓶水。

"笑话谁？笑话你这当妈的扔了女儿，现在你女儿被那……东西追，这……"一贯伶牙俐齿的何雨被时新月妈妈的态度气到说不出话来，她想揍人！

吓得何默默拉住了自己这冲动的妈。

"您别这样，她也是受害者！"

何雨气昏了头，看着顶着自己脸的女儿："你帮她说话是吗？她怎么样都不该丢了孩子！"

"这不是她主观要丢的！"

"你看看时新月！那小胳膊小腿……你再看看她！到了现在还要指责时新月，那新月离开阳城之后的人生又算什么呢？"

"请注意，倒车……"

凌晨，派出所的灯光是白的，很容易让人想到通宵行驶的绿皮火车，或者永远在延误的航班，透着能融掉人骨头的疲惫。

所有人都很累，另一个房间里警察对照时新月的说法询问男人的声音不时传了出来。

谁都没想到在这个时候，那对母女会突然吵起来。

甚至，连她们自己都没有想到。

何雨看着自己的女儿，对微弱的"倒车声"充耳不闻，说话的语速又急又快："她哪怕是把孩子带走呢？你看看时新月现在这个小身板，那就是从小饿的，她是个当妈妈的，她走了，孩子就成了这个样子，怎么了，她还有功了？！”

“她已经尽力了，造成这一切的人不是她！”

“她是个妈妈！”

“请注意，倒车。”

“她是个受了折磨的人！”何默默盯着那双怒火外露的眼睛，在竭力保持自己的冷静，“你不是应该已经明白了吗？一个人，先是人，然后才是其他的，她不需要为谁把自己的一生都葬送掉，她不需要因为做得不够好就自责，所有人都应该是这样的，你是这样的，时新月的妈妈也是这样的。明明有真正伤害了别人的人，为什么不去指责他们？为什么这件事成了你对另一个……”

何默默说话的时候极少有肢体动作，除非她真的很激动，就像现在，她的手在空中画了一个弧，似乎是想把自己的妈妈和很多个妈妈都笼罩在一起。

“你不该指责她，你们都是……”

“请注意，倒车。”

何默默无法找到一个词语形容她的妈妈和时新月的妈妈，在她的眼里她们像一对相像的鸟，都被笼子关着，都遍体鳞伤。

于是她沉默了下来。

一旁坐着写记录的警察抬头说：“你们别吵了，这里是派出所，这个事情是我们会依照法律法规来处理的，不是让你们母女俩拿来吵架的。”

何雨长长地出了一口气，在她面前，她女儿低着头。

“请注意，倒车。”

何雨的心里堵得慌，越来越堵。

“咱俩吵啥呢？这人家的事儿……咱俩跟着忙了一晚上，现在自己吵起来了。”说话的时候她想笑的，成年人嘛，没什么事情是挤一个笑解决不了的，一个不行就两个，两个不行就笑一天。

可何雨笑不出来。

“阿姨您说得对，我妈已经尽力了。”也许是时间太晚了，也许是因为哭过，时新月的眼睛肿了，脸色苍白，因为说了很多的话，她的声音也哑了，“默默，谢谢你，不要为我生气。”

何雨又想叹气了，“倒车”的声音终于停了下来，她也没有力气去看手表上的时间。

“新月她上辈子也不知道祸害了多少人，这辈子来还债……都别说了，今天谢谢你们了……”明明自己是几分钟之前人家争论的焦点，时新月的妈妈现在却跟没事人似的，她过来拉住了女儿的胳膊，说了几句仿佛看热闹的总结，又去问警察什么时候能走。

"你们这边的笔录都做完了，回去等通知吧。"

时新月妈妈的脸上一下子就有了笑。

"好的好的，谢谢警察同志，谢谢警察同志。"嘴里道谢，她立刻拉着自己的女儿要走。

时新月往外走的时候回头看了看警察，又看了看何雨和何默默，低下头转回去，跟着妈妈走了。

"我们也走吧。"何雨伸手去拉女儿的手。

何默默下意识地避了一下，还是让妈妈拉住了手。

派出所离她们住的地方不算远。路上没看见出租车，何雨就拉着女儿往家里走。

"你，生妈妈气了？"说这句话的时候何雨终于能带一点笑了。

她以为会和往常一样，女儿会说一句"没有"，然后忍不住甩一堆大道理出来。

"是的。"她女儿说。

何雨停下了脚步。

"我们只能朝着整个事件中最无辜的人发泄怒火，是吗？我们明明刚刚听完了时新月那么惨痛的过去，明明是时新月的爸爸在犯罪，是他让所有人都不幸，然后我们却在争论她妈妈的责任，为什么要把刀捅向最柔软的人呢？就因为她是妈妈吗？

"明明她也挨了打，她已经拿自己多年辛苦赚的钱救出了时新月，明明她到现在都不敢看那个曾对她施暴的人，我们就当着她的面，堂而皇之地讨论她是否有责任，她是不是能做得更好？这是为什么呀？就因为她是妈妈吗？"

何默默看着自己妈妈的背影，她能听见自己的声音正飘荡在空旷的街道上："那你呢？你也会这么想自己吗？就因为你是妈妈，所以什么错误都是你的，那个抛弃了我的男人不需要为我的人生负责，没人会在我犯错误的时候责骂他，责骂他的不负责任，责骂他背叛了自己的婚姻，他理所应当地去追求更好的生活，还能被人夸一句功成名就，对不对？别人这样想，你也这样想，于是遇到了时新月的妈妈时，你也这样想，对不对？！"

何雨没有想到，自己的女儿想到了自己的身上。

"默默，骂了有用，才会骂，你知道吗？你犯了错我去骂李东维……哈，我要是真这么干了，你不觉得你妈我特别没出息吗？时新月的父母也是，她爸爸这个样子还能指望什么？骂肯定没用的，他就应该去蹲大牢！"

何默默生气地说："你指责你自己，指责时新月的妈妈就有用吗？"

何雨拉着女儿的手不肯松开，她竭尽全力地说："那肯定比骂男人有用啊。"

"这是不对的！"

怒火在身体深处的某个角落里燃烧起来，何默默之前短短十几年的人生中并没有感受过这样的愤怒，直到她变成妈妈，直到上次那个姓林的伯伯说要把她送到那个人那里。

这大概是一份接触了成年人的世界之后才会有的愤怒，里面夹杂着无助、无措和说不出的绝望，就好像随着一个人成为大人，命运就要用这份愤怒去反复地折磨他，让他无从躲避。

"不对的！受伤害的人为什么被骂？为了骂了这些人才会有用？这个逻辑说得通吗？这个逻辑说不通！真正的坏人刀枪不入。"

何默默终于挣脱了自己妈妈的手。

她大步往前走，努力让自己不要哭出来。

"妈，我看着你用我的嘴说这些话，我听着我自己的声音说出这些毫不犹豫地再去伤害你自己和时新月的妈妈的话，我觉得……我觉得我遇见了一个我讨厌的我自己。"

路灯的在中年女人的身后拖出长长的影子，一直连到了女孩的脚下。

何雨快步追赶着女儿："默默，妈妈知道你是在心疼妈妈，你要是觉得这样不对，妈妈可以改。"

"你不会改，你改不掉，你只会在我面前做出一副什么都没发生的样子，然后在你的心里继续责备你自己，因为你把我当成了你人生中唯一的一棵树，这是你的一整套逻辑！就像你也认为时新月的妈妈应该为时新月付出一切，因为那也是她人生中最宝贵的部分！她明明有着挣脱牢笼寻找新生活的勇气，就像你做了那么多好的事情、被那么多人喜欢，你拥有友情、被人信任……可你都看不见！"

在这个凌晨，这个短暂的瞬间里，有生以来第一次，何默默痛恨自己的思维。

她不该想这些的，这让她察觉到自己所希望的"妈妈有更好的人生"最大的敌人或许就是妈妈自己。

这让她疼。

永远存在的自我指责，永远不会消失的自我强迫，是笼子也是铁索，更可怕的是，只有这样被强行捆绑的妈妈无限地下落，才能撬起属于何默默自己的人生。

沉积的黑水积压于她的胸口，无处流淌，无处排解，在往心脏里面渗。

在她身后，何雨一把抓住了她的衣服，另一只手抓住她的衣领，转到了她的身前："你觉得妈妈这么做不对，那你告诉我，我们能去怪谁？妈妈能去怪谁？我不是你姥姥，我没那个本事把自己身上的问题摘得干干净净！除了怪我自己，怪谁能让我活得更轻松一点？你告诉我？我怪李东维，别人说我是怨妇，难怪他跟我离婚；我怪你姥姥，别人说我不孝，我怪谁呢？我怪你，你又做错了什么呢？啊？"

何雨盯着那双眼睛，那是她的眼睛，此时那双眼里是自己女儿的脸："默默，你认为的那种黑白分明、善恶有报的人生，没有人会因为你有什么不够好就去指责你的人生，永远不会出现在一个失败者的身上。

"但事实是，妈妈就是个失败者，我甚至找不到自己失败的原因，我必须去讨厌点什么。可笑的是，因为我太失败了，别人都比我成功，我根本就没资格去讨厌他们，你懂么……不对，妈妈希望你这辈子，下辈子，都不懂。"

说出这些话的时候，何雨有一些恍惚，如果她还是真正的十六岁该多好，十六岁的自己会想到二十年后的她是这个样子的吗？

她的眼睛红了。

应该说，两个人的眼睛都红了。

"默默，妈妈知道，你想长大，你想更了解妈妈，但是妈妈必须告诉你，人这一辈子最大的幸福，就是她永远十六岁！"

永远十六岁，就可以永远黑白分明，永远莽撞天真，永远承受赞美而非指责，永远怀抱梦想不知妥协。

"好，我知道了。"在这个时候，终于笑了出来的人竟然是何默默，她垂下了眼睛，轻声说，"妈妈，现在十六岁的是你，你幸福吗？你答应过我，我们一起努力去改变一点什么，这其实都是在骗我的，对不对？你只是希望我们能早点换回来，然后你自己来承担这份让你喘不过气来的人生……"

"请注意，倒车。"

"我不能让你这么做。"

"请注意，倒车。"

"我就祝你，好好享受'永远的十六岁'。"

"请注意，倒车。"

在这样的一声又一声里，何雨快要急疯了："默默，你到底在想什么？"

何默默不肯看自己的妈妈："我不知道还能怎么办，如果十六岁对你来说才有改变的希望，我们就不要换回来了。"

"请注意，倒车。"

那之后，何默默再不肯说话，唯一回答"何雨"的只有仿佛不肯止歇的倒车声。

回到家，用钥匙开门的时候，何雨看了一眼手表。

"55"。

高一的最后一次月考，也是市一中学生的最后一次全科考试，在期末考试之前学生们会进行第一次小三科的选科，期末考试之后到高二开学，学生们还可以对选科进行一次调整。

也就是说这次月考，一个学生要在两天时间参加九门课的考试。

何默默只有一天的时间，她也想过自己要不要在选修科目里只选择物理化学和生物进行测试，可是她又不想放弃最后一次全科考试，最后，她还是选择了在两天内把九门课都考一次试试。

因为明天要上班，何默默决定在今天一天考完七门。

早上七点到十点是语文，休息十分钟后是物理，十一点四十分考完了物理，何默默吃了点儿东西，妈妈在锅里炖了牛肉，电饭锅里也有米饭。

晚上六点，考完了英语的何默默看了一眼手机，才看见妈妈给自己发了消息，何雨今天晚上有点事情要忙，她要何默默自己订个好吃的外卖。

好吃的？

何默默揉了揉眼睛，从书桌前站了起来，她感觉到了自己身体能量的巨大消耗。看了一眼晚上要考的化学和政治，她伸了个懒腰。

她决定出去吃点东西，晚上七点半再回来继续，让自己暂时离这个"考场"远一点。

慢慢走在小区的路上，何默默深吸了一口气。

"何雨，昨晚上你们是怎么回事儿啊？闹得那么大？"一个坐在单元门口扒蒜皮的大妈抬头问她。

"咳！"何默默被这个问题呛到了，她有点后悔出来了。

"对呀，何雨，我听说是有人一路追着默默回来了，哎呀，你们娘俩都不容易，难得默默有出息，你以后是个有福的，可得照顾好了孩子，别让她受委屈！"

何默默不擅长应付这些，她只能僵硬地点头，然后悄悄走开。

留下那群大妈扒着蒜扯着葱地继续讨论"何雨如何能成为一个好妈妈"。

何默默想叹气。

十六岁的时候，别人会要求你将来"有出息"。

四十一岁的时候，别人会要求你当个"好妈妈"。

中间的二十五年发生了什么呢？想到妈妈跟自己说"我能怪谁"，何默默的嘴唇又拉成了线。

走进了小区门口的"云南小锅米线"，何默默点了一盘炒拉条子，这家店的老板是云南人，老板娘是山西人还是陕西人？总之，对于何家母女来说，她们更爱老板娘的一手面食。

和她们俩一样这么想的人很多，一般来说，老顾客进了这个店，吃米线的也就三成。

"拉条子等一会儿哦。"老板娘脸上的笑带着歉意，"我儿子今天摔了一跤，我带他去看大夫回来晚了，面醒得晚，要不你吃个米线？"

"面要多久？"

"还得十五分钟……"

"我等着。"

看着老板娘进去，何默默看向厨房，老板的米线并没有耽误，只有拉条子被耽误了。

何默默突然觉得很累，比她连续不停进行了七门考试还累。

她一步步地解题，就像是研究陨石、卫星、行星……很多很多年后，当她终于直面了恒星灿烂的燃烧……然后，黑洞出现了。

何雨也在吃饭，她吃的是拌米粉。

在她对面的一个人吃得比她香多了。

这个黑手黑脸，头发微黄的中年女人，是时新月的妈妈。

"你们今天不是要考试吗？怎么你这个小姑娘还在外面玩呢？"米粉吃了一半，时新月的妈妈抬头看向了这个坐在自己对面的"小姑娘"。

何雨自己也不知道她怎么就看见了时新月的妈妈然后叫住了她，说要请她吃饭。

本来她是要回家的，拒绝了于桥西一起吃饭的邀请，站在公交车站的时候她还打算去菜市场买点菜，给女儿做个芋头排骨汤，热乎乎的一碗下去，她总能跟女儿说上两句话。

时新月的妈妈就是在这个时候骑了个电动车从路上晃悠悠经过，何雨还没来得及想，就叫住了她。

"小月跟我说你是你们学校的第一名，第一名就这么厉害啊？都不用考试啊？那怎么算第一名？老师直接就说你是第一名了？"

拌粉里有油炸的花生米，女人一粒一粒地挑了放在嘴里，她是何雨在商场工作时极少会看见的那种女性，黝黑、粗糙，仿佛是生活在一座城市的阴影里，明明她们就在这个城市里转圈，光却总照不到她们的身上。

"没考试是没名次的。新月，她今天还好吗？"

"肯定好啊，也没怎么挨打，就掐了下脖子，今天早上她早早地就去上学了，你们不用担心她，她呀，看着不声不响，心比谁都大。"

这家湖南粉面馆生意很好，晚饭时间，密密麻麻摆开的饭桌上全是热闹，在这个嘈杂里，时新月妈妈的声音也很清晰。

她并不像一个人们传统印象里遭受了多年家暴的女人的样子，可又让人觉得，如果不是这样的一个性子，她也不会逃走、赚钱，再用钱换来了离婚证和女儿。

在这个时候，何雨想到，如果凌晨在派出所的时候这个女人表现得更软弱、脆弱，抱着孩子哭，是不是她就不会讨厌这个人讨厌到想打她。

"心不大，也活不到你去接她出来，对吧？"何雨知道自己说这个话是带着火气的。

"可不是，摊上那么个爸，没死都是老天爷赏的。"

何雨又气了，是带着疼的闷气："你为什么就不能对她好一点？当初你带她一起走不行吗？你早点回去不行吗？你……"

"我跟那人，怎么说来着，同归于尽，说不定小月没爸没妈都过得比现在好，对吧？"女人的一条腿撑在椅子的边上，她往后一靠，从口袋里掏出了一根烧了三分之一的烟，再摸摸口袋，没摸到打火机，她转头拍了拍邻桌，"有打火机吗？"

邻桌两位男士吓了一跳，看了看她那邋遢样子，都说没有。

女人于是又把烟收了回去。

何雨出了名的能说会道，被女人那么一反问，她挑着眉看着对方："没人想逼你死，不用把话说得这么绝。"

"是吗？没人想逼我死，也没人想我活呀。你这小丫头知道挨打是什么滋味吗？"

女人单手扒拉了一下自己的头发，她一低头，何雨就看见了她脑袋上的两道疤，一道大概三厘米长，另一道更长，隐入了侧边的头发里。

"这是用镐头砸的。小月身上比我强点，都是用鞭子、巴掌、拳头……我去接小月的时候，那女警察有一头很黑的头发，她哭着问我为什么不管我的孩子，我回她说拉倒吧，哪有那么多为什么。我第一次挨打的时候我还硬气呢，闹着要离婚，那一条街上没个不劝我的，我爸妈也劝我，后来呢？谁能替我挨打？我妈也没能救得了我啊，我问谁为什么去呀？"

虽然讨厌这个女人，但何雨还是在她的这些话里得到了共鸣。

世界质问她，她也质问这个世界。

何雨的心情很复杂。有一些话如果不说，似乎就是默认了对方的道理，但是说了，也成了自己刻薄不讲理。于是，何雨看着时新月的妈妈，看着她把腿从椅子上放下去又去吃米粉。

"你总是个大人，办法比孩子多。"这是何雨终于说出口的话。

"还办法呢，我就三条路，报警、继续过、跑。报警我报了，我要离婚，她爸给了我爸妈两千块钱，我再挨打的时候这就成了我的罪状了……你知道人能多坏吗，我再说要报警，他就能把我绑在家里，就绑在暖气片上，狗一样地绑着。继续过……哈，所以我就跑了嘛，哪还有什么办法？"

女人低下头扒拉着把拌米粉吃完了，掏出了一个角上贴着胶带的手机。

"再怎么说你昨天晚上也是救了小月，这顿粉，阿姨请你吃……我知道你也看不上阿姨，粉好吃，你就记得多帮帮小月，我得走了。"

"你为什么不让新月报警？"

"报警能让那畜生在牢里待一辈子？他出来了要是跟对付我似的把小月给绑了，绑得跟只狗似的，怎么办？"

何雨觉得这个女人说这些话的语气里充满了一种不屑。

仿佛她是刀山火海里冲过来的，受了痛，流了血，便不再相信这世上有什么东西能保护她。

"那你们怎么办呢？他已经知道新月的学校了，我们也已经报过警了，要是不起诉他让他坐牢，他一次一次地找新月怎么办？"

她一路跟着女人出了粉面馆，走到了三轮车的前面。

女人戴上帽子，笑了一下："你这小孩儿怎么这么多问题？不就是要钱嘛，给他一万，我再找几个工地上的人吓吓他，他就能消停两年，等小月考上大学了，天南海北一跑，我也去别的地方，他还能找着谁呀。"

这就是这个女人的解决办法，充满着工地上的灰尘气，呛人的话语，又像是最粗糙的一个建筑，钢筋支棱，看着摇摇欲坠、碎砖凌乱，却能让这个女人安身。

"你这叫什么办法呀！"何雨简直想把这个女人骂醒，"给了钱他嫌不够呢？万一工地上的人跟他打架时受伤了呢？他要是再知道了新月考的学校你怎么办？他再找到你了你怎么办？"

女人给何雨的回答极其随便："再说呗！再不行，我花个四五万找个人把他腿给打断。"

何雨几乎要气死。

卡其色的裤子上一抹抹的白和黑都是干活留下的，往车座上一靠，女人往前一蹬，没蹬动。

在她身后，何雨双手拽着她三轮车的后座，也不怕车上的灰粉弄脏了她的外套。

"你干吗？"

"你这破办法不行！"

"小姑娘，你今天到底在跟我折腾些什么呢？"

何雨也不知道自己在折腾什么，于桥西今天那句"我爸妈没教我什么是家，你教给你女儿什么是好好活着了吗"在她脑子里打转儿，转到现在她至少知道时新月的妈这么做不对。

"你这么做不对，咱俩聊聊！"

"我跟你聊什么呀？你赶紧起来，我还要趁着人下班去收废品呢。"

"嗯！"

是何雨一抬腿坐在了三轮车上。

"你带我一块儿去吧，咱俩路上聊。"

"我不跟你聊，你给我下去！"

"我不！"何雨的牛仔裤在脏兮兮的三轮车上蹭了一下，她拍了拍自己手上的灰，抓紧了车两边的把手。

后面有车要停靠，响了一声喇叭，时新月的妈只能往前蹭了两下车子，嘴里说："我一会儿去收个旧马桶放上面，你也在这儿坐着？"

何雨什么时候斗嘴输过？

她直接说："行啊，马桶盖子一盖，我还有个椅子坐呢。"

"……行吧。"

坐在三轮车上，何雨突然觉得时新月这妈也挺有意思，比她想象的有想法、有勇气，就是脑子被生活夹歪了。

何雨真的跟着时新月的妈妈去小区收废品了，路上她就跟她说着不能以暴制暴处事的道理，犹如白龙马驮了个唐僧。

收废品的工作不好干，新区这边的小区建得越来越好看，保安也越来越难缠，喇叭里录了声音，别说在小区里面，绕着小区放都会被赶走，所以只能等人打电话送生意上门。

"我来收废品的，4号楼2单元1803。"

"你等等。"保安联系了业主，又让她们做了登记，才让人进去。

是的，她们。何雨也做了登记，名字写的是"何雨"，电话留的是自己手上这个。

废品就是三箱子空酒瓶和一大摞被绑好的纸箱，这一户人家应该是刚装修完，请朋友们来吃了个饭，何雨帮着把纸箱拖进了电梯里，然后眼睁睁看着女人从口袋里掏出了一个写着"收废品电话"的贴纸贴在了电梯面板下面。

何雨说："这个小区管得严，说不定半夜保洁给你撕了。"

"撕了再说。"女人低头看看自己的破手机，"怎么今天没人扔马桶啊？"

"你还真喜欢马桶啊？"

"你不懂，马桶这玩意儿是大件瓷器不能回收，这样的小区也不让扔垃圾桶里，忙着工作的人只能找我们处理，一个三十，比收废品赚钱多了。"

时新月的妈妈唠叨着马桶生意经，抱怨着收废品不值钱，在东西装上了三轮车之后她还是蹬着三轮把小区里的垃圾桶都巡视了一圈，收获了七八个废旧纸箱子，四五个湿乎乎的易拉罐，还有一个铁盒子，大概是装饼干的。

当然，她也收获了一堆人的白眼。

又一个电话来了，女人又蹬着车急匆匆地走了。

何雨坐在车后座上，突然想到了自己的女儿。

这样的人，怎么让她脑子里的筋转一下呢？这些日子，默默是不是也在天天琢磨这个？

"小姑娘，你还跟着我干吗呀？

"还不走啊？一会儿我车上满了你坐哪儿？"

何雨跷着两只脚说："你带着女儿去把你前夫告了吧，这种人不进监狱那就不对。"

时新月的妈妈笑了一声，蹬着车往前走。

"小月她已经有个混工地捡破烂的妈了，再来个坐大牢的爸，她这辈子也别想翻身了。她也不像你是个年级第一的孩子，长得不好，成绩也一般，她能考上二本就是我家里烧高香了，指不定将来忙一个月赚的钱还不如我捡破烂的多……你说，她再有这么个身份，还怎么嫁人？"

城市里的灯亮了起来。

何雨抬头看着。

风带着时新月妈妈身上的尘土味道，还有废弃酒瓶里的馊气，它也带来了声音。

"我被绑在暖气片上那时候小月才两岁，我说小月你给妈妈喝点儿水，她路还没走利落呢，半走半爬地给我端了水过来……后来我那十万块钱是我本来想再凑点儿，在小县城交个房子首付的，那时候一平方米四五千元就能找着个小破房，以后我也算是有落脚的地方了，结果……我记不着我怎么奶她的、怎么抱她、怎么喂她吃饭，我都早忘了，算上在工厂打工，我多少年没见她了呀，可我记得那碗水。我咬咬牙，那人说什么我都认了，就算小月根本不认识我了，我拿了离婚证他想反悔，小孩儿鞋不穿就扑出来拱到我怀里了。跟我走了之后，我说让她干什么，她就干什么，怕人怕得要命，她休息的时候也骑着这个车去收废品，她是把我当妈吗？她把我当债主呢……"

路过一家商店的时候，女人停了下来。

她问何雨："要不要吃根棒棒糖啊？"

问完了，她也不等对方回答，就把一根糖塞进了"女孩"的手里。

"明明是我得谢你，你今天又帮我搬了东西，给你吃。"

何雨把糖收进手心里。

"要是不报警，你们一辈子不就是要东躲西藏地过日子吗？"

"他又喝酒又抽烟，身子一天比一天差，说不定过几年我们就熬死他了呢。"女人的目光在烟和打火机上转了好几圈，但最终她还是只买了那一根棒棒糖。

"你回家吧！"

"女孩"在那儿买水，付了钱，给她的回答是又跳上了车。

晚上十点半，时新月的妈妈时招娣回到了她住的地方，一脱衣服，发现了一个崭新的打火机。

时新月走出学校门口，一个人拍了一下她的肩膀，她一回头，看见了"何默默的妈妈"。

"阿姨？"

"我……路过。"何默默是这么回答的，很僵硬。

不知道是不是因为之前发生过露阴癖骚扰学生的事件，学校门口架起了几盏新的路灯，灯光是白的，对于习惯了昏黄路灯的同学们来说这些灯亮得甚至有些晃眼，何默默就觉得自己脚下的影子在白色的地面上长长短短的画面令自己很不适应。

时新月走在她的身边，时不时会抬起头看她。

都说灯下看美人，属于"何雨"的脸庞未施脂粉，也被这光映得明丽慑人。

四十出头的女人走在放学的人流中十分显眼，偶尔会有学生转身回头看。

"阿姨，谢谢。"时新月不是傻子，自然知道阿姨所说的"路过"是谎言，她为人内向又言语拙笨，昨晚在派出所的表现可以说是她十几年的巅峰，走了几十步她才憋出了一句谢谢。

何默默转头看她。

在和妈妈互换灵魂之前，她也没跟时新月当多久的同桌，老师希望她能带动一下时新月的学习积极性，她也没做过什么。

她对时新月的最大印象就是对方的语文成绩十分优秀，但偏科严重，加上好像谁都可以欺负一下的性格。

她从没想过什么时新月会是这个样子。

就像她从没想过妈妈为什么会是现在的样子。

从小到大，何默默都是个极有求知欲的孩子，初中的物理和化学课本，甚至是课外读物上的趣味实验和有趣的自然现象，只要条件允许，她都会做做实验或者简单验证一下。

她想过为什么苹果是甜的，柠檬是酸的，想过为什么雪会剔透，而雾却能遮住人的眼睛，她想过十万个为什么，她是如此狂热地渴望知道世间的一切原理，可她没想过自己的妈妈、自己的姥姥以及自己的同学。

她沉迷于实验室里的显微镜，心心念念天文博物馆里的望远镜，可她没有用自己的眼睛去平视过自己身边的人们。

"我明白为什么语文老师会那么说了。"

"啊？"

时新月抬起头，不知道为什么阿姨突然说了一句没头没尾的话。

"老师说你的作文总是写生活中很细节的东西，情感都是真实而又细腻的，我……在这方面何默默确实还差得很远。"

"啊？不……没、没有。"

"明明就是有。"何默默语气里没有情绪，长久的生活的痛楚，在这个和自己同龄的女孩心里成了诗与酒覆盖着的生活酸苦，"你太了不起了。我今天花了五十七分钟的时间来思考，如果我是你，我会怎么样……我做不到你现在这样。不，应该说，现在的'我'绝对不会存在……"

五十七分钟就是她今天考试时候写的作文，与其说是作文，不如说是检讨。

老师居然还认为自己能带动时新月的学习积极性？她这个总是会自怨自艾被妈妈庇护着长大的孩子，怎么可能拥有比时新月更积极的态度呢？

"那是鲜血灌路才越过的荆棘，她的脚上应该白骨森森，可她走出来了，根据爱因斯坦的相对论，我们知道在人间的路走起来很快，也知道在地狱的路，走起来会很长……所以她走了很久，很久。"

她今天在作文里这么写到。

"阿姨，您别这么说。"时新月的耳朵已经红透了。

何默默语气坚定："我说的是实话。"

走到路口，过了马路就是车站。

红灯亮了，何默默抬头看着那个灯。

"时新月，你还会继续走下去的吧？"终于忍不住了，何默默问身边的人，她的语气很轻。

"啊？"时新月抬起头，她的身高比"何雨"矮一截，看背影甚至会被误认为是小学生，"阿姨，您说什么？"

"我说……特别特别了不起的你，一定会继续走下去的，对吧？"

高考要考六科，时新月的数学成绩还是有很大的提升空间的……

灯光下，时新月看着"阿姨"的眼睛。

这个阿姨其实很奇怪，不看她的脸，听她没头没脑的话，根本感觉不到这是一位长辈在说话，像是一个同龄人，一个很内心很柔软很柔软的同龄人。

时新月笑了，是抿着嘴那种很内敛的笑容。

"阿姨，我要考大学……"

"好好学数学，我回去整理一些笔记明天给你带过来。"

时新月："……"

"一定要考很好的大学！"何默默转头注视着路对面的红灯，说话的语速越来越快。

"一定要有很好的人生！一定要变成最好最好的那种样子……我求求你。"

时新月顿了一下，才小声说："好。"

她的语气很坚决。

何默默的语气还是很平淡的，连刚刚的求人她都说得平淡："嗯，很好，我会帮你的。"

红灯变成了绿灯，模糊又变得清晰。

一只手擦过何默默的脸庞，带走了水渍。

"阿姨，阿姨，您别哭。"

那是眼泪吗？刚刚沿着脸庞轮廓滑过的，原来是眼泪啊。何默默抬手擦了擦脸，她想笑一下的，可她笑不出来。

时新月笑了，短暂地露出了一点她那白色的小牙齿。

"阿姨，您真的好像何默默呀。"

红灯再次变绿的时候，她们过了马路。

时新月主动拉住了"何雨"的手。

"阿姨，我一定会，一定会很好……我活着，就是为了……"

为了什么呢？时新月没有说出口，她的步子迈得很大，每一步都像是踩在了什么上面。

在路边等了一分钟，新月要坐的公交车就到了，上车之前她还对着"何默默"的妈妈摆了摆手。

"阿姨！谢谢您！"

周四，市一中月考的第二天，何默默去上班了。

何雨还是不死心，在心里盘算着找个律师。

那个男人肯定不会善罢甘休的，真要按照时招娣说的"私了"了，万一惹出了麻烦，时招娣有理也成了没理的了，何雨可不想事情变那个样子。

还没等她出门，一个电话突然打了过来。

何雨以为是于桥西又喊她去吃饭，没想到却是时招娣——她昨天从时招娣贴的纸片上把她的电话记了下来，还打了一个过去让对方存着。

"小姑娘，有个事儿我昨天忘了问你。"电话那头很嘈杂，有电钻的声音，显然对方正在工地上，"你们这么大的小姑娘都喜欢什么呀？别太贵啊，就……二百块钱，买个蛋糕得好几十，你照着一百出头跟我说吧。"

"蛋糕？"何雨瞬间想明白了，"新月要过生日了？哪天？"

"今天！我女儿今天就十八岁了！"

何雨吓了一跳："今天？"

"是！你赶紧帮我想想啊，我这忙着呢，一会儿再打给你。"

在派出所时何雨就知道了小姑娘比默默大一岁多，当时兵荒马乱，也没想到她居然今天就要正式成人了。

何雨在家里绕了一圈。

说实话，默默过生日的时候，她就是给女儿准备一身新衣服，再带女儿出去吃顿烤肉或者火锅，有时候她还会根据女儿对学习材料的需求给女儿一两百块钱。

她哪知道这么大的孩子喜欢什么呀？

时新月……应该喜欢书吧？世界名著？

"我家里一堆呢！有卖书的我都让她先挑一轮，光那个啥《红楼梦》就好几本，小月还说不一样，非要都留着……"第二个电话里，时招娣否决了何雨的提议。

何雨："那，买衣服？"

"买了她也不穿。"

想到她们是住在废品回收站那个环境，何雨沉默了一下。

"要不你给她买支好点的钢笔，一口气用到大学也不亏。"

时招娣高兴了："这个好！"

挂了电话，何雨匆匆地出了家门，蛋糕有了，钢笔也有了，她怎么也得给时新月买点什么……想到时新月脚上那双又脏又破的鞋，她坐上公交车去了她工作的商场。

买鞋的地方在 BO 门店楼上，何雨没有坐直梯，而是绕了一圈到了 BO 的门口。

"何姐，默默怎么来了？"先发现她的是在开小差的刘小萱。

何默默抬起头，看见"自己"笑容满面地站在外面。

"嘿！"看着自己女儿在那工作，感觉可真是说不上来，何雨心里一阵酸一阵喜，一阵又觉得有意思，她笑着冲女儿招招手。

店长顶上了何默默的位置，何默默快步走出了门店。

"出什么事了吗？"

"没有……咳……"看看左边，看看右边，何雨小声说，"转我点儿钱。"

平常不花钱没感觉，到了这时候何雨才发现什么是"穷学生"，自己能动用的资金居然才一百块。

跟女儿要钱，这感觉可真新鲜。

"好。"何默默立刻掏出手机。

"那个……今天时新月过生日。"何雨小心看着女儿的脸色，寻找着交流的机会。

何默默的手顿了一下。

然后，何雨收到了一千块的转账。

何雨："……"

何默默很认真地说："我想送她几本数学的学习资料，一会儿我把名字发给你，学校门口的书店里大概都有，我来不及去买……"

"没事儿没事儿！包在我身上！"女儿有事拜托自己，何雨高兴都来不及。

何默默抬眼看了看妈妈。

"妈，谢谢。"

"客气什么呀！"

眼珠一转，何雨一把拉住了"自己"的手臂，探头对店里说："左心阿姨，我让我妈帮我买双鞋，五分钟就下来！"

店长笑着说："行啊，你们别让巡场看见啊。"

何默默就这么被她妈给拉走了。

"咱俩还没一块儿给别人选过礼物呢。"电梯上，何雨笑眯眯的。

何默默不说话。

"你说，新月会喜欢什么颜色啊？白的？黄的？白的干净，黄的显嫩……买双夏款吧，立刻就能穿……"

运动区贴着巨大的海报，穿着古装白袍的男人踩着滑板，穿着裙子的女人以跑酷的姿态越过了宫墙。

"这个广告打得铺天盖地，咱们就看看这个姑娘脚上这双？"

何默默看了一眼，低下头说："这个一看就很贵，她不会收的。"

"也对！"

女儿说话啦！何雨笑容愉悦。

"那咱们看看这个牌子别的样式，买双打折的总行吧？"

"嗯。"

挑鞋子的时候何默默又回头看了一眼海报，那个女演员……

"时新月喜欢这个演员，用的书签是她的照片。"

何默默对这件事印象还挺深的，因为她在几年前的一个晚上看了这个演员的电影，坚定了她要面对一些人的决心，她记得这张脸。

"嗯？"何雨顺着何默默的目光看向海报。

"哎呀，我们家默默记性真好！"

她笑容灿烂地跑过去对店员说："姐姐，我妈是你们同商场的同事，能不能商量一下，我们买鞋，你们送张海报呀，下次你们去我妈那买衣服，让她给你们走会员折扣！"

一双打折的灰色运动鞋，一张不要钱的海报，何雨带着这些东西乐颠颠地到了学校门口买教材，才想起来自己现在这个样子不适合进学校送礼物了。

肯定会有很多人问她为什么没病没灾却不参加考试。

想了想那些麻烦，何雨掏出手机给林颂雪发了条信息。

"颂雪小可爱，麻烦你午饭的时候去叫默默的同桌来一下学校门口。"

何雨抱着书，拎着鞋，走到一家奶茶店坐下。

等了二十几分钟，学校里传来了隐约的铃声，是考试结束的声音。

何雨又点了一杯奶茶等着时新月。又过了几分钟，何雨的手机响了。

"她今天没来。"林颂雪说，"我碰见何默默班主任了，她也在问呢。"

何雨噌地从座位上跳了起来，嘴里的纸吸管被她直接拽出了奶茶杯。奶茶滴在桌子上，她也顾不上了，赶紧给时招娣打了电话。

电话占线。

两分钟后，她的电话响了。

"小姑娘，怎么你们老师告诉我小月今天没去学校啊？"

时新月没有手机。她只有一个装着现金的黑色塑料袋，她将这个塑料袋从书包里拿了出来。

"您好，我想起诉一个人。"

"小姑娘，你脸上有血呢，先去医院吧。"

"不用，我要先见律师。"她的脸上不止有血，还有笑。

"我满十八周岁了，我想起诉一个人。"

"小姑娘，你想起诉谁啊？"一名女律师从办公室里出来，被眼前的情景吓了一跳。

"我要起诉赵强，起诉他虐待、敲诈勒索、故意伤害。"

"小姑娘，你别激动，我们先把伤处理一下好不好？你看你腿上也有伤口。"

"我不激动。"时新月直视着律师的眼睛，"我知道您是韩律师，我看过您的案子，我想见您，想了五年了。"

火焰在平常怯懦的眼眸里燃烧着。也许，它已经在无人知晓的时候燃烧了很久。

"我终于等到这一天了，我不是激动……"

"伤害你的人是赵强吗？他和你是什么关系？"

"他是我的生父。"

时招娣接到一个陌生电话的时候已经是下午两点，她正好和何雨还有任晓雪在一起，她背在身后的手攥着两个看起来沉甸甸的牛皮纸袋子。

"小月？你在哪儿呢？"

"妈妈，对不起，我今天没去考试。"

"我知道你没去考试！你老师都告诉我了，你快跟我说你在哪儿？！"

电话里，时新月说了一个地方。

"小月……你……"时招娣不知道该说什么。

何雨拍了一下她的肩膀，凑在手机旁边说："新月，你现在用的电话是借的吗？能不能一直打呀？"

一只手拿着借来的手机，时新月小声说："妈妈……你别着急，我没事，我就在这里不动。"

"你都急死我了你还没事！我们都找了你一个中午了！"

时新月的头上包着纱布，左手也被层层裹着，她用一只手吃完了最后一个包子。

攒的钱不够律师费，律师阿姨说这个事情不重要，她们会为她提供法律援助。她们还送她来了医院，她身上的伤都被包扎了起来，肚子也填饱了，一切看起来都很好。

她不能去学校，她怕她的这个样子会吓到很多人。

至少现在，她没有什么可以让人担心的。

看着妈妈和何默默朝自己走过来的时候，时新月突然想到了昨天晚上何默默的妈妈跟自己说的话，她一定要有很好的人生。

现在她应该做得很好吧？

什么是很好呢？她现在这样是不是好呢？

她已经拼尽全力了。

"时新月你这是怎么回事？"女人暴怒的声音响彻了整个小饭馆，甚至可能震动了门外树上的叶子。

一阵风从何雨的身边吹过，是快步蹿到了最前面的任晓雪。

"老师……"时新月没想到老师也会来，她小心地站了起来。

任晓雪一把将她摁回了凳子上。

时新月的身子一颤，任晓雪注意到了她的衣服下面还有更多的伤。

"时新月，你这样……"

情绪是很有趣的，当几个人心中拥有同样的愤怒，她们聚在一起还是会产生分化，有人是发泄口，说着所有人心中想说的话，有的人则在焦躁地想着一个个问题，虽然她平时未必是个焦躁的人，有的人却很冷静，坐在那儿只是会一点点检查女儿身上的伤。

"都包好了啊？咱们去个大医院拍个片子，看看骨头。"放下卷起的上衣盖住一大片的青紫，时招娣低声对女儿说。

"没有，骨头没事。"

坐在一个更适合说话的地方——何雨的家里，时新月有些局促，虽然她几天前才刚来过这里。

任晓雪还在暴怒中，学生被人打得像是遭遇了车祸一样地出现在自己的面前，直接点燃了这个老师全部的愤怒。

"你报警了吗？不管是你爸还是谁，必须得让他付出代价！"

何雨看了一眼时招娣。

时招娣穿着一条看不出本色的裤子，还有一件灰色的外套，她起身离开沙发，拖着两条疲惫的双腿，面无表情地坐在了何家的餐桌旁。

"老师，您别担心……我已经找好了律师，我要把他告上法庭，他打我的地方有监控，他之前打我的事，他上次在派出所也承认了。"

时新月细声细气，慢条斯理，能抬起来的那只手在数着手指头："我今天带了两千块钱，他想抢，还让我跟我妈要钱，不然打死我，这个是勒索……"

对于时新月来说，写作文真的是一件很简单的事情，因为她的心里藏了很多很多的话，却一直没有人可以诉说。

她不能告诉妈妈，妈妈会制止她，妈妈是为了她好，所以她不能说。

她不能告诉老师，老师一定会告诉妈妈。

她也没有能倾诉的朋友，在发现何默默给盖欢欢保守了一个秘密的时候，时新月真的很希望何默默也是自己的朋友……今天她们都在这儿，在这个瞬间时新月的内心甚至有了一丝欢喜——

你们没想到吧，我藏了一份这样的东西，是一份很大很大的礼物。是我给我自己的，你们快看呀！

"律师说，能让他在牢里过好几年。"说这句话的时候，时新月是笑的。

"小月，你……你真心想告他，我跟你说，我……"时招娣叹了一口气，"你哪儿来的钱呢？是不是又去捡废瓶子了？"

"有些是，有些是我投稿。"女孩小声说，"给《作文》杂志。"

她没有手机，都是手写了稿子后在信息技术课上敲下来，再发到杂志的邮箱里，稿费是打在了学校收学费的银行卡里，她再找机会去提出来……五年来，时新月像个仓鼠收集食物一样地攒着钱。

何雨倒了四杯水，放在每个人的面前。

"新月这是坚持了自己的想法……我觉得，也挺好的。"

其实何雨根本不知道自己该说什么，她理解了时招娣，也能理解时新月，她的心里也为时新月的做法高兴，只是她也心疼这个孩子。

时新月知道她妈是对她好，但她还是这样沉默地坚持着做这么一件事——把自己生父送进监狱。

反应最大的人是任晓雪，今天她的成熟稳重的班主任形象可谓是烂了个细碎。

高一（2）班班主任晓雪女士哭了。

"你早点告诉老师，老师肯定会帮你想办法的，你不想告诉家长我就不告诉家长，你才上高一啊，你这……我……我现在觉得我这老师真是白当了。"

"老师，您……我……没有……"时新月有点慌。

"小月啊，你这么辛苦，你图什么呢？"时招娣的声音有点哑，"我……你……你告诉我，你今天是不是故意去找他的？"

看见时新月有些惊惶地一下子站了起来，何雨的心里只有五个字——知女莫若母。

时招娣还是叉腿坐着，进了何家她就脱了鞋，赤脚踩在了地板上。

看看自己的脚指头，时招娣叹了一口气："你不是故意招惹他，他没那个胆子让你见血，你十八岁了，他四十六岁了，马上就是他求着你过日子的时候……你考上一个公务员，就他那怂样儿，到时候他奉承你都来不及，你……"

"妈。"时新月的声音很大。

"我不愿意，我不去想那些什么未来、以后，我不想去想……我只希望、我只希望有什么东西能够帮我证明，他、他是错的，他是应该付出代价的，我没有错，你也没有错，我们……"

时招娣坐着不动，像是静止了一样。好一会儿，她说："你总有道理。"

任晓雪一把将自己的学生抱在了怀里。

"新月，没错，咱没错，真的，不是你的错……你最大的错就是你不该冒着危险去找他！"

女孩没有哭。

女孩的妈妈没有动。

何雨动了，她站起来，走进卧室，找了一条八分新的软料混纺裤子和一件套头衫。

"你去换了吧。"

时招娣抬头看她。

"你坐这儿不是怕弄脏了我家沙发吗？我不跟你客气，你把衣服换了，坐那儿跟你女儿好好说。"

时招娣眉头皱了起来。

何雨的眉头皱得比她还是深："快点，你女儿那么惨兮兮的，你坐得这么远像什么话啊？"

时招娣站了起来："谢谢你啊小姑娘。"

她左右看了看，走进了何家的卫生间。

卫生间门关上了，何雨立刻拿起了她放在桌上没带走的两个牛皮纸袋子。

一个袋子的口松了，露出了一个木柄。

是刀把。

何雨吞了一下口水，从一开始她就认出这俩玩意儿是啥了，看见时招娣片刻不肯离身，她也真是怕极了对方突然就不管不顾地去拼命。

她正想把刀先拿进卧室里放起来，却发现不知道什么时候时新月的视线也定定地落在了这两把刀上。

"我不能跟我妈妈说。"老师的抽泣声是背景音，何雨还是听见了女孩小声说，"我不能说我，恨。

"妈妈会拼命的。"

说完，时新月低下了头。

拿着两把刀，何雨突然觉察到了还有第三把刀，就砍在自己的心上。

这个小姑娘为什么忍了这么久，为什么会在这一天突然做这样的事情，为什么辛辛苦苦地攒钱……不愿意去沟通。

她不是不愿意，她是在以自己的方式保护她的妈妈。

保护她那个，可能真的会玉石俱焚的妈妈。

卫生间里，时招娣把换下来的衣服叠好放在了角落的地上，把裤兜里抽了一半的烟和崭新的打火机掏了出来，她先洗了洗手，抬头看了一眼镜子里的自己。

常年在工地工作的人耳朵都不好。她听不见女儿说了什么，她只看见了镜子里的自己。

她右边的肩膀上有一道伤，细长的，越过了她不再丰盈的乳房。

名叫时招娣的女人眼眶红了，她想笑笑不出来。

她想骂一句傻孩子。

然后哭了。

两分钟后，何雨敲了敲门，说："你洗个澡再出来吧，咱们等会儿去给新月过生日。"

何默默进家门的时候第一眼就看见了头发半湿的时招娣。

她没认出来。

在她以为自己进错家门的时候，又看见了班主任老师的脸。她更想退出去了……

十分钟后，知道了今天的事的何默默眨了眨眼睛。

"我有两个问题。"

她看向张罗着要一起吃饭庆祝时新月生日的妈妈："我们准备的生日礼物呢？"

何雨瞪大了眼睛："我都放在奶茶店了！"

一旁，时招娣握着自己女儿的肩膀，表情轻松了很多。

"第二个问题。"何默默看着时新月，"你今天报警了吗？"

"律师让我去报警，我说，我妈妈会陪我去的。"时新月抬头看自己的妈妈，小声说。

"你今天把大事都干完了，剩这个了才想起让你妈陪了？"说完，时招娣叹了一口气，"我陪你去。"

她又问何雨："我的东西呢？"

何雨装傻："时招娣阿姨，你说什么呢？"

"这时候叫我阿姨了。"看看两个"孩子"，时招娣摸了一下自己的脸。

"我叫时招娣，我女儿叫时新月，是不是，也……挺好的。"她说话的声音像叹息。

两分钟后，何默默站在阳台上看着时招娣和时新月的背影。

下次的作文，她会写两句话：

有些人的成人礼没有鲜花和烛光，不过没关系。

爱因斯坦也会觉得没关系。

第八章
他应该给何默默道歉

/"生活不会因为你放弃了什么，而给予你什么。"/

何默默在晚上八点半结束了自己最后的两场考试，为期两天的全科月考宣告结束。

然后她用了四十分钟的时间对照答案批完了自己的九套卷子，用两分钟的时间改正了所有的错题，再用二十分钟的时间做了错题的笔记。

"默默，你忙完了？"

何默默从房间里出来上厕所时，被她的妈妈叫住了。

"嗯。"想要执行跟妈妈不交流的策略其实很难，而且还是越来越难，要是妈妈在这个时候跟自己聊时新月和时阿姨呢？她是聊还是不聊呢？

何雨看着女儿纠结的小脸，笑嘻嘻地说："默默啊，你帮妈妈一个忙好不好？"

何默默还没说话就看见了被送到眼前的单词表。

"我背了两个单元的初中单词，你帮我听写一下呗。"

何默默看了她一眼，接过了单词表。

她就靠着沙发站着，捧着单词表帮她妈妈听写了单词。

初中课本上的英语单词真是比高中的简单太多了，何雨一口气背了五十个，听写只错了两个。

"怎么样？妈妈的脑子是不是还挺好用的？"

"嗯。"

"饿不饿？给你做点吃的？"

"不用。"

"明天早上吃面条好不好？"

"好。"

"还有没有什么想跟妈妈说的？"

听见妈妈这么问，何默默抬头看了看在自己身体里的妈妈。

"你……早点休息。"

"请注意，倒车。"

听见"倒车"声音，何雨也还是笑眯眯的："行啊，我洗澡睡觉了，你也早点休息。"

何默默心想今天的妈妈有点不一样。

陷入思考的何默默木着脸"嗯"了一声，回了自己的房间。

何雨目送了女儿又坐回在写字台前，自己进了卧室，没一会儿又出来了，就像是觉得自己应该干点什么，又不知道该干点什么一样。她从客厅进了厨房，又从厨房进了洗手间……不大的一个家被她东游西窜地逛了好几遍。

终于，她停在了电视机柜的旁边，深吸一口气，然后蹲下。

电视机柜子是枣红色的，跟这个家的其他地方一样，造型早就过时了，材料平平常常，绝对称不上是一个让人看了会喜欢的好家具，但是它总带着股让人能安心的感觉，这一点，和这个家一样。

把它的两个抽屉都端到了一边，何雨把手伸进柜子洞里，使劲抓着背面的部分往外一拉，"咔嗒"一声，有什么东西被她从柜子的背板上拽了下来。

她发现这是个与背板颜色一样扁扁的木盒子。

盒子大概长宽都是一尺，高度只有一寸左右，灯光下，何雨手指沿着盒子摸了一圈，摸到了角上的一处凸起，用指甲掐住了往外拽了两下，盒子一下就被打开了。

看着里面的照片，何雨笑了一下。

"老爸啊，你教的别的我没学会，藏钱的本事我可都学会了。"

黑白照片上的男人面带微笑，看着不过四十多岁，容貌清隽，就是何雨的爸爸。

何雨站起来抽一张纸巾擦了擦手，才把爸爸的照片拿开。

除了照片之外，盒子里主要就是几张银行卡、几张国债收款凭证和两本存折。

"七万，十三万……这张卡上是两万……"

"妈？"何默默结束学习出来倒水，就看见客厅一地的狼藉。

何雨"嘿嘿"笑了一声，晃了晃手里的存折。

这二十多万几乎就是何雨这些年来攒下的全部身家了，其中的十三万是买了十年期的国债。

何雨看看那个债券，想起它的来历，笑了一下，对走过来的女儿说："默默，你看，你桥西阿姨总说我是傻，有钱都不知道赚，为了这两张债券差点跟我绝交了。"

李东维回国的时候做足了衣锦还乡的架势，在何雨这里自然也不会落了样子，何雨给他做留学担保的钱是抵押了她自己的那家门面房得来的，他还了何雨的这笔钱，还算上了利息。

贷款已经贷了四年多，何雨还了所有贷款之后还剩了一笔在手里，不然她后面在全城喝酒的钱是哪儿来的呢？

清醒了之后这笔钱她也不动了，就放在银行里存个定息吃点利息。

跟于桥西当了大半辈子的朋友，何雨从来不会为了哄于桥西高兴就改变自己的原则，她不懂投资的事就从来不去掺和。所以，某天于桥西来的时候，她给于桥西看了这两张收据。

她把自己当时所有的钱都买了国债。

"还记得吧，那时候你桥西阿姨跳起来都能顶着咱家屋顶了。"何雨笑着跟女儿说。

何默默点点头。她还记得，那时的她虽然不知道具体是因为什么事情，但是她记得那时候桥西阿姨经常跟妈妈吵架，吵得惊天动地。

"你桥西阿姨年轻时候没遇到个好人，总觉得什么东西都得抓自己手里才是自己的，她对人是这样，对钱也是这样。你妈我呢……就反过来，赌赢了一次，又怕自己下次就输了，赌输了一次，也怕自己下次接着输。"

何雨清晰地知道自己身上的性格缺陷，她小时候拥有的太多，又在她还不知道如何把握的时候都没了，于是对手上的一点点东西都看得重。

她能把自己的钱藏得严严实实的。

她也想把自己的女儿好好藏起来，旁人和自己都别想伤害她。

可女儿还是长大了，成了一棵树，有了深深地扎在生活里的根，有了直冲云霄的枝干，反过来希望她不要留在原地。

"我想过……要是万一，你考上了哈佛、剑桥……我就把咱家的店也抵了，加上这些钱……剩下的，就得你自己弄奖学金了……"

"妈……"

"可我现在知道了，你不想要。"何雨笑了一下，似苦似甜的一个笑，她自己都品不出是什么味道。

"默默啊，你说……妈妈用这些钱开个店好不好？"

坐在沙发扶手上的何默默一下子瞪大了眼睛。

"你妈我选东西的眼光还不错，手里顾客也多……我就在离我那不远的地方找个门店，六十平方米的小地方就够了，前面是门面，后面当仓库。货源呢，上海、广州我去找找，就卖点比 BO 便宜一点的衣服，你拿你替我工作的经验替我参谋参谋，我这么打算好不好？"

好！好！一听就觉得很好！妈妈一定能做得很好！

何默默几乎要跳起来，她有点紧张地看着自己的妈妈。

"妈，你喜欢卖衣服吗？"

何雨几乎要脱口而出"喜欢"，但面对女儿亮晶晶的目光，她选择了实话实说："还行吧，肯定不像你喜欢学习那么喜欢，但是你妈我擅长啊，我也喜欢跟来来往往的顾客聊天，就是刚开店的前半年肯定累一点，你自己要照顾好你自己。"

"我肯定行！"何默默生怕自己妈妈反悔。

"那……我周末休息的时候就去看看有没有合适的门面，好不好？"

"好！"

何雨笑了。

此时此刻，她的心里还是有各种各样的杂音：

"女儿上高中，你创业会影响孩子！"

"都这么多年了，等两年女儿上大学了也来得及！"

"万一赔了呢，连孩子上大学的钱都没有了！"

"赚了又能赚多少，一个月的流水能有十万吗？"

这些声音似乎会永远陪伴着她，在过去她每次想有点什么变化的时候，它们就会变得嘈杂。

"默默，我都四十一岁了，去创业去折腾，还真是找事儿。"

"妈，时新月的事情让我明白了很多道理，其中有一条——生活并不会因为你选择平静，就能平静又安稳，不是你放弃了什么，就能换来你以为的那种生活。"

时招娣想要平稳，所以她退让到了那个地步，但她没能避开前夫的纠缠，也没能避开施加在时新月身上的暴力。

这种生活的残酷让何默默心惊又震撼。

世界好像安静了。

至少，在何雨的耳边，这个世界安静了。

"好，妈妈懂你的意思。"她终于这样对女儿说。

"'生活不会因为你放弃了什么，而给予你什么'，何默默，这是哪儿来的名人名言啊，我能抄一下吗？"

周五早上，盖欢欢盯着何默默的物理练习册很激动地说道。

"啊？"何雨正在背单词呢，回头看了一眼书扉页上的字，笑了，"这是别人写给我的，想抄就抄吧。"

小姑娘立刻欢欢喜喜地拿出了写作素材本。

任晓雪从教室外面走进来，看一眼时间发现还有几分钟下课，她拍了一下手，同学们都抬起了头。

何雨听见自己身后传来了一声哀号："好饿啊，我想去食堂，老师你能不能别拖堂。"

盖欢欢当然没有胆子大声地说这些话，任晓雪也没听见，她环顾教室，说："有几件事要给你们说一下，第一是我们班的时新月同学昨天发生了一点意外，所以临时请假了，下周一就可以回来上课。值日班长晚自习查勤的时候记得报病假，再有人像昨天晚自习那样惹事，我就不是批评两句就算了。"

听见这些话，何雨皱了一下眉头，显然，昨天晚上围绕时新月发生了什么让班主任生气的事，她转头看向教室后面，发现有几个同学都低下了头。

"第二，这次月考结束，我们是不是要考虑一些重要的问题了？"

"'五一'放假！"坐在最后排的男生声音洪亮，引得一些同学在偷笑。

班主任一个眼刀杀了过去，教室里又安静了下来。

"3+3，大家该选科了！这才是你们目前最重要的问题！尤其是那些在文科和理科之间犹豫的同学，留给你们的时间已经不多了！"

"这里有一份选科意向表，包括了你们的高考目标，同学们带回去好好填写一下，然后让你们的家长也写上自己的意见，签好字，下周一早自习结束之后班长负责收起来给我。"

选科。何雨看了看自己面前的课本，觉得这事不用自己担心。

"第三件事，这次的月考有部分考试成绩已经出来了。有很多同学的成绩可以说是……"

一说起学习，任晓雪老师可谓是滔滔不绝，下课铃响了之后她依然说了好几分钟。过了一分钟的时候，何雨听见盖欢欢在自己身后说"完了，油条给说没了"，又过了一分钟，她又说"煎鸡蛋也给说没了"。

何雨实在是憋笑憋得很辛苦。

估计是把学校食堂里的拉面都给说没了，任晓雪才停了下来。

"下课。"

去食堂买早饭的同学都跑了，盖欢欢跑在了前几名。

何雨从书包里摸出了当早饭的两个包子，还有一包牛奶，抬头看任老师在讲台后面坐下了，她站起来走了过去。

"老师，有人说时新月什么了吗？"

任晓雪看她表情严肃，笑了一下说："你别管这些，先想好选科的事吧。"

不管吗？

何雨转头又看了看那几个同学坐的位置，现在那里是空的。

任晓雪不肯说的话何雨也不是打听不到，午饭的时候她上楼去找林颂雪，正碰上女孩要去校门口拿外卖。

"和我一起去拿吧，我买了白切鸡饭和虾饺，自己也吃不完。"

"我陪你一块儿去，顺便问你一点事情，饭就不用了，我同学帮我买了。"

"哟，你同学？"蜷曲如波的长发在脑后轻晃，林颂雪笑了一下，抬脚走下楼梯。

"现在同学都成你的了……"

何雨听出了林颂雪在替自己女儿不平，笑了笑。

"我现在也在学习，他们当然是我的同学，默默在商场工作，那些人也是她的同事啊。"

林颂雪回头看了何雨一眼，继续下楼，轻声说："你想问什么？"

"昨天晚上是不是有人传时新月闲话了？"

关于同学间的大小事情，林颂雪果然很靠谱，在一旁听着的何雨很快便知道这件事的具体情况了。

昨天下午有同学看见时新月一身伤地进了派出所，旁边还有人拎着一堆东西——这是事实。

可这个事实在同学们口中传来传去就变了味道，很快就有人说时新月是偷东西被人抓了，就连时新月总是穿旧鞋子旧衣服的情况都被说成了她一定会去偷东西的佐证。

何雨听得火冒三丈。

"说时新月偷东西的是谁？你能帮我打听到吗？"

林颂雪看着"愤怒的何默默"，点点头说："能是能，你知道了要干什么？去打架吗？你们老师都在你们班里说过了，这件事很快就会过去的。"

看一眼身边还是在愤愤不平的人，林颂雪又说："我觉得你跟之前不一样了。"

"啊？是吗？"

林颂雪点点头。

学校门口已经近在咫尺，林颂雪说："你记不记得你上次陪我出来拿外卖……那时候你跟现在特别不一样。"

何雨回想起来，那天她知道了默默遭受过校园暴力，悔恨自己是个不称职的母亲，难过得一点体面都不剩了。

这时，她听见林颂雪说："真奇怪，为什么一个成年人和一个未成年人交换了身体，变化最大的反而是个成年人？"

何雨觉得这真是个好问题，想了想，她说："默默好像没变什么，就一直特别好。"

至少在她这个妈妈的眼里是这样的。她的女儿又聪明又可爱，交换灵魂之后，她常常惊叹于女儿竟然是这样的聪明、这么的可爱，她只觉得自己平时不够用心，对孩子的了解太少了。

"那是因为默默就是最好的。"亲妈的语气斩钉截铁。

林颂雪看了她一眼，点点头，说："你能有这个觉悟也挺好。"

拿到外卖，她们又一起往回走。

"我年底就要出国了。"在快要进教学楼的时候，林颂雪突然这么说。

何雨的脚步停住了。

"先去读语言学校，然后申请大学，读完了大学读硕士，都读完了就回来在我爸的公司里从底层做起，然后找个家庭背景差不多的男人结婚生孩子……我爸爸都给我规划好了。"

说完，林颂雪笑了。

"我以前跟何默默当朋友的时候，觉得友情会天长地久，青春也会……结果都很短。"

听一个十七岁的女孩讲述自己未来按部就班的人生是一件很怪异的事情，就好像一朵花还没长出花苞时，就有人在旁边说："种了，给我种子！"

她该怎么盛开？

怎么成为一朵最美的花？

别人都不在乎。

"你肯定觉得这条路不错。"林颂雪又笑了一下，"你们大人都是这个样子的，好像找了一个位置把我们这些孩子放在那儿，我们就应该感恩戴德。"

何雨看着这个女孩的侧脸，她明艳动人，说话做事像是个在演电影的大人，可她说到底，还是个孩子，她还没来得及真正绽放成一朵花。

嗓子里卡住的东西终于下去了，何雨开口说："你不喜欢是吗？"

"我爸也是这么问我的，我说我不喜欢，他说我喜欢不喜欢，都不重要。"

林颂雪的心情很差，尽管她竭尽所能地让自己不要表现出来，何雨还是轻易就察觉了。

拍拍女孩的肩膀，她说："我今天回去就帮你问。"

"问什么？"

"问清楚默默到底为什么跟你绝交。"

林颂雪的表情有点惊讶，她眨了眨眼。

何雨说："我之前总想帮我女儿做点什么，还想过帮她交朋友，现在想想，我发现我那时候的想法特别没意思，交朋友也就是真诚加热心，我家默默什么都不缺，根本就用不着我帮她费劲。

"但是，你不一样，我觉得你是个应该被人珍惜的好朋友，不管怎么说，你出国之前，我得把你们俩之间的心结给解了。"

何雨下定了要帮林颂雪的决心，也没忘了时新月被传了谣言的事情，晚饭的时候她找准了机会走到他们班那几个被老师批评过的同学面前。

"是谁跟你们瞎说的？"

没想到那些同学看见她，立刻就说："默老大你放心，我们已经把人警告过了，不用你再带我们去揍人了！"

原本要兴师问罪的何雨被这话搞得满头都是小问号。

怎、怎么自己班同学都叫"默老大"了吗？这什么时候的事儿？

"对呀，默老大不在我们也得把咱们班的脸给挣回来，格格就是不爱说话，那默老大也不爱说话呢，你就能跟逃犯对撞，能拿书包砸流氓，他们那帮人光会动嘴皮子。"

"默老大，你不用跟那种人一般见识，那种人也不值得你去动手，你是咱们班的重量级武器，不轻易拿出去。"

"我没……"何雨都觉得自己的语气很虚弱。

她本以为是这几位同学传了谣言，没想到是这几位同学去把造谣的人给堵了。

这时候再想想任老师早上说的话，何雨只觉得其中颇有深意。

是啊，要是真有自己班上的人传了谣言，就任老师昨天抱着时新月猛哭的劲儿，她说不定能自己摘了鞋跟去砸人的脸。

"那个，以后叫时新月就叫时新月，别起外号了。"

"好嘞，默老大。"

"那个，我……"要是默默听见同班的同学这么称呼她，会不会当场昏过去？

"默老大，你还有什么事儿？"

"也别这么叫我了。"

"好嘞，默老大！"

何雨："……"

手表上的数还有"34"，她突然觉得时间长一点也挺好的。

"默默，你到底为什么会跟林颂雪绝交啊？"

这句话该怎么问呢？

一下午和一晚上过去了，何雨还在惦记着这件事。

何默默下班后买了卤牛肉，煮了两包干的刀削面，再放点酱油、盐、葱花和涮了的青菜，摆上卤牛肉片就成了牛肉刀削面。

何雨的嘴里夸着好吃，但她的脑子里又在想为什么女儿执意要跟林颂雪绝交。

从前女儿说觉得林颂雪这人当了朋友就太没自我、又莽撞惹事，所以不想要这个朋友了，何雨是信了几分的，可现在她不这么觉得了，她女儿要是真觉得朋友性格不行，是肯定要死拽着让对方改掉的……就像对亲妈一样。

"默默啊……那卷子你打算全做吗？"何雨把话题转到了班主任让自己带回来的全套月考卷子上。

"嗯，语文的作文估计不会写，我做个大纲，其他的卷子我就当成练习做完，我大概翻了一下数学卷子，内容覆盖跟我自己找的模拟题差不多，从题型和难度来说，我找的这份更难一点。"

"哦。"我女儿自己考自己，做的那卷子比学校出的还难，行吧。

何雨咬着筷子尖儿笑了一下，又说："默默，你天天这样学累不累啊？"

她今天认真听了一天的课，到现在都觉得脑子里有什么东西顶得慌。

何默默摇摇头说："不累。"

家里的灯光是暖的，何雨看着自己的女儿时，目光也变得温柔了许多。吃了口饭，她突然说："默默，你有没有什么事儿，是你想做但是没做的？因为害羞啊，怕尴尬啊……你特别想做，但是一直没做，这样的事儿有没有？"

何默默眨了一下眼睛，好像反应了一下才明白妈妈问的到底是个什么样的怪异问题。

"要是有这样的事儿，你跟妈妈说，现在妈妈是你，妈妈可以替你做了。"

何雨越说越觉得自己的这个想法实在是有意思，眼睛都亮了。

何默默放下筷子，身子稍稍往后靠了一下，像只被人盯上的小动物。看了妈妈好一会儿，她说："有这种事……你要替我做吗？"

"来来来，跟妈妈说。你想想啊，你妈我替你做了，结果是'何默默'的，但是过程不是你的，怎么样？"

何默默的表情有些迟疑，看着一脸热情洋溢的妈妈，她重新拿起筷子，夹了一片牛肉，才说："我每次看见三班数学老师出的卷子，都想当面跟他说让他别抄葛军的了，明明都是抄别人出的题，他还每次都说自己出的题把学生难倒了。"

"啥？"

接下来的两分钟里，何雨搞明白了世界上存在着一个地狱魔王级别的数学出题人，自己的女儿一边被他折磨，一边为有别人借他的成果沽名钓誉而担忧。

何默默提起这件事还是有些小愤怒的，去数学老师办公室听那个老师的自我吹嘘，她总是想说点什么又说不出口，写在卷子上不过是自己的老师看，还是要当面说出来比较好。

这大概是何默默上了高中之后，何雨第一次听见她讲述生活中的"烦恼"，这个烦恼似乎有点幼稚，还有点琐碎，在很多人的眼里大概太偏执又不值一提，但是何雨满心只有喜悦，大包大揽地说："行，这事儿妈给你干了！"

只要是女儿想干，就算跟老师在教室里对着吵她也不怕。

这时，何默默却突然说："不用了！"

在成年人壳子里的女孩很认真地说："我觉得等我换回去，我自己也能做。"

看着她的样子，何雨笑了："行，我家默默又成长了，以前想干却不敢干的事，现在也有信心干好了。"

没想到一句话能换回来夸奖，何默默低下头吃了口面条，遮掩自己的一点害羞。

"那还有吗？就那种，你想去哪儿拍个照片，自己不敢去的，或者是我家默默有什么话想跟什么人说……"

何默默回答说："一会儿我想想，整理一下。"

"好！"

何默默说的是"整理一下"，她还真的整理出了一张表格，上面用钢笔写了二十几条，每一条后面又有红色的笔做了标记和注解，从远处看根本就是一份学霸的学习笔记。

"有很多……我写出来之后发现其实我自己也可以做，所以还剩四个。"这大概是一种成长的过程，所以何默默写的时候除了尴尬和害羞之外还有那么一点喜悦。

何雨仔细看，发现一些诸如"告诉物理老师我不想每节课都因为奇怪的理由被表扬"这些已经成了她认为可以靠自己完成的。

至于剩下的那些"想做而做不了的事""之前想做而做不了，以后可以自己做的事情"……何雨先是瞪大了眼睛，然后在心里对自己说："不能笑，你是当妈的，你不能在这个时候笑……"

何默默大概觉得自己在旁边等着有点尴尬，看妈妈在看表格她就先去卫生间洗脸了。

何雨趁她不在把脑袋塞进抱枕里闷着笑。

哈哈哈哈哈！"对着爱因斯坦的照片摆出瓦肯人的手势然后自拍"这是什么呀！怎么之前做不了以后就能做了呀？！你的心里到底住了一个什么样的爱物理的小怪物啊哈哈哈！

何默默从卫生间出来，看见自己的妈妈一本正经地坐在沙发上。

"行了，默默，你放心，剩下这四条我给你搞定了！"

何默默看着妈妈的脸，说："妈，你是不是特别想笑？"

"没有！怎么会呢？"何雨正襟危坐，下巴都摆得比平时端正，"你这么信任妈妈，妈妈肯定要回报给你一个妈妈应该有的严肃态度，对吧。"

何默默的目光有些怀疑，走进卧室的时候她回头看了一眼，何雨还是坐得笔直。

好像很正常，又好像不正常到了极点。

确定女儿看不见后，何雨往沙发上一瘫，憋笑这事干起来真是太费人了。

她干脆就躺在了沙发上，举着那张纸慢慢看，发现有一条是"重新做一次那个实验"，后面的标注是以后可以自己做了。

让何雨关注的不是"那个实验"，而是在这四个字前面，有被划掉的三个字，透着光看，何雨能在无数横线后面看见"天气瓶"三个字。

"天气瓶。"

为什么写了天气瓶又划掉改成了"那个实验"？

困惑在心里转了一圈，何雨拿起手机，搜了一下"天气瓶"，一堆物理名词砸过来，何雨皱着眉头看了半天，终于弄明白了这是个能在冷天里变好看的小玩意。

"适合作为礼物送给朋友"。

有人介绍天气瓶的时候写了这么一句话，何雨一下子就记在了心里。也许是当妈的直觉，何雨觉得这件事的背后藏着一个何默默想要隐藏的秘密。

"天气瓶？不知道。"周六上午，林颂雪站在何雨家小区的门口，不知道她为什么突然问自己这个。

"你也不知道啊。"双手插在牛仔裤的裤兜里，何雨仰着头想了想，又问林颂雪，"你知不知道默默要给什么人送礼物结果没送？"

林颂雪手指在车把手上捏到发白，她还是回答说："我不知道她还有能送礼物的朋友。"

何雨被酸得牙倒，继续问林颂雪："那默默有没有给你送过什么礼物啊？"

林颂雪抬起了一只手，她的头发上戴着一个旧旧的发夹，何雨第一次见到她的时候，她就戴着了，现在她拿了下来，小心地托在掌心里。

"这是她送给我的，我送了她那个小苹果，她送了我这个。"

何雨看了一眼，林颂雪就把发卡重新戴了回去："只有这个……"

"我们绝交的时候，我还有半个月过生日。"

"半个月……会不会她就想送你做个天气瓶当礼物，结果发现你不适合当朋友，就算了？"说着自己的猜测，何雨还是觉得不对，一种说不上来的怪异感卡在她的心口上。

林颂雪被她绕到头大，皱着眉说："你为什么会这么想，到底发生了什么事？"

晚春的暖风和煦又柔软，两个青春正好的女孩站在街边，就是一道比春天更美好的风景线。

她们讨论的问题却可能发生在一个她们不知晓的冬天。

何雨看了一眼手腕上的"20"。

"默默有一件想做却很长时间都做不了的事情，是再做一个天气瓶……如果跟同学没关系，是跟老师有关系吗？"

老师？

何雨想到了何默默初中最后一年的班主任萧老师，她是教化学的。

"你初三和默默一个班吧？知道萧老师的电话号码吗？"何雨其实也有萧老师的电话的，但是那个手机在默默那儿。

林颂雪掏出手机，打了个电话："阿姨，你还有我初三班主任的电话吗？"

一个小时后，何雨和林颂雪站在了一栋大楼的七楼，萧老师退休之后就在辅导班里当老师。

"何默默？你还真来看我了，怎么样，上了高中有没有觉得压力大了呀？我也记得你，林颂雪，你最后半年的进步特别大，也考上了一中，对吧？"萧老师人看起来清瘦文雅，说话的时候还从包里拿出了一把小枇杷，分到了两个孩子的手里，"你们来得正好，我一会儿要去看我女儿，这是给她买的，先让你们尝到了。"

其实当班主任的时候萧老师是个很严厉的人，比现在何默默的班主任任晓雪还要严厉十倍，不知道是不是因为退休了，压力小了，她现在温和了很多。

三个人一边闲聊，一边下楼，闲聊只靠何雨，林颂雪大概就是负责用腿走进电梯里。

"老师，您还记得我做的天气瓶吗？"电梯里，何雨轻声问。

她只是怀抱着一点希望，希望能有点消息。

"天气瓶……啊，是那件事啊。"萧老师思索了一下，回头看了一眼林颂雪。

林颂雪站在两个人的身后，不知道为什么，萧老师只是看了她一眼，她竟然觉得这个电梯里有点压抑。

"默默，你之前不是不想让她知道吗？怎么了？林颂雪知道她爸把你的天气瓶实验买走发表了？"

"咚！"

是谁的心砸了下去？

天气瓶看步骤做起来真的很简单，利用的也不过是溶解度随着温度变化而变化的原理。

发生在何默默身上的故事也很简单。她设计了一个天气瓶制作的实验，作为寒假作业里的趣味实验设计交了上去，物理老师看见了这个实验，问她能不能提供几张实验成果的照片，她也提供了。

几天后，物理老师给了她四百块钱，告诉她这个实验设计被他们班林颂雪的爸爸买走了，会以林颂雪的名义发表在某本中学读物上。

何默默真是个很聪明的小姑娘，她捏着手里的钱，对物理老师说："老师，我要是拿这么多钱回家，我妈妈会骂我的，您能不能帮我写一个原因，就说我的钱是杂志发表的稿费？"

物理老师写了一个说明，说这是何默默收到的杂志稿费。

何默默把这个说明连同四百块钱一起交给了萧清荷，她的班主任。

"默默你那时候看着我，问我：'老师，我没做错吧？'真的是把我的心都扎了一下。"回忆起这件事的时候，萧老师对"何默默"是这么说的。

那时萧清荷老师快要退休了，她为人方正，也没想着给这些同事留面子，她觉得他们把孩子的实验都拿走了，再甩几百块钱下来，这分明就是欺负人嘛。

她直接联系了林颂雪的家长。林颂雪的父亲没有露面，电话是他的秘书接的，只说如果卖实验的孩子不愿意，这件事就算了，以及整个事情是物理老师主导的，他们给了两千块，而不是四百块。

萧清荷气极了，两千块在这人的手里一转就成了四百块？她一路把事情捅到了校长面前。在她的坚持下，物理老师被下调到了初二，何默默他们班换了一个物理老师。

"你那时候坚持不让林颂雪知道这件事，你们英语老师还告诉我你们两个的关系很好，我就想啊，有这么一件事在中间，朋友也……没想到你们现在又成了好朋友了，挺好的，长大了才知道小时候有一个好朋友多不容易。"

不，没有……何默默坚决地绝交了。

因为她知道，这件事会是一把伤害林颂雪的刀，所以她拿别的理由覆盖住真相，将这件事藏在自己的心里。

何雨看向林颂雪。

成年人的理智告诉她，这件事跟这个小姑娘没关系，总有那种特别糟糕的成年人以爱和关心的名义去破坏孩子的世界，这跟孩子们自己有什么关系呢？

可她确定，现在她的表情一定难看到了极点。

因为愤怒。

林颂雪的脸上什么表情都没有，她像是受到了巨大的惊吓，连跟在后面走的姿势都僵硬难看。

站在大厦的楼下，萧清荷叹了口气，说："默默啊，老师当了你三年的班主任，有时候也不知道你为什么会把事情都藏在自己心里，我记得我当时让你家长来处理，你找的还是你姥姥，不肯让你妈来。这样不行，你得让你妈知道你都经历了什么，她是你的妈妈……"

看看自己手上拎的一袋子水果，萧清荷叹了一口气。

也不知道这口气是对谁叹的。

"你们这些孩子呀……老师今天还有点事，先走了，你们两个回家时注意安全。下次想跟老师聊天，就先告诉我，生活上、学习上有不懂的要问老师的话，咱们就找个地方坐着聊。"

看了一眼时间，萧老师匆匆走了。

何雨站在原地，乍起的风把她的头发吹得东飘西摇。

"你想哭吗？"她问。

其实她也不知道自己在问谁，她自己挺想哭的："要是我争气一点，当个靠谱的妈妈，默默是不是就不会什么事都不肯告诉我了？"

天阴了，明明是正午的好时候，风却变得阴冷。

"那个老师怎么就盯上了默默呢，不就是因为她家里的条件不好吗？要是别人家的孩子，他敢吗？他能吗？两千块呢，他只给了我女儿四百块。"

何雨甚至都记不得那个老师的样子了，只记得是个挺胖的中年男人，何默默在初三下学期就换了一个物理老师，年轻的男老师被孩子的家长问问题还会有点害羞，那也是她偶尔会跟默默说起的"你的初中物理老师"。

"怎么还是物理老师呢？"

我女儿，她那么喜欢物理啊，怎么就是物理老师呢？

何雨抛出了无数个问题，没有看林颂雪一眼。

她怕她看了之后会有更多的问题，夹着恨、夹着恶意……她不能这么做。

"我不知道！"何雨身后传来女孩尖厉的声音，"我什么都不知道！为什么她不告诉我！她应该告诉我啊！都是我的错啊！"

眼泪糊了林颂雪一脸，她都不擦一下，瞪大了眼睛看着"何默默"。

"为什么不告诉我？"

知道自己在这里得不到答案，林颂雪转身就跑，她不是去找何默默，她要去找她爸，她要问问他为什么要这么做。

她一边哭一边招手打车，一辆出租车刚停下，她被人一把拽住了衣领。

"你去哪儿？"

"你别拉我，我要去问问我爸！"

"问个屁！"

何雨打开车门，把林颂雪塞了进去，自己也坐进了车里，她对司机说的是自己家的地址。

"呜呜呜！我不去！"在车里，林颂雪倒是知道捂脸哭了，一把鼻涕一把泪的，"我为什么不能去问我爸？他怎么能这么做？我怎么办……我以后还怎么面对何默默？"

司机很安静地开车。

何雨看向窗外，风变大了，吹得树叶抖动得厉害。

林颂雪不想进这个属于何默默的家，但她还是被何雨硬拉了进去。

何雨不再管这个自己其实不想看到的女孩，她只是不希望她情绪激动到处跑而已，出了问题，还是她女儿难过。

她有些焦躁地走进了女儿的卧室。

何默默从小就是个自我空间意识感很强的孩子，在这一点上何雨也没觉得有什么好计较的，因为她从来也是这样，小时候因为不愿意让别人进卧室，她可做了不少过分的事。

站在书架前面，看着整面书架上密密摆满的书，她深吸了一口气。

"初中……初中……"

书架上没有初中的课本，何雨从何默默的床下拖出了两个大纸箱子。

何默默初中毕业的时候，那些书和笔记都被人借去复印了，还回来之后被何默默用纸袋装了放在箱子里。

何雨觉得那些里面应该没有线索，专门看一些被塞起来的笔记本。

其实她也不知道自己想找什么。但是她总觉得，自己能在这里找到一点女儿在那时候留下的痕迹。

经历了这样的事情，一定是有痕迹的，一定不会只留在心上……不然，她女儿得多痛苦？

眼前有些模糊，何雨用袖子擦了一下，一本一本地翻找那些清秀的字迹。

她记得刚上小学的时候，默默的字还不好看。那时候都拼的是童子功，默默从前没人教，年纪又小，笔都拿得不利索，现在，默默的字变得这么好看了。

又打开了一个本子，何雨觉得胸口有些闷。

她女儿握着笔，一个字一个字地练，她不知道。

她女儿一次一次摔在地上又自己爬起来，她也不知道。

"啪！"一个刚被何雨翻过一遍的小本子掉在了地上，背面朝上。

何雨把它拿了起来。

本子的背面被人写了字：

十一块可以买六块上校鸡块，四十二块可以买一本《相对论》，四百块钱可以买一份实验报告，两千块钱可以买一份爸爸给女儿的关爱，八千到一万块可以买我妈妈一个月的努力工作，一张美国绿卡可以买走一个人……我仿佛被明码标价地放在了货架上，我的手、我的脚、我的脑袋、我的人生，别人用两千块买我的实验，用四百块买我的尊严，我只能庆幸四十二块钱买不走我的爱，十一块钱也没有买走我的朋友……到最后，我的友谊只值得一份缄默，因为它是无价的，虽然这只有我知道。

每个字最终都变成了火焰，烧在了何雨的心里。

"林颂雪！"何雨捏着那个本子冲到了女孩的面前，"你爸爸叫什么？怎么能找到他？"

林颂雪抬起头，说："他叫林安，你打不过他的。"

"我不是要打他。"何雨的眼睛里燃烧着火，"他应该给我女儿道歉。"

何雨的心里很坚定，就在昨天晚上，她女儿把自己想做又做不了的事情交给了她，她就应该做到。

她现在才十六岁，她一定在等着一个公道，在她找借口离开了朋友却又保护了朋友的日子里。

"好像要下雨了。"站在商场的门口，刘小萱说了一句话，就欢快地扑向了来接她的男友的怀抱。

何默默把外套的拉链系好，快步走向了公交车站。

外面的雨更大了，车厢里湿闷得像一个罐头。

下了车，何默默过了马路，才看清楚这边举着伞的一个人是自己妈妈。

"妈？"

红色的伞下，何雨笑着说："回家了。"

她把另一把撑开在女儿头上，再递了给女儿："怎么是从路对面过来的？"

"我坐过了车。"

"打个电话给我，我去路对面接你多好。"

"没事。"

"没事……你总说是没事。"伞下，何雨苦笑了一下。

"妈妈，你今天做什么了？"

"我呀……"

大雨中，林颂雪的爸爸坐在车里回家时，发现他们家小区门前出现了一辆车，上面贴着塑料海报。

雨水密织，海报上面的字也很清晰：

请林安先生为自己买其他初中生实验成果的作弊行为道歉。

雇一辆车停在林颂雪家小区的门口并不只是何雨唯一做的事情。

第二天，她找到了当初的那个物理老师的电话。

老师姓洪，他接起电话，听见的是一个柔软的声音："洪老师，您好，我是您以前教的孩子的家长，刘小萱，您还记得吧？"

"刘小萱？"

洪老师当然没有教过这么一个学生，何雨把自己的同事编成了一个学生的名字，眼都不带眨的。

"是这样的，刘小萱现在已经在国外读大学了，她以前就一直希望能好好感谢一下她初中时期的老师们，结果我手机丢了，老师们的信息没了，我好不容易打听到了洪老师您的消息，能不能先见个面？耽误您一点时间，咱们聊聊？"

"啊……哦，刘小萱啊，记得记得。"

约定好时间地点，何雨挂了电话，脸上没有表情。

"你这样真像你家姑娘啊。"于桥西看着她的脸色说。

"你可别瞎说了，默默那是一脸聪明相，到我这儿……"何雨拿起面前的水杯往嘴里灌了一口，仿佛只有这样才能压制胸腔里的火气。

"不是，我就不懂，你这是要干什么呀？又装腔又作势的？"

何雨支棱了一下嘴角，似乎是想笑没笑出来，低下头，她才说："这帮人差点害了默默，我得让他们道歉。"

"哎哟，你这一字一句都带着火呢。"于桥西靠在沙发上，窗外的雨从昨天下到了今天，好像还要一直下下去，"雨啊，我记得你爸给你起这么个名字，就是因为你裹着水来的，是吧？"

"我现在没心情给你讲这个。"

"行啊，你现在的心思都放在了给你闺女出气上了。"

"我这不是出气。"

"不是出气是什么？事情都过去快两年了，你在这儿计较上了？你计较得完吗？要我说，你也不用把这事放心上，你家何默默的脑子灵光，没让别人给欺负了，这比多少大人都有骨气了，你再往深了计较，事情真闹大了，你又能干什么？"

何雨抬头看着劝自己的好友，长出一口气，说："不一样。"

"怎么不一样？是，在你眼里你闺女天下第一金贵，谁都不能让她受了委屈。但是谁长大了没个受了委屈的时候呢？你以后怎么办？跟她屁股后面，等她被欺负了你冲上去拼命？砸不死你这一把老骨头。"

何雨没有像往常一样立刻跟于桥西开启唇枪舌剑，她转头看向窗外，有上辅导班的孩子带着伞结伴而过。

"我以前觉得，我这辈子就这么大本事了，能给女儿的就那些，吃穿不愁，能上了大学，剩下的全靠她自己造化，她是个人才，那也算我这辈子没白活……可我现在发现，我根本就不是这么想的。默默她为什么气我怨我，把这时间拉得老长，她聪明啊，她发现我，她这个妈，一直拿'妈妈'这两个字挡在自己前面，什么也不看，什么也不想，她觉得我是把自己给框死了，其实呢……我明明是拿着两个字当护身符呢。"

何雨又看了眼于桥西，然后又接着说："小孩从幼儿园就开始说'妈妈真伟大'，其实当妈妈的都干啥了呀，怎么就伟大了？做饭、洗衣服、批作业、接孩子上学放学吗？'妈妈'这两个字到底是什么呢？我妈举着这两个字为难了我半辈子，我现在想想，我自己不也一样吗？

"我不也是躲在'妈妈'这两个字后面拿刀扎我女儿吗？她每一次被欺负了，都是自己解决的，为什么呀？因为她回家之后告诉我，我会跟她说什么呀？说没办法！说忍着！因为她妈我就是这么混沌过来的！所以她可以跟我说她后面的同学总是盯着她的分，她不喜欢，但是她绝对不会告诉我有一帮人把她书包从楼上扔下去。"

何雨的眼眶红了。

她擦了一下眼角，然后低头看了看自己眼前的这双手。

这是她女儿的手，右手的中指有厚厚的笔茧，整个中指的上指节都是歪向了一边的，拇指的指腹也有厚茧，甚至小手指下面手掌内侧连接手腕那一节突出的小骨头上面都有茧子，一双纤长漂亮的手却遍布缺憾，人们总是夸何默默的脑子聪明，却极少有人能发现这双手。

也不知道指挥着这双手的那颗心到底在想着什么。

"她用尽力气去当最好的孩子了，她从来不要求我成为最好的妈，这就是我女儿。桥西啊，当年我妈要把默默送养的时候，我是心动过的呀，结果我留下了一个孩子，我过成了现在这样，她成了这世上最坚信我该过得更好的人，到底谁才是真的伟大呀？"

于桥西端起了酒杯又放下，她抬起头，看着何雨低着头的样子，有些嘲讽地笑了一下，说："你不欠她的。"

说完，她有些烦躁地晃了两下脚，又说："她……也不欠你的。你不像个妈，她也不像个女儿，你们两个倒是像对肝胆相照的姊妹。走吧，我和小宋送你去那里，省得他狗急跳墙了你再吃了亏。"

约的地方在学校附近的一家饭店，到了地方，于桥西回头看何雨："你就想让他道歉呗？"

"是。"

"那你这是摆弄什么呢？你这是要掀了人家天灵盖啊？"

何雨顺着于桥西的目光看看手里拿的大锁头，这是她随手从于桥西店里顺出来的。

"咳。我没注意到……"

小宋停好了车，于桥西从副驾驶座上下来，打开后面的车门拿出那个锁头，放进了自己车后备厢里。

何雨看了看自己手机上刚摆弄好的录音软件，走进饭店。

跟姓洪的老师的见面并不愉快，对方立刻认出了"何默默"，并且转身要走。

何雨说："你要是走了，我就把你当初怎么收了学生家长的钱帮他的孩子作弊，怎么买好学生的作业，怎么赚中间差价的事告诉他现在的学生家长，他们肯定有人为了换掉你去找教育局。"

"何默默，你别太过分，我也受过处分了，这个事情已经过去了。"

"没有。"何雨抬了一下下巴，"你现在觉得我过分，就说明你根本不服气，不认错。"

"你想怎么样？我怎么给你认错？"洪老师坐在那里，乍一看他有些像一颗被冰雹打歪了的丑梨，他一张嘴，空气里立刻翻涌着一股将要朽烂掉的酸气，"何默默，我当时真的是看你家庭条件不好，才想帮你弄一点钱多买点吃的，而且我做了这个事情你有什么损失呢？那就是一个趣味实验，在网上搜一下就一大堆，不是考试题，也不是什么论文，你怎么就揪着不放呢？"

何雨看着他，凭她的本事，一张嘴就能有八百句话教他做人。

在这个人喋喋不休的诡辩里，何雨想起了默默当初写的那句话——别人用两千块买我的实验，用四百块买我的尊严。

"你放屁！"

何雨骂出口的声音高亢又尖锐，她跳起来指着面前这个人的鼻子："你跟我说的这些话你敢跟别人讲吗？你都把稿子寄出去了才告诉学生要卖了她的实验！还说帮忙，你给过她拒绝的机会吗？你到现在还不肯认错！承认你自己卑鄙无耻爱钱不要脸就这么难吗？比你做坏事还难？

"你这种人根本就不配当老师，你能教给学生什么？无耻吗？做错了不承认吗？"面前摆着一杯茶水，何雨直接拿起来泼在了对方的脸上。

姓洪的也不是个任人打骂的木偶，气急败坏之下一个耳光就要打过来，何雨躲开了一个反手就在他的手臂上抓了一把："你还敢打人！"

第二个耳光打过来的时候，有人狠狠地撞了男人一下，朽烂的丑梨往地上一砸，就成了一摊。

来人穿了一件白色的衬衣，下面是一条西装裤，头发扎成了马尾的样子，有一张很漂亮的脸。

何雨看着她，瞪大了眼。

"默……你……"

何默默上上下下看了自己的妈妈一遍，拿出手机对准了那个挣扎着要站起来的男人："洪老师，这里是学校门口，明天我就带着这些照片去找张校长……您能不能老实一点，别把事情闹得这么难看？"

男人扶着椅子腿往上爬，说："是何默默先骂人的，你们……"

何默默走到了妈妈的身边："你为什么来找他？"

何雨看着自己的女儿，然后抬手理了一下头发。

"我觉得他应该给何默默道歉。"

何默默也看着自己的妈妈，很认真地看着。

何雨挺胸抬头，又说了一遍："何默默，必须有人跟她道歉，你明白吗？"

何默默沉默了一秒钟，然后才说道："已经过去很久了，学校都处理过了……我都忘了。"

何雨的态度是前所未有的坚决，语气是前所未有的坚定，她说："不行。不管是他，还是其他人，他们把属于何默默的东西明码标价了，想把她卖掉，他们就应该道歉。"

是吗？

何默默的表情有些复杂。

她低下头，慢慢拉住了本属于自己的手，然后她转身对终于站起来的老师说："洪老师，关于您之前剽窃别人作业转手倒卖的行为，何默默希望您向何默默道歉，何默默的家长也希望您向何默默道歉，您最好照做，不然我们会去教育局提出申诉，也会把您之前和今天的言行都发在社交媒体上。"

一个四十一岁，一个十六岁，两个人是并肩站着的。

于桥西和小宋姗姗来迟，堵住了想要逃离现场的男人。

"何默默，对不起，老师不该那么做。"

最终，他道歉了，不情不愿地。

他还是道歉了。

其实闹成这样不是何雨预想的局面，她想的是自己拿了这个老师的把柄，逼着他道歉，压着他道歉，一切都安安静静地解决，能有那么点成年人办事的体面，可是没有，她更像是个泼妇，撕扯着生活给自己的女儿一个公道，什么体面？

"默默，妈妈是不是闹得太难看了？"

"没有。"坐在回家的车上，何默默这么回答自己的妈妈，顿了一下，她又说，"我就是怕你受伤。"

"哪能啊。那人虚得气都喘不动，能伤了我？默默……于桥西你什么意思啊，怎么就把默默叫来了？"何雨突然想起给自己添乱的人了，嗓门一下子就提高了。

开车的于桥西翻了个白眼，车上现在就她们三个女人，小宋被于桥西打发回去看店了。

何默默看着自己的妈妈，小声说："妈，你来处理这件事，事前应该告诉我的。"

何雨顿时有些心虚，看看自己的女儿，说："默默，当初出这事的时候你也没告诉我啊。"

何默默安静了下来。

何雨也有些不好意思，可她还是说了自己想说的："默默，妈妈觉得咱们两个人之间有个……那个叫什么，哦，恶性循环，我呢，也是第一次当妈妈，总觉得自己能养大你已经挺了不起了，所以很多时候，我就总是自以为是，根本没想过你真正想要的是什么。

"你……你是第一次当孩子，碰上了我这个不懂事的妈，也不知道像别的孩子一样哭哭闹闹，有些事情，是我不知道该怎么给，你也不知道该怎么要。这就是咱们母女俩的结。"

何雨看看自己握住的手，笑了一下，接着说："我这次没告诉你，是怕给你添麻烦，你从前也是这么想的对吧？你看，妈妈犯了跟你一样的错误，你来的路上也一定也很担心对不对？

"以后我们都别这样了，好不好？无论什么事，无论你多大，无论你以后成了什么样的人，做了什么样的事，在你需要帮助的时候，你难受的时候，你都要告诉妈妈，好不好？"

何默默的眼眶红了，她说："你也要告诉我。"

"好，妈妈也告诉你。"

温馨的母女大理解的画面没保持到一分钟，何默默突然说："妈妈，你还做了什么？你是怎么知道这件事的？还有别人知道吗？"

听见女儿的追问，何雨立刻明白了其中的意思，那个"别人"啊，也没有"别人"了。

"林颂雪，她跟我一块儿听到了，我们去找了你萧老师……"

看着何默默的嘴唇抿在了一起，何雨连忙说："默默，你别担心，昨天我跟小姑娘说了，让她别闹腾这个事。你绝口不说这个事就咬死了想绝交，就是为了想保护她……"

"不是。"何默默的否认是短促的。

"我只是不希望以后见面更尴尬。"

她的解释逗笑了自己的妈妈。

"行了，妈妈能不懂你吗？你妈我也有一个这半辈子都想她能无忧无虑好好过日子的好朋友。"

于桥西抬起头看着后视镜，张张嘴想说什么，她对上了何雨的眼睛。

于是她笑了一下，没说话。

"老师这边道歉了，林颂雪的爸爸那边……默默，妈妈只能说妈妈会拼尽全力。"何雨对何默默说。

何默默侧头看了自己妈妈一眼，那是自己的脸、自己的样子，何默默突然笑了一下，这个笑容很突兀又很短暂。

"妈，其实我也是这么想的。我想过我可能永远都等不来他的道歉，在林颂雪爸爸的世界观里，他一定不会认为他错了，即使有一天我真的等到了他的道歉，也是因为我比他更有钱，更有权，他有求于我，而不是因为公平或者正义。我问过自己，这样的道歉有意义吗？"

"有。但是，没必要。"女儿转身过来要说什么，何雨抓住了她的肩膀，"默默，你听着，这件事从一开始，你会被挑中，就不是因为你这个人怎么样，而是因为你家境一般。你不需要把谁对你的道歉当成人生的目标，你以后也不需要去想它，因为这件事发生在你未成年时候的，成年人的游戏，不需要你参与，也不需要你记住，你不需要去想什么价值和意义。"

何雨注视着女儿的双眸，她用了自己这辈子最恳切的语气："这是妈妈的责任，不是孩子的责任，你明白吗？"

何默默的眉头皱了起来："但是这件事是我经历的……"

"对，是你经历的，但是你应该忘掉，你要把这件事情当成别人的事情，不要当成你自己的事情，就像你看电视看到了，你很难过，难过完了就结束了，好不好？"

"为什么呢？"何默默问自己的妈妈。妈妈的话包含着何默默无法理解的逻辑，像是一道题摆在她的面前，但是别人却告诉她她不需要解答，这道题不属于她的人生，即使一切公式运作在她的脑海里，这道题也与她无关。

到底是为什么？

何雨笑了，说："因为最重要的，是你的一辈子。默默，你是应该为你最喜欢的东西活着的。你希望妈妈有自己喜欢的东西，做自己喜欢的事情，妈妈也对你有同样的期待，所以，在你还小的时候，这些糟糕的事情全部都是妈妈的责任，不是你的。"

我女儿的人生不需要被这些事情影响。

"可是……"

"没有可是。默默，妈妈希望你能理解什么是属于妈妈的责任，这也是我们应该有的沟通和理解。"

车里很安静，细雨打在车窗上。

"总应该是共同面对吧？"何默默说，"难道就因为是孩子，所以就可以什么都不做吗？"

"不是让你什么都别做，是在我们的眼里，就是你应该把它忘了，你懂吗？从你降生到你成人，我拿双手捧着，拿身子护着，拿血肉喂着你，这才是养孩子。"说话的人是于桥西，正好是个红灯，她透过后视镜看着自己后面坐着的这对母女。

"你妈说你用尽了一切去当最好的孩子，却从来不要求她当一个最好的妈妈。那我问你，你妈用尽一切去当最好的妈，又对你没要求，你心里怎么想？

"现在她想当个天底下最好的妈，你能不能给她这个机会？她说让你把这事交给她，不管有没有个结果，你甩了包袱以后自己往前走，你干不干？愿不愿意试试当这么个孩子？"

新的知识点进入了何默默大脑的中枢处理器，她再次进入了自己从没想过的领域。

该怎么当一个最好的孩子？

懂事，听话，别给大人惹麻烦。

一个魔方在过去那些年不停地变换，最终，一面完整的颜色出现在了何默默的眼前，现在，这个魔方正在徐徐旋转。

你感受到了妈妈对你的爱吗？

你相信这份爱吗？以信任和依赖拥抱它吗？

一份爱为什么会让人生出无力感呢，是自己不够努力，还是对方不接受？

何默默思考了很久。她妈妈在旁边陪着她。

雨小了，风也小了，一直在思考人生的何默默突然想起来自己请假请得匆忙，连忙又给店长打了电话。

时间已经快下午两点，再回商场继续上班也没有必要了，何雨让女儿陪着自己回家。

"还担心林颂雪呢？你也不用担心，小姑娘的脑子里清楚着呢……"何雨是这么说的，也是这么想的，所以当她看见小区门口淋雨的女孩时，她蒙了。

车停下，何默默快速下车撑开了伞。

林颂雪抬手捋了一下湿透了的头发，她大概已经在这儿站了很久，她的脸色苍白得像个泡着水的瓷娃娃。红色的伞撑在她的脑袋上，红色的光映在她的脸上，才让她多了那么一点人气。

"何默默，不是只有你会为别人牺牲，我告诉我爸爸，他如果不道歉，我就再也不回去了。"

何默默抬头看着她，眉头是皱着的："那你为什么在这儿淋雨？为了你所谓的牺牲吗？"

"求、求原谅，不是都要淋雨的吗？"林颂雪的嗓子有些抖。

站在她们身后两米远的地方，何雨第一次意识到，这个看起来特有排场的小姑娘，大概真是个傻的。

"何默默，你是我的朋友，对吧？"林颂雪看着何默默，她浑身都是湿的，她的眼睛也是湿的，"你一直是我的朋友，对吧？"

何默默撑着伞不说话，林颂雪有些犹豫地说："那我爸道歉了，我们就……就还是朋友了，对吧？"

她的声音越来越没有底气，一贯高傲而美丽的天鹅现在却有些胆怯，有些犹豫，甚至，可以说是卑微。

"去我家里换下衣服吧。"最终何默默是这么说的，她垂下了眼睛。

林颂雪比何默默要高，穿着她的睡衣，手臂小腿都露在外面，一头大波浪的自来卷沾了水之后变得又小又紧，更接近方便面，她披散着头发，静静地坐在沙发上。

沙发另一边，于桥西笑个不停："这下行了，你们把人家闺女给拐了，人家说不定前脚道歉，后脚报警你们拐卖孩子。"

"你就不能说句好听的。"何雨瞪了于桥西一眼，又拿了一条干毛巾让林颂雪擦头发。

林颂雪接过毛巾，一双眼睛还是巴巴地看着何默默关着的房门。

于桥西跷起了二郎腿，打量着林颂雪。她说："雨啊，你也别说默默不像你了，你看这闷声不吭撩拨着人的劲儿，可比你当年还厉害。"

何雨的回答是把切了一半的苹果直接塞进了于桥西的嘴里。

房门开了，何默默换好了衣服出来，看看沙发，她坐在了电脑前面。

仿佛在解一道物理奥赛题一样深吸了一口气，何默默说："林颂雪，你的牺牲对这整件事来说毫无价值，你应该回家，你爸爸做这种事情只因为他是他，不是因为他的孩子是谁。"

顶着一头卷毛的林颂雪说："可受伤的人是你啊。我不是因为我是我爸爸的女儿，所以觉得很愧疚来找你的，而是因为你受到了伤害，我想要替你做点什么，然后我发现我的方法就是这样。"

她还理直气壮呢。

"他不知道错，我就一直不回去。"林颂雪这么说。

何默默抬起头，现在并不是时候，可她想起了之前妈妈对自己说的话。

"林颂雪，你这么信赖自己爸爸吗？相信他会为了让你回家所以认错？"

听到何默默这么说，林颂雪的表情僵住了。

总之，她坚决不肯回家。谁劝她，她就用那双水汪汪亮晶晶的眼睛看着对方，现在的她哪还有在学校里时那说一不二的气势。

万物相生相克，今天何雨算是明白了。

想要留空间让两个孩子说话，何雨硬拽着于桥西出门买菜，嘴里说着要给女儿包虾仁小馄饨。

"默默的脑子还真的……挺灵的啊。"于桥西嗑着瓜子儿难得夸人。

何雨飞了她个白眼，小心地迈过了一摊积水。

"你之前跟我说你要开店，真的假的？真想好了吗？"

"嗯……"

"好家伙，这换了身子是把你闺女的脑子换给你了吧？你可算是开窍了。"

又一个地方有积水，何雨拽了一下于桥西的胳膊。

她左手手腕上的手表已经变成了"12"。

她们两个人的身影消失在了路口后，一辆黑色的豪车驶进了何家的小区。

"今天我妈妈跟我说这件事是成年人的事情，跟我没关系，那这一切跟你也更没有关系。"看着林颂雪的小卷毛，何默默从卫生间里找出了妈妈用的梳子，还把上面的头发都清理的一下，再用水洗了洗。

林颂雪仿佛是被水声给惊醒了一样。

"我没信赖他，谁会信赖一个出轨的男人。"林颂雪抬手捂住了自己的额头。

洗干净的梳子递给了林颂雪后，何默默说："你总是说起你爸爸。"

"因为我把他当偶像。"林颂雪回答得很快，"跟我妈那种为了一个男人就低三下四的人生比，我爸的日子过得好太多了，我得像他，才能活得自在。"

说完，林颂雪笑了："何默默，其实你应该讨厌我，我爸给我搞各种实践、各种活动，都是为了把我送出国，这我一直都知道。"

何默默没说话，她收掉了茶几上的瓜子皮，然后打开了电脑。

"玩游戏吗？"

"我说你应该对我生气！"

"我去年暑假开始玩了个游戏，还挺好玩的，数值算起来很有意思。"

"何默默，你不要假装听不见我说话，我说了，你应该恨我的，我明明一直都知道，我一直都心安理得的你知道吗？"

"你应该见过我妈替我玩游戏吧。"

"你赶紧恨我，把我赶出去，再让我出去淋雨，别提你的游戏了行不行？"

林颂雪忍无可忍似的冲到了何默默的身后，双手捏住了属于中年女人的肩膀。

"快点，恨我，骂我……"

何默默终于抬头看了林颂雪一眼，也只是一眼，接着她又垂下眼睛，笑着说："你做蠢事的样子我不是一直都在看着吗？"

林颂雪的手指松开了。

她低头，看着何默默的发顶。

"从一开始，你在我的眼里就是个做出什么蠢事都不稀奇的傻子。"

何默默第一次说出了那些藏在自己沉默与微笑后面的真实想法，手毫不停歇地操纵电脑登录了游戏，很快，"不如一默"手持禅杖站在屏幕的中央。

"是个会发光的，让人喜欢的傻子。"

林颂雪的表情呆呆的，她抬起头又低下头，反复了两次，终于抓住了何默默的左手，说："所以我们是朋友对吧？"

何默默没有回答。

电脑上人物登入的界面映着一张在笑的脸。

林颂雪心里的小泡泡越来越大，每个里面都装满了喜悦，快要带着她飞起来了。房门就是这个时候被敲响的，她脚步轻快地主动去开门，还以为门外是买了馄饨皮和肉菜回来的何雨阿姨。

"小雪，你怎么着下雨就跑出家门了？"

林颂雪后退了一步，她下意识地叫了一声"爸"，然后立刻转头看向了房间。

坐在电脑前的何默默转头，看见了一个高大的男人站在自己家门口。

林颂雪长得这么好看，身材又高挑，她的父亲自然长得也不差，他眉目英朗，依稀和林颂雪有些像，加上一身成功人士的气质，便越发惹人注目。

"你就是何默默的家长？我可以进来和你聊聊吧？"

何默默已经站了起来，妈妈说这是一场"成年人的战争"，现在的"成年人"是她。

"您可以，您身后的人就算了，如果您真的是想'聊聊'的话。"

"当然。"男人走了进来，还拍了一下自己女儿的肩膀。

林颂雪在他身后关了门，把自己爸爸的秘书和助理都关在了外面。

成年人之间的"聊聊"应该是什么样的呢？

何默默说："您稍等我两分钟，我换一下衣服。"她穿的是妈妈的睡衣，这显然不太合适。

她走进卧室关上了门，用了半分钟的时间换好衣服，然后她掏出手机搜索了一下"谈判技巧有哪些"。

很快，她找到了一条有用的，仔细看了两遍，时间刚好过去了一分半。

"确定谈判态度。"

何默默走出卧室的时候表情尽量松弛了下来，她是在学着她妈妈的样子。

林颂雪的爸爸坐在了餐桌椅子上，显然并不想完全走进别人的家里，在何默默出来之前，他正看着自己的女儿。

"林先生，我自我介绍一下……"

"不用了，何女士，您和您那个优秀的女儿不论是初中还是高中都很有名，小雪的毕业家长会是我去的，我见过你。"

谈判技巧上说要充分了解谈判对手，看来这个叔叔也准备得很充分。

何默默控制着自己的嘴，不要抿起来。

"昨天看见您安排在我小区门口的那辆车，我还以为是有什么讨债公司找错了人，回到家听小雪说了，我才明白是怎么回事。

"我一直在准备送小雪出国，我当时的秘书应该是为了帮我解决问题，才会想了这么一个跟学校老师对接的不当方法，这个秘书去年已经去分公司当经理了，我会对他之前的做法进行批评教育。另外……您提供一下您的账号给我，三万块，是我补偿您和何默默的，也不能说补偿，应该说是我个人的一点心意，还有什么条件，你们可以再提。"

果然是一个把"商务谈判技巧"这种东西实践了很多遍的高手！

何默默想了想说："所以主要责任是在您从前的秘书身上，并不是在您身上，是吗？"

林安笑了一下，又看了看自己的女儿："当然不能这么说，整个事情的责任主要还是在我对我女儿的关爱方式不当。"

何默默也看了林颂雪一眼，她一直站在一旁，可以说是全场最紧张的一个人。

"您的话有问题。"何默默说，"听您的意思，就好像您做的一切只是因为您爱您的女儿，您不是来道歉的，也不是来聊聊的。您玩了一场仗势欺人的大人游戏，又把原因放在了自己的女儿身上，这是您爱她的方式吗？"

何默默握住了林颂雪的手，发现是凉的。

一个小时之前，她妈妈对她说希望她能抛开一切往前走，现在，又有一个人把一切都压在了自己孩子的身上。

林安皱起眉头，说："何女士，我希望您不要在这里挑拨我和我女儿的感情。"

何默默摇了摇头："这不是挑拨，只要林颂雪自己愿意，她随时可以走，其实我也不希望您是因为她来道歉的。"

"那您是什么意思？三万不够吗？五万？这是我能给的最高价了，还是看在何默默她确实很出色，小雪又很喜欢她的份上。何女士，难道您以为您抓住了这么一个小小的把柄就能为所欲为了吗？我劝您不要太贪心。"

贪心？何默默只想叹气。

为林颂雪叹气。

"我……女儿没有经济损失，我也不需要您经济赔偿，我只希望您承担起大人应该承担的责任，坦坦荡荡地道歉，此外我们什么都不需要。"

"道歉？"林安笑了下，突然说，"你这里有摄像头是吗？安在哪里了？"

何默默只想捂住自己的眼睛。

眼前这个人可真是太糟糕了。

"没有摄像头。"林颂雪在这个时候开口说话了，"没人想陷害我们伟大的林老板，也没有人图你那几万的赔偿。爸，你能道歉吗？你明明做错了，你能不能道个歉？"

林安看着自己的女儿，有些无奈地说："我可以为你道歉。"

"你明明做错了，为什么是为我道歉？"

林颂雪冲到了她爸爸的面前："你能不能放下你的架子，好好看看这件事？何默默她那么努力地学习，她做这个实验是想做一个礼物送人，就因为你，她的实验差点变成了我的。我们两个人本来是好朋友，因为这件事我们连朋友都做不下去了，你为什么不能道歉呢？"

这些话并不是林颂雪第一次说了，可她得到的答案和之前是一样的。

"小雪，你要是觉得爸爸应该道歉，我可以道歉，真的，这不重要。"

"不是我觉得，是你错了！"

"嘭！"

林颂雪的爸爸踢了一脚桌子，站起来："我错了？我错在哪里了？我错在一心为你打算？还是我错在了没教好你？是，我本来可以不去找人给你攒那些什么实践、什么活动，你要是像何默默这么出色我需要做这些吗？我做了这么多年的投资，像你这样的不良资产我真的没有经手过几个，林颂雪，你在指责你爸爸之前有没有照照镜子看看你自己？这是在别人家里，你不要逼我不给你面子。"

何默默一把拉回了林颂雪，她直直地盯着男人的眼睛："我没有什么想跟您聊的了，请您走吧。"

"我是来带回我女儿的。"

努力在胸腹间游荡、膨胀，何默默忍无可忍地说："您到底把你女儿当成了什么？！"

何雨打开家门。

就看见自己的女儿以保护者的姿态跟一个高大的男人对峙。

"我要说的都已经说完了，如果你们还有什么不满，或者想到了解决问题的条件，可以再联系我。"

看着面前大大小小的四个女人，林颂雪的爸爸对自己的女儿伸出了手，他说："小雪，不要胡闹了，在我还愿意忍耐你的时候跟我回家。"

"林先生。"何雨把买来的菜放在了餐桌上，一双眼睛看着林颂雪的父亲，"解决问题的条件一直都有，也很简单，我希望您能登报对何默默进行公开道歉。"

"公开道歉？"

林安看这对母女的眼神已经是觉得她们脑子有问题了。

"你们是不是收了别人的钱，故意拿这件事来威胁我？"

他又对自己的女儿说："你看看你给我找的这些麻烦，如果不是你，我需要理会这些人吗？她们让我道歉，她们难道没想过我道歉之后你的声誉也会受到影响吗？这些人要害你，你却偏偏还要跟她们混在一起。"

就这几句话的工夫，何雨明白了为什么自己的女儿会气成这样。

何默默一直站在林颂雪的前面，说："让您女儿蒙羞的是您。您以您自己的意志来规划她的人生，她根本没有选择和拒绝的权利，您摆布完了她的人生之后您还觉得她是不良资产？！凭什么？"

"这种人就是凭他觉得过得不错，你跟他生什么气啊，脑子里塞的都是垃圾……"这时候说着话顺便把何默默和林颂雪往房间里推的是人于桥西。

何默默低头看桥西阿姨。

于桥西又推又搡，一双大眼几乎要瞪出来，说："你忘了之前怎么跟你说的了，你说的这些话进不了他脑子，这事儿交给我们。"

"可是这个人他……"

"你跟我可是个什么呀，过了今天，你就把这事忘了。"

把两个女孩送进了何雨的卧室，于桥西又看了看默不作声的林颂雪，叹了一口气，这位暴躁阿姨难得说了一句安慰人的话："有时候把爹妈当债，比把他们当人，更让人好过。"

说完，她关上了门。

门外是成年人的战场。

"你们把我女儿关房间里是什么意思？"林安大步走过来，被于桥西挡住了。

"你女儿她不想走你看不出来吗？来，我先跟你说说我是谁，我叫于桥西，前几年也倒腾过地皮买卖，你应该知道我吧？别人请不来我做什么事来陷害你，你明白吧？何默默，是我干女儿，何雨是我三十年的老姐们，你现在跟我说说，这事你想怎么处理？也不用说钱，这事不是钱能解决的……"

眼里全是钱权地位的人，就要先摆出钱权地位，才能跟他有得聊，这一点，何默默不明白。

于桥西也不希望何默默明白，何雨的女儿要是变成了这个德行，那可是够何雨糟心一辈子的。

何雨倒了三杯水，放在了三个人的面前。她说："无论如何，一个道歉是一定要的。如果您不愿意，您当然可以走，您能劝动了您女儿走，您也可以劝，但是我这边有什么招肯定还会继续使。"

男人终于正眼看向了这个后来回来的少女。

"你是何默默？"

"嗯。"

房间里，何默默坐在了床上。

林颂雪坐在何雨梳妆台前面的凳子上。

她低着头，好一会儿，说："我以为他会……更爱惜自己的面子一点……也可能他觉得，当着别人的面这么说自己的女儿，就是很有面子的一件事吧。"

她沉默了多久，何默默就看了她多久。

"如果你们两个能互换就好了……"何默默突然这么说。

"互换？我？和我爸？"

林颂雪"哈"地笑了一声："那我一个月就把他家业败光了。"

她笑完了，又安静了很久。

"何默默，你跟你妈换了身体之后，有什么感觉啊？有没有觉得天突然变蓝了，地突然变大了，这个世界一下子就变得广阔了？"

何默默很诚实地回答："没有。"

"没有啊……"林颂雪叹了一口气，她的头发几乎要干了，开始变得温柔而蓬松，她把一条腿搭在了床上，膝盖微微抬起，在她仰起头叹气的时候，美得像是一幅画，画上是翻滚的青春，有明丽也有纠结，有坦率有忧愁。

"如果我变成了我爸爸，我一定会觉得这个世界变好了，甚至不用变成我爸爸，只要变成一个大人，不用跟我爸妈有联系，我一个人就可以，没有钱、没有保姆，都可以。给我一把最便宜的吉他，我可以在公园里卖唱，我可以住最便宜的旅馆……你知道吗？我真的研究过怎么离家出走，有些旅馆真的好便宜啊，三十块钱就能住一天，我只要能让自己一个月赚到两千块，我就可以去流浪。

"可是后来我又觉得，凭什么呢？我过得这么苦，他们也不会愧疚的，他们会觉得我活该，有一天他们看见我，他们会告诉我他们给我的路才是正确的。我不知道我那个时候会不会后悔，但是我知道，一旦我后悔了，我的整个人生就都完了。"

林颂雪把双腿屈起来踩在凳子上，抱住小腿，下巴垫在膝盖上，她就这么笑着看着何默默："怎么办呢？我一直在想我该怎么办……后来我觉得我应该走他们给我安排好的路，听他们的，这样如果我错了，就是他们错了。如果我做得比他们更好，他们也会夸奖我，而且，他们会向我低头。这条路很安全。我跟你说过，我把我爸爸当偶像，就是这样的偶像……"

何默默还是第一次听林颂雪这样剖析自己。

她笑着，就仿佛是拿了一把刀，一刀又一刀把自己的肚子剖开，让何默默看清楚里面到底有什么。

"你每次都是这样。"坐在床上的"中年女人"缓缓地叹了一口气，眼睛看着林颂雪，"每次你遇到了什么事情，做的第一件事就是伤害自己，你不能这样。"

"伤害自己？谁，我吗？"林颂雪瞪大了眼睛，脸上的笑容变大了，"我怎么会伤害自己？你在说什么？"

何默默摇了摇头，接着说："你是这样的，你看见我和我妈吵架，你也立刻用语言扎自己一刀，从前也是这样的……有人想要欺负我，你的第一反应也是先说自己有多不好。"

"我没有，我这么做有什么价值吗？这也不能让我爸妈后悔啊。"

"你看，你现在就是这种状态。"

林颂雪的眉头皱了一下，又松开了："就算是这样也没什么。"

何默默没有说话，站了起来，走到了林颂雪的身边。

"你会很疼，这一点很重要，所以不是没什么。"

林颂雪沉默了。

她脸上的笑容也终于消失了。

何默默想起了自己对妈妈说过的话，她说自己一看见林颂雪，就觉得林颂雪和所有人都不一样——林颂雪太美了，她的存在感强到她仿佛会发光，可同样，她也太脆弱了。

分组的那天，其实何默默回头看了一眼，她看见了林颂雪的表情。

那是一种随时可以碎掉的表情，像是一件瓷器，已经被人抛到了半空中。

"林颂雪？"

"嗯？"

"我想抱抱你，可以吗？"

林颂雪惊喜地睁大了眼睛，她把腿放下，双臂展开："当然可以！"

何默默拥抱了林颂雪。

她又想起了那个天气瓶，寒冷的冬天里，没人会关注一个看起来完好的瓶子里会发生什么，但是天气瓶会让人意识到原来瓶子里的温度也会随着天气在发生变化。

所以她选了那样的一件礼物。

"何默默，以后你不要跟我绝交了，你是让我觉得这个世界没有我想象中那么糟糕的那个人，如果你再跟我绝交，我就只能沿着一条'不良资产'的路往前走了，我好讨厌那条路啊，我……"

林颂雪把头埋在何雨的肩膀上。

"这是你妈妈的身体，等你们换回来，你要让我再抱一次。"

"好。"

"何默默，刚刚那个阿姨让你把这个事情忘掉，我也想忘掉啊，我什么都想忘掉，可以吗？"

"可以。"

"何默默。"

"嗯。"

"你说点儿别的吧，别让我哭啊。"

"你可以哭。"

"我可以吗？"

"可以。"

"那我可以把这些事情都忘了吗？"

"可以。"

"我可以什么都忘记？"眼泪浸在衣服里，林颂雪咬紧了自己的嘴唇。

何默默学着自己的妈妈拍了拍她的肩膀，说："你当然可以。"

何雨和林颂雪的爸爸谈了很久，谈道歉这件事只是很小的一部分，更多的时候他们在说林颂雪，他们反复地争论，最终，还是没有什么结果。

"我实在是不明白，我为什么要来听你们的这一趟教育演讲，何默默，你要是愿意告诉我你的辅导班在哪里上的，我会很愿意听，但是你来跟我讨论我和我女儿的关系，这真是太没有必要了。"

房间门终于打开，何爸爸站在门口，看见自己的女儿躺在床上，"何默默的妈妈"坐在一旁看手机。

"林颂雪，你该回家了。"

"爸，我决定了一件事。"林颂雪笑着看着自己的爸爸，"你不再是我的偶像了。"

"什么意思？"

"没什么意思。"漂亮的女孩露出了一个灿烂的笑容。

她爸爸听不懂她说的话，就像他听不懂别人只是想要一个道歉一样。

但是，已经不重要了。

"我会忘了的。"他的女儿如此说。

"我也会。"何默默抬起头，她妈的房间里只有一本英语词典，她只能用手机在网上搜资料来看。

如果不能面对、不能解决、不能沟通，那就忘记。

这是孩子的权利。

何默默终于明白了妈妈的意思。

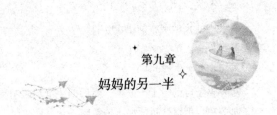

第九章
妈妈的另一半

/她的妈妈就像姥姥家那个昏暗的二楼，必须有光照进去，她才能看见平静黑暗中的真实。/

林颂雪回家了，她的鞋子都湿透了，她是穿着何家的一双拖鞋回家的，还穿了一条何雨的裙子。

她走的时候神情平淡，没有哭也没有闹。

她其实是主动要求回家的，在那句"忘记"之后，她的语言和举止都变得乖了很多，她爸爸打开门，她直接走了出去。

天暗下来了，于桥西从客厅走过来，随手打开了灯。

何默默低头看了一眼左手手腕上的表，走到了厨房的门口："妈妈，上面只剩'6'了。"

也就是说，如果没有发生意外，下一个周末，也就是"五一"小假期的时候，她们就能换回来了。

"默默啊，妈妈这次没让姓林的道歉，但是妈妈会一直想办法。"说话的时候，何雨往肉馅里倒了一点酱油，话题已经转了方向，"你能吃几个馄饨啊？"

"二十……五个。"何默默摸了一下肚子，她有点饿了。

何雨其实并没有表现出来的那么轻松，她从知道了这件事之后就已经决定了要"杠"到底。

首先她要先赚一些钱，然后去查林颂雪的各种活动记录，想办法找到那些真正的作者，一定有人和默默一样，是在不能拒绝的情况下勉强答应的，她要说服他们和他们的家长……虽然她的心里在想着一件几乎不可能完成的事情，但何雨的脸上挂着微笑。

"二十五个，你今天这是饿了呢，一会儿吃完饭，你好好洗个澡再学习。"

灯光照下来，每个人的表情看起来都很轻松，仿佛整件事已经结束了。

"五天……"早自习的时候，何雨掰着手指头算日子，要是换回来了她得在一两个月内把店张罗着开起来，看地方，确定进货商……开店这种事在最初设想的时候是很有趣的。

会让人上瘾的有趣。

何雨放任自己想了十分钟，然后低头继续去啃英语单词，除了英语她还想学学语文，再学学政治……等着跟女儿换回来了，她也可以找出女儿以前的书来看。

从前觉得自己学历不好就不好吧，现在，何雨觉得那姓林的一副研究生学历的"精英"姿态让她极为不舒服，她想要跟这样的人"杠"，不多长点见识那是肯定不行的。

身边有人坐下的时候，何雨抬头瞪眼，看见了时新月。

"你……身上的伤都好了？"

"嗯。"时新月点点头，察觉到何雨还在看自己，她有些不好意思地捂了一下头顶，"是不是这样不好看？"

从前时新月总是有个厚刘海，现在大概是因为额头上贴着纱布，她的刘海被发夹固定在了头顶，露出了她的额头。

有点圆乎乎的……这样显得时新月的整张脸都比从前圆了。

"好看！"何雨连忙说，"你以后就把头发梳上去吧，多好看啊！"

"真的吗？"

时新月还是觉得不好意思，但是看着"何默默"的表情，她笑了。

女孩的变化当然不止何默默一个人发现了，吃完早饭回教室的同学们路过了这儿都要看一眼，仿佛从前长了颗蘑菇的地方，现在开出了花。

"时新月，你把头发梳起来好看的呀！"何默默还记得说话的这个女孩，她从前叫时新月是"格格"，说话也挺不客气，现在倒是显得比从前可爱了。

时新月很不好意思，抬起手似乎想把头发拉下来一点挡住脸，被那个女孩手疾眼快地拦住了。

"你这个额头早就应该露出来，就是你这个发夹这么弄不好看，你等等。"女孩走回自己的座位，很快又走了回来，她的手上是一个小的抓夹，"你的刘海不够长，这样看起来很乱，我帮你弄一下。"

"不用了……"时新月想躲开，她的手却被另一个人握住了，是"何默默"。

"别担心，我也觉得抓起来会更好看，让她给你弄弄看看。"

于是，时新月僵坐在位置上不动，任由那个女孩摘掉了她头上的铁发夹。

"时新月，你头发好软啊，手感特别像小猫的毛。"

女孩一边给她弄头发，一边说。何雨看着她的表情甚至有点陶醉的样子，不由得怀疑对方是真的把时新月当成猫猫来撸了。

灵巧的手指一点点抓着刘海部分的头发，一捏，一绕，一夹，最后时新月的刘海就被小抓夹固定在了头顶。

时新月下意识地看向"何默默"，又看到了另一张笑脸。

"这样好看，特别精神，还可爱。"何默默说，这样瞪着眼睛看着自己的时新月确实有点像只小猫。

时新月抬起手，似乎想要挡头，又好像害羞地想要挡脸，最后她什么都没有做，只是小声地说了一句："谢谢。"

"时新月，你这样……"买了个卷饼回来的贝子明看着自己的前座想要发表一下自己的高论，却突然发现自己被周围很多人在瞪着。

他噎了一下，继续说："也挡不着我看黑板……盖欢欢你看我干什么呀？"

盖欢欢没回答自己同桌的问题，她戳了一下"何默默"，说："何默默，之前那件事，已经合并了。"

何雨愣了一下才明白过来盖欢欢说的是她当初被袭胸的事情。

那个流氓被确认了是逃犯，铁定要坐牢，盖欢欢完全可以不再提这件事，所以在那之后何雨也再没跟盖欢欢说去告诉家长和报警的事。

显然盖欢欢并没有那么做。

她选择了一条不沉默、不轻松、在一些人眼里过分正确的路。

"你……"何雨一时之间竟然不知道该说什么。

在变成孩子的这段时间里，这些孩子总是比她想象中更加坚定和坚强。

"我想过了，这种事情以后还会发生。"盖欢欢咬了一下嘴唇，"如果将来有一天，有另一个人告诉我，她也经历了这些，我就可以理直气壮地告诉她不用怕。"

"到时候我会是很厉害的那种样子，就像你一样。"这是她在几秒钟之后补充的。

"真好，你太好了。"何雨想夸奖自己眼前的女孩真是一个太好的孩子，好在她还记得自己现在是顶着自己女儿的身份。

"你已经很好了，真的。"

今天，大概是一个很适合女孩们露出笑容的一天，她们都在笑。

她们笑得像是小猫，像是初春将要绽放的花，又像是迸溅出的铁水，像是不肯倒下的、不肯被遮挡的、不肯就此沉默的一切。

商场里，何默默也在笑，不过她笑得有点僵硬。

"你觉得我买这件衣服给我女儿怎么样？"萧老师拿着一件衣服在自己的身上比了一下，"她比我还白一点……"

"可以的，萧老师。"

"嗯，我觉得最小码就可以，最近我女儿又瘦了……麻烦你帮我包起来。"

"好，老师，我给您算个折扣吧。"

"好呀，太谢谢了。"

花钱买了一件衣服，萧老师仿佛长出了一口气似的。

她说："我能再试两件吗？"

何默默眨了一下眼睛，说："当然可以。"

"前天啊，何默默来找我了。何默默的家长，最近默默是不是出了什么事啊？"

真正的何默默终于明白了，老师第一件衣服是买衣服，后面的"试衣服"其实是"谈谈"的同义词。

"她最近还好。"真正的何默默挺好的，现在的"何默默"也开始好好学习了，所以都还好，没问题。

萧清荷老师摇摇头，说："默默家长，你不要想得这么简单，孩子的教育是不能想当然的，有很多问题是需要我们当家长的自己去发现，青春期是一个很关键的阶段，如果在这个时候我们不注意和孩子的沟通，孩子很可能很快就拒绝和我们沟通了……"

说着说着，她的脸上有些无奈。

"你别看我自己是个当老师的，我也犯了这样的错误，现在我也觉得我女儿不愿意跟我交流了。"

"萧老师，我会注意的。"何默默这句话说得很慎重，"沟通"这件事比她从前以为的要重要太多了。

"嗯……"萧老师转身看了"何雨"一眼，说，"看看你现在，我真想不出来你以前的样子，那时候笑笑和她同学去看你演出，我去找她，就看你在舞台上抱着吉他又蹦又跳。一转眼都二十年了，笑笑都结婚多少年了……她结婚之前我家收拾房子，我还看见了你的签名照来着，后来看见你才觉得你眼熟，问了名字才对上了。"

萧老师说的笑笑是她的女儿。

舞台？吉他？

何默默放在腿边的手轻轻握了一下。

何默默感觉自己抓到了什么，只是这个东西看不见，摸不着，甚至很多人都认为它不存在。

"老师，从前的事您还记得呀？"

"人老了，总是能想起来以前的事，没什么，你跟我说了别告诉默默，我也没告诉她。"

已经退休的老教师笑容和蔼，她也没想到，自己为这对母女各自保存了一个"秘密"。

几分钟后，萧老师离开了商场，只带走了最初给女儿买的那件衣服。

"你来干什么？"下午四点，韩老太太拎着购物袋回来，一拐进巷子就看见了站在门口的人，她的眉头皱了起来，"骂一次不够，你这是追来了要再骂你亲妈一顿是不是？"

何默默看着自己的姥姥，低声说："对不起，上次我的态度应该更温和一点。"

"温和？可拉倒吧！谁能抵得上你何雨那劲儿啊，四十多岁的人了，温和啥呀，就光剩了欺负自己亲妈的劲儿了。"

事情过去了好几天，老太太还是一点好脸色都不给"何雨"。

今天她穿了件深蓝色的上衣，加上乌黑的发和白净的皮肤，越发显得亲切又稳重，唯独那张脸，绷得紧紧的。

"又给我送牛肉啊？"

"没有，今天给您买了排骨。"何默默老老实实地说。

她姥姥爱吃肉，卤好的牛肉切了片，以及自己炖的排骨，何默默在菜市场转了一圈，在卤猪蹄和排骨之间犹豫了两分钟，直到一位大妈很嫌弃地说："猪蹄太肥了，老人防三高不能吃这个。"她是对自己的同伴说的，何默默却记住了，于是便买了排骨。

"排骨？哼，行啊，你是觉得你妈我牙口好，还能啃骨头，还能活得久，碍你眼了是吧？"

老太太跟自己女儿说话一贯是刀光剑影。

何默默没说话，这些话对她说总好过对自己妈妈说，这么一想，她就觉得自己像是在游戏里一样被套了一个减伤的 buff（增益）。

这里是这座城市最早的一批商品化别墅区，每一家都是二层小楼。

早年砖红色的小楼在被各家各户翻修之后都被改了颜色，老太太住的这栋却一直保留着砖红色，这房子已经快三十年了，成了灰红色驳杂在一起的老样子。

别人家的门前都有个花园，种了花花草草，又或者是种了玉米和蔬菜，也有推平了花园直接作为停车场的。老太太家则是直接起了砖瓦把前面花园的部分都围了起来，做成了一个前厅。

何默默知道自己妈妈对花园被改掉这件事是很不满的。

看见月季的时候妈妈总会说她小时候家里的院子里有一株特别好看的月季，花是很漂亮的黄色，姥爷用各种各样的东西去养那棵月季，硬是让月季开得特别好，是别人看见了都会夸一句的好。

据说姥爷还喜欢养君子兰，别人家扔掉的养得半死不活的君子兰，他都会把它从垃圾堆那儿捡回家，精心侍弄起来。

那时候他已经是个别人嘴里的大老板了，养花的时候却像个泥瓦匠，总是弄得双手和鞋子都脏兮兮的，那时候妈妈就会给姥爷端水来洗手，姥姥回家之前要清理干净，不能让她发现父女俩又玩泥巴了。

妈妈每次说起那些花，何默默都觉得她是想姥爷了，那个自己没见过的男人在妈妈的描述里成了会笑的神。现在，何默默觉得妈妈说起那些，不只是在缅怀她的父亲，她也是在缅怀自己人生中最美好的岁月，一段被人珍爱的时光。

那段时光里，她自己也熠熠生辉。

"怎么了？一看见我就闷声不吭的？拿出你那天吵我的劲儿啊。"说着话，韩秀凤掀开上衣抬手从裤腰里掏了根拴了钥匙的绳，"默默上学呢？你来是要干吗呀？"

"我……来看看。"

"看看？"

老太太斜看了她一眼，从鼻子里哼了一声，还是把家门打开了："看吧，我看你能看出个啥来。"

何默默以自己妈妈的身份走进了姥姥的家里，这是她从小住过的地方。从她有记忆的时候，她就经常住在这里，因为妈妈工作忙，照顾不了她，那时候在她眼里这里的一切都是高高大大的，要爬上去坐好的凳子，站在地上看不见桌面的桌子，这里的碗也很大，一大碗蒸鸡蛋足够她饱饱地吃上一顿。

在花园改造成的前厅摆的一些杂物里，还有一辆自行车。

何默默看见了一个蜂窝煤炉摆在水泥地上。

"您什么时候弄了个炉子？"何默默记得清明来的时候还没有。

"怎么了？我弄个炉子又碍你眼了？"

何默默看看自己姥姥，说："不是，我是怕不安全。"

"不安全拉倒，我早死早了。"老太太把排骨从"女儿"手里拽下来，连着菜一起放在了一个木柜子上。

何默默的视线跟着她，说："您现在不在厨房做饭了吗？"

"我一个人，在厨房做完饭又得洗又得擦，在这儿做完了搁水龙头一冲就行。你别在那儿干站着，你今天来了是在这儿发呆的呀？"

把目光从水龙头下面的锅上移开，何默默说："我……我帮您做饭吧。"

"我可不敢用你。"

韩秀凤老太太走进屋里，何默默也跟了进去。

老太太去换衣服了，何默默抬头看向楼梯上面，说："嗯……我……上去一趟。"

"哎？你上去干吗呀？上头多少年没收拾了，净是灰，你这……哎，你换件衣服，你别把衣服弄脏了！"

何默默听不见这些。

在走上一层台阶的时候，她的耳边就只有一种声音——笔尖在纸面上摩擦的声音。

现在，她找到了解答一道题足够的条件，也已经有了可以套用的公式，下一步，就是解答。

别墅的二楼是昏暗的，就像老太太说的一样，遍布着灰尘。

自从何默默的外公去世，老太太就搬到了楼下，不肯再住她和丈夫曾经的卧室，过了几年何雨也搬走了，这个二楼就彻底闲置了下来。

其实何雨跟自己的妈商量过，可以把空置的房子租出去，好多一笔钱给老人开销，也不会住得那么孤独，找几个出来闯荡的年轻姑娘就好，老太太却不愿意。

何默默掏出手机打开了手电，即使是这样，她还是被放在走廊的一个小箱子绊了一下。

她一下子想起来，自己小时候来过这里。

没有一个孩子不会对家里上锁的房间充满好奇，更不用说这不是一个房间，而是整整一层的房子。还很小的时候，她爬上来，东瞧瞧，西看看，那时候她没有手电，摸到哪里都是一身的灰，然后……

光影里，何默默仿佛看见了四岁的自己，她跌跌撞撞地走进了一个房间。

她跟了上去。

"嘘，你看，这里有好玩的，有妈妈。"四岁的何默默梳着乖乖的娃娃头，一本正经地坐在那里对她说。

是的，这个房间里有妈妈的照片。

她站在房间门口，光柱中浮动的尘埃纷繁厚重，光穿过它们，照在墙上的海报上，照在了布满灰尘的桌子上，照在了被盖住的床上，也照在了沉沉的窗帘上。

"我也是来找妈妈的。"她对曾经的自己说，"妈妈她走了很远很远的路，她把她的一部分留在了这里，我们找到她，好不好？"

"好呀！"是四岁的何默默，但是她又变成了六岁的何默默，八岁的何默默……十二岁的何默默扎起了辫子，那一年她总是和妈妈吵架，她发现自己一直以来依赖的妈妈并没有自己想象中那么无所不能，妈妈不知道爱因斯坦写过什么，也不知道牛顿的苹果如何深刻地改变了这个世界。

十三岁的何默默看见了别人给妈妈介绍男朋友，周六的晚上，那个人送妈妈到了楼下，何默默躲在阳台后面觉得一切都那么可笑，后来那个人再没有出现过，于桥西阿姨问起妈妈时，妈妈说"谁能看得上我呀"，在一旁经过的何默默信了。

十四岁的何默默筋疲力尽地回到家里，她被人欺负了，笔记的每一页都被写了"你怎么不去死"，这个周末她要把那些笔记重新抄一份下来，妈妈脸上却带着笑，她说"你猜妈妈今天买的猪头肉花了多少钱"，于是何默默低下了头，沉默地路过妈妈的身边走进了自己的房间，然后关上了门。

十五岁的何默默又把头发剪掉了，她的中考成绩很好，很多学校找上了门，有人拿出十万的奖学金，何默默心动了，她对奖学金心动，也对住校心动，也许她住校了，她和妈妈都会轻松一点。

可是妈妈在电话里跟别人说："我得把我孩子养在身边，她哪住过校啊？再说了，我女儿是要当高考状元的，这几年的高考状元不都是市一中的嘛。"面前的本子上写了各个学校的优劣，何默默看着那个本子，叹了一口气，把那几页翻了过去，也许没得选才是最好的选择。

黑暗中，那些"何默默"都出现了，她们出现在此刻，也出现在时光的另一边，她们出现在何默默的回忆里，也出现在了她的耳边。

她们说："好，我们一起找到妈妈的另一半。"

下一刻，走到了窗边的何默默拉开了窗帘。

明亮的光照了进来，它也许也是穿越了时空，来自某一年最后的春天。墙壁上的海报已经褪色，依稀能看见是个抱着吉他的外国人。

何默默拉开抽屉，一个，又一个，她童年时候见过的妈妈的照片都已经发黄，从信封里掉出来的时候像是枯叶和蝴蝶。

把它们从地上捡起来，何默默看见了无数年轻时候的妈妈，她们都是在笑着的，每一个都神采飞扬。

等等……

何默默看向床底的盒子，她又低头看了一眼妈妈的照片。

那张照片上，妈妈抱着吉他。

"又把你的吉他找出来了？我就觉得你这心是死不了，我可告诉你，默默过两年就要高考了，你可别这个时候给我折腾。"

老太太是绝少愿意上楼的，何默默下来的时候，她就站在楼梯口，单手又着腰。

"要是何默默想要学音乐呢？"何默默背着吉他的琴箱，低着头，她小声问自己姥姥，"您支持她吗？"

在这一刻，何默默想起了自己从小到大受到的都是鼓励，她喜欢学习，所有人都让她好好学习，她要买资料，要上辅导班，妈妈从来眉头都不动一下。

可是妈妈不一样，她曾经笑得那么开心，她放下这把吉他的时候，一定是全世界都挡在了她的前面。

韩秀凤误解了自己"女儿"的意思，她的眼睛瞪大了："你可拉倒啊，何默默她上幼儿园都不愿意上台唱歌，你折腾她干吗？"

……也对。

"我不是这个意思，我是说……要是何默默从小就喜欢唱歌，等她二十多岁的时候遇到困难了，您会让她放弃吗？"

"你这说什么胡话呢？她能学音乐吗？"老太太放下又着腰的手，抬起手摸了一把琴盒，又说，"你看你这琴盒上面都没擦干净，赶紧重新收拾收拾，这琴你差不多二十年没动了，还能弹吗？"

也许，在自己姥姥的眼里，别人的人生并没有另一种可能，一切的"现在"都是一条不可更改的轨迹绵延至今。

何默默第一次意识到这一点。

琴箱打开，里面是一把红色、白色和黑色拼在一起的吉他，和何默默看见的照片里是一样的，但是当它真的出现在她眼前的时候，她还是有种自己跨越了时间甚至维度的感觉。

她伸出手，拨弄了一下琴弦。

琴弦震动，却没有传来何默默以为的那种吉他的音色。

"坏了。"她急得几乎要跳起来。

"怎么了这是？"老太太在旁边弯腰看，嘴里说着"你爸当初给你买这么贵的吉他，你也是够狠心，一下子就扔了二十年……"之类的话，看她这样着急，吓了一跳。

"吉他坏了！它不响！"何默默心里一下子难过到了极点，差点哭出来。

"不能啊，没人动啊。"老太太直起腰，又弯腰去看，看了一会儿她又费劲地蹲了下来，"你这些东西我也不懂，我也没给你碰啊，那咋就能坏了呢？这好贵呢……你插电了吗？"

何默默直愣愣地看看吉他，再看看姥姥："插电？"

"啊……这不是插电吗？你以前搁家里没日没夜地号，不是我给你拔了电你就成干号了？"

何默默："……哦。"

老太太白了她一眼："这一天天一惊一乍的。"

不管怎么想还是不放心，何默默离开姥姥家立刻去找了一家琴行。

"好东西啊。"还没打开琴箱，琴行老板的手指头在箱子上敲了一下，"定做的琴箱啊，里头是个进口货？"

何默默没说话，这个琴的所有相关，都在她的知识范围之外。她打开琴箱，说："麻烦您看看这把琴有没有什么问题？"

"嚯，德产 SR 自弦锁卷线器，这份早就停产了，在九十年代的时候真是好东西，钢筋双向调解，哎哟，LS 的金蓝色拾音器……"琴行老板端着琴翻过来看了一眼琴的背面，愣了一下。

"我就觉得这个琴我见过嘛，何雨？你是何雨吧？"

何默默僵了一下。

她不说话，琴行老板也不在乎。

"你这个1997年配的Fender plus我可真是印象深刻，怎么了？打算出手？你这虽然用得多，但是保养得也不错，就是背面这你写了名字……我给你找个买家？现在玩乐队的小孩儿又多了，不过这是老东西，那帮人未必识货……"

"不是要卖的。"

何默默几乎要伸手把琴拿回来，在她眼里这不是琴，是她妈妈失去的一部分。

她也发现了老板说的名字，在琴背面的红色板面上用黑色的颜料龙飞凤舞地写了个"雨"，很大，占据了几乎大半的琴背。

"雨"字的四个点，每个都很有力量。

"哦。"老板点点头表示知道了。

时间到了晚上六点，外面的天要黑了，老板打开了店里的灯。

伴着乍起的灯光，一个中年男人走了过来，他也背着一个琴箱："上次跟你说的调音器你给我进来了没有……"

琴行不大，老板坐在门口一步就到的台子前面研究着何雨的吉他，何默默坐在一旁静静地看。

男人的声音消失在他走进琴行的瞬间。

"这把吉他，你要卖吗？"

店里没有其他人，何默默左右看了一眼，连忙说："不卖。"

"你不卖，留着它干什么呢？"

男人走近那把吉他，摸了一下琴弦，说："你这二十年没弹过它了吧？"

听见这个问题，何默默立刻意识到，这位新来的大叔也是自己妈妈的"故人"。

"老谭你等会儿啊，我看完了这把再跟你说……里头有把新来的贝斯，你要不要看看？"

男人走了几步，却没往屋里去，就站在旁边。

何默默很紧张，她能感觉到对方的目光时不时地扫过自己身上。

"好了，这琴没什么问题，把琴弦换了就能用，你换吗？"

"换。"何默默连忙点头，又说，"麻烦您，换最好的。"

"嘿，你现在说话可真客气，我这儿正好有新来的好东西。"琴行老板转身看向自己身后墙上的那些乐器配件。

琴行里第三个人说话了："不用配那么好的，不换也行，换了有什么用呢？换了也是放着。"

"老谭，你这人……何雨当初不是家里出事了吗？再说了她唱的时候你不是还当你的大学生呢？你搁这儿使什么劲呢？"

男人哼了一声。

琴弦很快也配好了，老板的手很快。

"要不要在这儿调音？还是你回去了自己搞？"

何默默在有限的时间里靠手机搜索了一些知识，但也只是勉强能看懂而已，调音什么的，她肯定不行的。

她还没回答，一边那个夹枪带棒的男人又开口了："她？看她的样子，琴弦都未必会拨。"

说对了！

"我来吧。"男人放下了自己背上的琴箱拿过那把吉他，坐在了一旁的凳子上，他调整好了吉他的插线，手指在吉他的弦上拨弄了一下。

何默默低头看手机上写着怎么调音。

当然，她并没有看懂。

她只能听着自己耳边不停地传来吉他被拨弄的声音，响一声，停一会儿。

男人抱着琴，何默默看琴的时候顺便看清了他的样貌，如果不是穿着简单的 T 恤长裤还有运动鞋，这位大叔更应该出现在讲台上。

他长了一张看起来很多学问的样子，眉毛是传说中的剑眉，鼻子也很挺，大概是老师很喜欢带着去各种活动撑场面的样子，不过现在人到中年，有了些成年人的味道，但这种味道并不明显，在他低头调音的时候，额前的头发遮住了眉眼，让人觉得他一下子就变得很温柔——对这把吉他很温柔。

何默默突然想起来网上说给吉他调音应该用调音器。

这时吉他又被弹响，却不再是单调的单音。

一串音符从男人的指尖流淌了出来。

"天地宽广，欢喜送葬，昨天死去，今天的人，走向明日的消亡。清风徐来，不许烧纸，告白结束，相爱的人，迎来爱情的终止……"

男人唱歌的声音很低哑，还微微有点鼻音。整首歌的曲调并不平缓，应该说是越来越激烈，可他在激烈的语调里唱着这么悲观的歌词，又让人觉得其实他是在讲道理。

她看着那把吉他，在男人的手中，这把吉他仿佛活了过来，偶尔会有一种近乎崩裂的声音，何默默在心里猜这是这个吉他在生气。

唱着歌的男人抬起头，于是一切戛然而止。

"还记得吗？"男人问"何雨"。

何默默眨了一下眼睛，然后她看见这位大叔笑了，是冷笑。

"说了爱音乐一辈子的人连自己写过的歌都忘了。"

这首歌居然是妈妈写的吗？！

何默默瞪大眼睛看看吉他，又看看这个大叔，她后悔自己刚刚没有再认真地听这首歌，张了张嘴，说："大……你……您能不能……"

摸了一下吉他，男人站了起来："你对不起红雨，也对不起你曾经的音乐。何雨，我曾经以为这首《不死》你是嘲讽别人的，没想到你说的是你自己。"

他把琴放回了琴箱里。

"遇到了逃兵心情不好，老高，我明天再来找你。"说完，他拎起旁边的乐器箱转身就往门外走去了。

何默默用自己最快的速度付了钱后，她背起妈妈的吉他就追了出去。

"你等等！"

男人已经坐进了车里，何默默连忙冲到了他的车窗边："你……我……你喜欢何雨的音乐，对不对？"

男人皱了一下眉头，把车窗降了下来。

"何雨，你想说什么？"

"我说……我说，我也喜欢，不，这个世界上一定没有人比我更喜欢，也不对……这个世界上比我更喜欢的，可能只有何雨自己。所以，我……你……你还会唱何雨的别的歌吗？你还想让何雨重新唱歌吗？"

何默默太激动了，她激动地想知道关于妈妈的歌的一切，却忘了自己一直以来的准则——像个大人。

像个大人一样地做事，像个大人一样地思考，像个大人一样地理解大人。

而姓谭的大叔是个大人，虽然他很自我，也有些刻薄，情商看起来也不高的样子，可他是个大人，只要是个大人，就很容易自以为是。

于是他说："何雨，我以前是很喜欢你的音乐，但是那已经过去了，你的那段人生已经结束了……就像你这把'红雨'，它已经闲置了二十年，不管我喜欢还是不喜欢，你喜欢不喜欢，都已经结束了。"

说完，他开车走了。

何默默背着妈妈的吉他站在原地，她的手握在了一起。

她回到了琴行，琴行老板正在收拾东西。

"刚刚那个人，是谁呀？好像还挺……了解我的。"

"谭启鸣，你以前在蓝场唱歌的时候他还是个刚上大学的学生，看见你唱歌了，他回去也搞了乐队，结果等他乐队有点名头了，你却不唱。没想到这小子还一直惦记着呢，他这些年倒是一直不停地折腾，一边当着老师一边搞乐队。何雨，你那首《不死》真不错，也不光谭启鸣记得，现在版权什么的也不像以前了，你要不要重新录一遍放在网上？"

何默默没说话，灯光下，她摸了一把自己身后的琴箱。

"不好意思，我再问一下，我要是想找我从前唱歌的音乐和视频，能找到吗？"

"哪儿找去啊？ 2000 年我还没手机呢……"

时间跨过日月的变化，何默默第一次这样直接地感受到妈妈曾经灿烂的少女时光，充满热烈的光，却在经历艰难的现实后陷入沉寂无声的海。

而这边，市一中的月考分数下来了。

全校第一名是一班的一个女孩，这不是何雨打听来的，是那个女孩自己对"何默默"说的，下了第二节晚自习，她在教室门口把"何默默"叫了出去。

"何默默，你这次总分多少？为什么我成了第一名？我之前就听说你的成绩下滑，你可要小心，我不是那种冲上来一次就会下去的，你要是松懈了，这次我能赢，下次我也一定会赢。"

女孩长得有书卷气，戴着一副黑框眼镜。

她噼里啪啦说了一串，何雨立刻就听明白了。这小姑娘是被默默压在地上打了这么久，打得有点上瘾，一次没挨打她还来给打她的人鼓劲。何雨心里一下就有种自己女儿是武林盟主的劲儿……啧，太爽了。

"月考我没参加。"何雨笑着说。

越说越激动的女孩一下冷静了下来，看着"何默默"。

何雨也看着她："谢谢你鞭策我。下次考试，你会看见一个特别努力的何默默，你也要加油哦！"

女孩："……"

后来何雨知道这个小姑娘叫谭启葳，还是贝子明告诉她的。

"何默默，你期末考试一定要考个第一，一班的人太讨厌了，拿了一次第一就这么显摆。"

这次月考不仅个人第一名被一班的拿走了，因为何默默没有分数，连全班平均分的第一也是一班的了，贝子明对此表示很愤慨，认为一班是落井下石。

何雨不太理解她的逻辑，"武林盟主"她当得太爽了，爽到晚上放学的时候她都还很开心。

"天地宽广，欢喜送葬……流水迢迢，命运飘摇，你在梦里，我在水里，相拥到天亮，一同赴不死。"

马路上灯很亮，何雨哼着歌，踩着熟悉的节奏，不知不觉就走到了回家的路口。

"你在唱歌？"

"嗯？"

何雨回过头，看见了一张很好看的脸。

是李秦熙那个校草。

李秦熙脸上带着微笑，从自行车上下来，说："我都不知道你会唱歌，这是什么歌啊？"

"啊，没什么……你……"

"我听说了，你们班有个女生在路上被人骚扰了，你救了她，你不怕吗？"

何雨愣了一下才想明白李秦熙说的是时新月的那个事，没想到已经传成了这个样子。

"没事儿，那种人，你不怕他就怕了，做人得靠一身正气。"

李秦熙笑了，他这次笑得很真诚，甚至笑出了声。

"何默默，你现在说话也太有意思了。"

"没什么意思，你笑完了赶紧上车走吧，别回家晚了，我马上到家了。"

推着自行车，李秦熙低下了头，灯光穿过车轮，车轮辐条的影子粼粼从地上轮转而过。

"我已经看见阿姨两三次了，之前我还担心，她还是跟以前一样不管你……何默默，你还记得吗？小时候你在我家玩……"

什么小时候？

何雨突然来精神了，这时李秦熙却停住了。

"阿姨。"

何雨转头，看见小区门口，"自己"正站在那里。

"我……我先走了。"

"等等！"何雨一把抓住了车把手，"你说你跟我小时候就认识了？"

李秦熙转头看何默默，似乎又想笑，却不是开心的笑。

"何默默，你不记得了，其实我一开始也是觉得你眼熟，后来我才发现你是李晓笛。"

何默默也听见了，她怎么也没想到自己站在小区门口等妈妈回家，就听见了自己从前的名字从校草的嘴里被叫了出来。

"我记得你小时候经常去你姥姥家玩，我大伯家也在那边，那时候我们见过。"

所以他才送"何默默"回家，才关心"何默默"啊！

所以他看见了"何默默的妈妈"就一趟趟凑过来啊！

何雨看向自己的女儿，双眼顷刻间写满了内容。

左眼："看看看看这是你的债！"

右眼："瞧瞧瞧瞧不是我的错！"

横批："沉冤昭雪！"

李秦熙有些不好意思，他说："我小名叫熙熙，你还记得吗？"

何雨眨了下眼睛，就听见自己的女儿突然开口了："熙熙，那不是，姐姐吗？"

市一中校草的表情立刻垮掉。

"是哥哥！"他急急忙忙地对"何默默"说，"我们小时候玩过家家我不是当爸爸的吗？"

"女孩也可以当爸爸呀。"说话的还是真正的何默默。

校草想抓头发："那我让你叫我熙熙哥哥，你不是叫了吗？"

"可叫哥的女生不是很多吗？"林颂雪就有个外号叫"雪哥"，何默默玩游戏的时候一开始也不是"默神"，而是"大哥"，她也没觉得这个称呼有什么问题。

李秦熙用了十几秒的时间做了一下心理重建："那你现在记住了吧，我现在看着不像女孩子了吧？现在可以叫哥哥了吗？"

"现在你们是一个年级的，叫同学。"没错，回答他的依然是我们找回了冷静和理智的何默默小朋友。

最终，李秦熙落荒而逃。

全程笑眯眯看着两个孩子你来我往的何雨终于忍不住了，"哈哈哈"地大笑了起来。

"默默啊……哈哈哈。人家小少年的一颗心算是碎完了哈哈哈，你说你……"何雨笑得几乎要跪在地上。

何默默有些茫然，今天这一天她接收的信息量真是太大了，没想到到了这个时间她居然又受了一波冲击。

"我真的一直以为熙熙是女孩子。"

何默默记得这个名字，是她四岁到六岁时候经常会在周末一起玩的小伙伴。

"居然是男的……我觉得责任主要在名字上面，然后，他长得真的很像女孩子。"

五六岁的漂亮小男孩要是留了一个蘑菇头……何雨想一想就能明白自己的女儿为什么会有这么大的误会，不过，这并不是整件事最好笑的点。

"哈哈哈，默默，你别说了，你再说两句我今天笑得起不来了！"

"哦。"

何默默去"拔"自己的妈妈，何雨艰难地喘了一口气。

"默默啊，下次有男孩跟你说让你叫他哥的时候，你……"就别说什么同学关系了……看着女儿平淡中带点困惑的表情，何雨停住了话头。

"唉，算了，你这还没开窍呢，以后再说。怎么回事，怎么出来接我了？"

"我出来走走。"何默默说是这么说的，其实她今天已经走了很多很多的路了，"我买了包子当宵夜，已经热好了。"

"嗯，我跟你讲，今天月考成绩出来了，有个小姑娘叫什么来着，她来问我，为什么她成了全校第一……默默啊，你可真是太厉害了。"

何默默似乎很认真地在听妈妈的话，但其实她总是会走神，会去想那个被她摆放在家里餐桌上的东西。

"你今天都干吗了？"上楼的时候，何雨问女儿。

"我去了一趟姥姥家。"妈妈会是什么样的表情呢？她会哭吗？

何雨没啥反应，何默默和她姥姥关系好，一直不去看才奇怪呢。

"妈，我今天遇到了一些有意思的人，找到了一件有意思的东西，我还听到了一个很有趣的故事。"

说着这些话，何默默看着妈妈掏出钥匙开门。

"是吗？什么呀，跟妈妈讲讲……"

门打开了，房间里的灯是亮着的。

红白黑三色的吉他被光照得熠熠生辉。

"是关于一个爱音乐的女人的故事……"

"默默，妈妈不想听。"何雨说话的声音伴随着一声叹息。

"这个故事真的很棒，妈妈，它应该被继续写下去，在这个故事里我还听到了很好听的歌。"

"默默！"

"妈，我把这把吉他找出来的时候高兴极了，我看见了我妈妈的另一部分。"

"何默默，那是你妈死了的部分，你……"

"妈妈，如果你已经不喜欢了、不懊悔了、不痛苦了，现在你会抱着吉他告诉我，你以前有一段充满热情的时光。"

这是何默默为自己妈妈设计的一场测试。

她觉得很抱歉，可她不后悔。

她的妈妈就像姥姥家那个昏暗的二楼，一切都仿佛很平和，一切都在黑暗里沉默。

必须有光照进去，她才能看见平静黑暗中的真实。

"天宽地广，欢喜送葬……"请把这样的何雨，还给何雨。

灯光如过去的每一天一样照亮这个家的夜晚，何雨长叹一口气："这吉他的事别再说了，何默默，妈妈以前是一步一步地走错了路。年轻的时候谁没有个梦呢？唱歌、跳舞、画画、当科学家，但有几个人后来能做到呢？难道你要把这事搬到他们的面前再让他们懊悔一通吗？有必要吗？"

她在房间里左右看看，拿起了放在角落里的琴盒。

"默默，妈妈这事能教你的不多，反正就两条：第一，别把希望寄托在别人身上；第二，别以为什么事过了两年还跟从前一样，想做什么就绝对不能拖。"

说话的时候，何雨已经拿起了吉他。

何默默走过来拉住了吉他的下半部分。

"妈，我小时候喜欢过阿笠博士，每次玩过家家我都想演阿笠博士，我希望能变成一个像他一样的发明家。后来我发现世界上根本没有能让大人变成小孩儿的药，所以柯南的故事都是假的，阿笠博士也不存在，我一度很羞愧，也不愿意再看《名侦探柯南》……这些才是你说的小时候想要唱歌、跳舞、画画、当科学家，你对音乐也是这样的吗？"

她抓住吉他，将它的背面展现在了何雨的面前。

那个大大的"雨"字还在上面。

谭大叔说这把吉他叫"红雨"。

看着那个字，何雨的表情变得很复杂，复杂到何默默无法完全理解，仿佛是要哭出来了，又仿佛是在看一个很久没见的朋友。

何默默也很难过，她今天想了很久，终于有一种方式理解了妈妈放弃音乐的心情，那就是她不再学物理，不再去观察人世间存在的各种变化，她强迫自己忘掉所有学过的定律，变成一个甘于无知的人活在这个世界上。

从此天上落下雨和雪，太空中新的星星明亮或消亡，都与她毫无关系。

这大概就是她妈妈所经历的痛苦。

"妈妈，我……我以前是这么以为的，在看见这把吉他之前，你说起摇滚乐的那次，我以为你只是很简单地喜欢音乐而已，可是我发现不是这样的，我说这是你人生的一部分，你告诉我这是死了的一部分，这……这不应该是这样。让一个人承认自己的一部分死了，这太痛苦了。"

何雨努力让自己笑了一下："痛苦？没有，默默，死了就不疼了，妈妈跟你说明白，是怕这天数再往上涨，真的，都已经结束了。"

何默默微微垂着眼睛，看着吉他的弦，她倔强地说："没有结束。"

"我说了！都结束了！都完了！没了！"属于女孩的声音一下子变得很大，近乎一种嘶吼。

何雨在这一个短暂的瞬间，在本属于女儿的声音里，仿佛一下子回到了自己当初。

可她终究不再是那个会号啕大哭也要勇往直前的年纪了。

于是她冷静了下来。

"默默，你到底想让妈妈干什么，你就直说吧，我也已经四十一岁了，你是想让妈妈重新去参加什么超级女声？去选秀？去唱唱跳跳？"

房间里很安静，面对妈妈的质问，何默默很安静，她只是看着自己的妈妈，看了好一会儿，说："没有……妈妈，我只希望你能开开心心地唱歌。"

"好，唱歌是吧？"何雨抱起了那把吉他，"我给你唱，行了呗？"

看着妈妈抬手就要弹吉他，何默默小声说："要插电的……"

何雨："……那我不弹了。"

何默默："我买音箱了。"

何雨眼睁睁看着女儿从餐桌下面抽出了一个电吉他用的音箱。

这是何默默在琴行老板那儿买的，她还搞明白了应该怎么连接。

看着女儿有模有样地要给插好电的音箱连上吉他，何雨都不知道自己该说点什么了。

"你这手指头这么细，弹吉他肯定手疼。"一切都准备好，她又对何默默这么说。

她虽然抱着吉他，却不肯看吉他一眼。

何默默："琴行老板送了我一盒拨片。"

她一屁股坐在餐桌旁边，说："吉他换了的弦你也调好了是吧？"

何默默点头："嗯，都弄好了。"

何雨把吉他音箱的声音调到几乎最低，她没用拨片，手指在琴弦上拨弄了一下。

何默默的手指自然和她的不同，很僵硬。

一声轻响从音箱里传了出来。

何雨笑了一下。

"默默，来，你点歌吧，想听什么？"

何默默规规矩矩地坐在另一把椅子上，双手放在腿上，有些期待又有些紧张，说："我想听妈妈写的歌。"

"谁告诉你我写过歌？你姥姥？"

何默默摇头："妈妈，即使是现在，也还有很多人记得你的故事，我带着吉他去姥姥家门口的琴行，琴行里的伯伯都知道。"

何雨准备拨弦的手松了一下，她终究没有对女儿的话表示反驳或者肯定。

"行吧。"她只这样说。

吉他的弦被拨弄了几下，是很迟滞的声音，大概应该有一点点的欢快。

"那天蝉鸣好，水天自相照，我笑着追光走，跌进了下水道……"

眼泪落在了拨弄琴弦的手上。

一滴，又一滴。

一句歌词之后，再出口的只有呜咽。

"大树……"

何雨用手臂挡住了眼睛："默默，妈妈唱不了，你别逼妈妈了好不好，妈妈唱不了……"

何默默也在哭，从歌词的第一个字出来，她的眼泪就流了出来，好像不是她要哭，而是她所在的这具身体，她知道自己的灵魂有多疼。

"默默，对不起，妈妈唱不了，妈妈……妈妈真的唱不了。"

"妈！不唱了，对不起，妈妈，妈妈对不起！"为了抱住自己的妈妈，何默默跪在了地上。

"妈妈，对不起，是我错了。"

几分钟后，被母女两个人夹在中间的吉他被小心地放在了琴盒里，何默默的心里充满了歉意和后悔，有生以来，她第一次生出了自己也许从一开始就不该这么做的想法。

至少那样，妈妈不会哭。

何雨很快冷静了下来，她坐在沙发上，用手挡住眼睛。

她笑了一声："默默，你是不是觉得妈妈太弱了？"

"没有，对不起，妈妈是我没想好，我……"

"不是。"何雨摆了摆另一只手制止了女儿的道歉。

她深吸一口气，又吐了出来："默默，你眼里你喜欢的事都是好的，你喜欢物理，你就一个劲地学物理，你觉得游戏好玩，你就玩玩游戏，一颗心干净得像块刚擦完的玻璃，你妈我呢……你妈我……没了这个劲儿了。"

何雨皱了一下眉头，仿佛身体的某处又在疼痛。

和女儿谈自己过去的梦想，还是失败的梦想，真的是一件特别令人难堪的事，难堪之外，还有想要倾诉的渴望。

她抬手拍了一下自己的脸，说："你姥爷去世之前，我跑去上海一个专门培养歌星的学校，现在那种东西少见了，以前挺多的，收钱，然后说是教你怎么包装自己。你妈我在那些人里算是长得好看又能写会唱的，很多人都很看好我，但是我等了半年，等着我那些同学一个个被经纪公司领走了，还是没人要我……我着急了，这时候有个做音乐的公司联系我，我就打算签约，这个时候，你姥爷去世了。

"等我再回上海，已经过去两个月了，唱片公司在电话里跟我说让我别着急，处理好家事再回去，其实他们早就不想签我了。我不想再回学校等了，你猜我干了什么？"

她是笑着看向何默默的，就仿佛是问何默默"你猜妈妈晚饭做了什么"。

其实她谈论的是她人生中最黑暗晦涩的一段，这一段，她没有告诉过谁，李东维甚至不知道她写过歌唱过歌，于桥西以为她是在上海等不到机会心冷了，她妈呢，只心疼她学音乐、买乐器和唱片花掉的钱。

"我……我拿了二十万，给了那个学校的老师，我说越快越好，我想当歌手，我不想等了。"

坐在一旁的何默默一把抓住了自己妈妈的手。

"我那时候特别自信，你姥爷去世了，我对着他的墓发了誓，我一定要让别人听见我给他写的歌。我把那首歌唱给了别人听，很多人都觉得很不错，他们都认为我能成为歌手然后一炮而红，我也是这么认为的，我是带着这种膨胀的想法再次去上海的，结果我去了之后就是砸钱办事……哈，现在你来看这件事，是不是觉得你妈我特别傻？"

"没有。"

"得了，你妈我都觉得傻！"

何雨抬起手想给自己一个耳光，被女儿拦下了，这才想起现在这张脸是女儿的，她又放下了手。

她看着自己的女儿，她由衷地希望自己的女儿永远永远不要成为她的样子，她女儿的梦想，就应该永远剔透而干净下去。

她的女儿不会知道这份期待有多么的沉重而无奈。

她又笑了一下，仿佛是想起了一个好笑的笑话："过了一个月，那个老师没找我，警察找到了我，那个明星学校涉嫌诈骗……最后，我的二十万变成了三万。"

女儿惊诧而悲痛地看着自己，以"何雨"的眼睛，让何雨瞬间想起了那时的自己。

"我写不了歌，也不想再唱歌，那是第二次我明白了一个道理，我爱的东西，会突然地离开，不打招呼。"

第一次是父亲的去世，第二次是音乐，第三次……

"默默啊，妈妈能说的都说了。"被哭泣的女儿拥抱在怀里，何雨用商量的语气说，"咱们这是沟通了呀，你可千万别让天数增加了。"

眼泪流进了嘴里，何默默说："妈妈对不起，对不起。"

她觉得自己真的是残忍过头了。

几天前她还对林颂雪说可以忘记，可以不再去想，可以抛下一切重新开始，可她却一心追索着妈妈的故事，忘了自己的妈妈是以多大的勇气一次次重新开始自己的生活。

"对不起妈妈，是我太任性了，我不会再问了，你忘了吧，你都忘了吧。"

越过女儿的肩何雨抬起了右手，她看着那只手。

这不是她弹吉他的那只手。

"不哭了，妈妈都说了，我不疼了，真的不疼了。"她安慰自己的女儿。

"妈妈，对不起，我不会再任性了。"

何默默哭着对自己的妈妈下了这样的保证。

早上五点，被摆在角落里的吉他箱被人小心地打开。

"宝儿，对不起啊。"在即将触碰到弦的瞬间，手又收了回去，那个人蹲在那儿，借着一点点暗淡的微光看着自己昔日的伙伴。

她蹲了很久，久到天光一点点变得明亮，久到泪水自然蒸发在空气里。

充满了探究、痛苦、回忆和歉意的夜晚终于结束了。

手表上的数字没有增加。

随着最后这点时间一天天地过去，它变成了"3"，变成了"2"，变成了"1"。

"默默，变成'0'了咱俩就变回去对吧？"

"对的。"

何默默整理自己这些天工作的记录，见了几个老顾客、发展了几个新顾客什么的。明天就是"五一"假期的第一天，那一天，数字会变成"0"，她们会各归原位。

"晚上我回来咱们出去吃顿火锅吧。"何雨对女儿说。

这几天家里的气氛一直很沉重，何雨也很后悔，她那天的样子把女儿吓着了。

何默默点头说："好。"

这一天同学们几乎都无心学习，即将到来的三天小假期撩动着所有人的心。物理老师侵占了一节音乐课讲题，却发现同学们的心都飞出去了，甩了甩教案又走了。

两分钟后，音乐老师踩着上课铃声进了教室。

"今天我们找同学起来唱歌好不好？"

"好！"高一（2）班的同学们激动了。

音乐老师拿出了一个红色的丝绸手帕："我们玩击鼓传花，传到了谁谁唱歌，怎么样？"

"好！"

第二轮，手帕传到了何雨的面前，她本来在走神，反应慢了，想要递出去时，却被时新月挡了回来。

老师敲讲台的声音停下来了。

"何默默？！太好了，老师还没听过你独唱呢。"

何雨站了起来。

她看看手帕，再看看这些同学，时新月，盖欢欢……这些小孩儿都挺有意思的，比她想象中的还有意思，他们有着被大人忽视的脆弱，也有被忽视的勇敢和担当。

希望这些小孩儿以后不会记得"何默默"曾经不太像话了那么一段时间。

"老师，唱什么歌都可以吗？"

"都行啊。"老师笑着。

"那我唱一首歌，送给同学们，这首歌的名字叫《你们不曾认识我》。"

陌生的歌名让同学们更激动了。

"我在这里，在这里，在这里笑过哭过看过，我在这里，以另一个人的名义，她的光环让我很疲惫，她的故事让我心欢喜，我在她的故事里，看见别人伸出手……很高兴，你们不曾认识我。"

啊，唱完了。

可惜没有吉他，不然中间应该有几段炫技的。

何雨在唱完歌的这一刻只有一个感觉，这一切，终于要结束了。

"时新月，咱们算是朋友了吧？"她问自己这个同桌。

刘海被别在了头顶的女孩转头看她，有些害羞，但是点了点头。

"嘿嘿。"何雨笑了，她这段日子也不是什么都没干，林颂雪跟默默之间的隔阂算是没了，李秦熙这个默默小时候的朋友也算是相认了，再加上时新月……她是不是说过帮默默交朋友啊，这算是了吧？

晚上放学的时候，林颂雪跟何雨一起走的。

"什么都别想，你自己好好长大，知道吗？"

"何默默"这么对这个飒爽又气派的小姑娘说，当然，她不会忘了自己总有一天要让这小姑娘的爸爸付出代价的。

林颂雪看了看她："你们要换回来了？"

"嗯，明天。"

林颂雪低下了头："我知道了……其实你，也挺可爱的。如果你真的和我们一样大，我觉得你也会是个挺好的朋友。"

哎哟，从这小姑娘嘴里听一句好听的可真不容易啊，何雨"嘿嘿"笑了两声。

"怎么，舍不得我呀？别担心，以后还可以来我家玩，我还给你做炸酱面吃。"

"没有舍不得。"

"嘴硬，哈哈哈！"

回到家已经是晚上十点四十分，还有一个小时二十分钟，母女俩按照约定好的吃了一顿火锅，何默默准备的材料，电磁炉里滚水沸腾。

"默默，妈妈这段时间有很多事没做好，反倒是让你教了一堆道理，你放心，妈妈明白了，以后妈妈会让自己过得更好。"

"妈妈，对不起，我任性了。"何默默还在为之前的事耿耿于怀。

"哪有啊？我家默默是这世上最好的孩子，妈妈想告诉你，不管你怎么样，你都是最好的孩子，不是因为我家默默是全校第一，而是因为我家默默正直、善良、勇敢……你每一点都比妈妈好。"

这是一个适合恳谈和总结的夜晚。

吃完火锅已经快要十二点了，何雨拉住了女儿的手。

"明天我就去看门面，默默你放心，妈妈一定会变得更好的。其实这个交换，一开始妈妈是有点埋怨的，但现在妈妈很高兴，这么一换身体，咱母女俩都更了解对方了。"

"妈妈，谢谢你，我很爱你……我也希望你知道，不管你是什么样子的我都爱你，不光因为你是我妈妈，也因为你是你，何雨是何雨，你有光辉过的、黯淡过的人生，有为梦想努力过，有为爱的人付出过，这些经历组成了一个我最爱的人，我的妈妈。"

成为妈妈这件事让何默默变化最明显的一点，就是她更善于表达了。

何雨在那一瞬间眼眶发热，她笑着拍拍女儿的手："妈妈明白。"

十二点到了。

何雨闭上眼睛又睁开。

她依然是"何默默"。

手表上的数字停在了"1"。

为什么没换回来呢？

站在柜台前面，何默默的心里有点尴尬，昨天她下班的时候明明很郑重地跟店长阿姨道别了，结果今天她又来了。

女孩没有告诉别人这份仪式感，但是她在心里想一想就觉得很……她在心里默念：赶紧忘了赶紧忘了。

"何姐，你这个月的销量是咱店里的第一，跟小程差了两万的销售额，差距不大呀。"左心店长对着电脑看了一会儿，"高新店那边估计这个月是销售冠军了，她们店里有个小姑娘卖得可真猛。"

她这个话是故意对"何雨"说的，显然是希望自己家的金牌销售要看见别人的成绩，奋起直追，带着她们整个门店的业绩一起飞。

店长走开了，何默默趁着没有顾客进来的间隙，看了一眼左手的手腕，上面的数字是"1"。

"你是觉得我们的沟通还不够吗？"何默默昨晚就想到了这么一个可能。数学中有个概念是"无限趋近"，意味无限趋近而又并不重合。

在这个倒计时器的问题上，无论之前的数字怎么变化，本质上她们母女两个人互换灵魂的状态是不变的，可是"0"不一样，"0"意味着改变，也就是说现在数字依然是"1"，其实并不意味着"只剩一天"，而是意味着"她们通过量的积累已经无限趋近于能够换回来了。

现在换不回来，所以表示为不是"0"又接近"0"的"1"。

这种猜测还需要印证。

但是何默默认为方向是不会错的。她们母女俩想换回来，要做的就是真正产生一场质变，让"0"到来。

何默默下意识地绷起了嘴，又放松了下来。

她不敢了。

那天晚上，妈妈真的好疼啊。

何默默想起来就下意识有些紧张，她确实渴望和妈妈沟通，她以为自己能做到一往无前，可她根本做不到，这其中的心情与其说是挫败，不如说何默默因为自觉伤害到了妈妈而后怕，她后悔于自己自以为是的执着。

就好像她在发掘一个宝藏，镐头挥动的每一下她都很坚定，可她从没想过宝藏里不是黄金而是玻璃，在打开的那一刻，全部在她面前崩碎，一切都发生得突如其来，她只能束手无策地站在那儿，顷刻间智慧退败，理智消散，感性躲藏……只剩一个空空的大脑。

"您好，欢迎光临，我们有新到的初夏款式，要不要来试试？"

"您想要一条裙子？是想出去玩还是通勤？"

"我们有新到的半袖衬衣裙，还有半身裙，这条蓝色的很适合您冷白色的皮肤……"

等在更衣室门口的时候，何默默的大脑依然在飞速运转，她得想出一个办法，昨天妈妈真的吓坏了。

"这件衣服的收腰非常贴合您的身材，正面显得您的皮肤很干净，衬托出您气质文静，从背面看也非常好看，您要不要试试搭一件短外套？"

妈妈关于音乐的这条线停下来，还有什么呢？姥姥吗？会让妈妈再打开一点内心吗？

在心里问着自己，何默默帮助顾客穿上了外套。

正午的阳光从南边热热烈烈地照进来，照着坐在沙发上的女孩，吉他在的地方也被照亮了。

早上，于桥西跑到家里和何雨闹了一番，只是所有的情绪都没有缓解何雨内心的焦虑，相反，她一语道破了何雨现在最害怕的情景——会不会你俩就换不回来了？那个倒计时说不定就是骗你们的，你们俩根本就这样了，那你咋办呢？

默默还有什么秘密没说吗？何雨双手撑在拖把杆上，看向角落里的吉他。

从那天被放在那里之后，她再也没有在女儿的面前靠近过它。

"宝儿，你说，我女儿是不是就特别想听我弹着你唱歌？她的心里就有这么一根刺是不是？"

吉他当然不会回答她。

何雨却仿佛听到了什么，有些苦涩地笑了一下，说："我一抱着你我就想起来我当初跟我爸说的话了……宝儿，不是你不好，是我不好，我对不起你，也对不起我爸，我连我自己都对不起，可我得换回来，不然我就要对不起我女儿了。"

"要是真因为我这个心结，我们母女俩换不回来……"

何雨突然觉得无比的疲惫，从凌晨到现在，有东西一直沉甸甸地压在她的心口上。

她把拖把杆靠在了沙发背上，自己坐在了沙发里。

"宝儿，我一直没跟你说，我回学校读书，刚两个月，我就认识了对面那本科大学里的一个男的，他叫李东维，我都忘了我俩怎么认识的了，认识两个月他跟我说他喜欢我，我呢，也喜欢他。我那时候想，就这么平平淡淡过下去也挺好，我结婚，生孩子，不唱歌也不是过不下去，能活下去就行。

"有一段时间我过得挺好的，好得我都觉得我把你忘了，后来，我就真把你忘了……现在回想一下，不是我忘了你，是你，是音乐，是你们把我忘了，是你们不需要我这个逃跑的人了。"

何雨用手挡住了自己的脸。

"没有了何雨，吉他还是吉他，音乐还是音乐，你们不要我了，你们不需要一个自以为是的人，她越来越糟糕，她沉在生活里，从里到外浑身是烂泥，没有一个地方能让音符在上面跳，这样的人你们不需要。其实我昨天写了首歌，就像我十几岁的时候那样，谱子就在脑子里，歌词随口就来，我唱完了想，要是你在就好了。其实不好……说真的，我讨厌我现在的这个样子，我们应该把彼此都忘了，你们忘了我，我也忘了你们，就该这样，结果不是，我想起了你们，我也想起来你们不要我了……我这不是给自己找罪受吗？"

她说话的语气很慢，很慢，慢得不像是平常的何雨，像是每个字都是从身体里面掏出来的，她掏完了还得放回去。

"可我女儿想听……"

何雨站了起来，走到了吉他的旁边。

拖鞋停在一边。

穿着 T 恤短裤的身子微微下折，她张开双手，又把手收回来，最后打开了琴箱。

"你能不能，陪我哄我女儿一次？就假装……假装当年的那个何雨，她一帆风顺地到了今天，她签了公司，出了唱片，很多人都知道她，找了个妥帖的人结婚，有了个特别好的孩子叫何默默，她想哄她女儿，给女儿唱首歌。"

说完，何雨的喉咙里吞了一下，是沉沉的积年的苦涩。

"好不好？就假装你一直都在陪着我，好不好？"

下一秒，何雨把琴箱盖子关了回去。

她站起来，快步走到了拖把那继续拖地，拖把有点干了。有水滴在地上，又被均匀地推开，在这个家的每一个角落。

何默默从公交车上下来，抬头看了一眼阴沉下来的天。

走到菜市场，她买了一点小油菜和几个馒头，妈妈发消息说于桥西阿姨送了炖大鹅来家里，再弄个青菜买个馒头就能吃饭了。

快到家的时候，她的手机响了。

来电的人是"时女士"，时新月的妈妈。

"喂？那个……何默默她妈妈是吧？那个，我想问一下，你们明天有安排吗？我寻思带孩子去海洋公园玩，你们要是没安排，那咱们就一起，那个……你们要是有事儿就算了，要不后天也行……"

时招娣说话的语气里罕见地有点不好意思。

何默默抬头看了一眼自己家的阳台，说："可以，没问题。我明天要上班，让默默上午过去，我下午四点就能过去。”

“哎呀，你还得上班啊，这太麻烦你了。”

“没有。”

何雨在家里热着那个炖大鹅，听见女儿回来了，她探头看厨房外面。

“妈，时阿姨找我约好了，明天你和她们一起去海洋公园玩。”

何雨瞪大了眼：“我？海洋公园？”

实际年龄四十一岁的何雨怎么想都觉得自己和时新月的妈妈一起带着时新月去玩，那跟小姑娘有两个妈区别不大。

于是第二天早上，一起出现在游乐场门口的，还有背着书包打着哈欠的林颂雪。

“昨天电话里你跟我说卡着‘1’是什么意思？”

不是为了这个，林颂雪是不可能在“五一”假期的时候来海洋公园的。

“就是卡了呗，我在想怎么能整成了，今天玩完了默默也来了，我跟你细说。”

说完，何雨对着时新月母女挥挥手打招呼。

“五一”来海洋公园这种地方，跟自愿当沙丁鱼罐头最大的区别就是人还活着，这里不仅挤得令人暴躁，还吵得脑瓜子嗡嗡作响。

还没进大门，何雨就已经意识到今天这是一场苦战了。

“你们的票我都买好了，咱们去取票了就行。”时招娣晃了晃自己的手机，显然她说来这里是做了准备的。

她今天穿得很干净，牛仔裤和黑T恤，在她干瘦的身体上衬出了几分利落，身后还背了一个挺大的包。

“水、面包、火腿肠我都带了，今天你们这些孩子就尽管玩。”

林颂雪还是困着的样子，说：“我的票我自己买就好。”

时招娣拍了拍她的肩膀，说：“哎呀，我说要带你们玩就是带你们玩。”

被第一次见面的女人护在怀里往换票的地方走，林颂雪忍不住惊讶地看向一旁的何雨。

何雨对她眨了眨眼睛。

这小丫头就该多见见活生生的人。

时新月一直都很安静，她妈看她不说话，笑着说：“她今天想穿新鞋来着，我跟她说会踩脏了，现在还别扭呢。”

"不是因为这个。"时新月的声音又小又快速。

何雨转头看见她的表情有点纠结。

到了换票的地方，何雨大概明白发生了什么，时招娣只给自己买了一张成人陪同票。

何雨看林颂雪，林颂雪也看她。

"对，三个孩子都是全票。"

时招娣换手环的时候，何雨拍了一下她的肩膀。

"怎么了？"

趁着时招娣回头的时候，林颂雪飞快地收回了换手环的手，示意工作人员把全票手环套在了她的手上。

"哎？这个手环？"

"我到现在都没睡醒，我不想玩项目。"林颂雪那个骄矜的表情一如既往。

何雨趁机把时招娣往里推："快点走，别挡道。"

时招娣想说什么，又有人往里拽她。

于是这位舍不得给自己花钱的妈妈最后还是以全票游客的身份进了海洋公园。

时新月笑了。

小栗子一样可爱的脸上一下子亮了起来，她一直以来纠结的就是希望自己的妈妈也能跟她一起玩。

"你该把那张陪伴票让给我。"趁着时新月和时招娣母女俩找路的时候，何雨对林颂雪说。

林颂雪哼了一声："我连日本的环球影视城都玩腻了，真的没兴趣。"

时招娣转头看着两个在她身后嘀嘀咕咕的小孩儿："我们先去坐过山车？现在人还不多？"

何雨没意见，林颂雪还在绷着样子。

时招娣满意地点点头："好，新月带路吧。"

说是让时新月带路，何雨还以为是妈妈哄孩子的一句话，但时新月还真的笑着带她们一路走到了过山车项目处，中间拐了几个弯，她连地图都没看。

四十分钟后她们转向海盗船，何雨忍不住看向拽着她们越走越慢的时新月。

"妈，你要不要休息下？"

"没事。"刚刚尖叫到差点吐出来的时招娣大步跟上了女儿的节奏，仿佛一切都很正常。

"妈……"

时招娣摆摆手:"哎呀,坐那个不都得叫吗?我是呛风了,没事,快点儿快点,人越来越多了!"

何雨能理解时招娣在想什么,所以时新月看她的时候,她说:"在海盗船那排队的时候,她就能休息了。"

林颂雪走在最后没说话,她也背了个书包,里面装了时招娣带来的小半东西,剩下的连着书包都在何雨的肩膀上。

海盗船在每个游乐场里都算是个热门项目,前面的队伍排了五六十个人,估计得等一船。

站了一会儿,又喝了点儿水,时招娣的脸色好了很多。

"这个大船看着跟个秋千似的嘛。"她还有心情点评鬼哭狼嚎的海盗船。

何雨已经决定一会儿让她往中间坐了。

时新月和她想到一起去了:"妈妈,我害怕,你和我一起坐中间好不好?"

"怕什么呀?你玩个过山车都没怕的。"嘴里这么说,时招娣看见女儿抓住了自己衣角的手,她还是答应了。

何雨忍不住"嘿嘿"地笑,但她没敢出声。

站在她们旁边却不在排队序列的林颂雪也看着时新月和她妈妈,看了一会儿,又把头转开了。

下午四点多,何默默如约赶到了海洋公园的门口,买了一张游玩票。

然后她在旋转飞轮的项目旁边找到了她们。

正巧何雨正在跟林颂雪学企鹅的样子,脸上挂着笑,看见了女儿,她跑了过来。

不知道为什么,何默默在瞬间停在原地,看着"何默默"在混乱人潮里大笑着跑向自己。

她心里有什么变得更坚定了。

"你们,要玩这个?"一分钟后,何默默指了指高大的"旋转飞轮"。

何雨还在笑:"对呀,为了等你,我们还去看了一圈企鹅呢。"

何默默看了一眼已经在半空中横起来的机械臂,又开始紧张了。

她其实很喜欢玩这些很刺激的项目,但她有个缺点,每次玩之前都会把这个项目想象的惊险刺激,玩的过程中却会因为惊险刺激而丧失了脸部表情。

何雨小心观察着女儿的表情,说:"你喜欢玩吗?"

"喜欢。"

"正好，有默默妈妈陪着，我就放心了……你们玩吧。"时招娣从何默默身上卸下书包，又去接何默默带来的小包。

何默默眨眨眼，说："你不玩吗？"

"不行了不行了……"时招娣指了指自己的腿，"刚刚玩了个刺激的，看了半个小时的企鹅都没缓过来。"

时新月看看妈妈，说："我陪着你吧。"

时招娣当然不希望女儿因为自己耽误了玩耍："你去玩，我正好吃点儿东西。"

林颂雪也对时新月说："你去玩，我也坐在这儿。"

坐上设施的时候，何默默看了时招娣一眼，又看了看坐在前面的时新月。

说实话，她今天差点没认出时新月。

时新月变了，她不仅是样子比从前清爽可爱了，也变得能用话语表达自己的想法。

时阿姨，一直在看着时新月，还在笑。

地面上，时招娣发现了"何雨"的目光，她招了招手。

设备开始旋转，何默默收回了视线，然后随着加速而逐渐失去表情。

晚上七点多，他们一行五个人才从即将闭园的提醒声里走出了海洋公园。夜晚的灯光照在一群人的脸上，映得笑容烂漫。

林颂雪跟着何雨和何默默一起坐上了回家的公交车。

不用别人问，她直接说："我让司机晚上十一点去你家接我了。"

公交车上人不多，林颂雪拉着何默默坐在了一个双人座上，何雨笑着看了一圈，坐在了两米外的一个单座上。

"你坐完那些惊险刺激的项目下来真的是一点表情都没有。"

"其实是害怕的。你今天不累吗？辛苦你了。"

"不辛苦。"

"对了，你妈妈说你们换回来这件事是卡住了，什么情况呀？"

"没什么……"何默默看向窗外飞过的斑斓霓虹。

几秒钟后，她对林颂雪说："一开始，我特别想更多地理解我妈妈，现在我发现，理解其实是有极限的。"

这几天，何默默闭上眼睛，都能看见妈妈抱着吉他痛苦的样子。

林颂雪在一旁说："理解当然是有极限的，理解比了解更进一步，其实一个人都未必真正能了解自己，也就不可能完全去理解另一个人。"

"嗯。"何默默点了点头。

何默默明白，自己并不能完全理解妈妈的痛苦。

所以，那是超越了她想象极限的痛苦。

公交车停了，一会儿又重新启动，车上有了空位，何雨趁机坐在了她们的前排。

"默默，等换回来，妈妈再带你来玩，要不咱们今年夏天去迪士尼吧？"

"好，妈妈。"何默默笑了一下。

"对了，默默，换回来这事你别着急，妈妈有办法了……"

"妈……我有一个想法，大概可以换回来。"

"什么想法？"

"暂时不告诉你，你让我试试嘛。"何默默又笑了一下。

林颂雪坐在一旁静静地看着这对母女，当一抹窗外的光从她的眼前划过，她的眉头皱了一下。

收到何雨要去看铺面的消息，于桥西第一时间就赶到了何家。

何雨去洗脸刷牙换衣服，于桥西坐在沙发上，看见了客厅的角落。上次她是坐在餐桌那里，倒是没注意到这里。

看见那个箱子的一瞬间她就认出了那是什么。

它被青春正好的何雨抱在怀里，她把自己的名字写在它的身上，她把自己的岁月镀在它的身上，她抱着它叫它"宝儿"，别人叫它"红雨"，说它跟何雨在一起，它就是何雨的一部分。

最绚丽而耀眼的那一部分。

"雨啊，这……这是？"看着何雨的表情，于桥西就猜到了这吉他怎么会出现在这儿，"是默默那孩子给你找出来的？"

"是。"说完，何雨又想叹气。

于桥西的眉头已经皱了起来："她什么意思？借着要什么互相理解就逼着你再弹？再唱？"

"没有，你说什么呢，默默她是对我以前的事感兴趣，我也跟她讲了讲，弹唱什么的……"何雨轻轻地摇了摇头。

她又想起了那个深夜，她对女儿全盘托出了自己因为年少错误而长久深陷的痛苦，她的失败、快乐与梦想在极短的时间内从内从外地被摧毁……也许她还可以再唱歌，也许她偶尔会在情绪的感染下再写点儿什么，可是那个把音乐当成一切的何雨已经死了，被音乐和她的吉他一起弃尸荒野。

然后女儿哭着对她道歉。

想起来，何雨心里一阵酸涩，她的女儿做错了什么呢？是她一把年纪了却还承担不起自己生活曾经的破败，连累着孩子跟自己一起伤心。

于桥西也想叹气，看了看何雨，她忍住了，问："对了，你们换回来那事怎么办啊？有眉目了吗？"

何雨看向冰箱，说："默默说她有想法，但是暂时对我保密。"

"你就让她自己去折腾？"

"我家默默都说了能行，我肯定得让她试试呀。"

何雨已经想好了，不管默默想出了一个什么样的法子，她都绝不反对，坚决支持，让女儿哭着跟自己道歉的事，这辈子她不想再来一次了。

走出何雨家之前，于桥西看了一眼，以她的身高，她看不见那个装着吉他的箱子。

可她把目光拔出来，还是费了点儿力气。

开着车，于桥西说："雨啊，你俩换了身子这事，我一直觉得应该是默默急啊，怎么总看着你在这儿没头苍蝇似的着急。"

何雨看着手机上自己之前查的门面出租信息，头也不抬地说："她急也不表现出来，默默她稳着呢，"

"是啊，你家女儿那叫什么，泰山啥来着……不改色。"

"那是'泰山崩于前而色不变'，苏洵的。"

"行啊，何雨你现在长本事了？"

何雨笑了一声："没有，我就是在学校没事，看了看他们贴的那个名人名言。"

红灯的时候，于桥西看了何雨一眼。

"雨啊，你是真变年轻了。"

何雨有些不好意思似的，抬手摸了一下属于女儿的脸："啊？有吗？我哪儿年轻啊，是默默的面皮嫩吧。"

于桥西晃了晃脑袋："你知道啥叫年轻吗？人还能往好了奔，那就是年轻了，精气神整个都不一样，你现在还真挺像……"

话还没说完，于桥西就愣了一下。

何雨听得直乐，问她："我像什么呀？"

"没有，我是发现你们母女俩其实挺像的。"

"那肯定的啊，你都说过，默默是我养大的孩子，不像我像谁。"

绿灯亮了，车子启动，于桥西看着前方。

其实她刚刚想说的不是这个，她是想说她觉得现在的何默默看着像何雨，同样十六岁的何雨。

BO的门店店长觉得她的"何姐"今天好像不太一样了。

该怎么形容这种不一样呢？

午饭的时候，她在杂物室举着炒饭说："何姐，我怎么觉得你一副要拼命的劲儿？也不对，反正就是……就跟实习转正了的第一天似的。"

实习转正了的第一天？

何默默小心地咬了一口手里的卷饼，吃完了，她也想明白怎么应对了。

她笑了一下："每天都得当新一天过，才能让自己一直有干劲儿。"

店长点了点头，说："这话说得对！何姐，我下次月度总结把这句话写上啊。"

何默默继续啃卷饼。

这对她来说就是新的一天。

下午下班，何默默坐在了公交车上，她习惯性地拿出记录了知识点的本子，想了想，她先把几张她认为不错的款式图发给了一月没来的几位老顾客，有一位立刻对其中的一件感兴趣，何默默说自己可以留一件对方码数的衣服等对方来试。

忙完的时候，这些路已经走了一半，她长出一口气，打开了小本子开始学习。

回到家，没一会儿又有人回复了她，她又跟顾客交流起来。

何雨回家之前，何默默只做完一套卷子。

"默默，我今天去看了几个门面，有两个我觉得不错。走吧，咱们出去吃饭，我跟你细说。"

所谓出去吃饭也没走远，还是那家刚开了没多久的烤鱼店。

加上于桥西，她们三个人要了一条三斤多的清江鱼。

等饭的时候，何雨抱着女儿的胳膊说："于桥西她总鼓动我把店开去开发区，但我觉得我们商场周围就挺好的，要什么都有，我的老顾客们来也方便。"

坐在她对面的于桥西很嫌弃地说："老区这两年人少了多少？你还这儿开店，就那些老破小的门脸，你在里头窝着什么时候能做大了？再说了，你老顾客怎么了？你问问你那些老顾客他们去不去开发区逛街？"

何雨说："开发区的门脸大，也贵呀！对吧默默？"

何默默看看阿姨，看看妈妈，小声说："我觉得都有利弊。"

于桥西定定地看了她一眼，说："反正当务之急是你们得换回来，不然看中了什么也都租给别人了。何默默，你妈妈说这个事你在想办法，你能不能告诉阿姨，你这个办法有多大的把握让你们两个尽快换回来？"

服务员端上来了一盘芹菜拌花生米，是于桥西点的。

何默默接过妈妈替自己掰开的筷子，说："一半。"

"一半？"于桥西"嘿"地笑了一下，"那要是不成呢？"

何默默说："那我就再想别的办法。"

"那要是别的办法都不成呢？"

"总会有办法的。"

何雨看于桥西对自己女儿说话的时候步步紧逼，眉头已经皱了起来。

她踢了于桥西一脚，于桥西没理她。

"何默默，我问你，要是一直不成呢？总是不成呢？"

何默默的脸上没有表情，她直视着于桥西的眼睛："不会的，事情总能解决。"

"是吗？"

于桥西凑近了看着何默默现在这张本属于何雨的脸，像是一只盯住猎物的花豹，她说："何默默，我说你们一直换不回来，你为什么不着急呢？"

何雨提了一下嗓门说："行了！于桥西你把头缩回去，人家鱼上来了！"

端上来的鱼下面加着火，上面冒着气，隔开了于桥西逼视的目光。

何雨安慰自己女儿："没事儿啊默默，你不用管你阿姨说什么，你尽管去试你的法子，不行咱们就再说。"

"嗯。"过了一秒，何默默又说，"妈妈，谢谢你。"

于桥西一直看着对面的娘儿俩，烤鱼锅烧开的时候，她在蒸腾的水汽里跟何默默对上了视线。

那双眼睛里很平静，也很坚定，慢慢移开了，没有躲闪。

于桥西抓着筷子的手紧了一下。

这一天也是于桥西的女儿来她家的一天。于桥西离婚之后，女儿跟了前夫，今年才九岁，学习成绩一般，性格也有点软，于桥西说自己不知道什么是家，对孩子也一样，孩子想要什么她都给买，就是她当起家长来仿佛阎罗王升堂。

一来二去，她女儿怕她，也喜欢来找她。

于桥西总觉得女儿是为了钱来的，女儿越是来找她，她的脸上越是不耐烦。

今天，她回店里看着在一边跟小宋玩游戏的女儿，说："囡囡啊，你跟妈妈说，要是咱俩把身体换了，你会不会着急换回来？"

女孩抬起头，眨了眨那双酷似于桥西的眼睛："妈妈会替我做作业吗？"

于桥西："不做。"

"妈妈会替我考试吗？"

"不考。"

"那我能替妈妈坐在这里当老板和小宋哥哥说话吗？"

"不能，没钱给你花，还有小宋是你叔叔。"

"哦……"

九岁的小女孩晃了一下脑袋，说："那……那还是换回来吧，不对！妈妈你总是胃疼，我们两个换了身体，你是不是就不疼了？"

于桥西的回答是在她女儿的脸上简单粗暴地揉了好一会儿。

"还记得我胃疼，你这小丫头怎么学习的时候没这么好的脑子呢？算了，走，妈妈给你买哈根达斯。"

于桥西拉着女儿的手，想起了另一个"孩子"，突然觉得自己的心里沉甸甸的。

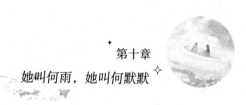

第十章
她叫何雨，她叫何默默

/妈妈到底是什么样的呢？她有一段很丰富、曲折、无解的人生，她又是活在别人眼睛里的一个人。/

假期结束，商场里又冷清了下来，何默默这一天的工作强度比之前小了很多。

快要下班的时候，她接到了一个电话。

二十分钟后，于桥西在商场的门口看见了何默默。

"上车。"

何默默坐在了车后排的座椅上。

"阿姨，您找我是有什么事吗？"

"我找你有什么事？何默默你真的不知道吗？"于桥西看了一眼后视镜，目光捕获何默默的双眼，"你不是聪明吗？我昨天都那么明显了，你怎么还要问我呢？"

车子启动，于桥西的眼睛看向了前方。

何默默却还看着后视镜，她看着于桥西阿姨的额头，笑了，是那种很浅很轻的笑容。

"阿姨，我以为您就算知道了，也会假装不知道，或者，您会愿意帮我。"

车子刚行驶了几十米远，还没进入干道就又停在了路边。

"帮你？"

后面传来电动车的铃声，于桥西恶狠狠地看了一眼后视镜，猛打方向盘后把车停在了一家咖啡馆的门口——还是没离开何雨工作的这个商场的范围。

"我帮你？何默默，你把我当成了什么人？啊？我为什么要帮你？你不想换回来了，你知道如果你们换不回来的话，你妈会多伤心吗？"

后座上，何默默低下了头，低声说："可是妈妈会是年轻的样子。"

于桥西转身盯着她，气得鼻孔都要张开了，说："下车！"

咖啡馆里人迹罕至，于桥西拽着何默默一路坐到了最角落里的地方。

"随便上两份最贵的咖啡套餐，别来打扰我们。"她对服务员这样说。

陷在皮质的卡座里，于桥西盯着面前的"何雨"，她的语气里是盖不住的愤怒："何默默，你以为年轻就很值钱吗？你以为让你妈从十六岁开始重新活，她就能开开心心感恩戴德吗？

"她已经四十一岁了，一个四十一岁的女人该做什么事她比你清楚多了，皮子变成了十六岁，她的里子也还是你的妈！再说了，她年轻，你变成她养家糊口，你以为你妈能心安理得吗？她不会愧疚吗？她不会难过吗？！你妈她这辈子什么都不要，她最在乎的就是你！你这么做是要挖了她的心啊！"

于桥西说话的时候，何默默还是低着头的样子，何雨摆在卫生间架子上的那些护发素她学着用了起来，卷曲的头发从头顶垂落在肩膀。

"我不想要这样。"

"你说什么？"

"我说，我不想要我妈妈最在乎我。"何默默抬起头，直视着于桥西，无论是眼神还是表情，都很坚定，"十六岁不值钱，我知道，每个成年人都年轻过，反而是我们没当过大人……"

"但是，我只有、只有这个十六岁。"

何默默最后的这句话让于桥西愣住了。

咖啡端上来的时候，何默默用手挡住了自己的眼睛，她要说服别人，她不能哭。

"桥西阿姨，您是这个世界上最爱我妈妈的人之一，您甘心吗？您甘心她一直都为了自己的孩子活着吗？您甘心她一直被困在一个名为'何默默的妈妈'的壳子里吗？我不甘心。我妈妈是何雨，但何雨她不该只是我的妈妈，您难道没有这么想过吗？您没有想过，如果能有一次重来的机会，何雨会变成什么样子？现在这个机会就在这里，她现在十六岁，很多人喜欢她现在的样子，她会在游乐场里跟朋友们开心大笑，她可以重新选择那些她错过的一切，难道这样不好吗？"

何默默没有哭，她的眼睛瞪得大大的。

从一开始她就不在乎于桥西会不会发现她的想法。

如果说这个世界上还有一个人能为了何雨背叛道德和良知，能为了何雨而永远守住一个让何雨自己难过的秘密，这个人只能是于桥西。

况且，桥西阿姨一直都不喜欢她。

在何默默说到一半的时候，于桥西低下头看着面前的咖啡杯，她一直看着，热气蒸腾着她的眼睛。

几秒钟后，她说："不行。"

"这绝对不行……何默默，你对你自己公平一点好不好？你给你妈妈一个重来的机会，你呢？你的机会呢？一辈子才多长，二十年多没有了！我明白你的意思了，你觉得我一心为你妈妈想，就算知道了你怎么打算的，我也不会告诉你妈，对吗？我告诉你，如果是别的事情，确实是这样，但是这次这件事情，不行，不管你怎么说，都不行！我绝对不可能帮你。"

经历了无数风雨，风光过也落魄过的于桥西，她差点当着一个她一直不喜欢的晚辈的面，哭了出来。

因为做出这个决定真的很难。

风华正茂抱琴弹唱大说大笑的何雨，在某个瞬间真的出现在了她的面前。

像她最美的梦里那么好。

"不行。何默默，我是真的不喜欢你，可我再不喜欢你，我也不能让你这么做，每个人的路走到了我们今天这一步，都得甘苦自尝，因果自担，你懂吗？"

何默默的嘴唇不知不觉又绷了起来，她的下巴皱了好几下，才问于桥西："是因为道德吗？"

"是因为老娘也有过十六岁！"

十六岁到底是什么呢？

是还没开的花，是没长高的树，是可能凋零也可能绽放的期待。

是何默默在沉默的努力中迎来，本也该如旧日一般送走的一点点岁月。

可是现在，她想把它变成一份礼物，送给自己的妈妈。

在于桥西说自己也有过十六岁之后，何默默沉默了。她发现自己犯了一个错误，一个她之前犯过后面反思很久也依然没有避免的错误——她只以为于桥西阿姨是自己妈妈的朋友，没有想过她也是一个独自的个体。

"阿姨，对不起。"何默默道歉了，为她的再次错误。

于桥西摆摆手，说："你跟我道什么歉啊，你该跟你妈道个歉你知道吗？"说完，她抬手干了半杯咖啡，热腾腾的咖啡下去，她的脸一下子就红了起来。

"你这么聪明的孩子，怎么一下子就变蠢了？要是真换不回来了你妈不得哭死？何默默，你妈从她决心养你开始，就把你当个宝，她就想看着你一步一步往上走，你说你不想她只当你的妈，可你去了她的这一层，你觉得她这些年还能剩点儿什么呀？她就算真从你的十六岁再开始了，你以为她能过得好？"

何默默像是僵硬在了那里，手脚紧绷绷的，只有一张嘴在说话，她说："阿姨，您说的道理我都懂，我都想过。我也知道她会难过，但是只要我拖一段时间不告诉她，她总会开始做别的事。

"桥西阿姨，在她四十一年的人生面前，我所有的思考和逻辑都只是很小很小的一朵花，根本撬不动她的人生。所以我把她当成一个陌生人，我这样去想，要如何做才能得到我想要的结果……然后我发现，我妈妈这些年不就是这么思考的吗？她为了一个结果，在每一次的选择里都放弃了对她而言最重要的东西，她把自己的心剥离开，站在一个对自己无比冷酷的角度去做出选择，她可以这么做，为什么我不可以放下其他的一切去选择把'何雨'还给'何雨'？"

哭泣的何雨抱紧了吉他。

何默默这些天只要闭上眼睛，就会想起这一幕，巨大的无力感就像是海浪，劈头盖脸地打下来。

她这么多年来努力让自己成为最好的不会被抛下的那个孩子，她可以解开自己面前的所有难题，除了那一道名为"妈妈"的题。

妈妈到底是什么样的呢？她有一段很丰富、很曲折、很无解的人生，她又是活在别人眼睛里的一个人，不同的人去看她，都能看见不同的"何雨"，那些个体中灿烂的部分归于黯淡，美好的部分渐渐成了灰白，只有属于"母亲"的这个部分，在人们的眼睛里，比如她这个女儿的眼睛里。

从此指代了"何雨"这个人本身的全部。

没人再看到她的梦想，没人再去想她是不是应该有属于自己的一段人生。

咖啡倒映着自己的脸，何默默看见了妈妈。

她突然觉得，也许当她在妈妈的眼里寻找自己不会被抛下的这份肯定的时候，妈妈也在她的眼里寻找着妈妈自己。

那从前，她眼里的妈妈是什么样子的呢？一个毫不在意自己，一个想要奉献的人，这个人长着一张何雨的脸。

她们在一起的时候，妈妈看见的是属于何默默的眉目吗？还是在女儿眼睛里那个应该忙碌起来,应该燃烧自己,应该在荒地上捧出一朵花的"何雨"?

这让何默默越发痛苦和愧疚。

她闭上了眼睛,又强迫自己睁开。

看着何默默的于桥西拿起叉子,她似乎想吃一口蛋糕,最后却只是把叉子狠狠地扎进了蛋糕里。

松开了叉子的于桥西重新靠回了沙发的靠背上:"何默默,你今天小瞧我了,你也小瞧你妈了,也不能说小瞧吧……你呀,还是年纪小。你妈要是想把什么捡起来,你以为她做不到吗?你去跟她好好说,她能为了你豁出命去,这样还不行吗?啊?你怎么就在这儿钻了牛角尖儿呢?"

于桥西想要叹气,又憋了回去:"这事儿我可以暂时不跟你妈说,你必须在一个礼拜之内,跟你妈换回来。别整这些幺蛾子了,你呀……走吧,我送你回家。"

何默默抬起头认真看着于桥西的表情,说:"阿姨,您真的觉得我妈能够把她喜欢的东西都找回来吗?换回来之后?"

于桥西挑了一下眉头,坚定地说:"能!肯定能!都说了,你别小瞧了你妈。"

她说的时候态度坚决,坐回车里的时候却不由得一阵心虚。

看着拒绝自己送她回家的何默默坐上了公交车,于桥西长长地出了一口气。

这个孩子啊,她真是看错了很多年。

她跟何雨说过这个孩子像何雨,可她没想到居然这么像。

"我要是真跟何雨说了,她那颗心不得疼死?何默默呀,你聪明点儿吧!"于桥西没忍住骂了一句脏话。

晚上走到小区门口,何雨又看见了等在那儿的女儿。

何默默穿了一件灰色的衬衣加长裤,手里还拿着一本书,在妈妈回来之前,她就站在小区的灯下看书。

美丽的女人站姿笔直,加上身上遮掩不住的书卷气,路过的少年都忍不住转头来看。

何雨眨眨眼,只觉得自己的女儿怎么都好。

黑夜里的灯光映得一切都有些模糊,何雨仿佛看见了自己女儿长大的样子。

那时候的女儿会是什么样子呢？

她依然热爱她所热爱的，她会永远站在光下。当然，这一切的前提，是她的女儿要从十六岁开始长大。

"站在这儿看书小心蚊子咬你。"

何默默看书看得入神，都忘了时间，听见有人在自己耳边说话，她抬起头，看见了笑容灿烂的自己，不，是笑容灿烂的妈妈。

"嘿嘿！"何雨笑着环住了女儿的肩膀，"你天天出来等我，这是想我了吧？"

"嗯。"何默默下意识地在怀抱里蹭了一下，轻轻抱了抱妈妈的腰，她并不是很习惯这样情绪饱满的亲密接触，但是此刻她很享受。

回家的路上，她说："妈，你以前也在这儿等我来着。"

"有吗？哎呀，我不是应该在家里包馄饨包饺子看电视吗？"说话的时候，何雨牵住了女儿的手。

何默默说："我刚上高中的时候，你也在小区门口等我，门口的保安伯伯也记得。"

听女儿这么说，何雨想起来了。那时候默默刚上高中，她不放心女儿每天晚上独自回来，就会掐着时间去门口等女儿，从九月等到了十一月，后来看放学路上的人足够多，女儿也一直是很稳当地回来，她才听了女儿的劝没有顶着晚秋夜里的冷风再去等。

"其实呀，妈妈那时候也不光是在等你。"何雨笑着说，"我只要一站在小区门口，咱们小区里进进出出的人就问我说：'何雨，你是不是在等你家何默默啊？'我说：'对呀，我等我家默默放学呀。'然后别人就开始说：'你们家默默太厉害了，是全校第一考进了市一中吧？'"

说着说着，她咂了咂嘴，仿佛是回味了一下当时的感觉。

"你看，妈妈是不是很虚荣啊？"

她女儿笑了，问她："妈妈，你真的觉得我是个好女儿吗？我明明除了学习成绩之外什么都没有，还那么不体谅你，你为我付出了那么多，我却总是看不见。"

"默默呀，如果你什么都能做得面面俱到，那还要妈妈干什么呢？"走到了自家的单元门口，何雨抬起另一只手，盖在了自己掌心里的那只手上。

"你想象中那种没缺点的孩子，那都是吃了大苦的，苦到了骨头里的。妈妈小时候的脾气不比你差了一千倍？别人怎么骂我呢？说我是被惯坏了。

你看，默默，人们都知道，缺点是被偏爱出来的。妈妈有时候会觉得你的缺点太少了，因为妈妈做得不够多，要是我能做得再多一点，你会不会就能再娇气一点、再任性一点、再脆弱一点。"

女儿缺乏安全感，所以才活得小心翼翼。何雨明白这一点之后只有懊恨，就像她曾经对林颂雪说的那样，她没有保护过自己的女儿，才让默默小小年纪就学会了直面扑向她的风暴，而不向任何人求助。

何默默低下头，看着妈妈紧握的手。

何雨在短暂的停顿之后又说："但是，妈妈又很高兴、很骄傲，我的女儿才十六岁，她看得清自己的前路，她肯坚持，肯努力。虽然她好像不太喜欢跟人打交道，但是很多很多人都会因为她的认真和努力而喜欢她，她也有一颗足够正直、善良和温柔的心。

"默默，虽然你才十六岁，但你已经成为一个很好的人，作为女儿、作为朋友、作为同学，甚至作为网友、作为同事……作为一个生活在这个社会上的人，你都很好。所以，你一定要沿着自己的路走下去，十六岁、十七岁、十八岁……一直走，越走越好。"

小区里昏暗的灯遮蔽着何默默的眉目。她没办法形容自己的感觉，是欢喜还是苦涩，在这个瞬间，她甚至怀疑妈妈其实知道了她是怎么想的，可妈妈没有再说什么。

她们走进了单元楼道里。

灯亮了起来，外面起了一缕风。

何雨决定重拾吉他的那天，林颂雪便带着她找到了谭启葳，那个考第一的小姑娘，听说他哥是搞乐队的。

答应了从哥哥那给"何默默"借吉他后，谭启葳小姑娘在第二天下了早自习时来找何雨，说吉他已经借好了。

"我哥说上午课间操的时候给我送来。正好今天下雨，你和我一起去拿吧。"

是的，窗外在下雨，不是很大的雨，却让人觉得两三个小时是肯定停不下来的。何雨向谭启葳道了谢，还拿出了一包酸奶给她。

小女孩接过酸奶的时候有些害羞。

课间操的时候雨果然没有停，何雨拿着伞走出教室，等着她的人除了谭启葳还有林颂雪。

谭启葳也拿了一把伞。

于是走出教学楼的时候林颂雪站在了何雨的伞下面。

"你早上上学没带伞吗？"何雨问林颂雪。

林颂雪小声说："带了。"

"那你怎么不拿伞啊？"

女孩的回答是哼了一声。

青春期女孩的心思就像是糖罐子，摸一颗出来后你都不懂它为什么又甜又花哨。

谭启葳自己撑着伞，走在了何默默的旁边。她说："何默默，你晚上回家都学到几点啊？"

何雨还没开口，林颂雪就抢着说："谭启葳，你是不是熬夜熬到很晚啊？有黑眼圈呢。"

小姑娘立刻停下来揉了揉眼睛。

何雨想笑。

走到学校门口，何雨跟学校保安说了一下情况后，便在保安的注视下走出了校门。

校门口停了一辆黑色的车，车门打开，一个男人戴着一顶帽子下来了。

"是你跟我借吉他是吧？"男人长得白皙斯文，年纪看着有三十五岁往上，不说他是谭启葳的哥哥，别人还会以为是爸爸。

何雨本以为会看见一个二十多岁的摇滚小哥，没想到看见的是一个跟自己年纪差不多的"摇滚大哥"。

"是我要借吉他，谢谢您还帮送来。"

听见女孩说的话，男人笑了笑，打开了自己车的后备厢，说："麻烦倒是不麻烦，你们这些小孩儿里有人喜欢玩这些我还挺高兴的。对了，小姑娘你叫什么呀？"

谭启葳在一边说："哥，她叫何默默，我跟你说过的，她一直是我们全校第一。"

"何默默？"

因为这个名字，男人往外拿琴箱的手停住了。

他转过身，仔细端详这个站在透明伞下面的女孩，问："你姓何？人可'何'？"

"是。"

"挺好。"男人又笑了，这次他笑得比之前还要真切一点儿，"姓何的人都有音乐天赋，你要是想玩音乐就好好玩。我给你一句忠告，不管发生了什么，你得记得，无论你是喜怒哀乐，你喜欢这个的东西，它都会永远陪着你，所以你别轻易把它扔了。"

何雨觉得男人后半截的话里的字字句句都仿佛敲在了自己的心上。

她微微低下头，笑了一下，才说："我也是从前扔了一段时间，这是重新捡起来，您说得对，我……不应该这么做的。"

男人转身继续拿琴箱，他很细心，拿起了一个防雨布做的袋子，把琴箱往里装，一边装一边说："看你年纪不大，玩音乐还玩得起起落落呢，是小时候跟你爸学的吗？"

何雨想帮忙，被对方制止了，撑着伞回答说："不是……是，是我妈。"

"你妈玩摇滚？咱们这儿玩摇滚的女的还真不多，她叫什么呀？"

"何雨。"

男人的手停了下来。

"你妈是何雨？下雨的雨？"他看着"何默默"。

何雨点头。

"嘭！"男人抬手把后备厢关上了。

"我给你换把吉他，正好我带了另一把。"

何雨眨眨眼，看着男人在雨里又打开了汽车的后座车门。

"你妈既然是何雨，你就更得好好学这些，我这把是我 2004 年照着别人的一把吉他配的，上面的拾音器和电位器都是绝版的好东西，不过后来我转玩贝斯了，本来今天是要带这把吉他去给朋友看的，巧了，就先给你用吧。"

他打开琴箱，让何雨看见了里面那把纯白色的吉他。

虽然十几年不碰，何雨的眼光还是好的，一眼就看出来这把吉他是好东西。

太好了，甚至可以说不比"红雨"差什么。

"这、这把吉他一看就很贵，而且您也很喜欢，我就用一把普通的就可以了。"

男人大手一挥，利落地开始打包这把吉他："不用，你就用这把吉他，我等着有一天你告诉你妈，你是用谭启鸣的吉他练出来的。"

何雨："……"

她要是现在还没发现这人跟"何雨"较着劲儿，她就是真傻了。

"您……认识我妈妈？"

男人把吉他箱装进了防雨袋，听见这个问题，他笑了。

"你妈，我不认识，你要说当年抱着吉他唱歌的何雨，我确实认识。"

雨小了。男人拍拍身上的雨水，对着"何雨的女儿"笑着说："我像你这么大的时候也很迷茫，我喜欢的东西我爸妈都不支持。直到我考上大学之后的那个暑假，我看了你妈的表演，我才决心把我喜欢的东西再捡起来。音乐啊，就是这种东西，你放下它的时候心都变成了木头，但是，只要你再遇见它你的那颗心很容易就被点燃了。来，会背吉他吗？"

何雨没说话，她从男人的手里接过吉他，背在了背上。

林颂雪从她的手里拿过雨伞。

"谢谢你。"何雨对这个男人说。

她对这个人毫无印象，可这人看过年轻时候何雨的表演，是被何雨的音乐激励过、感动过的人。

心都成了木头，却遇到一把火就能点燃。

背上吉他，何雨摸了一下自己的胸口，她感受到了曾经的悸动。

"谢谢你。"她再次道谢。

"别跟我客气，真想谢我，从你妈那把她的歌都学过来，有空唱给我听。"

何雨咬了一下自己颤抖的嘴唇，笑着说："好的，我努力。"

没打伞的男人站在雨里，看着三个女孩回到学校。

"何雨啊，你心里没把那把柴了，你女儿却有，这也是'不死'吧。"坐回车上，他唱着歌调转了车头。

听着雨声落在伞上，背着借来的吉他，何雨总觉得自己听见了歌声，那歌声很张狂，又……很沉重，很轻快，又带着一股记忆里的锋锐与柔软。

"天地宽广，欢喜送葬……你在梦里，我在水里，相拥天亮的不死。"

电吉他练起来的时候当然得插电，这把吉他平时都放在林颂雪那儿，所有人都知道她学音乐，看见她把一个乐器箱放在教室里也不觉得稀奇。

午饭的时候，何雨坐在楼梯上，白色的吉他被她抱在怀里。

站在一边的林颂雪看着她的手指头在吉他上晃来晃去，眉头都皱了起来："你这种练法真的能让你的指法有提升吗？"

"能啊。"

何雨笑着活动了一下手指。

"其实一开始我也不是学吉他的。要是让我爸选，他更希望我能学个小提琴或者二胡，一开始我学了两年的小提琴，后来我喜欢上了吉他，就开始在纸板上上了弦练指法，那时候就觉得有意思。"

真正抱起吉他之后，无数的记忆在何雨脑海里复苏，就像是一场雨下在了干涸的土地上，所有人都以为这片土地早已经荒芜，却不知道里面埋了种子。

何雨好像看见了从前的自己，她那时候根本没想过自己会如此深爱上不经意间见到的乐器，爱上自己不经意间听到的音乐。

小小的孩子甚至不知道什么是梦想，只知道当手指从纸板上划过时，有音乐在她的心底疯狂奏响。

这是她执念的最初。

"我那时候在学校里抱着纸板玩，被老师抓住了告诉了我爸，我爸呢，就问我是不是真的很喜欢。我爸这个人啊……特别有意思，那时候根本不像现在能买到各种型号的吉他，他就拜托了他认识的一个木匠，给我做了一个假的小吉他，然后告诉我，我要是三个月还没把这个小吉他扔角落里吃灰，他就给我买一把真正的吉他。后来我先有了一把木吉他，过了一年，他给我换成了电吉他，还带我去看乐队表演。"

20 世纪 90 年代后期，因为女儿喜欢就能带着她去看国内摇滚乐队表演，这样的家长凤毛麟角。

这些，何雨没有跟林颂雪细说，她自己也是在当了家长之后，才一点点明白自己的父亲是多么深沉地爱着自己，他用手捧着属于孩子的梦，从不会因为成年人的傲慢而去贬低和斥责。

何雨用食指勾了一下吉他的弦，低下头在琴颈上的指板确定位置。

林颂雪看着她，说："你把你这些故事讲给何默默听，说不定你们明天就换回来了。"

"嘿。"何雨笑了笑，"我当然想告诉她，我呀，我想……弹着吉他告诉她。"

脊背笔直的少女慢慢移开了视线。

过了好一会儿，在何雨练习的间隙，她说："你是想表演给何默默看吗？需不需要一个鼓手？"

音乐徜徉着淌过何雨曾干涸的过去，那里现在拥有无数的甘霖，来自她的女儿，来自她的朋友，也来自她不曾忘却的梦想。

转过有些老旧的小路，何默默又站在了姥姥家的门口，她这次买了些水果和两斤排骨。

老太太开门一看见是自己女儿，松了门把手就往屋里走。

"我是明白了，你现在都是工作的时候来，你忙我也忙，默默还得上学，你就是不想让默默来看我呗。"说着话，老太太站在了那个简陋的煤炉前面，上面架着的铝锅里正在炖着什么东西。

何默默没有理会姥姥的抱怨，把水果和肉都放好，她走到锅边看到了锅里满眼的绿和白，碎碎地搅和在一起。

"您在做什么？"

"怎么，吃好饭吃得不认识了？我这不是在做渣菜？昨天老金给了我几斤地瓜叶子，我本来想蒸着吃，这不是又想起来家里还有点黄豆，我就用碾子把豆子碾成了豆渣子。"

韩秀凤女士今天的样子实在不同以往，身上穿着的是不知道从哪儿找出来的旧 T 恤，裤子上沾着白色的浆水，大概是因为忙得太热了，头发都梳在后脑勺绑了一个小小的鬏，露出了两鬓白色的发根。

锅里混在一起的碎菜叶子和豆渣被不停地翻炒，老太太嘴里的话也没停过："我就说你小时候就该教你做点儿家务活，一把年纪了渣菜都不认识，能指望你把默默给照顾好了？都怪你爸惯着你，你看，最后也没惯出个好儿。"

何默默看了一眼姥姥的鬓角，说："我觉我挺好的。"

老太太"哕"了一声，又说："你挺好你倒是再找个啊？我也不知道你这是随了谁的犟劲儿。"

菜估计是炒得差不多了，老太太盖上了锅盖，又跷起脚尖把煤炉的风门往下踩了踩。何默默看着老太太拿起了装豆渣和菜叶子的盆，连忙接了过来，自己弯腰去自来水前面去洗。

活儿有人干了，老太太在这个粗糙的前厅里转了两圈，最后双手在腿上抹了抹。

"我真的觉得我过得很好。"洗好了东西，何默默擦干净手，又对姥姥重复了一遍。

老太太假装没听见，抬脚去看"何雨"买来的水果。

"你买这么多小樱桃干什么？又贵，吃多了还上火。"

"我记得您喜欢吃。"

何默默还记得小时候姥姥在春夏之交的时候总会咬牙买来半盆小樱桃让自己吃。有次有个卖水果的摊贩板车翻了，正好被姥姥碰上了，以低价买了一堆的小樱桃，那是何默默第一次看见自己姥姥抱着一盆樱桃吃得喜笑颜开。

后来姥姥过生日，何默默画贺卡的时候总会画好多的樱桃在上面。

年年冬天都画，她也就一直记得，直到十二岁，她学会了攒零花钱给姥姥买跳舞用的帕子。

"哼，你还能记得你妈我喜欢什么？"嘴里这么说，老太太还是把樱桃倒了一半出来放在盆里洗了，"你可得记得给默默买点儿，她也喜欢吃樱桃。"

站在姥姥身后，何默默低声说："她不喜欢吃樱桃，她每次看见了樱桃总想买，是因为想让您多吃点儿。"

"瞎说。"

"是真的。"

"啪！"是老太太把装樱桃的小盆甩在水池里的声音。

"你到底是来干吗的呀？气我的？算了你别跟我说话了，一会儿渣菜做好了你带点儿走，晚上给默默热着吃，你跟她说，这是她姥姥做的……"

韩女士回头看看自己的女儿，把洗好的樱桃放了两人都够得着的小桌上。

"你也好多年没吃了吧？你爸就爱吃这个，那时候菜市场还有老太太推着小车出来卖，你就从家里拿个不锈钢的大杯子去给你爸买。"说完，老太太顿了一下。

"我知道你不爱听我提你爸。"

没有见到姥爷的最后一面，是妈妈心里永远解不开的结。

何默默深深地、无声地吸了一口气。

"您……后悔过吗？"

"什么？什么后悔？"

老太太抬了抬脑袋，也不算是正眼瞧人，就瞄了"何雨"一下，目光又落回了樱桃上。

"我后悔什么呀？我知道你怨我，你怨我我就得后悔了？那我还怨你呢，你爸就想看你能活得出息点儿，不管干的是什么营生你得有个样儿，结果你……拉倒吧，等到了下头见了你爸，咱俩谁也甭说谁。"

"我会好好活的，努力地活好。"不管是作为何默默，还是作为何雨。何默默把手放在身后，握紧又松开。

"四十多的人了，跟个小孩儿似的，还跟我表决心。"老太太拈起一颗樱桃放在嘴里，"你爱活成啥样儿活啥样，我呀，就等着享默默的福……这个周末你让默默过来，知道吗？"

何默默站在原地，静静地看着她姥姥。

一会儿后，她说："为什么您总是拒绝沟通呢？明明有些话说开了就好，明明有些心结是可以打开的，不是家人吗？沟通和理解起来就这么难吗？

"为了让您高兴，何雨其实一直都很努力，就像……何默默总是希望您多吃点儿樱桃一样，为什么您就不愿意去想一想呢？怨恨也好，愧疚也好，怎么可能把这些事情拖到死呢？是需要道歉，还是需要反省，我们为什么就不能做呢？这跟多少岁没有关系啊！"

明明是互相关爱的人，明明姥姥会记得妈妈小时候和姥爷相处的场景，明明妈妈也关心着姥姥，为什么她俩要拧在一起呢？

何默默很难过，她知道，如果站在这里的是妈妈，妈妈会比她更难过千百倍，她不希望这份难过再继续下去了。

"在您的眼里何雨永远都过得不幸福，到底是何雨不幸福，还是您觉得自己不会再有很好的人生了？您每次在贬低自己女儿的时候在想什么？想您曾经有过的幸福吗？您确实有过很好的婚姻，可婚姻并不是一个人的全部，您用您的人生标准来要求您女儿的时候您有没有想过她的心情？

"是，您的女儿已经四十一岁了，那四十一岁又怎么样呢？就应该被您无视和否定吗？您看看她好不好，您看见她有多努力，有很多人喜欢她、爱她，好不好？她拼尽了全力去生活，您看看她的人生把一种您预期外的人生过得还不错的，好不好？"

渣菜的香气从锅里冒了出来。

很浓郁，带着家常的温暖。

小小的何雨曾经带着这样的香气回家，她捧着大大的不锈钢杯子，欢欢喜喜地对那个在浇花的男人说："爸爸，我给你买渣菜回来啦。"

招呼这对父女吃饭的女人看见了这一切，她笑了。

她记住了。

这是她曾经的幸福，是她说起来的时候还是会笑的回忆。

何默默努力让自己的眼泪不要流出来。

"如果有一天，何默默过得也不是您预想中的生活，您也会用这样的态度对她吗？"

韩秀凤女士站了起来。

她吃了半天的樱桃，桌子上却只有两颗樱桃核。

"我给你盛点儿渣菜。"

"您为什么不回答呢？"

"嘭！"装着樱桃的盆子从桌上被人扫到了地上。

"你别说了！我看不见！我不知道！"

红艳的樱桃从盆子里溅了出来，落到了地上，带着梗。

何默默看着自己的姥姥："沟通、理解、诚实地面对自己不好么，所有人都在变好，我不想只有您留在原地。"

夕阳渐渐沉落，耳边有什么在破壳的声音，空气混杂着渣菜的滋味，一切都显得那么平静，又好像带着一种轻松的愉悦感。

"渣菜啊？"晚上，何雨回到家，还没看见餐桌上摆着什么，就闻到了香气，"在哪儿买的？"

何默默端着米饭说："姥姥做的。"

何雨换了衣服走出卧室，问女儿："她今天过来了？"

"是我去找她了。"

何雨笑了："找她干啥呀？再问问你妈年轻的时候有没有什么其他的故事？你呀，想知道就问我，妈妈现在没什么不能告诉你的。"

"不是，妈妈，我只是去，把'何雨'想说却不能说的，告诉了姥姥。"

何雨拿起来的筷子在饭碗边轻碰了一下，她转头看向自己的女儿："你知道我想说什么？"

"我知道。"何默默本来是低着头的，又抬了起来，"你过得很好，你很爱她。"

何雨愣了一下，眨眨眼，说："这话，我还真跟你姥姥说不出口。"

何默默脸上没有表情："姥姥已经知道了。"

"她知道了，说啥了？"

"她说，她说让你多吃点儿这个，渣菜。"

饭桌上安静了下来。

刷碗的时候，何雨说："默默呀，谢谢你。"

找了理由跟任老师请过假后，何雨立马就去找林颂雪拿吉他，因为林颂雪学音乐可以不上晚自习，于是她二话不说也陪着何雨一起溜了。

"你要不要去我家练吉他？"她问何雨。

何雨当然摇头，她可没忘自己跟林颂雪的爸爸还有一份仇呢。

"我本来想去我朋友店里的，可是一来一回得一个多小时……"何雨说着话要把吉他从林颂雪背上接过来，被拒绝了。

站在学校门口，目光从书店晃到奶茶店，何雨说："那咱们就去我以前去的老地方吧。"

何雨说的"老地方"是一家琴行，倒是离学校不太远。

林颂雪看看老旧的街道，跟着何雨走了进去。

"老板，您好，我想租一下您楼上的音乐室。"

琴行里的音箱里属于20世纪的声音在唱着："年月把拥有变做失去，疲倦的双眼带着期望，今天只有残留的躯壳，迎接光辉岁月……"

老板抬起头看看面前两个年轻的女孩，目光在林颂雪背后的吉他箱上停了一下。

"你们两个小孩儿怎么知道我这二楼有音乐室啊？"

何雨笑了。

她当然知道，二十多年前，她妈妈嫌她在家里弹唱太吵，或者是听东西、写东西有了新想法的时候，她就会来这里，来这里偶尔会遇到一起交流的同好，那时候这个琴行老板还有称得上是茂盛的头发。

"我是听我家长辈说的。"

"长辈？谁啊？也是玩电吉他的？咱们这个城里老一辈儿玩电吉他的没有我不认识的。"

何雨还是在笑，她扬了扬下巴，说："何雨，您认识吗？"

"哦，她呀，前几天刚来过，抱着吉他来让我修，那个手啊，连怎么拿吉他都不知道了……还让谭启鸣给怼了。"

原来默默是在这儿给红雨换了琴弦。

何雨看了一圈，找到了默默买回家的那款音箱。

林颂雪背着吉他跟着老板上了楼，从狭窄的楼梯上去，小小的琴行里别有洞天，这里竟然是有两个音乐室。

"最晚到晚上九点半，如果要动那个架子鼓，最晚只能到晚上八点，不然小区里的孩子家长和老大爷再投诉我两次，我上面这点儿地方可就真没了。"

何雨没说话，林颂雪答应了一声。

上面跟二十年前是不一样了，那时候玩音乐的人没几个是不抽烟的，到这二层最先感觉到的就是一股陈年烟酒气，开窗通了一个小时的风，关上窗照样有。曾经这墙面上全是涂鸦，现在也没了，粉刷好的大白墙上面挂了一些照片，照片绳上还贴了一些便利贴，写了一些雄心壮志的话。

比如"世界死在我的歌里"，又或者"今天的爱明天要忘记，那我们昨天的爱只能用歌铭记"。

爱与死，音乐永恒的主题。

林颂雪摸了摸角落里的架子鼓，从书包里抽出了自己的鼓槌，她看向站在房间里不动的何雨："你在想什么呢？"

何雨喉头哽了一下，每个字都说得咬牙切齿："谭启鸣……他敢怼默默。"

林颂雪："……我还以为在回忆青春呢。"

何雨拿出吉他，"哈哈"笑了两声："这早都变样儿了有什么好回忆的？我十八岁的时候在这儿写的'摇滚不需要王，需要女王'，现在早被刷干净了。"

林颂雪："哦。"

女孩低下头继续研究这架陌生的鼓，突然，一阵乐声从音箱里传来。

何雨抱着吉他，面带笑容，她弹的是林颂雪很熟悉的旋律，是几分钟之前她们刚听过的那段间奏 solo（单人表演）。

"一生经过彷徨的挣扎，自信可改变未来，问谁又能做到……"

这个晚上何默默过得不算平静，因为于桥西又来找她了。

不是她预想中很强硬地要求她立刻想办法换回来的态度，而是……

"这是你妈十七岁在学校里独唱表演的录像，那时候连录像的老师都喜欢你妈喜欢得不得了。"

"这个是你妈十八岁第一次在蓝场登台表演的录像。蓝场是当年咱们这儿玩音乐的那些人的大本营，你妈早就想上去表演了，你姥爷硬是给拦到了十八岁，她一登场，真的，全场都疯了。"

录像被存在一张张的光盘里，装光盘的袋子上都写着日期，随着岁月流逝，圆珠笔字迹都淡出了油色。

何默默家的电脑和这个时代很多家庭电脑一样，连光驱都没有了。

幸好于桥西除了光盘之外还带来了一台老的 DVD 机，连在了电视上。

画质不是很清晰，可何默默还是看见了自己的妈妈，十八岁的何雨穿着蓝色的背心，黑色的牛仔裤，她站在舞台上，抱着那把名叫"红雨"的吉他，全场都被她点燃了。

唱完一首《不死》，台下全是安可声，台上的女孩笑容灿烂而骄傲。

"还想听我唱吗？"

"想！"

"是吗，声音这么小啊？"

"想！！！"

女孩哈哈大笑，抱着吉他跳了起来，手指间又是一段极为华丽的弹奏。

原来妈妈唱这首《不死》时是这个样子的。

何默默瞪大了眼睛看，眼前还是模糊了。她看着妈妈又连唱了两首曲子，头上的汗水把头发都打湿了，却依然开心得不得了。她走下舞台，一个小女孩被一个有些眼熟的"妈妈"领过来，自己的妈妈蹲下来搂着女孩，一旁有人用拍立得拍了一张合影，然后这张照片被妈妈签上了名字。

原来，这就是那张签名照啊。

静静地看着这些，于桥西的脸上挂着一点儿笑。

播放结束光盘，从机器里退了出来，于桥西又抽出了一张盘放了进去。

不同的舞台，不同的观众，不同的灯光，什么都不一样，何雨和她的笑是不变的。

何默默的手握紧又张开，她在脑海中幻想过无数次妈妈那时候的样子，哪怕有照片做参考，哪怕听别人从记忆里讲出来，此刻她依然是被极致地震撼着。

这样的人，却只剩下一个名为"妈妈"的标签，贴在人们所以为的那个人身上。

"这里面有些也是我找了老朋友弄来的，你想看，咱们可以再拷出来放在电脑上。何默默啊，你想知道你妈年轻的时候什么样儿，你现在看见了吧，你想了解她、理解她，你现在也做到了吧？"

于桥西难得声音和软，她的目的是希望女孩心里的执念少一点，不要固执地一定要维持现状。

"她甘心吗？"又一段视频播放结束，何默默面对着电视上蓝色的屏幕轻声呢喃。

"什么？"

"她怎么会甘心呢？"

何默默猛地站了起来，她走到房间的角落抱起了那个琴箱。

"她不甘心对不对！你知道她不甘心对不对！那个何雨，她想把曾经的何雨找回来的，不然她不会甘心的，对不对啊？"

她问吉他，眼泪都抹在了吉他箱上。

于桥西也站了起来，看着何默默发疯似的又哭又叫。

她的心里突然疼了一下，像是身体深处有一道旧伤，它提醒了于桥西，它还在。

　　抱着吉他，何默默又看向了自己的左手。

　　上面的数字依然是"1"。

　　"桥西阿姨，这道题我解开了。

　　"这道题的题眼是人，是两个人，我妈妈是一个人，我是一个人，我们都要认识到这点，这才是我们这次交换所要求的理解。我们之所以卡在这里，就是因为我们没有做到这一点，我们为什么没有做到？因为，有人总是下意识地躲在了标签后面。

　　"我们不是要成为更好的妈妈、更好的女儿，不是我理解了我妈妈作为母亲的痛苦与艰辛，不是我母亲理解我作为孩子的烦恼……不是。"

　　她用着何雨的嘴，说话的时候面无表情，挂满泪水。

　　"这场游戏里的两个人是何默默和何雨，一个十六岁，一个四十一岁，仅此而已。

　　"所以，阿姨，虽然我有无数的想法，但并不是我让时间卡住的。

　　"如果您真的希望我们尽快换回来，麻烦您帮助那个叫何雨的人，让她找到自己吧。"

　　"晚了晚了晚了！"

　　在林颂雪走后又继续练吉他结果练过头的何雨几乎是一路飞奔，她跑到学校门口的公交车站，看见了站在那儿的时新月，她的手里拎着一个书包。

　　"笔记和作业我都给你记好啦。"

　　"谢谢，谢谢，等很久了吧？"

　　曾经总是缩着肩膀的女孩脊背比从前直了很多，像是一朵干枯在沙漠里的花重新享用了雨露，脸上似乎都多了一点儿肉。

　　"没有呀。"她笑着说。

　　正好公交车来了，她还在上车之前对何雨挥了挥手。

　　把书包背在肩上，何雨长出了一口气，低头看看自己的手，她开始往家里走去。

　　"默老大！"

　　有骑着自行车的孩子们呼啸而过，对"何默默"喊着这个称呼的，大部分都是男生。

何雨擦了一下额头上的汗，露出了笑容。

"何默默。"一阵自行车刹车的声音，李秦熙停在了她的旁边，"我听同学说你在学吉他。"

何雨转头看了身边的"校草"一眼，"扑哧"一声笑了。

李秦熙："……"

何雨摆摆手，她真不是故意的，但是现在只要一看见校草这张英俊又精致的脸，她就会想起"熙熙姐姐"。

"咳，对呀，我是在学吉他。"何雨扬了扬下巴，把自己的笑吞了回去。

脸上有些无奈的少年说："我认识教吉他的老师，你需要吗？"

"不用，我也学不了几天。"何雨是笑着说的，"说不定过几天我就又变回那个一直努力读书的何默默，不用你帮我操心啦。"

少年的眉头皱了起来："变回去？什么意思？"

"就是……一段故事结束的意思。"

抬起头，透过路灯照下来的光看向黑色的天空，何雨依然能感觉到音乐带给自己的难以抑制的快乐。

她眉目舒展，等着光照在自己的脸上。

李秦熙看着她，手指在自行车的车把上轻轻敲打，走一步，敲一下。

终于，他说："那……我能不能告诉那个变回来的何默默，为了跟她说上话，我等了两年。"

何雨轻快的脚步停住了。

"两年零四个月，从初二那年的冬天，我去她学校的元旦晚会上表演，一直到上个月。"李秦熙的声音被路灯的光笼罩着，"你觉得，我可以告诉她吗？"

"你……是什么时候知道……"

"你第一次跟我说话，我就知道你不是她。"李秦熙笑了，露出洁白的牙，"我一开始想告诉何默默的妈妈，所以，总想找机会见她，直到有一天，我看见了那个'何默默的妈妈'和何默默的同桌走在放学路上，她哭了，哭的样子和何默默小时候一模一样，我大概就猜到发生了什么。"

何雨本以为自己已经足够了解这帮孩子的坚定、坚韧等一众美好的品德，和他们的喧哗可爱，但她没想到，自己居然碰到了一个特别会"演"的孩子。

他明明早就知道了，却还故意装作不知道，只是把两个人小时候有过的交集状似无意地告诉了真正的何默默。

这水平……

"你大学准备学什么专业？"

少年有些害羞地说："北京电影学院，表演专业。"

何雨点点头："很好，有天分、有前途，能拿影帝。"她夸得真情实感。

被夸赞了演技的李秦熙到了这个时候还是掩饰不住自己的急切，他小心翼翼地看着"何默默"说："那我……"

"再等等吧。"

笑容收敛，何雨的脸上就是一副家长的样子了。

"高中肯定不行，她考上大学的时候还没成年呢，嗯，大学也不行，默默至少要读到研究生吧，估计在那之前她都没想法。"

"2+4……您这个再等等就是六年啊。"

何雨忍不住哈哈大笑了起来。

"你要是只想让她记得你这个发小，那你随便什么时候告诉她都行，如果不是……你就得等啊。"

遥遥地看见了自己的女儿又在小区的灯下等自己，何雨把书包固定在自己的背上跑了起来，跑了几步，她停下来，转身看着那个有些沮丧的少年，说："你自己考虑清楚吧。"

"你洗澡了？怎么头发还没干就出来了？"何雨一跑到女儿身边，眉头就先皱了起来。

何默默是用洗澡来掩盖自己哭过的这件事，对着妈妈，她露出笑容："洗完澡正好有点热，就出来凉快一会儿，我今天自己试着炖了排骨，然后用排骨汤做了面条。"

"哇，你进步不小啊。"

何雨夸奖何默默，然后悄悄转头，少年站在不远处，还在踌躇。

最终，他还是对着何默默的方向挥了挥手，然后骑上自行车，回家了。

他选择了继续等下去。

转回来，何雨还是在笑。

何默默多看了她两眼，轻声说："你今天遇到了什么开心的事儿吗？"

"可多了，我今天遇到了一只小孔雀，他喜欢上了一棵还没开花的树，问我该怎么办？我就告诉他，给她风、给她雨、给她阳光、给她时间，因为她是一棵树……"

何雨的手里牵着"树枝"，说得眉飞色舞。

"那棵树，她的一生会有花开花落、会有果子成熟、会有叶子枯黄，也会有别的小动物来过流连不去，比如白色的大蝴蝶，比如有点胆怯的小松鼠，比如许多会在这棵树下面躲雨的小兔子、小狐狸，还有小花小草……所以它不能着急。"

"你是在给我讲童话故事吗？"

"对呀。"

何雨笑容满面，拉着女儿回家。

"你知道吗，我真的写过故事，小时候我爸告诉我，我是下大雨的时候出生的，雨太大了，医院里上班的护士不多，都被雨挡在了家里，我妈生我的时候很艰难，他在外面急得要命。我就把这件事写成了一首歌，这也是我写过的第一首歌，你知道这首歌叫什么名字吗？"

楼道里的灯似乎比平时要亮得多，是被何雨过分明亮的眼睛照亮的。

对着这双眼睛，何默默摇了摇头。

其实她的心里有答案，这个答案伴随着何雨的声音一起回响在她的五脏六腑。

"叫《噼里啪啦咿咿呀呀》，哈哈哈哈哈，是不是特别傻？！"

何默默又摇了摇头："特别可爱。"

"默默啊，下次夸别人可爱的时候，你脸上有点表情好不好？"

"我尽量。"

这是一个很奇妙的夜晚，何雨和何默默一起吃了排骨面，聊了一会儿天后，一个人去学习，另一个也躲进了卧室里，一个人没有叫另一个人妈妈，另一个人也没有这样自称自己。

手表上的数字依然是"1"，她们谁也没有提起。

像是已经拥有了某种不需要被说出口的默契。

凌晨三点，何雨猛地睁开了眼睛，她几乎是滚下了床，在卧室里转了一圈，她拿起了纸和笔。

"mi do……不倒……"

一张纸很快就写满了，接着又写满了一张……

年轻的脸庞抬起来，眼睛看向了床边的梳妆台。

上午上课的时候何雨一直很亢奋，她左边的脑袋在听老师讲着她懂或者不懂的知识，右边的脑袋里一直在盘旋旋律。

灵感在睡梦中袭来，音符成了思维的一部分，这是她很久很久都没有的感觉了。

她甚至不敢跟别人说话，生怕一开口自己就会开始唱歌。

"何默默"今天的怪异，很多人都察觉到了，从老师到同学。

语文课上，老师瞥了她好几遍，终于在快下课的时候敲了一下讲台，说："下面开始抽课文背诵，从……时新月你开始，你背完了就是何默默，然后一直往后排。"

时新月站起来的时候，看了一眼"何默默"和她的笔。

"永和九年，岁在癸丑……"

背课文是时新月最口齿伶俐的时候，这一点很多人都没有注意过，背完"岂不痛哉"，她又看了自己的同桌一眼。

何雨还处在一种微妙的状态里，她知道自己旁边有人在背课文，却不知道这跟自己有什么关系。

很快，时新月背完了，放在双腿两边的手攥成了小拳头。

老师点点头，说："下一个。"

"老师！"时新月的声音比刚刚还要亮。

"怎么了？"

"老师，我《归去来兮辞》也背过了……后面的，我都背过了。"

本来微微靠在讲台上的苏老师直起了身子，她看着时新月，笑着说："你是想现在背？这么厉害，我点一篇你背一篇吧。"

时新月小心地深吸了一口气，然后点点头。

此时距离下课还有十分钟。

这十分钟的时间里，时新月从高一下学期一口气背到了高一上学期。

苏老师越是"点菜"就越来劲，最后双眼发亮，下课的时候她都忘了时新月的旁边还藏着一个走神了一节课的人。

她走了，学生们激动了。

时新月她居然能一口气把所有学过的古文都背下来！

被同学们围着问怎么背的，时新月又看了"何默默"一眼。

这么一节课一节课地熬下去，到了午休的时候，何雨终于敲定了整首歌的最后一个小节。

旋律在何雨的脑海中盘旋了一圈，从凌晨三点到现在的激动感终于淡了下去。

何雨困了，也清醒了，还饿了。

摸了一下饿了的肚子，她抬起头，看见自己面前放了两个包子。

"你写完了吗？"时新月小声问她。

"啊……嗯，写完了。"

时新月点点头，然后笑了。

她说："我听见你哼歌了，真好听。"

说着话，女孩盖上了自己面前的本子，挡住了两行字：

四十一岁的年景里，有一场十六岁的自己，谁在让我放弃，我在让我放弃，却被人走进了记忆。

琴行二楼的声音传到了一楼，是欢快又激烈的吉他 solo。

琴行老板眼睁睁看着谭启鸣从自己面前转移到了楼梯口。

"上面是何雨家的小姑娘，你这老头儿别去打扰人家。"

"何雨的女儿？"谭启鸣有些惊讶。

老板点点头。

谭启鸣想上楼，又停住了脚步："她们这是在准备什么表演吗？你知不知道歌是谁写的？"

老板笑了："听也能听出来是谁写的。"

随着音乐的节奏，老板晃了晃他日益丰盈的肚子。

谭启鸣在楼梯口站了很久，走的时候，难得是开心的样子。

于桥西找到何雨的时候，表情难得有些犹豫不决。

"雨啊，你……"话到了嘴边，她还是有些说不出口。

你心里是不是真的存了一份念想，所以你们娘儿俩才换不回来？这些年我一直没问过啊，把自己从前喜欢的东西都扔了你甘心吗？

何雨看了一眼时间，说："桥西，我要去练吉他，你要不要陪我去听听？"

所有想说的话在一瞬间被于桥西忘得一干二净，她瞪大了她那双本来就很大的眼睛。

"看你傻的，怎么了？我又不是手断了，还不能弹吉他了？"

于桥西没说话，嘴唇在抖，她仔仔细细地看着自己的朋友，看着那张十六岁脸庞上的笑容。

何雨有些嫌弃地挥了挥手说："喂！你别跟我来这套啊！"

那张脸上是有光的啊。

于桥西"啪"地拍了一下桌子，忍无可忍之下，她破口大骂："何雨你就是个大傻子！我做了什么孽跟你认识了这么多年！你能不能让人省点儿心！你憋个屁啊天天跟我这儿？！啊？你这大傻子！"

"你才是大傻子！

"四十几岁的人了你哭什么呀？"

"我给傻子哭呢！你这时候别逗我啊！"

于桥西一边骂人，边抹了一下眼睛。

窗外的阳光稀疏洒落，于桥西却觉得天气很好，是情绪释放后的轻松，也是尘埃落定的喜悦。

何雨依然是何雨，但也是不一样的何雨了。

她如此愉悦，如此年轻。

何雨原本是想在家里给默默唱歌听的，可有个非要跟她一起的林颂雪，那架子鼓要摆进她家可真是麻烦。

最后，在于桥西的坚持下，何默默接到电话说让她去桥西阿姨的店里。

那是五月的第一个周日。

本来是天气很好很好的一天，在何默默走进咖啡馆的时候，天却阴了下来，仿佛即将下一场温暖的雨，为了这一场不知道何时注定的约会。

咖啡馆里，有一个女孩站在简陋的"舞台"前面，她抱着一把红、黑、白三色的吉他。

看见何默默走进来，她的手指在吉他上拨弄出了一阵华丽的弦音。

"大家好，欢迎来到这一场不会改变什么，只是让一个人可以自我介绍的个人演唱会。"说着话，何雨走到了何默默的面前。

她脸上的笑渐渐消失。

她看着自己的女儿。

这是她的女儿、同行者、生命中的支撑，是……是一面镜子。

她从女儿的身上看见了憔悴的、不堪的自己，看见了自己渐渐荒芜的人生，看见了自己的痛苦和无奈。

这个叫何默默的十六岁女孩，也不只是镜子，还是一根火柴，执意点亮别人的一段人生。

这个别人，也许恰好而又幸运地，是何默默的妈妈。

于是笑容又回到了何雨的脸上。

何默默也看着她。

在别人的眼中，中年女人抬起手，抱住了眼前的少女。

"妈妈，我一直想告诉你，我很幸运，因为你是我妈妈，我也很幸运，因为你，你是何雨。"

含着泪的眼睛闭上，再睁开，何默默的手上一沉，她看向手里抱着的吉他，又看向自己面前的女人。

那双眼睛里映着一个傻乎乎的十六岁的女孩。

"嘀——恭喜两位完成了这段理解对方的旅程。"

伴随着怪异的声响，何雨眼睁睁地看着自己手腕上的手表变得平常。

12:01，十二点过一分。

困住了她们的"一天"突然消失，一切轻巧得近乎儿戏。

何默默的耳边似乎轻轻响起了一句话："恭喜你，解答成功。"

"这……我……手指头生了呀，吉他白练了！"何雨低头看看自己身上穿着的女儿审美的衣服，再看看女儿穿着黑色的亮片小外套，"衣服也白换了。"

"哈哈哈……"何默默笑了起来，然后，又清了清嗓子，"咳咳，欢迎大家来到这一场不会改变什么，只是介绍了一个人的个人演唱会，下面我给大家介绍一下演唱者。

"她叫何雨，短期人生目标是开一家自己的服装店，长期目标是让自己未来的每一天都变得有趣起来。她的人就像她的名字一样，是上天馈赠给这个世界的滋养，是不肯停歇的声响，是万有引力的证明，是无处不在的湿润，她经历四季，却依然是雨的本身……即使爱因斯坦站在这里，她也会得到赞美。"

如果默默的语文老师在这里，大概会哭吧。

这么一想，何雨脸上的笑容更灿烂了，她拉住了女儿的手。

"大家好，我是何雨，我身边的这个人是何默默，她总是很沉默，可她的内心有很多很多想法，这些想法都很温暖，所以有很多人喜欢她，我也喜欢她，我很爱她……不只是因为她是我女儿，我爱她。"

沙发上，于桥西翻了个白眼。

这里除了她和架子鼓后面站着的林颂雪也没有别人了呀，这母女俩怎么跟唱双簧似的还演上了。

她拍了拍沙发，说："哎呀，换回来就赶紧唱吧！"

在一旁静静看着的林颂雪坐在了鼓的后面，用鼓槌的末端蹭了一下眼角。

何雨张开双臂，看着何默默把吉他送到了自己的怀里。

"谢谢。"

"还有一句话我要说。"女孩有些害羞,她看着那双明亮的眼睛,然后笑了。

"我爱你。"

看着何默默番茄似的脑袋,何雨抬了一下眉毛,抱着"红雨"走向了"舞台"中间。

吉他被奏响的时候,天花板仿佛都在晃。

鼓声里,第一句歌词从何雨的口中迸溅了出来。

我有一个梦想,

灵魂见到猫王。

对他说 That's all right,

听我的歌也让你坠入爱河。

年少无畏,物是人非。

我把自己唱成雨的宝贝,我也把自己唱成了下水道里的狼狈。

可悲,谁都觉得可悲。

二十多岁命运教诲,三十年纪雨打风吹。

一转眼,

而立,疲惫,不惑,后悔;

唯独剩了一件宝贝。

嘿,妈妈,看看你是谁?

四十一岁的年景里,有一场十六岁的自己。

谁在让我放弃,我在让我放弃,却被人走进了记忆。

十六岁的年纪,她却已经四十一,走了长长的距离,看到了崩塌的痕迹。

是谁在看着这里?

她和我并肩站立。

吉他藏在角落里,她看见了回忆。

后悔,舍弃,疲惫,远离,

是你,十六岁的你,

是我自己。

我站在遗迹里,有点不那么乐意。

求你不要放弃,

求我不要放弃,

废墟里的吉他很着急。

听见了吗，废墟里的吉他很着急。

它说它不想死在这里，

吉他说它不想死在夜里。

十六岁的吉他在哭泣，四十一岁的吉他说它不想死在夜里。

番外一
后来的我们

/ 有这么多的喜欢和爱如光相随，她已经能明白很多事并不是因为自己不够好。 /

- 默老大 -

升上高二之后，因为选择了物理化学生物，何默默留在了二班，调整后的高二（2）班走了不少人，也来了很多新面孔，这对何默默来说还是有了一定的困扰，因为叫她"默老大"的人更多了。

何默默从来没想过，和妈妈的一场交换，让她的学校生活也发生了巨大的变化，从前她考第一不过是考第一，现在她考了第一，都会有人对她竖着大拇指说："我们默老大，文武全才！"

不是，没有，别瞎说。

何默默本以为在商场工作那么久，自己的社交障碍大概会缓解很多，现在她觉得自己的社交障碍大概这辈子都治不好了，毕竟她再卖八百年衣服也不会被人围着说"文武全才"。

同样留在高二（2）班的还有盖欢欢和薛文瑶，不过调整座位的时候她们都离开了何默默。

面对两个女孩离开时候的依依不舍，何默默努力抑制住了想要缩起肩膀的渴望，在对方拥抱自己的时候抬起手拍了拍女孩的肩膀。

新的同桌是个女孩，也是个何默默知道名字的女孩，叫谭启葳。高一最后一次期末考试她只考了全校前十，坐在何默默身边的她，满脸写着"我下次一定赢"。

不过，过了一个礼拜，她就被调开了，因为纪律巡查的老师一周的时间里七次抓到她晚自习的时候不学习看着自己的同桌。于是仍然给二班担任班主任的任晓雪老师当机立断把她调到了何默默前面的前面，让何默默成了谭启葳绝对的视觉死角。

何默默没什么反应，倒是有同学哈哈大笑，还起哄说："粉丝就应该离偶像的生活远一点。"

其实何默默并没有在学校里待几天，九月初就是物理竞赛的预赛时间，她顺利通过预赛，还要准备理论复赛和实验复赛，物理老师恨不得跟她变成两棵树，牢牢种在学校的物理实验室里。

九月底，她成功进入省队，在省城的实验高中里参加集训之后，十月的全国决赛，她获得了金牌。

物理老师又高兴又惋惜，2分之差导致何默默没有进入全国前五十，无缘清华的物理冬令营。

反而是何默默安慰他："老师，您别难过。"

"一开始你进了省队，老师觉得这就足够了，现在看到这个分数，唉，你努力了好几个月呀！差点儿就能保送清华北大了！"

事实上作为一个只准备了四个月的竞赛选手，何默默能取得这样的成绩已经是相当了不起了。国内有很多"超级名校"从初中就开始选拔竞赛苗子，这些竞赛苗子放弃常规课程，通过长期的专项训练拉升竞赛成绩，不管是这些学校是师资投入还是学生日复一日的付出都远不是市一中和何默默能比的。

何默默也已经是市一中创校以来唯一一名在全国中学生物理竞赛中获得了金牌的学生，上一次有人国赛拿金奖还是在十六年前的数学竞赛。

晚自习结束的时候，学校门口和篮球场两边都已经挂上了红彤彤的横幅。

那些横幅把何默默的耳朵映得通红。

"默老大！恭喜你呀！"

"默老大，你也太厉害了！"

同学们的声音从四面八方传来，让何默默觉得走出校门的这段路特别长。

有高一刚入学的小孩儿转头看着说："哇，那个就是何默默学姐啊！全国金奖，好厉害啊！"

说完，就会被高二的男生教训了："叫学姐能体现出默老大的牛吗？都叫默老大！"

"去去去！看热闹少不了你们！"林颂雪骑着自行车从后面冲上来，直接拨开了两个男生。

她手里拎着自己的校服外套，想盖在何默默的身上。

这时候何默默转过头来看她。

何默默的双眼亮晶晶的，嘴角有一点点弧度，是在笑的。

林颂雪愣了一下，也笑了。

有林颂雪在旁边，其他的同学都慢慢散开了。

快走到校门的时候，何默默突然听见耳边又有人叫自己"默老大"。

是林颂雪。

"默老大，被很多人喜欢，是不是挺好的？"

"嗯。"即使浑身僵硬，步履艰难，但是心中隐秘的雀跃不能否认，"我去参加比赛的那天，好多人都给我加油了。"

路灯照下来，每个人的影子都在她们的脚下。

"他们都没我喜欢你。"

"嗯。"

"是你先走向我的。"

"我不记得了。"

"何默默！你怎么学你妈调戏人啊？！"

"因为我是默老大呀。"

十六岁的少女抬起头，看向初冬的天空，也看向前方。

穿着驼色外套的妈妈站在不远处，笑容灿烂，对着她张开了双臂。

差一点就保送了，真的没有关系。

有这么多的喜欢和爱如光相随，她已经能明白很多事并不是因为自己不够好。

- 带月亮一起旅行 -

虽然没有进入国家队的大名单，在高二的寒假何默默还是去了北京。

因为时新月中奖了。

时新月喜欢的那个女明星每年都会搞许愿活动，时新月在网上晒出了自己从全校第六百名进步到了全校前一百名的成绩单，在努力和幸运的加持下她获得了可以去北京参加演员春节见面会的活动。

因为时新月还是个学生，对方主动提出承担三人份的来往高铁票和住宿费用。

时新月和时招娣家里就两个人，于是她邀请了何默默。

一开始何默默并不太想去，一方面是之前她准备比赛一直在外面，妈妈开店之后很忙她也没能帮忙，她想要多陪陪妈妈，另一方面是她觉得时新月真正认定的好朋友是自己的妈妈。

何雨明白女儿在想什么，说："我也买票，咱们一起去不就行了？正好我那个店关门到初六呢。"

年前，何雨的"雨不停"生意好得不得了，她从广州和上海联系了几个质量、设计都不错的小品牌，因为选品和质量都不错，不仅从前在 BO 时候的老客户们蜂拥而至，新的回头客也不少。

六月底开的店，何雨招了一个店员，到了九月，两个人就已经忙不过来了，十一月的时候时招娣工地上的项目结束了，何雨就把时招娣拉来了自己的店里帮忙。

一开始时招娣有些放不开手脚，她不懂什么流行什么板型，穿着何雨硬塞给她的"工作服"每天专注于倒腾货架和收拾别人穿过的衣服，月底何雨给她工资时她还觉得自己拿得心虚。

北方冬天风大，工地上石灰、沙土掩盖得再及时，一阵风出来还是少不了劈头盖脸的疼，别说时新月了，就连何默默都不希望时招娣继续在工地上卖力气。

"别着急。"何雨笑着对自己女儿说，"换行这事儿不容易，先让你时阿姨摸熟了再说。"

时招娣体力好，肯吃苦，很多来找何雨的老顾客一开始都觉得她跟服装店格格不入，后来也都发现她这个人挺好的。

正巧十二月初是时招娣的生日，何雨拽着她去收拾了一下发型，又选了一身有点潮的黑色毛衣加牛仔裤，这天时招娣在店里干活的时候，总有人盯着她看。

两个二十多岁的女孩一边选衣服，一边小声说："这个姐姐好酷啊。"

买衣服时候喜欢听时招娣意见的人渐渐多了起来，到了年根儿，何雨再说起明年打算把店铺怎么弄，时招娣已经不会说"我开年就走，你别跟我说"这种话了。

这次去北京，时招娣用了好几天确定自己的女儿不是被骗了之后也挺高兴的。

被困了半辈子的她希望自己的女儿多长长见识，就算不是北京，上海、深圳、杭州、成都……天南海北，能飞就好。

她没有钱，没能成为一棵能庇护自己女儿的树，她唯一能做的，就是在自己的女儿张开翅膀的瞬间不要阻拦女儿。

高铁上，何雨发现何默默一直在念念有词。

她一开始以为女儿大年初一坐火车还要学习，听了好一会儿，她差点儿笑出声。

"您好，虽然我是陪朋友来的，但是我一直很喜欢您在《跳舞的小象》里面饰演的林秋，希望以后能看到您有更多更好的电影作品。

"您好……"

何默默没有发现自己的妈妈正忍笑忍得很辛苦，为了防止自己在见到那个自己也很喜欢的女演员的时候僵硬成一块标本，她在努力锻炼自己的舌头。

何雨笑得在自己腿上挠了一下，才小声说："默默，北京的博物馆里有爱因斯坦的照片吧？"

何默默转头看向她。

"你不是想对着爱因斯坦做那个瓦肯人的手势……"何雨还记得那些何默默想做而没有做的事情。

何默默呆了一会儿，才小声说："我想考上清华物理系之后再去做。"

"好，到时候我给你拍照。"

为期三天的见面会行程没有她们四个人想象中的那些大场面，一共连人带家属三十个人，大家一起吃了个饭。

签名、拍照、送礼物……明星送粉丝礼物，搞得时招娣还挺不好意思，连忙说"不能连吃带拿"。何默默如愿说出了自己想说的话，她也得到了那个女演员的签名、拥抱和笑容。

最高兴的当然是时新月，那个温柔又明亮的年轻女人站在她面前，问她将来有什么梦想，时新月小声说自己希望将来能学法律，当检察官或者律师。

说完，她忍不住哭了。

"我喜欢您演的每一个角色，她们陪着我走了很长很孤独的一段路，现在我走完了，我以后一定会更好的。"

女人看着她，笑着说："等你达成梦想的那一天，我还请你吃饭。"

她给时新月的照片上写的是——

致一往无前的月亮：

　你在前，影子在后，就是每一个不停前行的夜晚。

池迟

- 孩子们的高考 -

在林颂雪走的前一天，何默默请她吃饭，问她想吃什么。

林颂雪说想吃肯德基。

于是她们一起去了初中时候一起去的那家店，寒假的肯德基里人声鼎沸。

"据说美国的肯德基根本就没有国内的好吃。"咬了一口汉堡，林颂雪对何默默说，"而且也没有你陪我吃了。"

"你会有新的朋友的。"

"肯定啊，难道你以为我离开你就会过得不快乐，连朋友都没有吗？"说这句话的时候，林颂雪笑了。

何默默没笑，她分了一块上校鸡块，放在了林颂雪面前的薯条盒子上。

于是林颂雪笑不下去了。

"我会长大的。"她说，"其实，在遇到你之前，我真的想过当哪吒，割肉还父、还母，这样我就不欠他们的了，我也不用每天都把自己分成好几份去生活……幸好遇见了你，何默默，哪吒看见孙悟空的时候，一定很开心。"

"孙悟空？我吗？"

在何默默的心里，孙悟空接受了三年教育，顶多算是初中学历，当然，没有人不喜欢孙悟空。

"我，不是……"

"你是。"

林颂雪抬起手摸了一下自己的后脑勺，那里有一个新的发卡，是去年过生日的时候她让何默默送给自己的，尽管何默默说自己兜里还算富裕，可以送一个更贵的礼物，比如项链或者鼓棒，她还是选择了发卡。

她走了没多久，何默默收到了一条视频。

是林颂雪在一个音乐教室里跟几个年轻人一起合作的，他们演奏了一首《闹海》，听见了前奏，一旁的何雨拿起了自己的吉他。

手机的内外，跨越大洋的距离好像一下子缩短了。

"好听吧，这是我写给小雪的。"弹着吉他的何雨得意扬扬。

又过了一年，林颂雪成功考入了美国的一所知名音乐学府。

事情闹得很大。

她没有按照她父亲的安排去读商科，让她父亲暴怒到了极点，停掉了她的学费。

但林颂雪没在怕的，她靠着音乐表演在自媒体平台成了一名网红，加上奖学金，她的收入已经能够维持她自己在国外的生活。

她最开始出圈的一首歌，叫《爸爸请道歉》，这也是她自己写的第三首歌，曲子是何雨帮她谱的。

最后一句歌词是："我脱下你的所有赠予，我撕掉你的计划书，我努力活下去，能等到你的道歉吗？"

林颂雪的"高考"结束之后，何默默也迎来了一场自己人生的"高考"。

很巧，考题也是"父亲"。

不过，这是一场何雨代替女儿参加的考试。

李东维从美国回来了，在"热心人"的帮助下，他找到了何雨。

然后他看见即将四十三岁的何雨开了一辆新买的白色奥迪 A4 停在了自己眼前。

何雨这两年过得很辛苦，认真想要开好一家店是很累的，好在她有了新的解压方式，就是写歌、唱歌。越累越高产，于桥西都佩服她一把年纪了突然还爆发出了这种精力和魄力。

何雨觉得自己像是一辆脱轨的小赛车，被摆回到了赛道上之后恨不能将电池里仅剩的每一点电都用来跑得更远。

最开始，她只是写和唱，自娱自乐外加给女儿和朋友们听。

林颂雪唱她写的歌之后反过来鼓励她也开了新媒体的账号，何雨偶尔发一点视频，竟然也很快有了几万的粉丝。

最先找来的是想买音乐版权进行翻唱的歌手，接着，很多事情就如约而至，像梦一样。

有那么一两个月，何雨每天起床都要问何默默："默默，我现在不是在做梦吧？我现在是醒着的吧？"

一开始何默默还会被她逗笑，后来何默默的回答就是冷静地去洗手间用冷水洗手，然后冷静地把手放在妈妈的脖子上帮妈妈冷静下来。

"其实我这次回来，除了想看看之外，也想带晓笛去美国。"

番外一·后来的我们

这是何雨想象过无数次的画面。

李东维西装革履，扎着领带，人模狗样地坐在自己面前，他说要带默默走，然后自己连个笑脸都挤不出来，低着头，费了吃奶的劲儿说："那我得问问默默。"

可拉倒吧！

"她不想去。"

李东维："……你至少应该问问孩子。"

"全校都知道何默默是将来肯定进清华的好学生，你以为你能给她什么？你以为她能看得上你给的东西？还是你以为我就那么没用，什么都给不了她？我告诉你，李东维，你别打回来抢孩子的主意了，她眼看就十八岁了，她这辈子最看不起的就是没有责任感的人。"

再次看见李东维，何雨自己都没想到，她的心里竟然没什么情绪。

她明白这个男人的目的，同时也明白这个人已经再也不能伤害她和她的女儿。

"人还是得让自己往好了过，拼了命地往好了过，人好了才能什么都有，最重要的是有了底气。"回了店里，她把自己的感想告诉了时招娣。

现在时招娣已经接管了店里一半的事，很快还要接下更多。

因为何雨打算开一个更大的店。

李东维的出现并不值得一个篇章的描绘，何雨很快就把他抛到了脑后，她开始研究过几天一个音乐访谈节目自己该穿什么。

拿起一件衣服，她突然笑了。

"我怎么就不怕了呢？"她问自己。

此时，她的店里还在放着她的歌："生活没给我智慧，年纪越大只换了岁月落灰，转眼四十多岁，干多了事与愿违，不如扯下标签放自己飞。"

时间继续向前，留在国内的孩子们向着高考冲刺。

最先有了结果的是李秦熙，他成功通过了北影的专业考试，以他的文化课成绩来看，可以说他已经提前锁定了入学名额。

高三的时候何默默并没有参加又一次的全国中学生物理竞赛，她把自己的全部注意力都放在了高考上。

又一年蝉鸣聒噪，何默默成了市高考状元，全省第二，成功考上了清华物理系。

时新月过了一本线 30 分，考上了北京一所理工学校的法律专业。

她超强的记忆力让她在高二选科之后成绩突飞猛进，唯一的数学短板也因为加强学习而变得不那么差了。

其他人也都考得不错，盖欢欢考上了军校，薛文瑶去了广州上医科大学，贝子明考上了省里最好的大学，谭启葳的成绩比这些人还要好一些，去了浙大读生物工程。

何默默考上清华，何雨跟她商量后，替她请了一些亲近的同学还有老师。

说实话，人数比何雨想象中的多多了。

谭启葳带来了一把白色的吉他，正是当年"何默默"跟她借的那一把。

"何默默，你能给我签个名吗？"

何默默眨眨眼，她看见琴背上已经有了一个名字。

是"何雨"。

当初这把吉他是何雨去还的，还是还给了谭启鸣，知道他数落过自己的女儿，何雨抱着吉他给谭启鸣 solo 了一把，算是替女儿出气。

这个签名就是她弹完了之后，被突然特别开心的谭启鸣邀请签上去的。

嗯，谭启葳想把这把吉他拿出来，怕是经历了不少何默默和何雨所不知道的艰辛呢。

何默默拿起笔，在妈妈名字的前面写下了自己的名字。

她永远感谢这把吉他，也感谢那段交换的岁月。

再次来到北京，是距离大学开学还有半个月的时候。

正好何雨来北京跟音乐公司谈新歌录制出电子专辑的事。

她们一起去了科技博物馆，然后在爱因斯坦的照片前面，完成了何默默一直想做而没做的那件事。

- 他们的后来 -

同在北京，最初李秦熙会经常去找何默默，他怕她认生，怕她不适应新的环境，也怕她好不容易有了笑容的脸又冷了回去。

一来二去，何默默的同学也都知道了李秦熙——一个事无巨细关心何默默的大帅哥。

有一天，何默默忍不住对李秦熙说："你真的很像个姐姐。"哥哥是没这么细心的。

李秦熙有些无力地想，当姐姐也行，毕竟何默默的同性朋友跟她更亲近。

他不在乎在性别问题上委曲求全。

上了大二之后李秦熙开始拍戏了，大学还没毕业，他就已经有些名气了，可以演偶像剧的男主角了。

很多人喜欢他，他也有了很多的工作机会。

红了的人总是很忙的，忙到他忘了一些期盼和向往。

有一天，他从酒局离开，带着一身酒气坐在保姆车上，听见自己的助理在看视频。

"看什么呢？"

"熙哥，在看介绍新航天项目的研究员呢，有个女研究员长得真好看，才二十六岁，已经是博士了。"

李秦熙用手臂盖住了自己的眼睛。

听见自己的助理说："……叫何默默。现在这视频可火了，好多人都是在看她，好酷的小姐姐。还有人说她是何雨的女儿，林颂雪的好朋友……哇，妈妈那么好看，朋友也好看，都好有才华……"

"她小时候就好看。"李秦熙说话的声音很小，"像个漂亮的娃娃……"

可那个娃娃不属于他，不是娃娃走丢了，是他……

他有半年没有联系何默默了吧，她一定已经把自己忘了。

掏出手机看了一眼，李秦熙又捂住了眼睛。

"何默默，我能送你回家吗？"这句话他明明练习过很多次。

几天后，李秦熙独自开车外出，出了车祸。

他睁开眼睛，看见有人在病房外跟医生交涉。

那个人长发及肩，眉目清淡得有两分冷又因为嘴型好看而显得乖巧，看见自己醒了，她快步走了进来。

"软组织挫伤，左臂骨折，其他没什么问题，李秦熙你照顾别人都那么仔细，怎么不会照顾好自己呢？"

完好的那只手的手指伸展又握紧。

李秦熙深吸了一口气，能感觉到身上的疼痛。

"我的腿还好吗？"

"你的腿没事。"何默默坐在病床旁边，在想李秦熙是需要水还是苹果。

李秦熙笑了："腿没事就好。"

这样，我还可以奔向你，像我年少时向往的那样。

番外二
音乐与爱因斯坦

/他喜欢何默默，不是暗恋，是除了何默默之外所有人都知道的事。/

- 大雨滂沱，阳光闪烁 -

"现在的人是有钱了，也闲了，以前这些乐队来咱这搞个小场子，票都得送。现在是花钱买都买不着，那些人还高价找黄牛！什么时候在家门口听个乐队还得找黄牛了？这世道是越来越稀罕人了。"

琴行的老板一边整理着满地的电线，一边嘟嘟囔囔，坐在凳子上的女人笑着说："这不好吗？唱歌能赚钱了，唱歌的人就多了。"

"真赚钱的永远是顶尖儿的。"

春风把杨絮吹得满街飘，有那么几朵顺着门帘偷溜了进来，老板嫌弃地拿起扫把。

"你以为谁都跟你似的，一把年纪了还能再混出来？多的是熬不出来的。"

"我也没混啊。你说话就非要连着我一块儿损一顿？"女人低头擦着吉他上的琴弦，她修长的手指在银色琴弦上轻轻拂过。

老板转头看见了，摇头苦笑："我之前真以为你放下了，没想到一把年纪还是个痴。"

"心里有柴，什么痴都能烧。"女人擦完了琴弦，打开连着吉他的音箱开始调音，校音器上的数值刚到了标准数，她就停了下来，都不用去看就知道是对的。

"这酸溜溜的话让你何雨说出来可真别扭。"老板把音箱的声音调大了点儿，"哎，对了，谭启鸣上次来的时候还问过你呢，下个月那个'月圆之夜'开业，他也去。"

337

随着各种类型的音乐都开始有了热度，各种室内小型音乐场地也开始盈利，城里有个酒吧老板就开了个新的 Live house（小型演出现场），叫"月圆之夜"。

指尖流淌出一阵欢快的音乐，何雨抬起眼睛笑了笑："他想干吗就自己跟我说，怎么还让你在中间传话？"

"咱可没传话，这不就说起来了嘛。"

琴行老板笑了两声，当年梳着两根小辫儿的何雨跟着她爸第一次来琴行的时候，他刚从广东闯荡了一圈回来把家里的五金店改成了琴行，这一晃也是几十年过去了。

猫王 *Jailhouse Rock* 的伴奏倾泻而出。

温柔大方的皮相，偶尔不羁的灵魂，在音乐里碰撞在一起，嘻嘻哈哈，噼里啪啦。

"Let's rock everybody let's rock. Everybody in the whole cell block. Was dancin' to the jailhouse rock."

谭启鸣刚打开车门就听见了歌声，不是琴行老板放的音源，歌声清亮里透着愉悦，是能勾着别人跟它一起快乐起来的不拘和轻快。

抱着吉他的女人腿搭在一个条矮凳子上，听见有人进来也没抬头。

谭启鸣没看她，只管问老板："之前跟你说的那个……"

"哎！"老板一脸的受不了，"老谭啊，你这可就没意思了啊，人在那儿，你好歹打声招呼。"

谭启鸣这才看向了何雨。

他也没打招呼，而从琴箱里把自己的贝斯取出来，插上电，很快，吉他声里就融入了更低沉的音色。

用力拨弄着琴弦，谭启鸣看向那位"主唱"，看见她脸上是愉快的样子，于是他也笑了。

很多年前很遥远的一眼，那之后沉在新湖之底的梦，在这一刻都重新有了一层令人可以微笑的底色。

唱完了一曲，何雨笑着抬起头，却又听见一串滑音，她看向谭启鸣，他正垂着眼拨弄琴弦。

这次是何雨新歌的前奏。

"上一个大雨滂沱的日子是哪天？被风掏空了大脑的那一天，是送葬了旧日的那一天，是听到了新生的那一天……"

这首歌的名字，叫《那一天》。带一些酸涩但是节奏澎湃的歌，何雨唱的时候是尖锐的，像是有刀锋突破了层层的罩子。

谭启鸣唱的时候却有一分不一样的温柔。

也许是因为，何雨的新生是破障而出。

而他的新生，是在很多年前的那场演出上。

十八岁的谭启鸣看着舞台上二十一岁的何雨。

谭启鸣喜欢音乐喜欢到了十四岁，藏在循规蹈矩好学生的皮囊之下的他会唱流行朋克，不喜欢当时正当红的新金属风格，他甚至会写嘻哈唱词，关上房门假装自己是个黑人歌手。

他爸爸是城建局的事业编员工，妈妈是国营商店的出纳，在他们两个人几十年的人生经历里，人只有一条路——稳稳当当的路。

谭启鸣十二岁那年，他妈妈工作的那间国营商店卖给了私人，他妈妈从工作了十几年的地方退了出来，铁饭碗被砸个稀碎，能干的女人先行一步做起了生意，不到两年就红红火火，收入比之前多了好几倍。

与此同时，城建局也开始和私营建筑承包单位合作，他爸爸的编制还在，油水却没了。

家里从此天翻地覆，随着经济地位的变化，原本和睦的家庭向十四岁的谭启鸣展示了完全不同的一面。

有一天，他的家里突然爆发"战争"，在妈妈的哭诉中，谭启鸣知道早在一个月前，他爸爸因为受不了工作上的落差而辞职，每天号称上班，其实是去看人下棋。

喝醉了酒的爸爸砸碎了他的木吉他。

"唱什么？你就好好学习！读书、当官！这样才没人能给你脸色看，知道吗？"

没有了吉他的谭启鸣好像一瞬间失去了很多东西，那些东西很细小，很琐碎，在很多人的眼里不值一提，却能让谭启鸣获得短暂的快乐。

他的笑容经常还没维持到嘴角就消失了。

他好像每天都能很认真地学习，心里却是空荡荡的。

父亲很快就找到了新的工作，工资比从前高，家庭关系又和睦起来。

只有谭启鸣，他并没有获得一把新的吉他，父母给出的理由是他已经上了高中，应该把心用在学习上。

这个世界上什么都在变，只有"父母与孩子"这五个字，大概是永远不会变的。

明白了这一点的谭启鸣认命了，他循规蹈矩按部就班地好好学习、好好考试，考上了好好的大学。

然后在某一天，一场暴雨浇在了他的头顶。

那一天晚上，谭启鸣大脑空空，他根本不记得自己是怎么离开的酒吧，等他回过神，他已经在学校外面的树下站了一夜，一直哼着他听到的歌。

他只是坚信那个把漫天大雨裹挟而来的女孩一定对他眨了眨眼睛。

因为有雨滴落在了他的眼睛里。

陈旧的仓皇成了无可诉说的委屈，长大的少年被一场雨洗去了心上所有尘埃似的疼痛。

之后的很多年，他都用一场暴雨来形容当年的那一场遇见。

"……身体里有新的我，一半在湿润一半在烧毁。在大雨滂沱的日子，雨滴里的我在看着新的我。"

最后一个小节结束，谭启鸣抱着贝斯轻轻喘息。

贝斯有些发热，是记住了他身体的热度。

"写得很好，你的歌。"

女人点点头："你唱得也不错。"

何雨站了起来，抱着吉他，拔掉了吉他的线。

"走了。"把"红雨"小心装好，她背上琴箱，摆了摆手说。

门帘发出轻微的响动。

琴行老板叹了一口气，恨铁不成钢："你就让她这么走了？"

谭启鸣低下头，调整自己的贝斯："慢慢来。"

"还慢慢来？你再慢慢来人家身边的人可越来越多了！比你年轻的比你好看，比你年纪大的比你有钱，唉，到时候看你再怎么办。"

谭启鸣没有说话。

他其实什么都说了，剩下的就是等待一个答案。

- 大家好，我叫爱因斯坦 -

大家好，我叫爱因斯坦。

我是一只猫。

关于为什么我没有像其他的猫一样叫什么咪咪、二丫之类的，因为"供奉"我的"铲屎官"崇拜爱因斯坦。

这个名字代表了智慧，所以我就叫爱因斯坦。

我是一只聪明的猫。

我的铲屎官是在一个下雨天把我请回家的，那天我正对着雨作诗，喵到第三行的时候，铲屎官出现了，用柔软的棉织物把我包裹进了新的领地。

如果你问——作为一只猫，我为什么会知道棉织物这种概念？

因为我是一只聪明的猫。

作为一个雌性人类，铲屎官的生活非常枯燥，太阳出现，她就离开了我的领地，等我睡到晚上，她才会再次出现。

每次在夜晚出现的时候，她都会向我"供奉"她带回来的食物，和平常我吃的颗粒状食物不同，她带回来的食物是柔软的，还有丰沛的汤汁，我每次吃完这种食物都要比平时多洗脸二十下。

我喜欢柔软的食物，所以吃完之后我也不会拒绝铲屎官接近我并且膜拜我。

今天和平时不一样，有个奇怪的雄性人类进入了我的领地。他长得非常高大，身上有陌生的气味。

我对他发起了攻击。

"别闹别闹，爱因斯坦，我是你的主人何默默安排来喂你的！"

李秦熙面对着嚣张跋扈的白色长毛猫，就差把双手举过头顶以证清白。

盘踞在猫爬架最顶端的猫还是用金灿灿的眼睛死死盯着他，半分钟之前，李秦熙的脸差点儿被这只猫给抓成渔网。

几秒钟后，李秦熙弯腰从猫爬架后面的盒子里拿出了一个猫罐头。

何默默说她每天晚上都会喂一个给爱因斯坦……说起来，这只猫脸上凌乱的白色长毛确实有点像那位伟大的物理学家。

他打开罐头，喂给猫。

看着猫咪戒备地走过来然后经受不住诱惑地埋下头狂吃，李秦熙突然感受到了养猫的成就感。

他伸出手想要摸摸顶着毛毛尖儿的猫耳朵，猫咪却突然戒备地甩了下头，金色的眼睛盯了他半秒。

看着低下头继续吃猫罐头的猫，李秦熙失笑。

"你还真有点像你的主人。"他忍不住说，与此同时试探性伸出的手又停在了猫咪防备的目光里。

猫咪叼着一块罐头里的吞拿鱼，作势要后退。

李秦熙只能屈服，他一屁股坐在地上，再次居高双手，说："好好好，我不碰你，你接着吃吧！"

趁着猫埋头吃粮的时候，他环顾四周，这里是属于何默默的房子。

四十多平方米的单身公寓里有一室一厅和一个厨房，开放式厨房的地面是米色的，还有一个白色的冰箱，冰箱上面用音符形状的冰箱贴整整齐齐地贴着一些表格，应该是她采购食物之后记下的购买时间。

炉灶有使用过的痕迹，却也很干净。

有个粉色的碗被放在原木色的餐桌上，应该不是何默默自己买的，但是很可爱。

看了一眼还没吃完罐头的猫，李秦熙小心翼翼地站起来去拿起那个碗，洗干净，擦干净，放进了碗柜里。

第一次来到何默默的住处，这是李秦熙唯一敢做的事情。

今天，何默默的实验突然有了意外的突破，她要立刻赶往外地进行实地的实验测试。

已经工作的时新月在外地跟一起家暴案，不能来帮她喂猫铲屎。

其他的同学和同事也都没有时间，她才不得不拜托了正好没有在拍戏的李秦熙。

李秦熙当然很愿意，何默默愿意信任他，已经足够让他高兴了。

这是一个没有划分会客区的小房子，餐桌好像也充当了茶几，正对餐桌的位置有投影仪的幕布。

一整面的墙壁都是书柜，里面的各种物理和数学相关的书籍摆放得整整齐齐，书桌上面有很多的笔记本，每个本子里都夹满了字条和书签。

还有几个相框。

李秦熙不需要细看，就知道那些照片一定是何默默和何阿姨的。

这几年何阿姨作为国内少见的女性摇滚唱作人，先是靠着作品在网络上崭露头角，去年有一部中年生活题材的电影《半生》，结局的一场戏导演设计了一个正在抱着吉他唱摇滚的女人，大雨倾盆，女人只有一个在公交车站的背影。

她唱的是那首《不死》。

这个背影自然是何雨阿姨的，电影的票房不错，这首歌红出了圈，何阿姨也红了。

他上个月还听说有音乐相关的综艺想要找何阿姨当评委。活泼可爱的何阿姨，终究被这个世界看见了她重重标签下的样子。

没有冒昧地走过去端详照片，更没有进卧室，李秦熙铲掉了猫砂盆里的猫屎，洗了洗手就准备离开。

吃完了罐头的爱因斯坦已经趴在椅子上蹲着，用爪子梳理着胡须，偶尔用圆滚滚的眼睛看他。

第三次想要摸摸猫，李秦熙刚伸出手，就听见门突然响了。

"爱因斯坦，你妈妈今天不在，我给你带了好吃的虾仁……"

年轻的女人输完密码开门进来，吓了一跳。

李秦熙也吓了一跳。

"李校草？你怎么在这儿？"

"林颂雪？你不是在美国吗？"

一头红色波浪卷发的林颂雪把巨大的行李箱拉进房间里，看了一圈，她笑了："趁着主人不在，李校草是要偷猫？"

李秦熙笑了："我为什么要偷猫？"

"那就是图人了。"林颂雪一屁股坐在自己的行李箱上，仿佛自己才是这个房子的主人。

她笑着跟打量她的爱因斯坦打招呼。

被揭穿了心思李秦熙却很坦然，他喜欢何默默，不是暗恋，是除了何默默之外所有人都知道的事。

"是，我图人。"他说。

鞋跟敲了下行李箱，林颂雪看向李秦熙的眼神变得深沉。

独自在国外生活了几年，被停了卡断了学费都能熬过来，原本就气势逼人的小姑娘已经成了锋芒毕露的大人。

她没有再说什么，只是脱下外套挂在衣架上，然后打开了自己的行李箱。

牙具和化妆包放进卫生间，电脑和简单的录音设备放在堆着资料的书桌上，卧室的门打开，她把自己的睡衣放了进去。

很快，属于何默默的房间变成了可以让林颂雪短暂停留的房间。

"那你加油。"做完了这一切，她对站在原地的李秦熙说。

她是笑着的，仿佛真的是在真心实意地祝福。

李秦熙看着她："谢谢，你也是。"

雄性人类离开了，留下了一个声音有点耳熟的雌性人类，她带的虾仁很好吃，我"喵噉喵噉"地吃了很多。

铲屎官虽然不在，但这些人类的"供奉"还是让人很满意的。

突然，房间的门又打开了。

"林颂雪？你从美国回来了？什么时候下的飞机？"

"下午，我跟何默默说了借住两天，时新月你这是？"

"默默之前说她要出差，让我来喂猫，我正好刚回来。"清瘦的年轻女孩笑着说。

林颂雪点了点头。

房门一次次地被打开，不停地有人带着猫零食来拜访，她们都知道何默默不在，生怕饿到何默默的猫。

有何默默的同学，有在一个研究所合作的同事，甚至还有她本科时的老师。

深夜，林颂雪把名叫爱因斯坦的白猫抱进怀里。

"你的人气好高啊。"

她对和自己视频的女孩说。

我好像听见了铲屎官的声音。

喵喵喵，我要告诉她，喜欢我的人类可真是太多了！

我这只叫爱因斯坦的猫果然智商高又可爱啊！

喵噉！

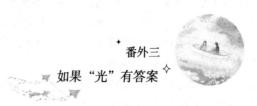

番外三
如果"光"有答案

/我们做梦都想不到的奇迹，就在这宇宙之中。/

事实上，对于那场梦境般的奇遇，没有人给过何默默一个带有具体解读性质的答案。

她后来查了很多对于"灵魂互换""外星人""时空折叠""太空粒子异常运动"的资料，她甚至对唯心主义也进行了一番研究。

但始终没有一个确切的说法。

直到她偶然在一个名为"宇宙奇观"的论坛里看见了数年前的一段记录。

楼主讲述了一个有关类星体运动异常导致引力发生特殊改变的情况，在他的观点里，这种异常会引起白洞的非常规作用，毕竟在星系的核心位置有一个超大质量黑洞。

而在底下的跟帖中，有人提了一句"进行时空旅行吗，还是说有别的可能？只是这么远的星体会有辐射影响地球吗……我感觉我昨天有一段时间好像跟朋友灵魂互换了，但也有可能是我感觉错了，只有一两分钟"。

楼主没有回复他，毕竟那人评论的时间和帖子发表时间之间隔了快一年。

但……跟何默默发生那次"意外"的时间却无比接近。

不容她不多想。

何默默认真阅读着那篇帖子中的一字一句。

关于灵魂互换、时空旅行、外星人、近距离天体、白洞存在的可能……他们疯狂讨论着，对于跟帖中提及的"灵魂互换"观点各异。

就在何默默往下浏览时，帖子有了新的回复。

来自楼主：

没想到过了这么久，帖子竟然还有热度，给各位大神鞠躬！楼上那位，出现你这种情况的可能性还挺多的，比如你精神压力过大想多了，你们俩被同一场时空异象卷了进去，或者M78星云给你放了个电之类的。总之！不要有太大的心理负担。我只听说那年清明节的时候，有摄影师在晚上拍到首都天上有一圈诡异的光出现，可能是……外星来客？那几秒钟，好多人的电子设备失灵，连那摄影师的相机电池和内存卡都被莫名其妙地烧坏了，图片也没了。

何默默喃喃："……外星人。"

一分钟后，楼主又留下了一句话：

"我过了一天我媳妇儿的生活，那感觉，非常奇妙。所以说……宇宙之大，无奇不有。"

不过数秒，多人在帖子中回复"要相信光"这四个字。

何默默笑了。